尧山壁文存

卷二 散文

百姓旧事

河北出版传媒集团
河北教育出版社

目录

艰苦的岁月

远去的枪声

婚姻过去式

乡间百工

在那 1958 年

秋后算账

逝水流年

艰苦的岁月

染色的年代

宋代棉花已传入我国，曾名“吉贝”，是印度语的音译。元代黄道婆已经掌握了一整套纺织技术。明代徐光启写了一篇著名的《吉贝疏》，力陈棉花之重要。欧洲工业革命后，纺织工业发展迅速，20世纪初登陆中国，三四十年代上（海）青（岛）天（津）现代纺织工业初具规模，可是华北平原的棉纺仍停留在黄道婆的水平上。

河北省南部多沙壤，日照长，适于种植棉花，产量占全国的40%以上，是著名的“棉花窝”。清乾隆年间，直隶总督方观承绘了一部《棉花图》，讲述棉花从种植到纺织各种工序，计有播种、灌溉、耘畦、摘尖、采棉、拣晒、收贩、轧核、弹花、拘节、纺线、挽经、布浆、上机、织布、练染16幅图画，画面上的情景我儿时都亲历过。我是在纺花车和织布机旁边长大的，从小母亲就把我当闺女使唤，所有纺织工序都烂熟于心。

《棉花图》上的16道工序农民都可以自己做，唯独染色需要城里生产的化工颜料。日伪和国民党封锁期间，就用它卡农民的脖子。没有颜料，染坊关门了，大家又不能穿白布，那是孝服色。于是农民用自己的智慧想出了不少染布的办法。土法染布的原料主要有以下几种：

槐米。北方农村有大量的中国槐，春天开花，花落结籽，俗称槐米。采摘下来，洗净后放在石板上、石臼里，木棒捶捣成糊状后，放在大锅里与白布一起煮，并不断搅拌，两个时辰（一个时辰相当于两个小时）后，布变成黄绿色，晾干后色泽鲜艳，颇受女人青睐。

茜草。俗名拉拉蔓，多年生草本植物。茎绿，有倒生皮刺。浆果球形，味酸甜。根圆锥形，赤黄色，做染料，出红色。无茜草时，亦可用山根土，或砖窑内壁研为细末，煮染白布呈土红色，与土地颜色相近，其特点是耐脏又不易被敌人发现，最让男人喜欢。

蓼蓝。一年生草本植物，叶子椭圆形，干后变蓝色。把它的叶子集中起来，池中发酵，先成糊状，时间长了变成块状。用它染的蓝色，经久不褪。还可以结合图案涂上面糊再染，制成印花布，北方叫“杂面花”，西南叫“印染”，是一种传统的技艺。蓼蓝发酵时产生一种刺鼻的怪味，所以谁家制蓝都瞒不住人。

此外，还有用乌叶、老鹳草染黑，以淡汤染灰的。农民们一般不懂化学和美术，偏偏能制造出红、黄、蓝三原色。凭经验结合颜色，就可以形成第四种颜色，蓝黄为绿，红蓝为紫，红黄蓝为黑，人世间的颜色都可以制造出来。所以土法染布的时代，农村色彩也并不单调。

冀南妇女们手巧，还用这些方法染出单色线，再用各色线织成花布。工艺复杂的有三匹缯、四匹缯等织法，用来做床单、被面。新婚洞房往往是女人们手工的展览室，三铺四盖不重样，一个炕上就有十几个花色品种。那时娶新媳妇，不以脸蛋和身材为重，都以纺花织布的本事高低为标准。谁家的闺女有一手好活儿，便成了三里五乡争聘的对象。

日本投降后，农民心气盛，青抗先、妇救会、儿童团非常活跃，武术、舞蹈、扭秧歌，活动时还统一着装。小伙子们一身红，舞起来像条火龙。姑娘们则一身绿，动起来风摆杨柳。比赛起来，最终的印象还是妇女们手工的特色。记得一次比赛在三伏天，忽然下起瓢泼大雨，兴头上谁也不肯停，个个淋得像落汤鸡。土法染色本来就不过关，这一来不少衣服都泡得褪了色，火龙变成金钱豹，柳绿变成了茅草黄。后来有心人就琢磨土法染色保持耐久的办法，煮染时加上一点黑矾、食盐，嘿，布真的不再褪色了。

一次翻箱底，我儿童时期的一身土法织染的衣服跳了出来，孩子们好奇地以为是戏装。半个多世纪不肯扔掉它，不肯扔掉那个染着神奇色彩的时代。

火的记忆

1939年我出生在冀南农村，睁开眼一片黑暗社会。这个“黑暗”不仅仅是政治术语，而且还是真真切切的现实，黑灯瞎火。先是日寇占领，后来国民党封锁，把解放区圈得近似一个原始社会。

那时不仅没有打火机，连火柴也极为罕见。老百姓管火柴叫“洋火”“洋取灯儿”，像枪支弹药一样犯禁，百姓上下火车，出入城市，都要被盘查搜身，不准一根火柴流入解放区。然而火却是百姓须臾不可离开之物。神话说普罗米修斯盗火，人间才有了光明；科学说钻木取火，是人类进化的第一步。没了火，还不退回茹毛饮血的时代？

农民是智慧的，“自力更生，丰衣足食”，其中重要的一项就有火种的获取。办法之一是火镰，与钻木取火差不多。火镰是一种月牙形的钢板，一寸多长；配以火石，学名燧石，颜色黑亮；再加上硝纸，一种易燃的火绒，松软如棉。用火镰击火石冒出火星，落在硝纸上就冒烟，用嘴吹几下，火星就扩大。这时再拿来“笨取灯儿”，麻秸秆蘸上硫黄，接触硝纸上的火星，就会燃出火苗来。

办法二是火绳。把地里一种蒿草，割下晒几天，编成草绳。这种蒿草质地结实，加上编得细密，燃烧很慢，似燃非燃，徐徐冒烟，秋天还可以挂在屋里熏蚊子。一根火绳五六尺长，能燃一天一夜，烧完了再续一根，成为不灭的火种。用“笨取灯儿”一点，就能烧饭。家家秋天割蒿子编绳，堆半院子，够用上一年的。

我家孤儿寡母，没人吸烟，也没有火镰。人手少秋天抢不到蒿子，没多少火绳，就要借火。拿一两根秫秸或玉米秆，叫引火柴，到街坊邻居家灶膛里一伸，燃着了赶忙往家走，跑快了火会被风吹灭，走慢了秫秸烧尽，就该烧手了。那一年大雨七天七夜，什么都发潮发霉，火绳硝纸都不能用了，家家停火断顿饿肚子。我站在街上瞪大眼睛看呀看呀，忽然看见西街有一家房子冒了烟，回家从炕席底下抽了一把谷草就往那儿跑。跑进那家一看，引火的人排成了一队。轮到我，点着谷草往家跑，只顾看火苗忘了看路，扑通一下掉进水洼里。母亲拉我出来时，小手还死死地攥着那把谷草。谷草流着水，像我们娘儿俩的眼泪，滴滴答答。

与火相连的是灯。虽然爱迪生发明电灯快一个世纪了，上海、北京等大城市灯火辉煌，但是对农村来说，电灯还是一种神话，家家户户还是用了几千年的油灯。油是用棉籽、花生榨出来的，没经提纯，黑乎乎的，叫黑油。灯具是陶制的，像马王堆挖出来的文物那样，矮的叫灯碗，高的叫灯台。用棉花搓的灯捻儿，灯光微小。老婆婆给孩子出谜语：豆来大，豆来大，一间屋子盛不下。

春夏秋三季，农民日出而作，日入而息，没有灯也还能将就着过。到了冬季，漫漫长夜，就难熬了。男人们挤在一起，摸黑儿讲三国、讲笑话、讲鬼故事。女人们闲不住，凑到一盏灯下纳鞋底儿。鞋底儿用旧布碎布，不用白布。白布用灯烟一熏，白鞋底儿就变成了黑鞋底儿。强悍的女人抢亮儿，紧靠灯下做活儿，你看吧，第二天白脸蛋准变成了黑包公。

打败日本兵，建立新政权，心花放，灯花放。春节，屋里院里灯光一片，门口挂灯，街上挂灯，路边也放灯。路灯是黏面捏成的，点黑油。灯会的人定时添油，半夜起来走乡亲磕头，明灯亮路。元宵灯节，更是热闹，街是灯的河，河是灯的街，孩子们放河灯。灯给新农村镶了个金边儿。

最热闹的还是戏台。灯碗是吊起来的铁盆，灯捻儿大拇指一样粗，像火把一样燃烧，明灯高悬，亮如白昼。不过唱会儿戏，就要加油。凳子摞凳子，人站在上面加油。有一次加油的老头一哈腰，棉裤脱落下来，农村人不穿内裤，什么都露出来了。正加油的手又不能停，那老头大喊一声："乡亲们，合眼吧！"这下比戏还出彩，台下哄堂大笑，这戏便出现了一个高潮。

吃蚂蚱

如今流行一道名菜，名叫"飞黄腾达"，也有叫"天降大任"的，其实就是蝗虫，俗名蚂蚱。它有生猛海鲜的价格，食客都啧啧称赞，我则窃喜，此物若算高档，我早就"阔"过了，它曾是家常便饭。

蚂蚱，古名螽，直翅目昆虫，体躯细长，绿或褐色，有翅能飞，有足善跳。卵生，多产。《诗经·周南》有《螽斯》篇，是一首贺生子诗，歌颂周文王多子多孙，故称蝗虫为吉祥物。进入农耕社会，以禾本为食的蝗虫成为主要害虫之一。

我的故乡在大陆泽畔，原来是一个很大的湖泊，后来渐渐退缩为一片湿地，方圆百里，归属河北省邢台地区。当地人称宁晋水面为北泊，称任县水面为南泊，夏天水汪汪，冬日土黄黄，一年收一季小麦。

日寇侵华，再加上土匪蜂起，种地的车马农具常常被劫，地就撂荒了，变成了大草滩，也成为蝗虫的滋生地。日军和蝗虫并称“二害”。民间有谚：“日本鬼子占任县，头年淹，二年旱，三年蚂蚱滚成蛋。”

蚂蚱悄悄生长，一旦长出翅膀便不可阻挡。《螽斯》形容蝗虫：“螽斯羽，薨薨兮。宜尔子孙，绳绳兮。”说蝗虫集群而飞。我见到的飞蝗群体确实如此，如乌云遮日，还带着唰唰唰的响声，像日本飞机一样，让人胆战。“乌云”过后庄稼变成光杆儿，农民一年的血汗顷刻化为乌有，比日本的“三光政策”还彻底。更为可怕的是，蚂蚱过境留下孽种，幼虫叫蝻，第二年夏至一过，便如雨后的野草般从地下冒出来。蝗蝻为黄色，背部微红，密密麻麻爬上庄稼，谷子高粱被压弯了腰，就像是遍地爬满菜花蛇。庄稼吃光吃树叶，树叶吃光吃野草，地上像铺了一层厚厚的黄黄绿绿的毛毯，滚滚向前，势如洪水。

那时没有农药，对付蝗蝻的办法是挖沟，村村户户挖沟，两尺深，三尺宽，男女老幼呜哇喊叫着把蝻子赶进沟里，水淹土埋。蝗蝻也像日本鬼子一样颇有些武士道精神，不甘死亡，前仆后继，上百只蝻子抱成一团往前滚，竟然有一部分能滚到沟外，继续前进。

民以食为天。肚里没食儿心慌气短，天昏地暗，所以人们最害怕灾荒。饿饭是人间最残忍的刑罚。

水灾一般在秋天，谷子低头高粱晒米时，突如其来，洪水漂天，一片汪洋。洪水来势凶猛，去得也快，过后还可以补种荞麦和蔬菜，荞麦从种到收才 60 天。水灾一条线，旱灾一大片，红日炎炎，赤地千里，种不上苗，若遇上干旱，颗粒无收。大家吃光树叶吃草根，吃罢草根吃坩子土，一个个细脖大肚，面带菜色，像大型蝗蝻。

闹蝗灾，粮食没了就吃蚂蚱。飞蝗是灾民的美味，除了翅膀和肚子里一块黑色内脏外都能吃，而且是高蛋白，像烧铁雀、炸蚕蛹一样的香。好吃的不好捉，要起大早趁它翅膀发潮飞不起来时去捉。蝻子不好吃，只有两张皮，但是容易得到，家家户户都能从捕蝻沟里一口袋一口袋地往回拉。

那时虽然没油炸，但吃的方式却比现在多。可以鲜吃、加盐煮、水汆、晒干，贮存在瓮里，吃一冬一春。记得我上小学时，小朋友兜里都有干蚂蚱当零食吃，有的崩球玩纸牌还拿它当注，赢来的蚂蚱吃得更香。

也许有人看了这篇文章，就不想再吃“飞黄腾达”了。

熬小盐

盐对于饮食，是太普通的调味品了，普通到吃菜时常常忽略它的存在。只有过于口重时，人们才会说:“打死卖盐的了。”

“打死卖盐的”情况确实有过。但是那时不是盐太多，而是没有盐吃了。日本侵华期间，对冀南抗日根据地实行“囚笼政策”，严密封锁，禁止一切军需民用物资进入，其中包括食盐。曾经在根据地与敌占区交界地带，日军把 190 多名越规商人斩首示众，其中也有一些盐商。把一些血淋淋的头颅装在鸟笼子里，挂在交通要道，杀一儆百。

没有了盐，生活会立刻发生变化，饭菜失去滋味，农民干活没了劲儿，部队战斗力削弱了。后勤部门给指战员每人每天发一钱盐，出差时带上，在老百姓家吃饭时不好意思独享，都是撒在大锅里。天无绝人之路，农民挖掘古代民间熬小盐的工艺，推广开来。有了盐吃，根据地迅速恢复了生气。

所谓小盐，是相对大盐而言。大盐就是海盐，颗粒大；小盐是土法制盐，颗粒细小。广宗、平乡、巨鹿一带，土地贫瘠，盐碱化严重，农民自古会制小盐。可是盐铁一向由国家专卖，私制小盐犯法，往往形成尖锐矛盾。清朝末年，广宗县就曾爆发以景廷宾为首的盐民暴动。

制小盐技术并不复杂，第一道工序是刮盐土，黑龙港流域到处是白花花的盐碱地，盐土俯拾即是，自不必说。我的家乡不在黑龙港流域，照样可以找到盐土。每年春天地气上升，地下水的盐分也随之冒出地表，含盐多的表土色重，发潮，发暄，只有一两厘米厚。闲地、场院、街旁、路边都有。耕地因为经常上草肥和人粪尿等酸性肥料，酸碱中和，含盐少。农闲时用铁耙子刮下盐土，积攒起来备用。

第二道工序是淋盐水。支大破锅一口，底部要有裂纹，漏水而不漏泥。锅底再铺上席片、旧布之类。然后把盐土放入锅内，土不要加满，距锅沿二寸，再加满清水，浸透。锅下置大盆，接缓缓淋出的水，淡酱色，就是盐水。头遍淋出的盐水单放起来，再续清水。二遍淋水含盐少了，也不要扔，再加进锅里淋盐水用。淋过三遍后，剩在锅里的泥，可作肥料用，含硝酸钾，适于沙质土壤。

第三道工序是熬小盐。支完好无裂纹大锅一口，放入头遍淋出的盐水，加热，锅底渐有细小白色晶体析出，就是小盐。一大锅约有十几斤产量。盐层以上的水淡黄色，是卤水。待盐层稳定以后，将卤水盛出，放在盆内，慢慢又有晶体析出，成坨状，有冰纹，就是硝酸钾，可以做火药。剩下的液体，含氯化镁、硫酸镁、氟化钠，就是用来点豆腐的卤水。

最后一道工序是漂白。把熬好的小盐装入细布口袋，反复以清水冲洗，杂质越来越少，盐面越来越白，最后吊起来风干，就是食用小盐。如果害怕盐分流失多，冲洗次数不足，制出的盐味儿就苦。冲洗干净的小盐，味道纯正，不亚于大盐。冲洗用的水也不要扔掉，还可以与二遍淋盐水加在一起，再来淋盐，反复使用。

冀南农村的小盐，一直吃到新中国成立初，后来就改吃大盐了。海盐的成本低，也不要那么多的工序，只需取之不尽的海水，太阳一晒就行了。因而价格也很便宜，一斤小麦或者两个鸡蛋就可以换一斤大盐，人们也不再需要花那么多工夫、用那么多工序去制小盐了。

但是吃过小盐、熬过小盐的人，更懂得生活的滋味儿。

冀南票

清朝垮台后，军阀割据，长期混乱，全国没有统一新币，大多沿用大清帝国的银圆、铜钱，只加了一种图案有袁世凯头像的银圆，人称“袁大头”。1935 年国民党发行一种纸币叫法币，很难在全国流通。日军入侵以后，出了一种伪满洲国币，老百姓叫“鬼子票”，最常用的面额 100 元，图案是紫色的，外号“紫票”。

1937 年 11 月，一二九师张贤约将军率领先遣队来到邢台县西黄村。抗日县长胡震是地下党员，主动来接头。他说找到了几个工人，会印假票，想印一批满洲票，到敌占区购买布匹、煤油、皮革等紧缺物资。张贤约说，这是件大事，得请示领导，回师部开会时报告了邓小平政委。1938 年 4 月，刘伯承、邓小平率前梯队进驻邢台县路罗乡小道沟村。会见胡震时，邓小平说，你先尽可能地寻觅工人，筹集机器、纸张、油墨和版，我们正想发行自己的票子，就是缺乏条件，不过现在要保密。

路罗在晋察分水岭下，西边是黄土高原，东麓是悬崖峭壁，山西的地下水一股脑儿倾泻到河北，把这一带山体冲刷成深沟大涧，地势十分险峻，基本上无路可走，人迹罕至，这种地形正是保密的先天条件。

1939 年冀南银行筹备处成立，印刷厂选在路罗乡清泉村的山顶上。厂长、指导员奉命来到这里，村民陈九江把自己沟里的一处四合院腾出来作冀南银行办公处，全家搬到山崖下居住去了。印刷厂在附近盖了车间和马棚，当时有 50 多名干部职工，几十匹马。技术骨干叫张裕民，南宫县人，从小在京津当学徒，搞美术设计，熟悉精美印刷。邢台一老板高薪聘他印假票，被人揭发抓进监狱，即将开刀问斩。邓小平听到汇报后，指示设法把他营救出来，花了不少钱，还动用了十几根金条。工作人员带着他往山里走，走到浆水镇休息时，他还以为是要被枪毙呢，怕得要死。后来边区政府成立钱币研究所，任命他当所长，给他配备一匹马、一把手枪，相当于八路军旅长的待遇。

张裕民很快设计出一张贰角钱的图案，修改后定稿，陆续又设计出壹角到壹仟元面额的 56 种纸币图案。由于日本封锁，石印机床从天津三条石买来，印版从河南新乡搞到，纸张是原来造麻头纸的工艺，改用上等线麻做原料，用松香和石灰漂白。印成后没有裁纸机，都用手工刀裁。当时印销基金总额，按晋冀鲁豫边区田赋和税收计算。人们习惯把冀南银行的纸币称“冀南票”。

敌人大概闻到什么味儿，加紧对太行山区的围剿。邓小平把保卫冀南银行的任务，交给张贤约领导的一二九师干部轮训队。邓小平说，你们要保证银行的安全，绝对不能让敌人搞掉。这可是关系到根据地穿衣吃饭的问题。并特别给轮训队的 500 人配备了枪支弹药。情况紧急时，人背马驮，西边敌人来了往东跑，东边敌人来了往西跑，两边一齐来就转山沟。首任冀南银行行长的高捷成，就是在转战途中牺牲于内丘县白鹿角村的，年仅34岁。

1943年秋天，刘伯承和邓小平来这里视察，称赞说：“地方选得好，职工干得好，钞票印得好。”听大人们说，当时我们县是游击区，日本占县城，城外是八路军的天下，冀南票和满洲票都有，老百姓是宁要“红票”（冀南票），不要“紫票”（满洲票）。1947年11月12日石家庄解放，晋冀鲁豫边区与晋察冀边区连成一片，成立了华北人民政府，晋察冀银行币停止发行，冀南币在全华北流通，成为华北地区的法定本位币。我小时候花的“冀南票”，一直到新中国成立初期才被人民币取代。

小米制

在1949年前，各解放区的军队和地方干部都没有工资，实行的是供给制。因为以小米为计算基准，所以又叫小米制。原因之一是纸币被国民党搞得威信扫地，美联社1947年7月24日电讯：国民党100元法币，1940年买一头猪，1943年买一只鸡，1945年买一条鱼，1946年买一个鸡蛋，1947年买二分之一盒火柴，1948年买五十万分之一两大米。诗人丁力在南京的一首诗中写道：“物价一天涨三次，法币臭得像狗屎，万元票买不到一张解手纸。”

三字经上说：“稻、粱、菽，麦、黍、稷，此六谷，人所食。”稷即粟，俗名谷子，脱皮为小米，向为百谷之长。小米加步枪，打败了日本，打垮了国民党。陕甘宁边区，延安的小米最出名；晋察冀边区，蔚县的小米最出名；晋冀鲁豫边区，冀南的小米最好。说小米是北方的细粮，是相对高粱、玉米而言。谷子产量低，每亩只打三五斗，但是耐旱，生长期短，是西北、华北地区的主要农作物。华北、西北又是抗日战争和解放战争的主战场，所以小米在中国人民解放事业中发挥了极其重要的历史作用。

小米制稳定了物价，也稳定了人心。军政干部统一供给，又辅以米票。吃饭分大中小灶，除了管饭以外，又按级别每月增加5到20斤小米做津贴，买些牙刷牙粉之类。

土改后解放区迅速扩大，干部队伍也迅速扩大。新扩展的干部不实行供给制了，实行工资制，每月发给一定数量的小米。小灶（县团级以上干部）220斤，中灶（科级干部）180斤，大灶（一般干部）120斤。我们村完小（包括初小、高小）的老师，少者一百一二十斤，多者一百四五十斤，每月除去留下的三四十斤口粮外，其余拿到集市上以物易物，衣服、鞋袜、毛巾、肥皂，甚至香烟、白酒都可以用小米换。校长每月160斤小米，天天一壶小酒，日子过得比县长还滋润。

每月初，校工赶上铁轱辘牛车，去县里领小米，回来皮鞭甩得山响，老师们兴高采烈地往自己屋里扛粮食，惹得学校周围的乡亲们都眼馋，说还是吃“皇粮”好，不必脸朝黄土背朝天，一个汗珠子摔八瓣，月月都像过大秋。

有一天等到二更时分，接小米的大车还不见回来。校长坐不住了，派人去接，半路上碰见被打伤的校工，才知道遇见土匪了，粮食被劫。对于没有纸币、没有银行运钞车的那个时代，拦劫粮车算是大案，县公安局侦破后说是还乡团干的。那时石家庄还没有解放，由国民党占领。解放区的恶霸地主，土改时闻风而逃，纠集在石家庄，时常带领还乡团出来骚扰作乱，进行阶级报复。从此拉小米的大车再不敢起早贪黑了，还配备了民兵、枪支进行武装护送，路上也不敢怠慢，一路吆喝，一路飞奔。老百姓都开玩笑：看！完小的“镖车”来了！

灯的回忆

我落生时，乡村没有灯，晚上一片漆黑。日军像害怕八路军一样害怕灯火，发现哪里有灯光，就扑向哪里。后来家乡变成解放区，渐渐恢复了灯光，可是由于日军封锁，只能点棉油灯。陶制灯碗，加上黑黑的棉籽油，用棉花搓成线绳样灯捻儿。妇女们在棉油灯下做活儿，吸一鼻孔黑烟。会场和戏台的灯碗，吃饭的海碗一样大，灯捻儿拇指一样粗，呼呼冒着黑烟。

日本投降后兴起煤油灯。煤油又称洋油，属轻质石油产品，由天然石油或人造石油经分馏或裂化而得。民用煤油沸点在180—315℃之间，油烟较少，适于照明。煤油灯也有灯捻儿，但灯焰与灯油必须隔离。市场上卖的煤油灯，玻璃灯碗儿，上面加个高筒大玻璃灯罩儿，用来聚光和排烟，通过调节灯捻儿控制亮度，又叫罩子灯。还有一种马灯，金属灯碗儿，大玻璃罩，有防风功能，可以手提走夜路。农民买不起罩子灯和马灯，往往用墨水瓶盛油，铁片儿做盖儿，穿过灯捻儿。小学生上自习，每人端个小煤油灯，放在桌角，从讲台上往下一看，那灯光纵横成行，一片光明的阡陌。新中国成立初期出现了气灯，原理是罩子灯倒过来，油碗在上，灯罩在下，灯捻儿是石棉做的，煤油气化，咝咝作响，亮如白昼。一般用在教室和戏院，隔一个钟头要打一次气。

20世纪50年代，电灯传到县城，电线杆脚步很慢，好长时间才到农村。记得县里往各村送变压器，让村长挑，我们的村长挑了个最小的，说小的省钱。通电那天，县长亲自到村主持大会，讲:“什么是社会主义？社会主义就是楼上楼下，电灯电话。”县长一按开关，村公所的电灯就亮了。人山人海围着一个灯泡，这个说灯捻儿这么细，肯定省油；那个举起烟袋，朝着它对火儿呢！

农村的灯，平时都隐藏在各家各户，很不起眼儿。到了正月十五的灯节，便一起涌出家门，聚集在街上，形成灯的河、灯的海。灯的内容和形式，随着时代的发展而变化，但是作为民俗，灯节的灯千百年一成不变，依然是陶制灯碗儿棉籽油。灯节为农历正月十五，起源于秦朝。秦始皇统一中国，出宫观灯，与民同乐。灯节又称上元节，因为这一天是一年开始的第一个月圆日。

灯节为正月十五，实际十三上灯，十八落灯，共5天。农户屋里院内、诸神位前，摆上油灯、碗筷和供品。街门张灯结彩，主要大路发放路灯，用黏面捏成的油灯碗，一行行灯光为村庄镶个金边儿。街上彩灯分挂灯、木框灯、玩意灯三种。挂灯有金瓜形花灯、六角形宫灯、走马灯等。木框灯有菱形、盾形、花篮形、花瓶形数种。玩意灯以鸟兽虫鱼等为题材，丰富多彩。有首民歌《大逛灯》列述："通红的蔓菁灯，带缨的萝卜灯，弓腰的虾米灯，晾盖的蛤蜊灯，溜圆的西瓜灯，带刺的黄瓜灯，张嘴的鲤鱼灯，八腿的螃蟹灯，还有手中提的大提灯，空中悬的大云灯……"有的灯笼纸上画着各种戏文，京剧《狸猫换太子》有"报花灯"："一团和气灯、和合二仙灯、三阳开泰灯、四季平安灯、五子登科灯、六六大顺灯、七七团圆灯、八仙过海灯、九九连环灯、十面埋伏灯。这个灯，那个灯，吕布戏貂蝉，大闹凤仪亭。"还有的灯笼纸上写上谜语，叫作"灯虎"，人们三五成群，赏灯猜谜，其乐融融。十八落灯，年节皆过，无事可做，各自早睡。因为俗传正月十八为老鼠结婚的日子："十七十八，耗子成家。"

一条驴腿

1946年土改时，我家被划为贫农。我们孤儿寡母又是烈属，根正苗红，工作队就动员我母亲当妇救会主任。母亲不肯，就跑到姥姥家躲过了风才悄悄回来。农会给我家留了一份“胜利果实”：一架耠子、一件皮袄、一张条几，都让母亲回绝了。工作队批评我家“怕变天”，母亲拗不过，就接受了一条驴腿。

分一条驴腿不是杀了驴分肉吃，而是把地主家的一头活驴按四股分给贫雇农，轮流喂养使用，一递三天。分给我们的这头驴六岁口，与我同年出生，在母亲眼里它还是个孩子。那三家地多活重，拼命使役，春秋大忙时，驴更是天天累个半死。我家只有母子二人，活儿少，那驴轮到我家就像歇礼拜。我常割草挑菜，知道哪里草旺哪里水甜，母亲就叫我牵着它到河坡放牧。眼看着它塌下的腰又直起来，干了的毛又亮起来。这头驴粉白鼻子大耳朵，腰粗腿长，浑身黑毛像缎子，十分漂亮，我给它起个外号叫“黑子”。三天期满，下一户来牵时，我和母亲就像送受气的闺女去婆婆家，心疼却又无奈。

黑子拉磨时，我可舍不得像别人家，怕偷吃给它蒙上眼，我有时在后边助推，有时还给它嘴里塞把面。黑子通人性，从不偷懒，还感恩似的加快脚步，半天的活儿两个钟头就干完了。

我最愿意串亲戚了。母亲给我换上新衣新帽，我给黑子戴上新笼头，挂上铜铃铛。我骑在驴背上，母亲在后边赶。到后来，去姥姥家都不用母亲陪着了，出发时，我拍拍黑子的屁股，它就在门口台阶前伏下身子，等我坐稳了再起身走。出了村儿，我学新媳妇回家的样儿，斜坐在驴屁股上，哼着曲儿。黑子迈着小碎步，铜铃叮叮咚咚地伴奏，颠着颠着我就趴在驴背上睡着了。等黑子打个响鼻把我叫醒，已经到姥姥家门口了。

一年初冬，我和黑子从姥姥家回来，遇上冻雨，电闪雷鸣的。我从驴背上下来，牵着黑子小心翼翼地走，脚下的路就像现在孩子玩的滑梯一样。脚下一滑，我失去了知觉。不知过了多久，一股热气把我吹醒，睁开眼一看，是黑子正用厚厚的上唇拱我，嘴里还叼着我一只袄袖。我挣扎着坐起来才知道是从坡上跌下来了，侥幸被一棵小树绊住，卡在半腰了。是黑子冒险下来，咬住我的衣袖，一步一步把我挪到沟底平坦处。我的棉袄扣子全扯开了。黑子见我醒来，高兴地摇着耳朵，两眼放光，又卧下来，让我趴上背去，慢慢地站起来。它一定是怕我伤口疼，压着步子，绕了个大圈找到原路。回到家已是掌灯时分，母亲看我鼻青脸肿、衣衫破烂，还以为和谁打架了。等我说明原委，母亲感激地抚摸着黑子，好久好久。

从此我和黑子成了患难之交，亲如兄弟，一直到七八年后，农业合作化时，它才归到了农业社。

天气预报趣谈

天气与人息息相关。周瑜借一场风打败了曹操，拿破仑因一场雨兵败滑铁卢。最依靠天气生活的是农民，须臾不可离开。但是天有不测风云，天气预报也只是近代才兴起的一门科学，多少年来农民都是凭经验来判断阴晴。

据我所知，直到新中国成立初，农民预报天气有四招：一是观察天象，“横云风，直云雨”“云彩往西，王母娘娘穿蓑衣”“日落昏黄，来日风狂”“月亮毛茸茸，明日刮大风”“东虹忽雷西虹雨，北虹出来卖儿女”。二是观察物体变化，“有雨山戴帽，无雨云拦腰”“瓮穿裙，雨来临；铁出汗，大雨灌”“池塘起泡，大雨来到”“烟绕屋，天将哭”。三是观察动物异常，“鸡上树，狗爬墙，大雨来了无处藏”“蛇过道，蚁筑穴，蛤蟆拦路大雨泻”“蚂螂（蜻蜓）飞满天，大雨不过三”。四是掌握节气规律，“正月二月雪水流，四月五月渴死牛”“立夏东风摇，麦子水里捞”“霜降有大雾，来年井水枯”“八月十五云遮月，正月十五雪打灯”。

新中国成立后实行天气预报，省气象局通过广播电台发布天气预报，县气象站通过有线电话告知乡村，村政府每天把预报写在黑板上。但是一个省地域辽阔、地形复杂，特别是山区，隔一道梁就是两样天，所以黑板报的预报常常不准。明明是阴他写晴，明明是晴他说阴。一次邻居老响爷“三夏”大忙，看黑板上是晴天，便摊开麦场，往河坡地间谷苗去了。刚走到地头，忽然雷鸣电闪，一场瓢泼大雨来了，麦场都泡了汤。老响爷气急败坏，把村公所门口的小黑板摔成八瓣。

县气象站因经常挨骂，就想办法改进。听说西沟一位老农善于观天，气象站工作人员大老远带了礼物去拜访：“大爷，听说您预报天气比较准，有什么经验？帮帮俺们的忙吧。”开始老汉光笑不说，后来看他们态度诚恳，才开了口：“实说了吧，我没啥经验，就是天天跟你们反着说，你们说晴我说阴，你们说晴我说有雨。”说得气象站的人个个大红脸。

后来社会上又传唱一个民谣：“邢台县，气象站，不如北关老汉那个蛋。”那个蛋就是阴囊，北关老汉解放战争打太原时阴囊受了伤，落下伤疤，晴天没事，阴雨受潮就有反应。正如民谣所说：“疤瘌痒，听雨响。”还有患风湿关节病的人也有反应，“筋骨疼，天不晴”。

调皮孩子就做了个两面牌子，一面写晴一面写阴，一面写雨一面写雪，送到气象站，可以任意翻转，反正你们也测不准。

“文化大革命”期间，群众组织斗争翻来覆去，天气预报更没准了，多事人就编出了“四大没准”:“配种站、运动办、政治部、气象站。”

现在可好了，科学快速发展，利用气象卫星、天气雷达、自动气象站，大大提高了天气预报的准确率和精细度。中央电视台晚间 7 时 30 分的《天气预报》可以预报 72 小时或更长时间的天气，还可以利用预报进行人工降雨、防雹、防御森林火险、监测沙尘暴。农民每天睁眼可以不看天，拨打 12121 就掌握了天气，生活、工作有了主心骨。

“穷生虱子富长疮”

过去有一句谚语叫“穷生虱子富长疮”。对于这个已经在岁月中逝去的谚语，年轻人是无法想象的，可是它确实存在于老年人的记忆里。

疮疡是中医学病名，多指一些在体表浅显的外科疾病，因为引发部位不同，又有疖肿、痈疽、疔疮、瘰疬、疥癣、流注等种。疖肿发于皮肤；痈疽发在皮肉之间；疔疮常在颜面和手足，根深形小如钉；瘰疬多发生于颈部，初生如豆，渐大如梅李；疥癣多见于手指、腋窝、腹沟；流注随血流出，停于肌肉深部。其共同的症状是先红肿，后化脓。起因是风火、湿热、痰凝、血瘀等邪毒作祟，蕴阻肌肤。富人长疮，是因为脑满肠肥，油脂堆积。更不用说富而生淫，拈花惹草，染上性病，俗名大疮。

虱子是哺乳动物体外寄生昆虫，小如米粒，身子扁平，无眼无翅。它能双足抱住毛发，用刺吸式口器伸进皮肤，吸食血流，还会传染回归热和斑疹伤寒等病。这个小东西好像与生俱来，亿万斯年与人类有着不解之缘。《汉书·严安传》上说:“介胄生虮虱。”有一条成语“虱处裈中”，比喻世俗生活的拘窘局促。《晋书·阮籍传》中说:“独不见群虱之处裈中，逃乎深缝，匿乎坏絮，自以为吉宅也。行不敢离缝际，动不敢出裈裆，自以为得绳墨也。然炎丘火流、焦邑灭都，群虱处于裈中而不能出也。君子之处域内，何异夫虱之处裈中乎！”裈，就是裤子。一段文字把虱子的生活状态形容得惟妙惟肖。其实裤子是虱子的安乐窝，它们并不想离去。

历史上还有一则王猛扪虱谈天下的故事。王猛一贫如洗，以贩卖畚箕为业，出游邺城（今临漳县）无人问津，麻布短衣投桓温，一面捉虱子，一面纵论国家大事。后来被苻坚恳请出山，治理乱世，政绩卓著，世称管仲、子产之才。神话中的孙悟空千变万化，神勇无比，对身上的虱子也无可奈何。看舞台上的孙大圣常常抓耳挠腮，其实正是被小小的虱子骚扰呢！鲁迅笔下的阿Q，常常在大庭广众之下捉虱子。抗日战争打游击，环境艰苦，八路军身上长虱子，叫“光荣虫”。

我出生的年代，虱子依然长盛不衰。农村和城市的贫民几乎人人有虱子，特别到冬天，屋里教室里暖和一些，立刻就感到虱子蠕动，刺痒难忍。脱下棉袄，就会发现衣缝上一溜虱子，密如针脚，饿虱子发白，吃饱的虱子发黑。碰上好天气，常见蓬头垢面的乞丐，或者墙根晒太阳的老农，有的蹭痒痒，有的捉虱子，还有一边捉一边放在嘴里嚼的。有一种虱子专门安家头发里，生儿育女。虱的卵叫虮子，小如白色粉末，沾在头发上，几天后就孵化为虱。女人们梳头，除了木梳，还有一种篦子，竹篾做的，齿密得几乎不见缝隙，是专门用来对付头发里的虱子、虮子的。有一次邻居发现孩子聋了，当面讲话听不见，抱到乡医院。医生用电筒一照，发现被“耳碎”堵死了，用耳勺一掏，原来是虱子作祟，一个耳朵眼里掏出来上百个虱子。

这种情况一直延续到二十世纪六七十年代，越是老少边穷虱子越多。那时下乡工作为了防避虱子传染，常一丝不挂地钻进被窝，把所有衣服束之高阁。1968 年 12 月我去呼和浩特出差，住在自治区招待所，以为是省会城市，大意了，没有防备，末了招了一身虱子。草原的虱子个儿大，一粒粒像黑芝麻，钻进毛衣里捉不净。下锅煮，虱子死了虮子不怕烫，全家一直忙活了一个多月才消灭干净。这才明白了草原上的一句谚语：“烧掉虱子，皮袄也不能要了。”

生虱子和长疮，都是因为不讲卫生。那时富人卫生知识少，穷人讲不起卫生。多数人整年不洗澡，没条件穿内衣内裤，直接穿棉衣棉裤，给虱子提供了“吉宅”，任其滋生繁衍。新中国成立以后，城乡丰衣足食，卫生条件大大改善，衣被常洗常换，连一般农村也兴建了浴池，皮肤病少见了，虱子几乎绝迹了。有一次说起过去生虱子，大人们听着恶心，孩子们却兴奋起来，说：“还说过去穷，都养得起虱子，那得顿顿吃肉哇。”说得大人们也笑了：“可不呗，天天吃肉，吃你奶奶的肉哩！”

斤 秤 流

小学三年级时，一天南院大娘要还我家白布。三丈白布借去一年多，都染了色做成衣服穿烂了，从没说过要还的事。现在突然提出，母亲反觉得不好意思了。母亲正坐在织布机上，打发我去取。结果拿回来一掂量，觉得不够。用裁衣尺一量，少了一多半，三丈白布扯紧了不过一丈四。母亲说邻家毗舍的，吃哑巴亏算了。来串门的二婶打抱不平，找上门去挑明了。南院大娘脸上挂不住，说时间长记错了，把裁衣尺记成了官尺。裁衣尺一尺合官尺二尺二寸。南院大娘说，不能让你吃亏，让你家学生算算，该找给多少钱。我拿了石板石笔，算了擦，擦了算，憋了一头汗，也没算出来。

二婶是个爽快人，说如今的秤没准儿，可心要有准儿。二叔在集上卖烙饼，总嫌赚钱少，就在秤上打主意。他请了个修秤的，悄声说，把卖饼的秤修成 14 两的，本来官秤是 16 两一斤。悄悄话让二婶听到了，二叔走后，她把修秤的叫到屋里，说别听他的，俺家的事我说了算，修成 18 两的。修秤的笑了，秤修好，还少要了 3000 元（合三角）。结果买饼的人越来越多，年底算账，净赚了 500 斤麦子。除夕吃年饭，二叔喝得晕晕乎乎，对孩子们说，知道今年为什么发财吗？是我略施小计，把 16 两的秤修成 14 两，卖一斤我赚 2 两，细水长流，就聚了两囤麦子。二婶扑哧一笑说，去你的吧，要按你的 14 两卖，早没人上门了，喝你的西北风去吧。是我做主改成 18 两秤，买主才多起来，一斤饼少赚一点，薄利多销，这叫算大账。你那 14 两，只能做一锤子买卖。二叔开了窍，连声称赞，这才叫内掌柜的。

民国以来军阀割据，各自为政，河北的火车开不进娘子关，阎锡山是个土皇帝，山西的铁路都铺成窄轨。抗日战争以后，各根据地沿用旧制，度量衡极不统一，五花八门。在我的家乡冀南一带，长度一老尺等于官尺一尺一寸，妇女量布裁衣的尺子，一尺等于官尺二尺二寸，又叫四巴掌尺，妇女巴掌半尺多一点。木匠的尺子更大，一尺等于官尺三尺半。真是“尺有所短，寸有所长”。量粮食分大斗小斗，以小麦计算，大斗一斗 20 斤，小斗一斗 14 斤。称东西的秤也有两种，普通秤一斤 16 两，妇女纺棉花织布的线子秤比官秤大，官秤一斤放在线子秤上只有 7 两，所以又叫 7 两秤。同样是官秤，个头差别悬殊。过粮食的大秤七八尺长，秤杆有锄杠粗，秤砣有碗口大。称金银、中药、颜料的小秤不过七寸长，叫戥子。白骨秤杆，黄铜秤盘，秤砣花生豆大小。这种微型秤，精细到钱、分、厘、毫。

20世纪的农村，度量还保留着古老的痕迹。原始的度量衡，起初与结绳记事一样是在农事中形成的。比如以100粒黍横着连起来的长度为一尺，以六粟为一圭，十圭为一撮，十撮为一抄，十抄为一勺，十勺为一合，十合为一升，十升为一斗。

度量衡混乱，为交易间的计算和核算带来很大困难。我小时候常常为大小秤、长短尺所苦恼。去问数学老师，老师说等你上了初中，学了代数，就迎刃而解了，要想现时用，就得学算盘。算盘是中国人的第五大发明，英国《独立报》评选改变世界的101款小发明，中国算盘被尊为魁首。它是世界最早的计算器，既有硬件，也有软件。

硬件是长方形算盘，四周木框，内贯直柱，俗称档。一般为九档、十一档、十五档三种。档中横以梁，梁上两珠，每珠作五，梁下五珠，每珠作一，定位后拨珠运算。珠算的前身是筹算，九根木筹，每筹分正反九格，每格斜分为二，个位数在斜线下方，十位数在斜线上方，将筹转动分合，就可以加减乘除。从筹算到珠算的发展过程中，郭守敬的孙子郭伯玉起了决定性的作用。郭伯玉继承了紫金山书院的科学精神，在高等数学、球面几何、三角方面都有很高的造诣，是中国几何学的创始人，他用算盘协助制定了《大统历》。

算盘的软件是口诀。加减乘除、平方开方都有口诀。乘法的口诀叫“小九九”，大小秤换算口诀叫“斤秤流”“流法歌”，分为“斤求两”和“两求斤”两种。“斤求两”，用16的倍数编成口诀“斤如求两身加六”。如2斤化为两，以6的2倍加上20等于32。“两求斤”是“减六留身两见斤”。如32两化为斤，则从32两减去6的2倍，即得2斤。把两变为斤的小数，用16去除，口诀为：

“一退六二五，二一二五，三一八七五，四二五，五三一二五……”口诀在生活中须臾不可离开，有的变成了谚语，一退六二五，不管三七二十一。

算盘一响，黄金万两，打算盘成为农村衡量人的智商的重要标准。算盘打得好，称作“铁算盘”“神算子”，可以闭上眼，十个手指一起动，噼里啪啦，行云流水，如弹琴键，流出古老美丽的中国式乐章。钻研精深，可以解决许多数学难题。电视剧《暗算》中，算盘破译了敌人的密码。据说中国两弹上天，也有些复杂的运算，是依靠算盘完成的。

高小老师

那一天，大我 9 岁的堂兄哄我去魏庄赶集，花三分钱买了一个油炸糕给我吃，条件是跟他做伴去参加高小招生考试。乘着油炸糕的热乎劲儿，一口气答完语文、算术两张卷子。下一集放榜，我俩居然都考上了。那年我 10 岁，仅仅上过三年冬学。

10 岁的我头顶“砂壶盖”，脑后“九十毛”，前面两通鼻涕，除了没穿开裆裤，完全还是一个野小子。爬树掏雀，上房揭瓦，上自习手里拿笔，嘴里噙着琉璃球，单等铃声一响蹿出去挖坑崩球。白天玩疯了，夜里撒吃挣，专摸同学们的鞋壳篓尿泡。班主任知道我调皮，只是因为学习好，给留点面子。

班主任姓汪，干巴老头，铁青面皮，不到 40 岁就留起了山羊胡。他一皱眉山羊胡就抖，抖得我心里发毛。高小老师与初小不一样，初小老师本乡本土，一门心思种自家庄稼，捎带着教学生，会数手指头、认自己的姓名就得了。高小老师住校，一天 24 小时厮跟着，一班学生当一茬庄稼。

那年秋天，学生宿舍后院丝瓜架上有一只蝈蝈唱得很动听，引出了学生们的灵感。大家每人从地里捉回一只大嗓门蝈蝈放上去，就有了听不完的大合唱。冬天到了，瓜叶落了，学生们穿上了棉袄也带来了蝈蝈葫芦。这蝈蝈葫芦茶碗大小，扁平，染上色刻上花，有透气孔，顶部有口有盖，放菜叶给蝈蝈吃。平时揣在怀里，中午放风晒太阳，蝈蝈高兴了就振翅高歌。大家都给自己的蝈蝈起了名字：九岁红、白牡丹、苏金蝉……都是本地秧歌、丝弦、梆子的名角。我的蝈蝈叫大眼，是乱弹剧团的黑头，嗓门儿最大，顺风听三里。

有一天，正上语文课，汪老师讲曹植的《七步诗》，“煮豆燃豆萁，豆在釜中泣……”忽然“吱吱吱”，糟了，贪玩崩球，忘了放下蝈蝈葫芦，大眼在怀里叫了。我急忙用手拍它，可能是急得出了汗，棉袄里更加暖和，大眼唱得更来劲儿了，全班哄堂大笑。课让我搅了，我低头无地自容。只听见汪老师气呼呼走来，提起我的耳朵拽到讲台上。看山羊胡子连连抖动，我咬紧嘴唇准备挨打，想不到教鞭高高举起又轻轻放下，只让我把葫芦交出，在一旁罚站。汪老师继续讲课，我脑袋里呼呼刮风，什么也听不见。下课前汪老师想让我当众出丑，把诗背一遍。“煮豆燃豆萁，豆在釜中泣。本是同根生，相煎何太急！”居然一字不差，汪老师笑了。出教室我把葫芦摔在地上，抬脚要把它踩个稀巴烂。汪老师说：“且慢，蝈蝈没罪，把它放了。”

吓出了一身汗，又受了风，下午我病了，忽冷忽热。汪老师把我抱回他的宿舍，放在床上。看看老师洁白的床单，想想自己蓬头垢面两条泥腿，说什么也不躺。汪老师硬把我摁下，烧了姜汤，然后用他干净的被子捂了一身汗。晚饭时，同学替我打来饭。那时学生自带干粮，伙房管给馏馏。汪老师把我的糠菜窝窝捧着吃了，边吃边流泪，然后给我煮了小米粥。那时老师们的工资是小米，汪老师每月120斤小米。躺两天病好了，汪老师晒被子时白被里上留下一个小泥人的图像。

高小二年级要求开历史、地理课，课本都发下来了，老师们无人敢应。新中国成立前邢台一府九县才有一所初级师范学校，几十名学生，不是一般人家上得起的。我们的老师只念过“四书五经”“斤秤流”，语文算术还勉强应付。历史呢，戏台上张良、韩信、刘关张，也许沾边儿。地理就难说了，春种、夏锄、秋收、冬藏，二十四节气种地的理无师自通，地球的理就悬乎了。只见过田间小道独轮车，连自行车都不知为何物，什么铁路、航运、矿产、机器，见所未见，闻所未闻，怎为人师？大家推来推去，捉了汪老师的大头。

汪老师讲语文滚瓜烂熟，口若悬河，拿起地理课本结结巴巴，念不成句。讲中国四大山脉、四大河流，我问老师：“你见过吗？”问了老师个大红脸，他说别提国都、省会，专员公署邢台也没到过，两脚没走出过县界。他讲山就是石头，很大的石头。我问：“整个一块大石头，人都住在山顶上，河从哪里流出来？”他讲城市就是大村，很大很大的村。我说：“那么种地要走出多远？带饭还是送饭？”老师都答不上来。幸好没过几天就到秋假，汪老师家种的都是晚庄稼，他说带我出门走走，长长见识。

带上师母烙的一大摞饼，我俩出村一直往西，走20公里见到了铁道、火车，再往西20公里见到了太行山。原来山并不是一整块石头，是由大大小小许多小山头组成，中间缝隙很大就是河谷、盆地，泉水从石缝流出成为小溪，小溪慢慢长粗就成了河。又往南走了两天，到了顺德府，现名邢台。邢台市的街道很长，胡同很宽，城里人不种地，靠做工经商生活。汪老师说：“脚上没白磨了泡，地理我能讲了。”

从此汪老师迷上了地理课，宿舍里装满了世界、中国、省、地、县地图，毕业生走到哪里，他就把小红旗插到哪里，要求他们每人写一封信介绍那里的地理知识。积攒多了，分门别类装订成册。我大学二年级见到他时，他已经拥有了厚厚的 29 本，中国地图上插遍了他的小红旗，没有空白。那一年正是困难时期，他又捧吃着 10 年前我吃过的糠菜窝窝，人瘦了，脸更黑了，更像那块黑板了。

今生今世我不会忘记汪老师，不会忘记他的整枝打杈，如果不经修理，也许至今我还是一丛灌木；不会忘记是他在我童年的视野里铺开了地图，给了我山脉、河流，给了我航线、铁路，给了我幅员和气候，给了我方向和速度。为此，我立志走遍中国和世界，走遍名山大川。每到一处都久久注目，我的脚和我的眼负有双重任务，替我的汪老师多看一眼。在前方地平线上总有一个人影，佝偻着身子为我导游。

每月四万元伙食费

1952 年夏，我考入省立隆尧中学，校址在尧城镇。1947 年，隆尧县由隆平、尧山二县合并而成。尧山县初名柏人，西汉置县，县治在西部，今天的亦城一带。唐天宝元年泜河决口，县城被毁，迁至今天的尧城镇，在尧山南麓，金朝改名唐山县。1928 年因京东唐山崛起，更名尧山县，1935 年曾设尧山专员公署，辖九县。尧城仅为蕞尔小村，新中国成立初 400 多户，小城带个大南关，形似一只蝌蚪。中学设在旧文庙、原专员公署内，占去城区的大半。

进中学第一感觉是伙食提高了。上高小是自带干粮，伙房只管收集起来，在笼屉上熥一下。那时玉米叫玉蜀黍，秆矮穗小产量低，红薯还没有推广，宁晋泊、大陆泽一带主要农作物是高粱。高粱不怕涝，那时雨水多，常常划着小船掐高粱穗。农民一年到头吃高粱面窝头，红褐色成为食物的主色调。高粱面拔干，吃了常常拉不下屎来。到了中学以小米为主食，那时小米是流通主体，干部工资也实行小米制。

伙房在学校西部，没有饭厅，饭场在一片柏树林里。学生十人一组，以菜盘汤盆为圆心，围一圈儿蹲着吃。早饭是高粱面窝头老咸菜，午晚两餐是小米干饭。小米多为县粮库陈米，不是有沙子就是生了虫的。一组一个大瓦盆，到伙房打菜盛汤。大锅一米深二米宽，看着令人眼晕。冬天春天一般是熬白菜、萝卜条，夏天秋天多是菠菜、北瓜汤，打回来看不见油星，常常漂一层蚜虫。对吃高粱面长大的学生们来说，改吃小米，黄色成为食物的主色调，解大便也痛快了，生活有了质的变化。

学生食堂每人每月四万元伙食费。现在听起来怕人，其实那时通行的冀南边区票，两年后改为人民币，一比一万,四万元就是四块钱，每人每天只有一角三分钱，现在听起来也不可思议。那时是低标准低物价，小米六分钱一斤，鸡蛋一角钱买六个，猪肉二角五分钱一斤。中学生正在长身体，那时初中生年龄偏大，一般是十八九二十来岁，还有的有了老婆孩子。半大小子吃煞老子，敞开肚皮吃主食，菜金就所剩无几了。有一阵传达河北省教育厅文件，中学生伙食费每人每月不得少于六万元。这可难坏了总务主任，他知道学生的父母都是土里刨食，鸡屁股眼儿里抠钱，每提高一块钱的伙食标准，就会有一大部分学生过不了这坎儿，只有退学。没办法就提交全体学生公决，结果600多名学生一致要求维持原来的标准，没有一人例外。总务主任眼泪唰地流下来了，每人每月四块钱伙食还得吃下去。

总务主任名叫付充闾，瘦高个儿，头发花白，东北口音，一天到晚愁眉苦脸的样子。他曾经是辽宁省一个地方的抗日游击队司令员，九一八事变后来到冀南工作，曾任十一专区专员。一次反扫荡他被日本俘虏，受组织委托做伪事（地下工作），营救了大批革命干部。抗日战争胜利后，总务主任回到根据地，听说派他做地下工作的同志牺牲了，对敌工作是单线联系，这样一来，浑身是嘴也说不清了，一夜之间急白了头。好在大家都知道他的为人，一名叱咤风云、战斗半生的堂堂抗日行署专员，只能屈就在一个乡村中学当总务主任。

深受学生敬爱的这位总务主任，曾经从白山黑水一路转战到尧山滏河，历尽枪林弹雨。现在又像侦察员一样，出没粮店、菜市，深入农民菜地，斤斤计较，一角一分地讨价还价。记得每年春天，他都要到附近孵小鸡的人家，买一些孵不出鸡的澥黄蛋，既便宜又富营养，让大家喝一阵儿漂着血丝儿的鸡蛋汤。

伙房每星期改善一次生活，蒸一顿白面馍馍。吃厌了小米干饭的学生们急忙赶来，眼里放着光，把抬出来的笼屉围个水泄不通。好动的小伙子拥来拥去，女生们总是被排挤在外。总务主任就即时派一名教导干事，站在横卧的石碑上对大家训话。风平浪静之后，大家排好长队一一领取，喜笑颜开地美餐起来。

伙房的一项重要任务是种菜和养猪。西城墙根下开出一大片荒地，大师傅都是附近的农民，应时蔬菜总是长得很好，弥补了菜金的不足。猪圈里也总是肥猪满栏，还养了一头老海猪，一窝一窝地生产，小猪劁骟成膘猪，气儿吹似的长肉。这些猪平时不动，只等到期末才杀几口，考试几天吃几天大锅菜，为学生解馋鼓劲儿。高年级男生有经验，排队打菜时往后蹭，让女生和低年级的学生先打，因为白花花的肥肉膘子漂在锅的上层，瘦肉块儿沉在锅底。肉菜打回来，大家呼啦围上去，瞪着眼睛看，伸着鼻子闻，哈喇水往下掉。这时小组长就要履行职责，掌起勺子一块肉一块肉地分，大小块搭配，绝对地平均。如果稍一走神儿，把白菜帮子当成白肉分到谁碗里，就会引起一场战争。

这种四元钱一月的伙食整整吃了三年，对于我这吃糠咽菜长大的贫家子弟，那是一种难得的享受。入学时我 13 岁一米四，毕业时 16 岁超过了一米七。那三年是我高生长期，为后来超过一米八的健壮体魄打下了良好的基础，所以尧城镇三年的初中生活，成为我一生美好的记忆。

土炕上的梦

现今的青少年，很难想象六七十年前农村寒冷的滋味，更不会知道农民是如何熬过严冬的。没有天气预报，没有温度计，只能用身体感受外界冷的程度：冷，好冷，冷得受不了，冻死个人。漫长的冬季，村外的雪一冬不化，街上地皮冻出伤口般的裂缝，井台积冰越来越厚。农谚说，一九二九不出手，三九四九冻破碌碡。碌碡是农民打场用的石磙。

地里没了农活，男人们在村里猫冬。白天靠墙根晒太阳，晚上挤在地窨子里讲鬼故事。全村 300 多户只有两户财主家生得起煤火。远远地就能看见，别人家房顶一层雪，他们家房顶黑亮，冒着水汽。穷人家孩子上冬校，教室里冷如冰窖，脸蛋冻成烂苹果，小手肿成发面饼子，碰一下就流血水。回到家里，母亲第一件事就是抓住我的手往怀里捂，哈哈双手给我暖耳朵、擦鼻涕。财主家孩子冻不着，私塾里有火炉，身上裹着厚厚一层毛，皮帽皮袍皮靴皮手套，耳朵罩着一圈兔毛，名叫暖耳。可是他们经不起撞，一捅就倒，一团毛茸茸的球在地上滚。

寒冬逼得人无处躲无处藏，屋里屋外一样冷，唯一吸引人的是老屋的土炕。呼啸的风撕破窗棂上的麻头纸，掀翻门上的草帘，门后的水缸里结一层冰，做饭时得用擀面杖捣碎。只有土炕保留着一丝暖意，给受冻的孩子一种庇护。土炕连着灶台，做饭时柴火的余热钻进炕里，熏着土坯，缓缓散发出来，传到人体。土炕是中国古老的土暖气，一用就是几千年。

土炕长方台状，占据房屋一头，两尺多高，土坯砌成，有木或砖制炕沿。洞口连接灶膛，内有“己”字形烟道，烟囱在墙角，盖房时留下的。盘炕的技术含量较高，烟道畅通，火旺炕热。烟道不畅，炕不热，还会倒烟。炕面用黄泥抹平，上铺苇席，冬天席下加一层谷草，冬暖夏凉。烧火一般用柴草，像城里人储煤一样，家家要备下过冬柴草、豆秸、高粱秸、棉花柴，也有拾来的树枝茅草。最好烧的柴是芝麻秸，留着除夕煮饺子，易燃无烟，不用拉风箱，烧起来咔吧咔吧地响，像外面的鞭炮声。一天三顿饭，做了饭也烧了炕，临睡前再专门烧一次炕，身下的土炕暖烘烘热到天明。有一年到舅舅家，表哥订婚传帖，炒菜做饭，灶火一天没断，睡觉时土炕就像烙铁一样，烤得人翻来覆去睡不着，口干舌燥。

灶台与土炕之间有段砖台，一尺多高，放灯碗、火柴什么的，叫灯台。灯台后面的炕头，是屋里最好的位置，来了客人先往炕头上让。上面通常摆一个小炕桌，放上茶壶、烟笸箩。农家说媒、传帖、拜亲等大事，一般都在炕桌上进行。炕尾有板柜，白天摞被褥，被褥高度标志着贫富。我家家底薄，仅有两床被子，表哥来了与我打通脚，一条被子各睡一头。他是汗脚，臭味熏死个人。

炕头是女人一生的舞台。新媳妇进门，先要盘腿坐三天，不抬屁股，一边应付闹房，一边控制内急，所以不进汤水，只吃鸡蛋。之后从炕头到锅头，便是生活的半径。一天到晚在炕上纺线、缝补、纳鞋底，再就是生孩子、坐月子、奶孩子。累了炕头上挣扎，病了炕头上等死，直到两腿一蹬，陈尸炕上，走完一生道路，竖着进来，横着出去。

男人的时间，也有三分之一消磨在炕上。年幼恋母，婚后恋妻，冬天恋被窝。土炕上舒坦，土炕上有做不完的梦。有一次听墙根晒太阳的老大爷们说梦，一个说梦见当了县长，一天三顿白馒头，就着油条吃，还泼两碗鸡蛋，吃着一碗看着一碗，边说边吧嗒嘴，哈喇水都流下来了。另一个说做梦当了专员，从咱村到顺德府口，官道上的粪都被俺包圆儿了，谁也不许抢着拾，拾了一筐又一筐，说到得意时，手都在颤抖着。我儿时土炕上的梦是演戏，当大将，不断变换，手持着兵器，单鞭呼延庆，双枪陆文龙，程咬金三斧破瓦岗，秦怀玉银枪杀四门，五鼠闹东京，六出祁山，杨七郎，八大锤，九江口，十字坡……无非白天看的戏夜里又自演一遍，日有所思，夜有所梦。

忽然一天，乡亲们的梦都破碎了。1958 年“大跃进”，人民公社决议，拆掉土炕做肥料，支持高产“放卫星”。民兵挨家挨户抡大锤，砸土炕。老奶奶们像丢了命根子、丢了魂儿一样号啕大哭：“俺的娘哎，俺的炕哎，怎么说没就没了，往后过冬俺可靠谁啊，俺那知冷知热的娘哎，俺那冬暖夏凉的土炕哎……”

从此，土炕在农村消失，换成了床，木床、席梦思，但是躺在上面没了土炕的感觉，没了踏实，没了冬暖夏凉，没了奇妙的梦，接不上地气，与大地隔离开了。

远去的枪声

解放邢台

村“维持会”是两面政权，白天应付日本鬼子，晚上招待八路军，难免老鼠钻进风箱里——两面受气。这一天我村“维持会”会长从炮楼回来，一路唱着：“昨夜晚吃酒醉和衣而卧，稼场鸡惊醒了梦里南柯……”见了熟人就说：“炮楼里断了大米白面，小鬼子开始吃高粱米了，高粱米也不管饱。本田小队长要拿武器换吃的，一颗手榴弹换一只鸡，一把东洋刀换一条烟。八成是秋后的蚂蚱，蹦跶不了几天了。”

1944 年，开辟欧洲第二战场，苏军抄了纳粹的老窝，太平洋战争又耗尽人力物力，侵华日军陷入困境。统帅部将驻冀南地区一一〇主力师团和驻邢台第一混成旅团撤走。八路军开始战略反攻，准备解放邢台。一直躲在济南的国民党河北省二十二区督导员任晓民匆忙赶到邢台，以接收大员身份接管了顺德道尹公署。为了抢占地盘，网罗邢台周围各县汉奸、伪军 3000 多人，改称保安部队，自任司令，委任任县刘超群、南和刘磨头、威县和梦久、巨鹿张伯奎四个铁杆汉奸为旅长，准备死守，阻止八路军攻城。

邢台自古是军事重镇，西带上党，北控常山，是河北之襟要，河东之藩蔽。城墙周长九里，底宽六丈，高三丈三尺，全部由砖石砌成，明碉暗堡，四门三道城墙，号称“牛头门”。城外三丈宽护城河，河外有鹿砦、铁丝网，易守难攻。加上守城之敌都是双手沾满人民鲜血的顽固分子，又聚积大量武器、粮食，决心死守城池。

八路军 1945 年 9 月初开始围城，攻城部队由三方面组成，一是由秦基伟、何政文领导的太行军区一支队，二是由何济林、贺亦然、张西三领导的冀南二分区部队，三是由胥光义领导的冀南四分区西支队。我县的县大队区小队也去参战，15 岁的表哥也在其中，他摩拳擦掌地对我说，要杀敌立功。

围困在城中的还有一个李和曾京剧团，从天津过来的，住在马路街中国大戏院（后改名人民剧场）。任晓民自称“小诸葛”，虚张声势，要点李和曾的《失空斩》，部下以为不可，让外人知道“打扫街道的俱是老弱残兵”，就要“失街亭”。任晓民为鼓动士气，要点《大保国》《定军山》《战长沙》《阳平关》。李和曾说：“我学的是高派，你点的都是谭派戏。谭派特点是苍凉悲壮，略有沙音，‘云遮月’。高派的特点嗓音高亢，悲怆激昂，用的是‘疙瘩腔’。我会演的戏有《走麦城》《击鼓骂曹》《哭秦庭》《煤山恨》《碰碑》《白帝城》《七星灯》《马嵬坡》《高平关》，随你点。”任晓民一听，都是失败、死亡的悲剧，扫了兴，也就不要他唱了。但是下令没收戏箱，拉回道尹公署院内，以示惩罚。

任晓民无心听戏了，加强防御。定下军令状，命令刘超群守东城，刘磨头守北城，和梦久守西城，张伯奎守南城。三支攻城部队召开联席会议，研究攻城计划，冀南二分区攻东门，佯攻南门，太行一支队攻北门，冀南四分区攻西门。各自侦察地形，选择突破口和进攻路线，构筑工事，赶造云梯，四分区利用火车站水塔作瞭望台，观察城内敌人动静。

9 月 23 日夜，正是农历八月十五。太行部队占领北关电厂，切断电源，城内一片漆黑。23 时，邢台四周顿时枪声大作，攻城战斗全面展开。二分区选择了东城门北侧高处为突破口，利用云梯登上城头，很快拿下东门。北门外护城河深，不易抬云梯过去，只好爆破药室，借夜色掩护，战士们扛炸药包接近北门，半路上被敌人发觉，改用头顶方桌外加湿棉被，把炸药送上去终于炸开了城门。先头部队沿长街向南，攻占了敌人指挥部。四分区强登西门，最后东南北三面包抄，把2000名敌人压在西门门洞，迫使他们放下武器。24日凌晨4时结束战斗，除任晓民、张伯奎趁乱坠城逃跑外，生俘敌人2300余名，缴获轻重机枪33挺、长短枪2100余支、迫击炮1门、汽车1辆。邢台宣布解放，红旗插上清风楼。冀南二分区专员任夷（任仲夷）为第一任市长，市政府设在西门里道尹公署旧址。任市长在院内发现了戏箱，问清来由，立即交还李和曾京剧团。

李和曾夹杂在欢庆的人群中，热泪盈眶，乘兴走遍四门，观察战斗情况，为胜利鼓舞，脚步越走越快，走着走着想起了《徐策跑城》，马上折回去决定当晚就上演，慰问英雄的八路军。谁说他只唱高派，麒派戏也会演呢！晚场不仅演《徐策跑城》，还加上前边的《法场换子》《举鼎观画》，连成一出大戏。听到“忽听家院报一信，言道韩山发来兵，叫家院带过了爷的马能行，看是何人到来临”，台下掌声雷动。接着跑圆场，他像白天看四门一样，越跑越快，比平时多跑了十几圈，直跑得大汗淋漓。最后一段原板：“湛湛青天不可欺，是非善恶人尽知，血海冤仇终须报，且看来早与来迟。”李和曾临时抓词：“太行山发来人和马，冀南还有三千兵。”满院子人都站起来鼓掌喝彩。第二天商定，剧团由冀南行署收编，移师南宫，一直唱到新中国成立初，中间还应邀到西柏坡慰问演出。

南　下

随着形势发展，革命进入战略反攻阶段，解放战争节节胜利，急需要老解放区经验丰富的干部支援新区，在干部队伍中开展思想教育，打消家乡观念，解放全中国。1945 年 10 月，从冀南行署和太行一分区抽调 100 人，配备五个团的干部，开赴东北新解放区。刚刚上任邢台市市长的任仲夷告别冀南，踏上出关的行程。

1947 年晋冀鲁豫部队南征，需要组织地方干部随军南下，攻下一座城池，留下一部分干部，建立一个地方政权。6 月从冀南和太行抽调 800 多名地方干部，组成南下第四支队。7 月路过黄河，8 月到达大别山。10 月又抽调 800 人开赴桐柏山，开辟豫西解放区。华北局决定，南下干部学习目前形势，我们的任务是每天吃 2 两肉。

那一段日子，我住在隆平县魏家庄舅父家。舅父家里人来人往，应接不暇，有被批准南下来告别的，有进展不顺利请舅舅说情的。魏家庄是一个著名的红色堡垒，1926 年中共隆平县委成立，以魏家庄为中心开展工作，领导农民反对恶霸地主，清理账目，反对贪污，通过选举夺取村政权，霍子瑞和舅父当选正、副村长。成立县农民协会，霍子瑞和舅父是负责人，村里唱大戏庆贺，中共顺直省委领导亲自来村祝贺。七七事变后，建立滏西抗日游击队，霍子瑞到太行山搬来抗日先遣队，以魏家庄为中心，开展抗日斗争。五一扫荡时，陈再道司令员在杨梦南家地道里躲了三天三夜。隆平、尧山、任县、柏乡四个抗日县政府，县长都是隆平共产党员担任的。

记得第一个来向舅父告别的是魏家庄乡王尹村的朱林森。他 1925 年在保定二师加入中国共产党，回乡发展组织，后来曾担任中心县委书记、柏乡县县长，南下后任湖南省教育厅厅长。第二个是宋匪石，北边五里宋村人，担任过任县县委书记，南下后任武汉市委统战部部长。南下干部要最低是区级干部，我村的程佩申是村干部，迫切要求南下，哭天抹泪，让舅舅讲情，居然成功了，南下后在一个县邮政局当局长。舅舅最早一批申请南下，上级说他从日本监狱死里逃生，落下一身重病，还有大舅父和我父亲先后牺牲，留下一堆可怜的孩子需要他照顾。为此，舅舅常常人前满面笑容，背后愁眉苦脸，留下一个终身遗憾。

南下干部中也包括一些文人。冀南干部中，如李尔重、袁勃、胡青坡、李晓明等。冀中作家梁斌，南下后担任襄樊地委宣传部部长、团地委书记，俞林后来担任江西省文联主席。晋察冀的李满天，南下后担任应山县委书记、新华社湖北分社社长。他们的创作题材往往还是河北的，如《红旗谱》《平原枪声》。

南下干部的配备，县长一匹马，区长一头驴，驮随身衣物和办公用品，区级以下干部要背着行李步行。规定南下干部一律不带枪支，说随部队打仗，到南方有的是枪。县里的一支南行队伍，偏偏因为不带枪出了问题。

这支队伍一行 18 人，过了漳河，进入彰德地区。这里是袁世凯的老窝，国民党势力大，土匪活动猖獗。有个叫陈倒生的土匪头子，横行乡里，杀人越货，无恶不作，共产党要整治他们，他们就靠近国民党。

这一带有黄河故道，有漳河、卫河、安阳河，连年发洪水。洪水一来，粮食绝收，穷人卖房卖地，富人趁火打劫，买房置地，两极分化，形成一批大地主。大地主防匪防盗，修寨墙，盖高房，设岗楼，雇家丁，大批买枪，看家护院。为了旱涝保收，农闲时间常常把家丁、长工放出去，劫道绑票，收入四六分成，枪六人四。还有一个风俗，娶媳妇嫁闺女论枪支，红帖上写男方出多少枪支为聘礼，女方出多少枪支做陪送。枪支像萝卜白菜一样公开买卖，家家都有，老太太小媳妇都会使枪，像烧火棍一样人人会用。可怜这一行 18 人的南下干部，与地主武装遭遇，在黑洞洞的枪口下束手无策，生生被活埋了。

鬼故事

抗日战争胜利，农村又恢复了日出而作日落而息的生活。因为没有电，灯油也紧缺，夏天晚上易过，冬季漫漫长夜就难熬了，唯一的娱乐是大家凑在一起讲鬼的故事，地点多在张家地主场屋里。什么东村庙里一条长虫檩条一般粗，张嘴能吸进一只山羊呀；西庄一个老头五更起来拾粪，被鬼架上一下子飞到了80里外的顺德府呀；北乡一个光棍夜有狐仙陪伴，眼看瘦得没了人样呀……最能讲的是张家长工老万，讲得有名有姓，有鼻子有眼，不由你不信。越讲越怕，越怕越想听，曲终人散时，吓得人头发根子发奓，不敢回头，总觉得身后有鬼怪跟着，进屋插门后再不敢出来。

土改工作队进村，认为鬼故事宣扬迷信、因果报应，有碍发动群众，是阶级斗争的新动向。农会要针锋相对，宣传无神论，办法就是破除迷信，培养不怕鬼、不信神的积极分子。积极分子由工作队访贫问苦，单兵教练，互不通气，于是便出现了下边的一幕。

一天晚上故事会开场，两个积极分子大头和二片抢先开口。大头说他见张家坟上鬼打灯笼，排着队走。二片说那是磷火，骨头朽了就出磷火，随风燃烧。大头又说，除夕俺家包了饺子，放在北屋缸盖上，天明少了一半，跑到东屋柴火堆里去了。二片说，那是老鼠拉去的。大头站起来说，就显摆你胆大！北头老叫花子刚死，在关帝庙供桌上停着尸，你敢半夜三更去施舍他一碗面条吗？咱打个赌，你喂一口我输你一斗麦子。二片也不含糊，站起来当着众人的面与大头拉了勾。

二片回家煮了一碗面条，鸡叫两遍后端起饭碗直奔村北。天黑得伸手不见五指，一脚深一脚浅，头顶上还有夜猫子惨叫，二片嘴里哼着梆子腔为自己壮胆。摸到关帝庙，哆哆嗦嗦推开门，又扑棱棱飞出一群蝙蝠，吓得他出了一身冷汗。想转身回去，又舍不得那一斗麦子。二片提气挪脚，摸到供桌，又摸到了上面死尸的鼻子和嘴巴，他不敢多想，抓起一把面条就往里塞。想不到那死尸张嘴就吸溜进去了，还吧嗒了一下嘴。二片再喂，再张嘴吸溜，再吧嗒，一碗面喂光了，嘴巴还张着。二片发毛了，把空碗往死尸脑门上一摔，连滚带爬地跑回家去，捂上被子，出了一身冷汗。

第二天一早，大头背着麦子上门认输，他看着二片焦黄的脸说，你小子胆真大，我算服了，就是那碗面条擀得太糙，像你娘那裹脚条子。二片腾地坐起来，看大头脑门上有血印，立即明白了是怎么一回事。原来那死尸是他装的，他上前打了大头一拳说，你小子胆子更大，差点把我吓死。

这天晚上故事会特别热闹，大头和二片连说带表演，唱了一段“三岔口”。大家大笑不止，原来鬼故事都是人编造出来专门吓唬自己的。从此不怕鬼的人越来越多了。

一天有人反映张家地主闹“凶宅”，房顶上有夜猫子叫，半夜里门口有白影儿闪动。大头和二片等积极分子听说，埋伏在门口，单等门响，几个白影儿闪出，突然上前拦住，原来是张家的人身披孝衣，怀里抱着金银财宝、细软绸缎，准备转移到坟里埋藏起来。这次不怕鬼的人真的捉住了鬼。

开明地主

1947 年初冬一天，贯彻《中国土地法大纲》，威县七级乡张庄大场上，土地改革进行得热火朝天。民兵连长宣布，被斗户都跪下，四户十几名地主、富农分子每人找一块砖，乖乖地跪在上面。地主分子张丙玉也在场边踅摸了一块砖，正要跪下，农会主任大声补充一句:“四掌柜除外。”还特意搬来一个凳子，让他坐在贫下中农和地主富农中间。张丙玉连连鞠躬说，我应该在那边。

四掌柜名叫张丙玉，40 岁挂零，微微谢顶。从晒黑的四方大脸、粗手大脚和破旧棉衣上看，与一般农民没什么两样。可他确确实实是张庄头号地主，有四顷土地和一处深宅大院。那么为什么还得到工作队和农会另眼相看呢？原来地主也并不都像电影上黄世仁、南霸天那样为富不仁，作恶多端，其中也有劳动致富，乐善好施者。四掌柜人称张善人，青黄不接，逢年过节，他都备下一些粮食、农作物和现金，给困难户送上门去。常说这些家财不能都算作我的，我只不过是个保管人，该用就用，不能都留着做遗产。村里流传着他许多扶危济贫的故事。

一次麦收，四掌柜雇了一些人割麦子，因为好吃好喝工钱高，短工们格外卖力气。歇晌时，四掌柜回头看麦茬儿，发现短工们割得十分干净，基本上不丢什么麦穗。他急忙把大家召集在一起，说麦子不能这么割，割太干净了，后面拾麦穗的什么也得不到，乡亲们就会骂我。本村外村都有人家不种麦子，全凭这几天拾点麦子，过年才能吃上白面饺子。大家要手下留情呀！

有一年冬天，门外来了个要饭的，上身破棉袄，下身灯笼裤，冻得哆哆嗦嗦。四掌柜二话没说，把自己的新棉裤脱下来让他穿上，裤筒还热乎乎的。然后叫人端来一海碗热面条，几个窝窝头。要饭的把窝窝头揣在怀里，就着眼泪把面条喝下肚里，说家住任县马河桥，今年东泊发大水，颗粒无收。四掌柜说，你就留在这里干点杂活，明年开春再回去。要饭的说，不能，家中还有八十老母。听说要饭的是个孝子，四掌柜更加敬重，给粮食又怕背不动，给了 20 万冀南票，又带足了干粮，亲自送他上路。

有一年秋天，四掌柜家里人抓住一个偷庄稼的，是邻村古城村人，姓姜。四掌柜一看，是个本分人，家里揭不开锅才出来偷青，人比较老实。四掌柜说这样吧，给你些干粮、粮食，救了一时也救不了一世，不如给你一部分麦子，回去开个馍馍房，经营得好，往后生活就有了保证，也用不着再来找我了。当下送去四马车麦子。馍馍房开张了，四掌柜还亲自去看了看，叮嘱了一些注意事项，才放心地走了。

张家雇了几个长工，四掌柜不把他们当下人看，吃一样的饭，干一样的活儿。起牲口圈他第一个跳进粪坑里，打井他第一个跳进泥水里，练就了一个大饭量和一身力气。窝窝头一个挨一个吃一胳膊，扛一口袋麦子登梯子上房如走平地。平时练功，一口袋绿豆架脖子上，蹲下起来，起来蹲下，能反复几十次。

其实张家富起来也不过两代，他爷爷时还房无一间、地无一垄呢，到他爹这辈还给人当长工。后来到河南漯河贩牛，头两次赚了，第三次买了 18 头，牛得了传染病，接二连三倒在路上，回到家只剩下 6 头，瘦骨伶仃。5 头牛赔钱出手了，剩下最后一头风吹就倒，眼看着血本无归。想不到宰它时，剥出来 5 斤重的一块牛黄。病牛胆汁凝结的黄色块状物，是一味名贵的中药，有强心、解热的功效。祁州药商闻讯赶来，花了 200 大洋买去。张家时来运转，买房置地，开了一间豆腐坊，水里来浆里去，省吃俭用，一点一滴积累，才慢慢殷实起来。

抗日战争全面爆发，1938 年 12 月 21 日一二九师东进冀南腹地，师部就安排在威县七级乡张庄四掌柜家里，中央文献出版社出版的《邓小平与冀南》中有记载。1939 年 1 月 21 日，刘、邓首长在他家里召见三八六旅陈赓旅长，部署了著名的香城固战斗，歼灭日军 200 多人，成为八路军平原作战第一次的胜利。之后，又在这里颁发了《关于冀南反扫荡战术指示》《关于在严重情况下坚持平原游击战争给各部的指示》。刘、邓首长在张家大院住了三个月，与张丙玉结下深情厚谊。过春节在一块吃饺子，饺子馅按四川人的习惯剁进了一些辣椒，张丙玉嘴皮发辣，心里热乎乎的。三个月中张丙玉接受了许多革命思想，也把不少粮食和现金无私地支援了抗日战争。后来有人告密他通共，被几个伪军押解去南宫。伪军班长知道他是个好人，走到北九宫村外，假装枪毙，枪里没装子弹，用枪口把他的后脑勺敲破了。张丙玉趁机把血抹了满脸，倒在地上。伪军班长说，该犯不行了，回去交差吧。伪军走后，四掌柜拔腿就跑，回到家里还开玩笑，我这是革命开了头。头是双关语，冀南人称脑袋为头子。

粉碎“四人帮”以后，中央办公厅从邓小平的日记里发现了这段历史。小平同志说张丙玉对革命有功劳，请他到北京来叙旧。1980 年的一天，八辆轿车来到张庄，可惜四掌柜已经在“文化大革命”中去世了。

错斗中农

抗日战争期间，民族矛盾上升为主要矛盾，解放区对地主阶级采取“减租减息”“合理负担”（按土地数量分摊赋税）政策。到抗日战争胜利，一般地主富农已经没有大量浮财，土地成为平均分配的主要目标。1947 年西柏坡的土地工作会议进行了两个月，颁布了《中国土地法大纲（草案）》，土地改革运动全面铺开，那时我已经 8 岁，记事了。

工作队进村，两男一女。女的穿一身紫花布衣裳，与村民没什么两样，只有一头齐耳剪发格外引人注意。辛亥革命剪辫子只限男人，女人发式依旧，已婚的挽纂儿，未婚的留单辫。女工作队员姓申，是副队长。申副队长的剪发头，一度引起女人们的恐慌。可是几天以后，人们发现她很和善，并没有强迫人们剪辫子的意思。

申队长常到我家，进门就帮助母亲干活儿，纺花织布，缝缝补补，什么都会。一口庄稼话，家长里短，婆婆妈妈，很能体贴人。人熟了，她也不隐瞒自己的身世，曾给一家富农当童养媳，偷跑出来参军的。穷苦的经历很快拉近两个女人的距离。这种工作方法叫访贫问苦，扎根串联。母亲苦大仇深，是妇救会主任的第一人选。但是母亲坚辞，一双儿女嗷嗷待哺，耽误不起工夫。而申副队长则宁愿承担完不成任务的责任，也不勉强母亲。

土改运动开始还正常，后来一个游手好闲的二流子，花言巧语迷住了队长，出谋划策。在他的操纵下，运动急剧向"左"转。那时县里有一些土改工作好大喜功，"村村点火、户户冒烟"。工作队和贫农团内部有不同意见，提意见的人出身不好，就被称作"石头"挡道，立马搬掉。申副队长第一个被搬了"石头"，调到供销社当售货员去了。不光因为她心慈面软，搞斗争下不去手，还牵扯到她当过童养媳，曾经是富农家庭的一员。这理由根本站不住脚，但是搞运动的思维方式就是"抓住一点，不计其余，宁左勿右"。

搬掉石头，堵塞言路，运动便出现过火行动。有的村斗地主，绑住双脚，套上骡子轰着跑。有的倒捆双手，拴上绳子向秋千或树杈上扯，边扯边问："看到老蒋没有？"不管说看到还是没看到，一松手，就重重地摔在地上。

土改的基本政策是，依靠贫下中农，团结中农，打击地主富农。政策规定，地主占有土地，自己不劳动，依靠出租土地剥削农民为主要生活来源。富农以剥削雇佣劳动为主要生活来源，自己也劳动。中农分上中下三等，上中农自己劳动为主，也有少量雇工剥削。区分富农与上中农，计算剥削量，超过25%为富农。

阶级成分群众评议，名单上墙，三榜定案。处理原则是，地主扫地出门，富农征收多余土地、房屋，上中农自愿献出少量土地。前两者称“被斗户”，后者称“献田户”。

我们村有两户小地主，没有什么名副其实的富农、上中农。工作队和贫农团斗争斗红了眼，报功请赏，就矬子里拔将军，将一些中农升级戴帽。西邻家一个寡妇，带着两个半大小子过日子，并不富裕。因为她家村南有几亩水浇地，井台上一架辘轳，一年四季有蔬菜吃。家里三间北屋，坐落在高台上，不怕洪水淹。于是就有人打她的主意。一天夜里，西邻大娘咚咚地敲墙。母亲走到院里，说了几句话，就一趟趟抱回一些被褥、衣服、粮食。我在儿童团曾被派监视地富转移浮财，知道这是防备抄家，转移财产。母亲严厉地告诉我不要向外说，她家是受奸臣陷害。我那时对人对事尚没是非观点，只有戏台上的忠奸标准。一连几天来我家串门的多起来，进屋就从怀里掏些手镯戒指什么的，托母亲保存，我家成为一些错斗中农转移财产的“窝赃点”。即便贫农团知道了也不敢上门，我家是烈属，母亲一向敢作敢当，一般小人都怕她三分。

西邻大娘被斗，三间北房换了主人。她家二小大我两岁，小学同班，平时爬树上房，扒瓜偷枣，是孩子头。儿童团站岗放哨，监视地富活动，也是活跃分子。突然他家被斗，停止了他的儿童团，收回了红缨枪，一下子被打击懵了，躲起来大门不出，一个活泼可爱的孩子在大家眼前消失了。母亲放心不下，让我去找他玩。他家搬到一间场屋里，二小也和大人一样唉声叹气。

半年以后土改纠偏，申同志回来当了正队长。申队长落实政策，纠正了一些错误决定，为错斗中农恢复了名誉，二小一家也搬回他们的三间北屋。母亲高高兴兴地把代为保存的东西送过去，也把所有“窝藏”的东西一一归还原主。二小娘他们当面感谢申队长，申队长说应该感谢毛主席。是毛主席在陕北一个土改工作报告上，发现了极“左”倾向，着手土改纠偏的。陕北那篇工作报告的作者是一位作家，多年后我见过他，一位“左”得可爱的老汉。

后来二小告诉我，那次错斗是纠偏了，可是参加工作后，一搞运动就旧事重提，成分就高不就低，“错斗中农”的阴影一直伴随了他多半辈子。

打元氏

1947 年 1 月，春节前碾子忙，轮到我家已经午夜了。突然几声枪响划破夜空，马灯忽闪了两下。妗子腿一软坐在地上，母亲下意识地蹲在碾盘下面，抗战期间被日本鬼子扫荡的枪声吓怕了，形成一种条件反射。

天不明，小王庄治安员敲门，向舅舅报告出了大事。几个钟头前，农会主任一家八口被枪杀，除了住姥姥家的两个孩子，全家人无一幸免。舅舅赶到现场，三个屋子炕上地下全是血，血泊中的农会主任眼睛还没闭上。验尸看枪眼不多，个个击中要害。凶手是个职业杀手，心毒手辣，不留痕迹，扬长而去。

大家分析，不像是图财害命，屋里箱柜没动，连抽屉里几张冀南票都没拿。可能是仇杀，凶手对院落、屋子甚至炕头都很熟悉。农会主任为人正派，办事公道，人缘很好，除非领导土改，斗地主，遭受阶级报复，别无解释。于是一个狰狞嘴脸进入视线，恶霸地主黑格江，土地改革运动后从人间蒸发，快半年了。眼下，解放区的天是明朗的天，坏人无处躲藏，他可能跑到敌占区了，极有可能隐藏在石家庄。县公安局当作大案要案去抓，派出不少警力。不久，人民解放军要打正太战役，县公安局两名警察和小王庄两名民兵跟着冀南独立十团北上，边打仗边破案。北上的部队在元氏碰了钉子。

元氏在邢台与石家庄之间，距石家庄28公里。商朝时即有元氏，战国为封龙邑，赵孝成王十一年（公元前255年）筑城，因为是赵国公子元的封邑，所以叫元氏。它西据太行，东摄平原，向来是兵家必争之地。韩信背水一战，斩陈余于泜水，就是现在的槐河，西发赞皇，东南经高邑、临城、柏乡、隆尧，入宁晋泊。

1947年春，人民解放军局部反攻，打响正太战役。晋察冀军区四纵南下，晋冀鲁豫军区一分区三十五团、三十六团，冀南独立十团及15个民兵连北上，两军会合，包围元氏城10天，强攻不克，为了不影响整个战役部署，不得不撤出战斗，放弃元氏，北上正太线了。

元氏难攻，一是敌人顽固，汉奸头子、伪县长魏永和网罗周围一二十个县的顽伪残余和各地逃亡地主五六千人，麇集一处，以死相守。二是城防坚固，防御严密。元氏素以“卧牛石城”著称，城防系明朝修建，三门三关，周长十里，高四丈，基础阔六丈，顶部宽三丈，能并行三驾马车，全部由红色花岗岩砌成。城外挖内外两条壕沟，深宽各两丈，每十丈筑一地堡，容一个班兵力，内侧不远置一个单人掩体，共计664个。两壕蓄水，并有许多交通沟相连。城外三关，各有三丈高炮楼一座（元氏城没有北门、北关），关、门之间七条暗道贯通。交通要道，布满铁丝网和地雷。在冷兵器时代，这种防御体系易守难攻，难怪魏永和夸下海口：“别说土八路，一只鸟儿也休想飞过。”

魏永和侥幸躲过一劫，变本加厉实行报复。一方面肃清内部，一城三关凡是可疑分子，集中大操场，斩尽杀绝，使解放军断了内线，失去耳目，增加了攻城难度。另一方面派重兵出城，烧杀抢掠，补充给养。血洗城东十村、城南八村，杀死六区区委书记，用铁丝穿透一名女共产党员锁骨，拔光头发，割去双乳，凌迟而死。5 月 14 日，500 人偷袭东正村，事先由奸细在村干部、民兵家门口上画了“杀”字，对号入宅，见人就杀。一个刚生过孩子的妇女，被刺刀乱刺阴户而死，一个民兵的妻子被刺刀捅进肛门毙命，妇女主任被大车拖了四五里，剁为三截。《新华日报》（太行版）头版报道:《大汉奸魏永和临死挣扎血洗元氏十余村庄全县人民悲愤誓要魏逆狗命》。

1947 年下半年，解放军由战略防御转入战略进攻，11 月 6 日至 12 日一举攻克石家庄，元氏失去靠山，沦为一座孤城，冀中军区独七旅、独八旅，太行军区三十五团，元氏、高邑、赞皇、获鹿等县独立营，华东野战军榴弹炮营，晋察冀军区野炮营，第三纵队工兵营，统一由冀中军区指挥，攻打元氏城，冀中军区副司令周彪担任总指挥，杀鸡祭起了牛刀。

22 日总攻开始，部队通过蛇形交通沟逼近外壕，几十门大炮齐鸣，炮弹雨点般落进敌人阵地。太行部队彻夜激战，夺取西关、东关，独八旅用“土坦克”突破，经过 16 次争夺攻入外壕，拿下主炮楼，炸毁地堡群，占领南关。战斗激烈残酷，光手榴弹柄爆炸后的木屑就铺了半尺多厚。23 日开挖破城坑道，七昼夜挖成主辅坑道九条，五座药室准确地挖于城墙下面，每室装入七吨炸药。12 月 2 日 15 时点火引爆，地动山摇，石头城五处被炸开，战士们从缺口冲进城内，激战至午夜，将残敌压缩到北城墙“小北天”。敌酋魏永和大势已去，指挥残部突围，被击毙于东北墙之下。3 日晨元氏宣布解放，拔掉了敌人在河北南部最后一个顽固据点，冀中冀南连成一片。

元氏一战，共击毙敌人 1555 名，生俘 3966 名。隆尧县公安局民警和小王庄民兵在死人堆中找到了黑格江的尸体，狠狠地踢了几脚。

过 兵

我家左邻右舍有两个叫过兵的。西边的姓王，比我大两岁；东边的姓杨，比我小十岁。我属兔，他们俩都属牛，因为落生时都逢军队开过，才起了相同的名字。但是因为落生的年代不同，两次过兵却是两种遭遇，两番景象。村里人至今记忆犹新，成为挂在嘴边的谈资。

我们村坐落在古代流传下来的官道旁边，向来是军事要道，比一般村庄多了些见识。

王过兵生于七七事变那年，国家濒临危亡。农历九月九，一小队日本兵侵占了河北省尧山县城，国民党杂牌军一个团溃退下来，在村里安锅造饭，要米要面。伤兵们嫌吃得不好，砸盆摔碗，张口骂人。胆大的村民问，你们四五百人一个团，怎么抵挡不住八九十人的日本小队？士兵们说，看看咱手中的家伙，老掉牙的汉阳造，一根烧火棍。甜瓜式手榴弹，还净瞎火。一个班才一杆水连珠（俄式步枪），一个排才有一杆汤姆生（美式冲锋枪），一个连才有一挺捷克式（轻机枪）。那时日本武器在世界上并不先进，但是比中国强多了。步兵用的是三八式步枪、歪把轻机枪、九二式重机枪、九二步兵炮，尽管是用马拉，但是威力大，一个小队都配备齐全。时常还从石家庄出动飞机助战，零式飞机，有单翼的，也有双翼的，有的机身还是木头做的，但是在头顶上呼啸而过，也怪吓人的。有的兵说实话，不是不想打，上峰有指示，抵挡不住不可恋战，保存实力，大家也挺憋气的。

小日本蛇吞象，靠汉奸为虎作伥，到处烧杀抢掠，无恶不作。

鬼子扑来时王过兵他娘正临盆待产，听到枪响，顾不上剪脐带就被架进了高粱地。鬼子撤了回家，眼前一片狼藉，日本兵往锅里、炕上、神堂香炉里拉屎撒尿。家里鸡狗不留，把门板、窗棂、箱柜劈了烤肉，扑腾了满院子血，连给孩子准备的小衣裳都扯了擦刺刀。轮到给孩子起名，他娘说，兵荒马乱的就叫过兵吧。

那时只有共产党不怕日本。县委书记张子政组织了滏西抗日游击队，我舅舅、我父亲都参加了，21 个人 11 条破枪袭击了日军山口粮站，缴获了大批枪支弹药和军用物资，大大振奋了人心。群众说，中央军见了鬼子没命地跑，还不如老百姓，把日本兵打得夹起尾巴逃跑了。

杨过兵生于 1949 年 4 月，三大战役节节胜利，第二、第三野战军已经打过长江，人人扬眉吐气。这时毛泽东急调第四野战军，70 万大军分三路浩浩荡荡南征，“东北大军进了关，好比猛虎下了山”。程子华司令指挥的中路军从我们村边路过，还有一个团要住下来休整两天。这个团刚刚打完辽沈、平津战役，缴获了国民党大批美式装备。县政府出面交涉，组织全县基干民兵前来参观，以鼓舞百姓士气。部队答应了，全副武装演练，那阵势就是先进武器展览，让人眼界大开。

并不多的步枪是三八式、美式三〇步枪，一支 9 斤多重，杀伤力很大。半数战士手握汤姆生冲锋枪、捷克式机枪和枪榴弹。每班都有日式重机枪、火焰喷射器，炮兵营里有美式榴弹炮、野炮、60 毫米迫击炮、82 毫米迫击炮，最次的也是日式山炮、无后坐力炮。那阵势是当年的日本军队无法比拟的。一声令下，炮管森林般齐刷刷指向天空，好像无数手臂欢呼胜利，撑起一片蓝天。过兵战车摆开一字长蛇阵，一色的十轮卡，前边两个轮子，后边四对双轮。我们儿童团的孩子们好像走进童话世界，摸摸这种枪，拍拍那门炮，最后爬上十轮卡欢呼跳跃，都乐疯了。

团部号房，战士们分住各家各户，帮助担水扫院，碾米磨面，大伯大娘不住嘴地叫。炊事班包了饺子，炖了肉菜，挨门挨户地送。晚上开军民联欢会，安排乡亲们坐前排，拉歌、说快板、演活报戏。杨过兵迫不及待地要从娘肚里钻出来看热闹，部队卫生员穿一身白大褂接生。团长按当地风俗送红糖、送鸡蛋。王过兵他娘羡慕极了，说人家这小子算赶上好时候了，天兵天将都来迎接。产妇说，俺这孩子也叫过兵吧。前后对比，传为佳话。

住够两天，野战军依依不舍地开走了，把一股热火朝天的劲头留在村里。此外还留下一条标语，用笤帚疙瘩蘸着白灰写在南街口一面砖墙上：姜国真是英雄。估计是部队随便写的鼓动标语，可是村里却像敬神一样把它一直保留下来。我和两个过兵常常站在它面前琢磨，念“姜国真，是英雄”呢，还是“姜国，真是英雄”呢？20年后，保定驻军真的有位首长叫姜国真，这个部队还真的是当年第四野战军所属部队。有一次我找上门去问这回事，那位首长笑了，说1949年南下确实走过那条路线，但是这样的场面几乎天天有，具体到你们那个村，确实记不清了。但是我却永远也忘不了，因为我那两个叫过兵的伙伴。

要发家，种棉花

我们的地球，是花的海洋，万紫千红，百花齐放。各种花中，我最喜欢的是棉花。其实棉花是果实，而不是花。棉属锦葵科，茎绿而紫，叶互生，五裂，样子像伸开的巴掌，夏季开花，有白、黄、紫三色，蒴果俗称棉桃儿，成熟出绒团，像花朵，人们便称之为棉花。

棉喜温喜光，宜沙壤，我的故乡这两条全占，盛产棉花，被誉为“棉花窝”。但是，我儿时的棉花不是现在的品种，而是分类学上的“中棉”。纤维粗短，俗称“笨花”。“笨花”棉绒除白色以外，还有一种土黄色的，叫作“紫花”。“紫花”的土黄色，天然形成，其织物颇似当下流行的“彩棉”，好看而耐脏，在日伪封锁时期，颜料紧缺，它就显出很大的优越性。“紫花”成为当时的流行色，不仅老百姓喜欢，八路军和地方干部也都用来做军装，行军打仗易于隐蔽，摸爬滚打不怕脏。这种“紫花”布衣服，我从出生一直穿到初中毕业，至今箱子底还保存着一身，有一次被女儿翻出来，还以为是戏装呢！

“紫花”虽好，但产量低，亩产不足百斤，我考虑是种子问题。棉花元朝末年在我国推广普及，明初流行河北平原。开始叫吉贝，属亚洲棉，在中国种植久了，习惯叫中棉。清末、民国以来，连年战争，兵荒马乱，科学技术停滞不前，种子严重退化。

新中国成立以后，引进美国的斯字棉，记得有斯 2B、斯 4B，后来又有德字棉、珂字棉、岱字棉陆续出现，亩产可达三四百斤，1 斤籽棉的价钱等于 6 斤玉米，棉农兴趣大大提高，优良棉种迅速普及。1955 年全国棉花总产 6.4 亿斤，比 1949 年的 2.1 亿斤增长了 2 倍。河北当时是“中国产棉第一省”，冀南棉田占耕地一半以上，成为全国驰名的棉花专门生产区，有“冀南棉海”之称。当时有个响彻云霄的口号，叫作“要发家，种棉花”。

我舅父所在的隆尧县魏家庄，是冀南乃至全国的棉花集散地之一。西街路南的“聚众棉站”，每天收购新棉花 20 万斤，堆起几十米高的棉垛，几十架脚蹬轧花车把籽棉制成皮棉，打包成捆，天津、青岛棉纺厂的马车排队等候。轧花机剥离出的棉籽也堆成山。灰色的山，白色的山，双峰并峙，成为冀南平原一大奇观。周围农民的钱包迅速鼓起来了，魏家庄农历二、七大集，东西南北各三里长的大街，人山人海，两边有上百家饭馆茶楼。500 户人家的村庄有两处戏院，天天唱对台戏。京、津两市和晋冀鲁豫四省各个剧种的名角纷纷赶来献艺。听我舅舅说，全国老区慰问团来村演出，团长程子华说：“这个魏家庄好厉害，新中国的繁荣就要从这儿看。”我舅舅刘凤魁是村支部书记，1926年入党，土地革命时期曾担任县农民协会常委。

种棉花收入高，可是也十分费工，除了需要水肥浇足之外，主要农活儿是整枝打杈。棉枝分果枝和营养枝两种，为了把养分集中于果实，要不断去掉疯枝，棉棵长到一定高度还要掐尖，掰去腋枝中的疯叶，俗称“猫耳朵”。我小学时期，夏天基本上是在棉田里度过的。夏至过后，棉棵长到一米多，比我身子还高，密不透风，蹲在地里如钻蒸笼，一会儿就捂一身痱子。一片片五裂的棉花叶子如同一个个巴掌，劈头盖脸，拦住去路。棉花地里要有耐性，打持久战。一块地前脚活儿刚干完，后脚疯枝疯杈猫耳朵也长出来了，战斗永远无穷期。棉棵爱生蚜虫，大人们背着喷雾器打农药，蚜虫药死了，人也熏得头晕眼黑。农药需要十来天打一次，稍有疏忽，蚜虫就冒出来，泛滥成灾，比米粒还小的家伙会把你几个月的心血一下子吃光。从夏至到处暑，棉农天天如同上战场，一个战役要打两个月。

“立秋花龇牙，处暑见新花”，成熟的棉桃儿纷纷裂开。棉花一般开三“喷”，一“喷”就是一次成熟的高潮。满地棉花齐刷刷“喷”放，夜里看银河落地，白天看雪野茫茫。摘棉花是农民的节日，大闺女小媳妇腰系包袱，两手左右开弓，不一会儿路边地头就堆起了“雪山”。家家户户把白生生的棉花拿到集市上换成花花绿绿的票子，换成蓝澄澄的新砖房，换成红油油的耕牛，换成叮当当的水车。“要发家，种棉花”，从新中国成立到农业合作化之间那短短的三五年，成为中国农民记忆中的黄金岁月。

志愿军哥哥

1950年10月19日，中国人民志愿军“雄赳赳，气昂昂，跨过鸭绿江”，一场轰轰烈烈的抗美援朝运动在全国展开。我当时正上小学三年级，整天举着小旗上街游行。4月4日儿童节（后来改为6月1日）那天，共青团县委书记来校作报告，号召每个学生给志愿军叔叔写一封慰问信。全国各地的慰问信雪片似的飞向中国人民志愿军总部，再分发给各部队战士。

一个月后，我收到一位名叫王亮的志愿军战士的回信。他愿意跟我建立通信关系，但是不许称叔叔，只能叫志愿军哥哥，理由是他仅仅比我大五六岁。我当然不同意，说他萝卜不大长在背（辈）儿上，我父亲是当八路军牺牲的，八路军、解放军、志愿军是亲兄弟，不能乱了辈分。争论了两三个回合，最后还是我妥协了，不应他的条件，就要中断联系。

书信来往频繁，一星期一封。他给我讲述战场体会，我向他汇报学习成绩。原来只知道他信皮的部队番号，渐渐地从字里行间了解到他是一名铁道兵战士，守卫在清川江大桥。我专程到县城买来朝鲜地图，一天到晚地看。清川江是与鸭绿江平行的一条河，东起妙香山，西入朝鲜湾，是平安北道与平安南道的界河。江南岸的小城安州，在丹东到平壤距离三分之二的位置。志愿军的军需物资从这里源源不断地向南运输，大桥自然成为咽喉要地。第二次战役时，毛泽东亲自布置了“清川江钓大鱼”，消灭了美军一个王牌部队，并即兴赋词一首：“颜斶齐王各命前，多年矛盾廓无边，而今一扫纪新元。最喜诗人高唱至，正和前线捷音联，妙

香山上战旗妍。”（《浣溪沙·和柳亚子先生》）

美国是世界头号军事强国，而新中国成立伊始，积贫积弱，双方武器装备相差甚远。美国一个军拥有坦克 430 辆，中国入朝六个军一辆也没有；美国一个陆军师拥有 462 门各种大炮，中国一个师只有 12 门山炮；美国一个军拥有汽车 7000 辆，志愿军主力三十八军只有 100 辆，二十七军只有 45 辆；美国一个步兵师拥有电台 1600 部，中国一个军才有 10 部；空中力量对比更为悬殊，志愿军当时不但没有飞机，连防空武器也极缺乏，面对美军 1200 架作战飞机，只有一个高炮团，36 门 75 毫米炮，还必须留下 12 门守卫鸭绿江口；至于雷达则一台也没有，搜索空中目标全凭耳朵和眼睛。最现代化的军事力量反被小米加步枪打败，美军气急败坏，疯狂反扑。

第二年冬天，王亮哥哥来信明显减少，内容也越来越简短，有时只有三两句话。从断断续续的只言片语中，我深深感到战斗的紧张和惨烈。把那些电报式的文字连接起来，是这样的：

美国空军对清川江大桥展开摧毁式攻击，每次出动 B-29 型轰炸机 60 多架，每天十几次轮番轰炸。我铁道兵战士毫无畏惧，你炸我修，白天炸晚上修，大桥依然巍然屹立，畅行无阻。后来美军每天出动飞机 2500 架次，夜以继日地投弹，使我军无暇修补。然而，道高一尺，魔高一丈，铁道兵在大桥旁边另修一座 1500 米新桥，隐蔽在水面之下七八十厘米处，白天海水涨潮时淹没，夜里海水退潮时通车。一天战士们在新桥附近发现几个铁疙瘩，是美军投下的定时炸弹，三四个人抬不动，就用绳子拖，拖着拖着爆炸了，巨浪升空，战士们倒下一片，鲜血染红了半边江水。

敌机欺我无力防空，追着战士飞，炮弹打出一溜火光。敌机发现山腰的坑道，俯冲下来，钻过高压线，对准洞口射击。飞过去再转回来，如入无人之境。奈何我钢铁战士不怕牺牲，连续作战，有人极度困乏，倒在冰水里就睡着了，−40℃严寒，不少人冻伤。他们硬是一不怕苦二不怕死，把清川江大桥建成了一条打不垮、炸不烂的钢铁运输线，保证一个月夜间通车25天，以惊人的牺牲，为新中国赢得了荣誉。美国人惊叹“碰到了最顽强的对手”。这对手迫使不可一世的美军司令、五星上将麦克阿瑟丢官，第八集团军司令沃克中将丧命。美国人极不情愿地回到谈判桌前。

报纸上捷报频传，一天天接近胜利。可是志愿军哥哥却断了书信，急得我天天跑邮电所，依然毫无结果，不祥的预感重重地压在心上。老师开导我化悲痛为力量，我就拼命学习，念完第五册就跳到第八册，高小上了一年就考上了初中，年年班上考第一。有人问我学习的动力，我就说因为有个志愿军哥哥。

1955年我到邢台上高中，一次到荣军疗养院慰问，在墙报上看到一则消息，表扬特等伤残军人王亮节约津贴支援灾区的事迹。这个名字使我震颤起来，好像有心灵感应，他就是我消失了几年的志愿军哥哥。仔细打问，果然是他，悲喜交加。只是在我心目中那位顶天立地的英雄哥哥，已经常年躺在病床上，永远也站不起来，再也不能给我写信了。听我报了名字，他僵硬的身子激灵了一下，干涸已久的眼窝也涌出了泪水，嘴巴嗫嚅了几下。我听不懂，护士介绍说，在清川江保卫战中，他头部被击中，晕倒在−40℃的冰水中，两天后才被发现，身上凡是突出的部位，鼻子、耳朵、手和脚都被冻掉了，只剩下一条木桩样的躯干。

突然接通了中断已久的友情热线，我止不住内心的热流和泪水的涌动，回到学校，只要安静下来，脑子里就酝酿起那激动人心的通信的续篇，熄灯后经常爬起来打着手电记录下来，星期日跑到疗养院念给王亮哥哥听。风和日丽时推他出来透透空气，晒晒太阳，充当他的耳、目、手、足。友情对于他和我，已经是一种默契，已经是一条终生的协议。又过了三年，我送走了他。他木桩样的身体，一定又回到了清川江上，站成了一座永久的桥墩。

公审汉奸张伯奎

1951年初冬的一天，我作为隆尧县学生代表，跟随高小老师去巨鹿县参加公审汉奸张伯奎大会。张伯奎旧军阀出身，七七事变投靠日本鬼子，担任任县警备联队大队长，是个杀人魔王。民谣说:“巨鹿人民倒了霉，出了个汉奸张伯奎，杀人一千八，不分你我他。”从隆尧到巨鹿40里，那几天天天下雾，生怕耽误时间，我们夜里没敢睡，顶着雾一溜小跑赶到巨鹿县城，天刚蒙蒙亮。

会场设在县立中学大操场，我们到时已是人山人海，周围房上树上密密麻麻都是人。据传有五六万人，巨鹿县四分之一人口都来了，看这杀人魔头的罪恶下场。上午9时开会，会前雾已散去，笼罩在人民心上十几年的阴影也散去了，心里格外亮堂。一眼就看到南城墙斜坡上搭起白花花上千个灵棚，灵棚里摆放着受害者的灵牌，根根蜡烛都滴着血泪，层层叠叠的白布灵幡和随风飘动的挽联好像下了一场茫茫大雪，巨鹿人民报仇雪恨的日子终于来临。

凭着大会发的来宾证，我们挤到审判台一侧，找到一个观察台上台下的好位置。五花大绑的张伯奎耷拉着眼，两颊深陷，又黑又瘦，不人不鬼。生怕这个恶魔插翅逃走，台下受害者家庭人员站成一堵人墙，一片血红的眼睛织成愤怒的火网。广场上举起森林般的手臂，“严惩汉奸张伯奎”的口号山呼海啸般压过来。那时还没有麦克风，隔不远一个人站在凳子上，把台上控诉的内容用喇叭向外传播，形成一个有效的扩音系统，一字一句送到每个人耳朵里。

受害人代表排着长长的队，依次上台控诉，桩桩件件骇人听闻，充满血泪。

1939 年冬，他率领的日伪军血洗凌石屯，枪杀村民张雨见后，见一个怀孕妇女往外跑，举枪说：“小子们看好了，老子一枪打俩。”随后又用皮鞭将村民郝福寿打得皮开肉绽，最后挖坑活埋了。

1940 年秋，他率队包围董营村，把全村妇女老少赶到打谷场上，一气砍死 3 名村干部，接着砍一个半大孩子小石头。不料刀被小石头的颈椎骨磕成两截。人没砍死，硬是要小石头家赔刀钱。临走还割了一个姑娘的乳房，扬长而去。

1943 年农历七月初十，他亲自从狱中提出一队抗日干部，绑赴刑场，恶狠狠地抽出东洋刀说：“今天就不劳各位弟兄了，这几个人头全由本队长一人包了。”砍到第八人时，在死者身上蹭刀，发现刀已卷刃，又换了一把，5 分钟一连砍下 18 颗人头。

1944 年秋后，张伯奎率队到吉家屯抢粮，找不到粮食，气急败坏，找来一台铡刀，亲自动手，一连铡死 12 名村民，还不解气，把全村烧成一片火海。

张伯奎草菅人命，六亲不认。一次到一家澡堂洗澡，澡堂老板是他妻舅老爷的堂兄弟，正跟人谈论《三国演义》，说到吕布时，老板说他先投丁原，后靠董卓，最后依附王允，书上说是三姓奴。张伯奎自己当汉奸，投靠日本，疑心老板指桑骂槐，把他拉出去活埋了。妻舅老爷上门论理，说得他恼羞成怒，妻舅老爷被一枪送了命。本村有个和他从小一块长大的干兄弟，从他老婆手里要去他一张旧照片，意在人前显摆，不受别人欺侮。张伯奎做贼心虚，疑心他是八路军的探子，拉出去砍了。

声声血泪控诉，人命堆积如山，数以千计的抗日干部和无辜群众惨死在张伯奎的屠刀之下。亲手杀死冀南二地委书记李忠、巨鹿县委书记夏炎光，用钉子楔进警卫员贾小光的头部，割下两位书记的头颅，悬挂城门半个月。亲手将县委交通员张国存剖腹、剜心，将区财政助理员贾兴旺活剥了皮，将上疃村村支书段福合人头夹在门缝里，挤得脑浆迸裂。

张伯奎不仅作恶乡里，还把淫威施向周围各县。一次去任县"清剿"，杀死天口村 19 人。一次到隆平"扫荡"，杀死刘庄 20 多人。一次路过大寨村，看到一排卤水缸，狂叫"我这辈子，啥咸菜都吃过就是没吃过人肉咸菜"，把 30 多名村民倒栽葱塞进卤水缸里活活淹死。一次路上碰见一个白胡子老头，问多大岁数了，老人说 70 岁了。张伯奎狞笑道:"幸亏碰上我，要不还不成了人精。"一枪把老人撂倒。

张伯奎罪恶滔天，罄竹难书，成为巨鹿人民和冀南一方公敌，抗日政府决心为民除害。奈何这个奸贼重兵自卫、奸诈多疑，夜夜移处而居，几次都被他狡猾躲过。新中国成立前夕，他带领残部投奔邢台伪华北治安军司令高德林。邢台解放，他如丧家之犬，先后逃窜永年、天津、滦县、张家口、绥远，一次被收容后，又越狱逃往上海。巨鹿县政府大张旗鼓"反奸清算"，拨 3 万斤小麦作为经费，四处张网，捉拿汉奸张伯奎。

1951 年 9 月，巨鹿县特级侦察员牛春水、贾长发在上海宝山路一个杂货店发现了张伯奎，尽管他自己烫了麻子脸，面目全非。侦察员是仇人见面，分外眼明，就是扒了皮也认得出来。这个恶贯满盈的杀人魔王终于低下头来，说:"我知道早晚会有这么一天。我杀人如麻，数也数不清，作的孽该当报应。只是这一命不抵成百上千人命，任杀任剐。"

法院院长宣布张伯奎罪大恶极，依法判处死刑，就地枪决。执刑战士端枪搂扳机的手颤抖着，十分为难。一枪结果性命太便宜了这十恶不赦的杀人魔头，一枪不中又有失法律的尊严。结果是枪响人倒，但没击中要害，群众一拥而上，千刀万剐了。

魏 区 长

魏家庄的魏三，原来给财主看家护院。1943 年带一杆枪投了区小队，立了一功，当上了副班长。当时抗日武装枪支紧缺，一个区小队仅有两杆水连珠，三杆汉阳造，四把独一响，几十颗手榴弹。1945 年围攻邢台，区小队打东门，夜里一个保安队员坠城开小差，被魏三撞上，抓住送到团部，又立了一功，提升为副队长。土改运动后顺理成章地当上了三区区长。

这魏三我常见，他从小受穷，免不了有些偷鸡摸狗的毛病。如今一步登天，怕乡亲们看不起，自己先端起来。因为天生个子小，不到五尺高，便走路梗着脖子，站着打能能（踮脚），人前常为自己打圆场："人不可貌相，海水不可斗量。别看咱个子不高，高个子给咱说话，都得低头哈腰哩！"魏三没上过学，连自己的姓都认不得，只认得一个三字。一天他喝多了，路过戏院门口，看海报上剧目，《取西川》《反徐州》，大发其火："谁这么大胆，把我魏三罚站了，还连开了三枪！"戏班班主出来解释了半天，他才说误会了，梗着脖子要走。班主多了一句话："区长走好，祝你好运，祝你幸福。"魏三猛地扭过头来，吼道："什么！闹了半天你还不知道本区长姓什么，告诉你，老子不姓福，姓魏，魏区长的魏。"

魏区长不识字，还忌讳别人说短，总说自己眼不沾，脑子灵，听文件过耳不忘。有一次副区长去县里开会，带回来文件，号召农村多种早熟作物，他听话音是种枣树。第二天副区长不在，他召集各村村长开会，说上级了解情况，魏家庄是沙滩，就适合种枣树，命令各村毁了一部分谷苗，种上枣树秧。为此他挨了县长一顿狠批，说再不学文化这区长就别当了。魏三真的认识到学文化的重要，痛哭流涕地做了检查。

魏三学文化从一个“免”字开始，为种枣树的事，县里通报批评但说他认识深刻，免于处分。魏区长拿着简报，正过来调过去地看，把这个免字死死记在心里，不认识谁也得认得它。一次开大会，他磕磕巴巴地念文件：“上级号召，大力养牛，养羊，养免……”旁边人用胳膊捅他：“是养兔。”他不好意思，但还是硬撑着说：“养免。中国大了，北方念兔，南方念免。”元旦前，县里要开拥军优属会，民政局来了个条子，派三区交鸡三只，兔两只，毋忘。他念道：“交鸡三只，免两只，还剩一只，母的。”

类似的笑话还很多。比如副区长调走，开欢送会，秘书开了一个菜单，烧鸡、羊脸、驴板肠、猪舌头。那时文字都是竖着写，他念道：“烧鸡、羊脸、驴板肠、猪千口。”还补充了一句，热情是好的，猪千口是否太多了，够全区人过年了。还有一次看文件，有征赋税一词，他把赋认成了贼，拿着文件去派出所，说这项任务难度大，贼本来就难捉，还让他们交税，就难上加难了。再有一次宣传《婚姻法》，文件上有一句：“已经登记结婚的和尚未登记的男女青年都要参加学习。”他念成了：“已经登记结婚的和尚，未登记的男女青年都要参加学习。”

魏三认识了几个字，区里镇上更盛不下他了。一瓶不满，半瓶晃荡，走起路来不光梗着脖子能能脚，连膀子也横起来。虚荣外加专横，街头巷尾不断增加着关于他的笑料。

区公所在临街的二层小楼，上楼的木楼梯正冲门口。县里给区里分配一部电话，摇把的那种，是镇上唯一的一部。我上学时，常见魏区长端一杯茶，守在电话旁边，喂喂喂地喊叫，让一条街上人都听到，也非常喜欢过路人把他和电话一起夸奖。一天县上来人，趴在他耳朵上说：“别摆了，你这不成看电话的了嘛。”魏三这才明白过来，搬到楼上去住了。当天下午，听楼下秘书一声喊：

“魏区长，电话！”魏三情急之下一脚踩空，从楼梯上骨碌碌滚了下来。秘书急忙上前把他扶起来，心疼地说：“区长，着什么急呀，这楼梯得一磴磴往下走哇！”魏三说：“我军人出身，电话就是命令，楼梯，不费那工夫了。”

新中国成立初，农村还没有汽车，连自行车也稀罕，镇上仅有一辆自行车，还是当年缴获宪兵队的，当成战利品挂在民兵队部墙上。魏三上任时，找人修了修，车座子落到最低，还是够不着骑，推着在镇上转了一圈儿，好像戏台上状元夸官一样。后来攒了一年小米，买了一辆日本产的“凤头”牌自行车，旧车子让给了秘书。当时说东洋车子西洋表，骑上日本的“凤头”，规格像现在开上宝马一样。魏区长买了新车，还特意去邢台买了自磨电。前叉子上安个电灯，前车轱辘安个胶轮，车轱辘转动，摩擦生电，前灯亮了，能照出几米远。

这一天为了显摆自己新的坐骑，晚饭后他带秘书去县城。黑黑的夜色，一道亮光引路，魏区长感觉很好。走着走着，只听“啪”的一声炸响，魏三机警地马上卧倒，以为有了情况。趴了一会儿，周围不见动静，也不像有人劫道。莫非有人打黑枪？不见旁人，他立时怀疑起秘书，伸手从腰里掏出手枪。这时秘书已经爬起来蹲在“凤头”后面，说：“区长，是后轱辘轮胎放炮了。”魏区长一场虚惊，一身虚汗，长出了一口气，肚子和轮胎一样瘪了。最后还是不忘区长的虚荣，说了一声：“打我的黑枪，谅你也不敢。”

打 老 虎

1952年2月10日，农历正月十五，新中国成立后第三个元宵节，万民同庆。魏家庄戏院请来临清京剧团，开场戏是舅舅亲点的高派老生孙鑫甫的拿手戏《失空斩》。可是戏迷舅舅却不能到场，去省城保定开会去了，他是乡党委书记。第二天舅舅坐火车回来，从内丘车站一溜小跑赶回家，进门就说看了一出好戏。安置了酒菜，让我把乡里几个主要干部叫来，兴高采烈地说起保定见闻。

舅舅参加的是河北省人民政府召开公审大贪污犯刘青山、张子善的大会。保定体育场聚集了省会和九个地区的代表两万多人（那时张家口、承德还不归河北省），口号声淹没了外面元宵节的鞭炮声。有两个人扛着小钢炮似的黑家伙，说是北京电影制片厂的摄像机。正当午时，钟声敲响，河北省人民法院院长宋志毅宣布开会，刘、张二犯由民警押赴会场。出乎意外，并不是光头囚服，身背亡命牌，刘青山头戴水獭皮帽，身穿藏青呢子大衣，足蹬瓦亮黑皮鞋。张子善一身笔挺的深蓝呢子制服，头戴呢子帽，脚踩皮鞋，俨然还是一副首长装束。只是手上套了一副明晃晃的手铐，胸前二尺白布，姓名上冠以大贪污犯字样。二人不约而同地用目光偷扫了一下主席台，曾几何时，那是他们习惯就座的位置。

刘青山，36岁，雇工出身，1931年入党，参加过高蠡暴动，曾任中共天津地委书记。张子善，38岁，学生出身，1933年入党，曾参加过狱中绝食和卧轨斗争，被捕前任中共天津地委书记。宋院长宣布他们的罪行：在资产阶级腐朽思想严重侵蚀下，为达到个人挥霍之目的，假借经营机关生产之名，利用职权，狼狈为奸，两年内先后盗窃国家救灾、治河专用粮款，克扣机场建筑费，骗取银行贷款，总计 171.6272 亿元（一万元相当于后来的新人民币一元）。这是一个触目惊心的数字，按当时币值标准和市场物价，可买粮食 2000 万斤、布 800 万尺，可供 50 万人吃一个月并做一身衣服，被称作“共和国反腐败第一案”。二犯面对如此滔天罪行，供认不讳，都写了忏悔录。因为刘、张二人一是高干，二是功臣，少不了有人讲情，毛主席下定决心，亲自批示处以极刑。宣判前一天，监管人员把隔离两个多月的二犯叫到一起，摆下丰盛的晚餐，外加一瓶白酒，交代政策，希望他们表现好一点，不要给共产党丢脸。刘青山长叹一声，两茶杯白酒倒进肚里。张子善鼻涕眼泪，手抖得拿不住烟卷。

今天被押上台来，两个大人物全没了昔日的威风。刘青山一脸灰黑，张子善一脸惨白。当宣判死刑，立即执行，绑赴东关刑场时，刘青山浑身一颤，脖子一挺，两腿尚能迈步。张子善身子发软，脑袋耷拉胸前，还要两位民警架着走。行刑前，有关人员向二犯传达中央领导和省委的几条规定：子弹不打脑袋，打后心；殓尸安葬，棺木公费购置；亲属不按反革命家属对待；子女由国家抚养成人。刘、张听后，放声大哭。于是两声枪响，惊天动地，全河北全中国都听到了。这两声枪响管了几十年，这是后话。

舅舅原原本本、绘声绘色地讲了半个多小时，大家瞪着眼听，连筷子都没动。我的任务是拉风箱烧水沏茶，只顾听讲，手不知不觉停下来，一壶水都烧干了。大家频频举杯，好像是在庆祝“三反”运动的旗开得胜。有的说，这是“挥泪斩马谡”。舅舅说他们不能比马谡，马谡是好人办坏事，犯了主观主义、经验主义错误。他们已经变成坏人了，投降了资产阶级，就是投降了司马懿。有的说街上老掌柜听了早晨广播，说是“卸磨杀驴”。舅舅说更不对了，拉磨是拉磨，拉完磨偷吃，乱踢乱咬，还不收拾它。

何况刘、张已经不是驴，是吃人的老虎了。舅舅还说，回来想了一路，我的官比他们小多了，可是资格比他们老，1926年入党，更要严格要求自己。咱们魏家庄二十年代就是模范支部，抗日先遣队第一个落脚点和堡垒村。这次“三反”运动也不能落后，自查自纠，发动群众帮助。要是搞不好，我就像失街亭那样，“奏明幼主，请免武乡侯之职”了。

1951年12月1日中共中央印发《中共中央关于实行精兵简政、增产节约、反对贪污、反对浪费和反对官僚主义的决定》。拿刘、张开刀，杀一儆百，运动顺利开展。1952年4月21日国家公布施行《中华人民共和国惩治贪污条例》，大张旗鼓地搞“三反”运动。但是一搞起群众运动，就容易出偏差。当时规定，贪污1亿元算“老虎”。新中国成立伊始，纪律严明，干部作风好。实行供给制，一般人也没有腐败机会。搞运动，层层“打老虎”，难免矬子里头拔将军，找些“小猫”当“老虎”，审查对象多是财政科、股长、食堂管理员。县政府伙食管理员本来就不好当，平时一天三顿小米，又多是陈米，带有霉味。一星期改善两次生活，吃白面馒头，人们争前恐后。管理员喊:“吃一个拿一个。”意思是吃完一个再拿第二个。有人调皮，嘴里叼一个，手里再拿一个。管理员不讲情面，伸手就夺回来一个，一来二去得罪了几个人。运动开始，首当其冲被打了“老虎”，关了禁闭。当然没多长时间，查不出多少问题，就放人了。

斯大林逝世

1953年3月5日，万里之外的一个噩耗席卷中国：斯大林逝世了。我正在一个乡村中学读初一，操场搭起灵棚，大胡子斯大林爷爷画像上挂了黑纱，面前燃起两行白蜡烛。全校师生臂戴黑纱，胸戴白花。1950 年签订《中苏友好同盟互助条约》，成立中苏友好协会，会长刘少奇。全民参加追悼，每人发一个会徽，是斯大林像章，挂在左胸心口的位置，今天全被一朵白花代替。

至今我还记得，明明是初春，老天爷突然哭丧起脸来，空中飘起了大团雪花，像民间送葬的纸钱，树木都穿上孝服，房屋都挂起白帐，人人泪水横流，处处大放悲声。《人民日报》大字标题：最亲密的朋友，全世界劳动人民和被压迫革命运动的鼓舞者，国际无产阶级社会主义革命的伟大领袖和天才导师斯大林和我们永别的一天，这是我们永远不能忘记的一天。这种举国哀悼的阵势，除了孙中山、毛泽东、周恩来，没有出现过。

学生停课，全天候唱苏联歌曲，长歌当哭，校园里到处是异国情调的旋律。“我们祖国多么辽阔广大，它有无数田野和森林。我们没有见过别的国家，可以这样自由呼吸。”“听吧，战斗的号角发出警报，穿好军装，拿起武器。青年团员们集合起来，踏上征途，万众一心，保卫国家。我们再见吧亲爱的妈妈，请你吻别你的儿子吧。别难过莫悲伤，祝福我们一路平安吧。再见吧亲爱的故乡，胜利的星会照耀我们。”“正当梨花开遍了天涯，河上漂着柔曼的轻纱，喀秋莎站在那峻峭的岸上，歌声好像明媚的春光。”“古班河上风光好，清清流水起浪潮，流水起浪潮；金色麦浪起伏不停，古班草原在叫嚣。我们是耕田的能手，我们计划做得周到。要使古班打下的粮食，挤满仓库还装不了！快收割，快装上车，快装上车，快快收割完毕！”还有《红莓花儿开》《莫斯科郊外的晚上》。20 世纪大半时间，苏联文学覆盖了中国文学，俄罗斯歌曲淹没了中国歌曲，十月革命浪漫主义融化在我们的血液里。所以对斯大林过分的爱戴毫不奇怪。

那几天真正成了“苏联文化周”，政治课讲《联共（布）党史》，历史课讲《卫国战争》《攻克柏林》，文学课讲《日日夜夜》《青年近卫军》。美术教员是东北人，结合亲身经历讲九一八事变亡国恨，讲百万苏联红军出兵东北，一举摧毁日本关东军，水深火热的东三省才见天日。他感激斯大林，泣不成声，当场晕厥过去。斯大林的形象在我们心中神乎其神，被崇拜得无以复加。

暗地里也冒出几句微词。有个语文教员去过西柏坡，接触过上层领导，说斯大林对待中国革命也有错误，土地革命时期王明的“左”倾路线，抗战时期王明的右倾路线，斯大林是后台，他是共产国际的领导人，对蒋介石还存有幻想，淮海战役时两次打电报，还派来米高扬当说客，不让我们打过长江去。毛主席是违背了斯大林的意志而取得胜利的。

斯大林身后的中苏蜜月又持续了几年，成千上万名苏联专家援助中国建设，包括鞍山钢厂、长春汽车厂、华北制药厂、保定胶片厂，156 项工程奠定了中国工业化的基础。中苏友谊深入人心，大家嘴边上常说的一句话是“苏联老大哥”。所以 1956 年赫鲁晓夫做秘密报告，披露斯大林的恶行，中国人反感，毛泽东站出来说斯大林功过七三开，之后兄弟反目，分道扬镳。

赫鲁晓夫反对斯大林，也许有一定的事实根据。他可以把斯大林的陵墓迁出红场，但是不能把斯大林的形象从人们心中迁出。包括斯大林从前的对手，依然对他十分尊重。法国总统戴高乐说：“斯大林胜不骄，败不馁，连敌人也不得不对他折服。”被斯大林推翻的前俄国资产阶级临时政府总理克伦斯基说：“斯大林粉碎了希特勒，拯救了俄国和人类。他使俄国从灰烬中振兴起来，成为一个伟大的强国。”英国首相丘吉尔是个文学家，回忆录写得形象生动：“他接过的是一个扶木犁的穷国，他留下的是一个拥有核弹的强国。”“当斯大林走进大厅，出席雅尔塔会议时，人人都像听到口令一样站了起来。而且奇怪的是，大家都两手贴着裤缝肃立。”有一次，丘吉尔打定主意不再起立，可是斯大林一进门，就像被一股超自然的力量拉了一把，还是身不由己地站起来了。

1987年我随刘白羽同志访问苏联，看到人民对斯大林的心态是复杂的。一方面他是国家英雄，卫国战争中斯大林格勒被夷为平地，多半人倒在血泊里，但以他命名的城市没有屈服。另一方面他又是个独裁者，杀人无数。民间有个笑话，幸福莫过于半夜有人敲门，说:“伊万，你被捕了。”你却告诉他:“您弄错了，伊万在隔壁。”格鲁吉亚哥里市的斯大林故居，两间木房不足30平方米，只有一桌一床一凳。迎门是斯大林的一条语录：你们对我的赞扬，我连一半都担当不起。

随着时间的推移，受害者及其家属日益稀少，斯大林的形象正在恢复。2008年俄罗斯国家电视台、历史研究所和社会舆论基金会举办网上投票，评选“谁是俄罗斯最伟大的历史人物”，结果斯大林位居第三，其后是诗人普希金、沙皇彼得大帝和列宁。

喝稀粥

中国人喝粥由来已久，“黄帝始烹谷为粥”。古代治丧，“三日不举火，故邻里为之糜粥以饮食之”，以粥志哀。再后来粥成为穷困的标志，穷人以粥节粮，官家以粥济众。1995年我访问韩国，餐馆不卖粥，他们说，六七十年代全民喝了一二十年粥，伤了胃口，提起粥来就害怕。其实在中国也有过喝粥的年代。

1955年8月，国务院发布《农村粮食统购统销暂行办法》和《市镇粮食定量供应暂行办法》，计划经济首先表现在计划吃饭上。那时我正上高中，实行粮食定量吃不饱，年轻人生命力旺盛，消化得快，到上午第四节课、下午第二节课，肠胃就频发讯号，坐不住凳子，心里慌慌。“敞开肚皮吃”惯了，突然有了定量，男生每月34斤，女生每月30斤。比起现在，这个数目还不算少，一般人还吃不完呢。可是那时没有油水，蛋奶肉更少，干啃那三十几斤粮食。俗话说：“半大小子，吃死老子。”学生们正在长身体，整天蹦蹦跳跳，显得缺口很大。

学校是传统的集体伙食，粮食部门把统销总数发给伙房，伙房还不懂得把定量分给个人，习惯吃大锅饭，想来想去只能加大水分，中午吃干粮，早晚喝稀粥。这种粥不是《粥谱》中的“五仁粥”“八宝粥”，只有小米和清水两种原料。《随园食单》中说：“见水不见米，非粥也；见米不见水，非粥也。必使水米融洽，柔腻如一，而后谓之粥。”还要加上一句，水多米少，谓之稀粥。

第一次喝粥，空气紧张极了，校长坐镇伙房，班主任分别把守，学生们一组围一圈儿，等不耐烦就用筷子敲碗边儿，叮叮当当响成一片。一边敲一边喊：“喝稀啊，物以稀为贵。”粥盆来了，一拥而上，争先恐后抢勺把子，捞稠的。你推我搡，几乎打起架来。

说起喝粥，还真有不少技术含量。开始小米粥汤汤水水，调皮学生编歌谣：“一组十个人，稀汤一大盆，米粒如星星，能够照见人，勺子搅三搅，盆里起涛声。”伙房听了不好意思，汤里加了一些菜叶，显得乱乎起来。学生歌谣也出现了新版本：“一组十个人，米汤一大盆，米粒如星星，菜叶似彩云，天天云遮月，肚里起吼声。”

伙房有伙房的招儿，学生有学生的办法，莘莘学子也会把聪明才智用在喝粥上面。起初饭碗是伙房发的，同一型号，一般大小，喝粥的能力主要表现在速度上。有的人怕烫，盛了后心急火燎地等着，不住地用嘴吹；有的人不怕烫，舌头上腭烫出燎泡也在所不惜，只要能多吃多喝一点。一时间饭场上不见人说话，只闻嘴吸溜，一片响声如蚕吃桑叶、水漫沙滩、风过林梢。转眼饭盆告罄，强者拍着肚皮打饱嗝儿，弱者伸着舌头舔碗边儿。

继而学生们在饭碗上打主意，一盆粥约盛 20 碗，平均每人两碗。碗是伙房统一发的中号的，有人悄悄买了大号的，喝完一碗再盛一碗就是两大碗，喝慢的喝一中碗，汤就没了。有人也开动脑筋，买了稍小一号的碗，小碗凉得快，喝了一碗还可从容地再盛一碗，两小碗的容量要超出一大碗。等大碗喝完了，就只能用勺子刮盆底了。据说这是一种数学。

八月十五那天晚上伙房过节，让大家喝个饱，还特意加了些红枣、豇豆，每组多给一盆。学生们高呼万岁，敞开肚皮喝呀喝呀，直喝到胃胀肚圆，稀粥的水平线高到了喉头，一低头就会溢出来，掉了东西也不敢猫腰拾。饭后开娱乐晚会，台下的都坐不住，排着队上厕所。校长明白是怎么回事，把伙房头头批评了一顿。

回想起来，三年稀粥也没白喝。生活标准低了，世事看淡了，也为后来度过三年困难做了个铺垫。

反右轶事

1957 年一场大规模的疾风暴雨式的反右派斗争遍及全国，55 万人一夜之间变成了“人民的敌人”。最高领导指示，右派分子占知识分子总数的百分之一至三，最高可达百分之十。当时政治生活的习惯是自上而下运动群众，层层下达指标。因为右派分子没有统一标准，到了基层，文化水平普遍比较低，报纸广播又少，所以“运动”精神全靠口头传达，便产生了不少笑话、恶作剧。

我所在的小城是个县级市，区为科级，街道办事处为股级，街道下属单位就是枝杈级、毛毛级了。五金门市部的8个人分别是焊锡壶的、锢漏锅的、打马掌的、打镰刀的、配钥匙的，刚刚公私合营起来，也都有了干部身份。党小组长听不大懂文件，只带回来一个指标。他听着“右派分子”和“积极分子”差不多，反正都是“分子”，交给大家选举吧。选来选去推出一个小伙子，手脚勤快，又正在说媳妇，正需要添彩呢！木器社13个人，分别是做家具的、打风箱的、合棺材的、旋擀面杖的、制秤的等。他们党小组长精些，四舍五入只要了一个指标。他也不识字，只觉着“右派”和“派工”差不多，都是一个“派”字，抓传颂、上河工、出担架什么的。不愿得罪人，干脆让大伙儿抓阄吧。让年纪最大的人做了13个纸团，做好后，他抢先下手抓，心想第一个抓中的概率小些。不想打开一看，这个指标正好落在自己头上。

到了区机关就不同了，不仅要人头，还要上报材料，整理右派言行。基层单位距政治中心最远，人们不关心国家大事，就要从鸡毛蒜皮中深挖细找，上纲上线。上级号召剧团上山下乡，豫剧团主演胃溃疡，当副团长的爹劝他：“你身体不行，咱们上山上唐山，下乡下新乡。”这一句话招来了罪状：破坏党的文艺政策。文化馆春节搞联欢，编了一本“文艺演唱材料”，还设计了封面，画了版式，申请油印成册。会计嫌花钱不同意，5个业务干部联名请示。会计从区长办公室借了一份《河北日报》，对照说：“看，这就是同仁刊物，上边是《蜜蜂》，下边是‘蚊子’，遥相呼应。”

一般的反右大权掌握在“五人小组”手里，拿着手电筒照别人，其中难免有假公济私、挟嫌报复的。

某供销社党支部书记要整一个副主任。一次打扑克时，这位副主任跟对门说：“使出吃奶的劲儿，也要把他们（指支部书记）打下台。”这就是根由，让支书下台就是让党下台。书记便指示那天打扑克的另外两个人写了旁证材料。团支部书记小常讲情说：

“副主任人也不错，就是嘴臭，您高抬贵手，把他当个屁——放了吧。”党支部书记驴脸一拉，厉声说道：“你身为团干部、党的助手，怎么划不清界限，我看也得与右派分子同样对待。”

你说荒唐不荒唐？可在当时却是相当严肃，也相当残酷。右派分子被发配农场劳动改造，小常也被“同样对待”了，不仅自己吃苦受罪，还祸及家属。可悲的是那个小常，档案里并没有结论材料，也没法落实政策。社会上流行宁“左”勿右，也没有一个给他讲过情说过话。右派帽子一戴就是22年，小常变成了老常。

刘 艺 亭

反右后期，中学教导主任把我叫到他屋里，进行了一次语重心长的谈话。劝我不要报考文科，也不要立志搞文艺创作了，那是一种极其危险的职业。他说：“没见你的精神家园《蜜蜂》、你崇拜的偶像刘艺亭今天落下这样的结果？！”并拿出一张刊登处分决定的《河北日报》给我看。我那时年轻气盛，没听进去，到底和刘艺亭走在了一起。

刘艺亭1917年生于威县，早年就读于河北大名师范学校。大名七师与保定二师齐名，是革命者的摇篮。少年刘艺亭接受进步思想，毕业后投入如火如荼的抗日斗争，一手拿枪，一手拿笔，是《人山报》《冀南日报》的创建者之一。他是晋冀鲁豫边区著名的诗人，《我的乡土》《回春曲》《滏阳河的女儿》是我孩童时期学诗的范本。新中国成立后刘艺亭任省文联创作部长，又到中央文学研究所学习三年，回来后任省文联专职副主席、党组副书记，创办“作者之家”，主持《蜜蜂》文学月刊，为繁荣河北文艺做了大量工作。

刘艺亭心地善良，待人厚道，对1957年突如其来的暴风雨猝不及防，《蜜蜂》月刊对政治气候的骤变缺乏敏感，8月才发了几篇反右散文。省委文教部召集单位负责人汇报右派人数，他没有报。上级领导人就认为他挡了道，“擒贼先擒王”，先把他打成“独霸河北文坛的阴谋家”，《蜜蜂》反党小集团的头子。刊物9月号上发表“本刊重要声明”：“《蜜蜂》创刊后，逐渐被以刘艺亭为首的反动小集团阴谋篡夺，离开了社会主义道路，变成资产阶级的同仁刊物。”“正当全国人民轰轰烈烈反击右派热潮，《蜜蜂》7月号上不仅无反击右派的片言只字，相反的，在刘艺亭直接主持下，发表了为流沙河及其《草木篇》辩护的《从〈吻〉和〈草木篇〉的批评想到的》，发表了华而实（即刘艺亭）直接向党委某负责同志施放的一支毒箭《迟做的回答》……并在编后记中，以至于写杂文指出的论点，更直接与党对杂文的意见相对立。”

省文联被列为反右的重点，刘艺亭和另一位副主任王思奇被打成“右派”，此外还有丁江、夏昊、郝建奇、千群、张琪、刘俊鹏、苑纪久等。省文联的业务精英几乎被一网打尽，全军覆没，占了全机关人数的四分之一，以至于召开批判大会还得从各地、市文联借调援兵助阵。

刘艺亭被定为“极右”，开除党籍，开除公职，遣送沧州地区静海县团泊洼农场监督劳动，干活还不管饭，每月只给30元生活费，与一个学徒工的待遇相当。五一劳动节上路，林冲发配沧州，两个虞候押解一个罪犯，他们是一个勤杂工带着两个“极右”，另一个是千群。自己扛着行李，从保定坐火车到天津，下火车没有长途汽车，200多里土路要坐“二等”，一种铁管焊制的载重自行车，外号“铁驴”。过了独流镇，白花花一片盐碱地，好像残雪未化。在高墙外停车，铁门边有持枪战士，眼睛和刺刀一样闪着寒光，充满敌意。低头进去，一排土房，一溜通铺，条件比 800 年前的草料场好不到哪去。场部的人用鄙睨的眼光盯着他们，好像早就认识，尽管脸上没有刺金字，可是报刊上有他们的漫画像，面目狰狞。

第二天天不明就赶起下地，冰地上割苇子，割完苇子刨地，刨出一块块冰疙瘩，然后放水“耙地”。春风料峭，人在水中拉耙，冰水刺骨，冻得青一块紫一块，风一吹就裂口子，鲜血淋漓。挠秧的时候，肉皮上蚊子滚成蛋，咬得浑身疙瘩，头肿得大如斗。两年后调入食堂，低指标，猪没食，接二连三地死去，让他去剥死猪皮，臭气熏天。因为表现好，当上炊事班长，三年头上摘掉“帽子”，安排在省文联民间文艺研究会，当一般干部，行政 16 级。在民研会，刘艺亭任劳任怨，编选《中国民间歌曲 · 河北卷》、民间故事集《十八罗汉撞石门》，组织秦皇岛革命故事创作，观摩演出会从天津开到北京，成为全国文艺一朵奇葩，受到中宣部高度评价。

然而那一次“摘帽”不过是一句空话，“摘帽右派”们按右派待遇，排在“地富反坏”之后，是“黑五类”。革命故事创作搞得红红火火，自己不能署名，不能进京。以往的下级没鼻子没脸地训斥他，同类为了表现进步，出卖羞辱他。干校结束分到邯郸被拒收，在招待所住了一个冬天，什么人都可以给他念紧箍咒：“只许老老实实，不许乱说乱动。”

可是据我一二十年的观察，他并没有“人在屋檐下怎可不低头”“虎落平阳被犬欺”的哀怨，总是安然处之，情绪稳定，不然眉头嘴角都会有时显露的。我想他，一是农民出身，吃得下苦；二是革命经历长，经过太行整风，“抢救运动”，受得了委屈。更重要的是，他是一个传统文人，把世界看透了，懂得举止行藏，“不以物喜，不以己悲”，一忍二仁在劳其筋骨、饿其体肤中修身养性者也。

1979年1月，刘艺亭恢复党籍，恢复行政12级，当选省文联党组书记，主持全面工作，创办了《文论报》，设立“四化建设新人新貌奖”，开创了河北文艺新局面。两年后又主动申请离休，编写《冀南文学作品选》《冀南党史》，创作出版小说《滏阳河往事》。而今92岁高龄，依然鹤发童颜，耳聪目明，笔耕不辍，诚然仁者寿。

谷 峪

谷峪，冀南才子，1928年生于河北武邑，18岁进入冀南艺术学校，毕业后分配到冀南文工团。1949年进城，在《河北文艺》编辑部任小说组长。1950年发表短篇小说《新事新办》，一鸣惊人，《人民日报》副刊头条转载，茅盾先生写了《评〈新事新办〉等三篇小说》，给予了很高评价，认为是新中国成立以来短篇小说创作最重大的收获，河北省第一次文艺评奖，荣获甲等奖。当时我上初中，语文课本中就有谷峪的《新事新办》和李准的《不能走那条路》。语文教师是枣强人，对这位小同乡甚是骄傲。

谷峪的创作一发而不可收，陆续发表了《强扭的瓜不甜》等一系列小说，几乎月月都有新作。不久出版了《新事新办》《汗衫》《嫩芽》三个短篇小说集，还有散文集《春归燕》、中篇特写《狼烟滚滚》，电影院上映由他小说改编的电影《两家春》，轰动省城，一票难求。《河北文艺》连续半年讨论《草料账》，谷峪成为河北乃至全国家喻户晓的小说家。

1953年谷峪进入中央文学研究所，成为丁玲的高足。丁玲带着他到东北深入生活，写了《萝北半月》。同时着手长篇小说《石爱妮的命运》创作，人物原型是邢台县折户村的郭爱妮，一个童养媳成长起来的全国劳模。邢台县西山是文学创作的风水宝地，秦兆阳、乔羽、王昌言、谷峪、苑纪久争先恐后骑毛驴进山掘宝。1963 年我第一次到折户，提起谷峪，郭爱妮说那可是个大好人，慈眉善目，细眼睛大嘴巴，满肚子学问，不笑不说话。虽然不善言辞，但有时喜欢说笑话。一次兴冲冲进屋门，说："大嫂子你那黑媳妇快坐月子了，可得好生伺候着。"一句话把她说了个愣怔，心想那小子才十来岁，哪来的媳妇？原来他指的是圈里的老母猪。

1956 年谷峪当选中共八大候补代表，出访尼泊尔。散文《萝北半月》和长篇小说《石爱妮的命运》分别在《萌芽》和《收获》连载，政治生涯和艺术成就达到了最高峰。没想到与可怕的反右不期而遇。运动初期，谷峪躲过去了，在省政协会上发言，要像子弹一样射击出去，到农村不回头。后来中国作家协会转来"丁陈反党集团"材料，谷峪是丁玲大弟子，跟随去过东北，难脱干系，1958 年省会撤到了天津以后，补了他一个"右派"，遣送团泊洼农场监督劳动。刚出版的长篇小说《石爱妮的命运》遭封存，所幸稿费拿到手，和难友苑纪久到饭馆喝了一顿闷酒，挥泪上路。

在团泊洼农场，干的牛马活，吃的猪狗食，手上起层茧，身上脱层皮。开始谷峪咬牙忍受着，对苑纪久说，这是一好的长篇小说题材。后来忍无可忍了，白天受尽皮肉之苦，晚上还要坦白交心，承受心灵的折磨和摧残，扫荡仅存的一点人格尊严。终于压不住怒火，与管教人员打了一架，这样便成为"顽固不化""死不悔改"，三年头上难友们一个个"摘帽"出场，所剩无几。谷峪依然身陷囹圄，看不到出头之日，头上的帽子越来越重，一咬牙破罐破摔，辞去公职，带着老婆孩子回家为民。从此一猛子扎下去 20 年，报刊上再没有出现谷峪这个名字。

1979 年谷峪被摘掉"帽子"，被安排在省文联《长城》杂志当一名普通编辑。我去看他时，大吃一惊，我心目中的冀南才子已经被改造成彻头彻尾的老农，刚刚50岁出头，已经出现老年痴呆的样子，呆头呆脑，磕磕巴巴，目光浑浊。当年下笔千言、倚马可待的才思，已经消磨殆尽。他自己说提笔忘字，思维短路，写篇千字文都很吃力。这哪还是那个冀南才子，哪还是那个叱咤风云的大作家。那个谷峪早被政治运动扼杀了，留下的只是个人证。

谷大嫂说，谷峪回去后没有一天好日子过。乡亲们不再把他当成村里的骄傲，而认为他给祖宗脸上抹了黑，是政治犯、“黑五类”，粗线条、细线条（“四清”）。“文化大革命”期间，他天天扫街，掏茅坑，剃光头，上黑榜，开会是“死老虎”“活靶子”。批斗会拉去200多次，每次罚跪三四个小时，膝盖都磨破了。她心疼，给他做了个“膝垫”套在裤子里，双膝都跪出了老茧。好容易回到石家庄，政策规定16岁以下的孩子才能随迁。他们的孩子都20多岁了，两个女儿尚未出嫁，其中一个精神受了损伤。多亏省革委文办的老朋友李庆番帮忙，才得到解决。

老天不公啊！谷峪的惨痛结局可以找到诸多原因，比如他刚直不阿、宁折不弯的性格；比如他一帆风顺，没有刘艺亭那样坎坷磨炼，光棍吃了眼前亏。可是还有个问题在我脑子里缠绕。从谷峪想起李准，都是1928年出生，新中国成立后同时进城，被誉为“北谷南李”，新中国成立初期文坛上的双子星座。又先后去过北大荒，谷峪写了《萝北半月》，李准写了《老兵新传》。反右初期又同被列为重点人物，但是李准被保下来了，中南局宣传部文艺处处长于黑丁全力解救，甚至不惜从武汉调到郑州工作。河北的远千里也以爱才出名，但是他只是文教部的副部长，一介书生，被正部长严厉地批评太右，就爱莫能助了。

李 涌

整风反右后，一批被错划和有些历史问题的文学名流被下放河北，比如束沛德、敏泽到省文联，雪苇到涿鹿，冯健男到张家口，刘大海到怀来。多数被安排到文联文化馆，做文字工作，李涌最惨，被发配到邯郸地方铁路。我到武安审查平调落子剧目，一位朋友告诉我，作家李涌在这儿修铁路。此前并不相识，慕名而去，怀着一份尊重。眼前的李涌并不像作品中那样的战斗英雄，胡子拉碴，嘴唇干裂，目光浑浊，额头眼角过早地生出皱纹。一身劳动布工装，肩肘膝盖胡乱打着补丁，粗针大线，显然是自己动手缝连的。初次相见，没有多少了解，旁边又有政工干部跟着，李涌寒暄几句就走了。渐渐远去的背影，缩头弯腰，完全没有了当年的军人气概。

李涌1925年生在江苏沛县，微山湖边。七七事变第二年当了小八路，刚刚13岁。因为作战勇敢，从战士、班长升到指导员。阜阳战役，他率领120名战士守卫泉河渡口，阻击敌人过河。战斗傍晚打响，很快进入夜战、近战、混战、拼刺刀。厮杀一夜，天明一个连只剩下20个血人，个个眼珠子血红。李涌身先士卒，腿中数弹，倒在血泊里，100名烈士陈尸河岸，鲜血染红了泉河。连队遭到重创，但是拼掉四五百个敌人，更重要的是阻止了敌人一个师的增援部队，为我军争取了时间，赢得了阜阳战役的胜利。

李涌躺在野战医院，忍受着心理和生理的极大疼痛。不能上阵杀敌，他想拿起笔来写写自己的经历。但是只上过两年小学，认识的字远不如子弹多，笔杆比枪杆重，十个字总有七八个请教护士和病友。他利用一本旧书的背面写出第一篇小说《号兵小铁轮》，发表在诗人王亚平主编的《平原》月刊上。故事生动，人物鲜活，引起轰动，荣获冀鲁豫边区文联乙等奖，这年李涌23岁。

新中国成立初，李涌被选送到中央文学研究所学习，所长丁玲亲自担任他和谷峪、羽扬、玛拉沁夫的辅导老师。1951年丁玲的《太阳照在桑干河上》获得斯大林文学奖，一位苏联朋友寄来托尔斯泰的名著《战争与和平》《安娜·卡列尼娜》，烫金封面，装帧精美。丁玲指着书本对学员们说："希望你们能写出这样的一本书来。"后来学员白朗发表了《为了幸福的明天》，丁玲又说："只要写出一本好书，别人就打不倒你。"这就是后来"丁陈（企霞）反党集团"的主要"罪状"——"一本书主义"。

这是一场不见硝烟的战争，中国作协领导以"党性"压李涌，要他揭发丁玲。李涌想不通，大声说："丁玲是位好同志，她不反党，不可能反党，没有'一本书主义'，我拿我的脑袋担保，没有！"批斗大会俨然一条战场火线，拳头林立，吼声如雷，无数恶狠狠的眼睛像一排排黑洞洞的枪口对准了他。军人出身的李涌好像又面临一个阜阳战役，他岿然不动，固守着自己的防线。丁玲被戴上"反党集团头子""右派分子"的帽子，众叛亲离，孤立无援，如坐冷宫。以往门庭若市，如今门可罗雀。一天有人敲门，敲了好久，丁玲出来开门，见是李涌，赶忙关门说："这个时候你来干什么，你走吧，快点走。"李涌犟劲上来，不但不走，还挤进来，高声大嗓地说："我怕什么，身上有敌人的两颗子弹，一颗是日本鬼子打的，另一颗是蒋介石军队打的。"面对这个敦敦实实、燕赵之气十足的学生，丁玲心存感激，又要果断地赶他出门，免受连累。果然在反右补课中，"树茎连树根"，她的门下李涌、谷峪都被错划为"右派分子"。

22年后，复出的丁玲为李涌写的《小金马·序》中，对这位爱徒十分敬重，称李涌"默默无闻，长期在基层，在人民中，在底下精益求精地埋头写作。感情不变，意志不变，信仰不变"。心心相通，李涌也一直信任他的恩师，坚贞不渝。1986 年 3 月 5 日向丁玲遗体告别时，李涌、谷峪的挽联上写道：“言传身教永远牢记不忘 继承遗志团结奋斗向前。”

1983 年我主持河北省作家协会工作，请出李涌担任儿童文学创作委员会主任，因为他可以担当这方面的领军人物。在中央文学研究所期间，他已经完成的长篇儿童小说《小金马》即将出版。因沦为“右派”，小说不仅出不成，“文化大革命”中书稿反而被烧掉。复出后凭着记忆追记，又加上饱经苦难后精神的升华，二稿比一稿更为出色，责编是我国儿童文学泰斗叶圣陶之子叶至善。《小金马》成为我国儿童文学的红色经典，获全国第二届儿童文学创作二等奖，印刷 12 次，印数 60 多万册。花甲之年，李涌依然保持着旺盛的创作力，以一个老战士的姿态奋斗不止，先后出版长篇小说《金珠和银豆》《风雨情缘》，中篇小说《香女寺》，短篇小说集《伤疤的故事》，长诗《海燕岛》。他所有的作品都和他的为人一样，有一种“硬汉子”精神，有一种豪放的风格，快人快语，令人百读不厌，回味无穷。李涌同志除了自己创作以外，还热心群众创作。参与创办了河北师范大学儿童文学作家班，组织参与了乐亭、香河等多次采风和学术研讨活动，为河北儿童文学事业做出了重要贡献。

常 庚 西

我的家乡毗邻唐庄劳改农场。劳改队是个畸形社会，杀人越货、鸡鸣狗盗，三教九流什么人都有，其中也藏纳了一些导演、演员。农场成立了一个业余剧团，排演了一出连台本剧《巧奇冤》，演绎一个无巧不成书的公案故事。几位主演可能各有冤情，借题发挥，假戏真做，大放悲声，涕泪横流，赢得一片喝彩。

1957 年反右中也真有“巧奇冤”者，比如作家常庚西。

常庚西，1932 年生，是河北省崭露头角的青年作家，省文联文学工作委员会儿童文学组组长，出版过小说集《挎枪的少年》《战狼记》等。本职工作在《河北青年报》，任编辑、记者。可以在文学史上留下光彩一笔的，是他发现了浩然，发表了浩然的第一篇小说。加上他出身贫下中农，母亲是“三八式”干部，姐夫在越南奠边府抗法战争中光荣牺牲。根红苗壮，前途无量，春风得意，冷不防遭遇一场反右风暴，被连根拔起，重重地摔在地上。

常庚西当“右派”是受株连的。他所在的团省委有个中层领导白石，河北乐亭人，1945 年参加革命，曾于三个不同历史时期在大学学文学，发表过诗歌、散文、文艺评论百余篇，出版过报告文学集。1955 年“反胡风”运动中，因为爱好文学成为“肃反”重点，被抄了家。在他的笔记本上发现一段话:“你不能写工农兵，也可以写一些教员、学生、青年知识分子。”那是他一次去北京找中国作协一位领导——华北联大时期的老师，说自己创作上的苦恼：想写工农兵，可是在学校工作，经常面对的是教员、学生，很少见工农兵，如何创作？那位老师在特定情景下讲了上述几句话，他又像学生一样记在小本子上。这下子可对上号了，胡风的“罪状”之一就是反对写工农兵。经过半年多的关押审查，他与胡风的联系纯属子虚乌有，省委宣传部做出“没有问题”的结论。结论还没宣布，反右来了，整他的人脸色一变，恼羞成怒，旧案重提，并且变本加厉地要挖出一个“白石反党集团”。机关很多人为白石无辜被整鸣不平，特别是他身边有几个文学爱好者，其中包括常庚西。

此时白石并不在机关，下乡工作去了。主管领导阴谋策划，先对几个涉世不深的小青年下手，顺蔓摸瓜。将常庚西隔离审查，刑讯逼供，威逼利诱，熬鹰战术，连续几天不让打盹儿，昏迷中屈打成招，第二天“白石反党集团”见报了，具有讽刺意味的是，当时白石正在省委组织部部长身边工作。单位那个领导铁了心，必置之于死地而后快，连组织部部长也无力回天。白石缺席审判，开除党籍，开除公职，劳动教养。在处分右派6个等级中，属于极刑，较轻的刑罚依次为免职、降薪、降职、监督、劳动。白石回来不服，大闹会场，在党员大会表决开除其党籍，念到不同意者举手时，毅然高举愤怒的拳头。

常庚西被定为“右派分子”，开除党籍，押送团泊洼劳动改造。在那个“政治犯”的集中营，白天当牛做马，一个人顶几个人干活，晚上只有一尺宽的铺位，像树桩一样戳着听管教训话。一天三顿谷子面窝窝，拉不下屎来，大家站一圈儿，撅起屁股，伸手给前边的人掏，同时让后边的人给自己掏。这样非人的日子过了两年，才被摘掉“帽子”，回机关限制使用。1960年《河北青年报》并入《河北日报》，取消他做编辑、记者的资格，只能当校对。后来清理新闻队伍，校对也不能当了，下放到石家庄地区农办做资料员。

好不容易盼了22年，中央文件为错划的“右派分子”摘帽。常庚西去找农办领导，要求落实政策。人事处处长翻出档案，一下子惊呆了。原来当初常庚西并没有被定为右派分子，团省委上报，省委办公厅认为证据不足，不予批准。主管领导大胆妄为，竟然压下真情，依然把他当作右派分子对待，而且一压就是22年，把人生最美好的青壮年都搭进去了。人事处领导哭笑不得，因为是假右派，档案里没有根据，手续都没法办。常庚西也傻了，像做了一个梦，被人开了一个玩笑。可这梦太残酷了，玩笑又开得太离谱了，政治生命、事业、幸福，他奋力追求的文学梦，都在这个玩笑中毁掉了。

好在常庚西没被这个政治恶作剧击倒，他又重新振奋起来。

落实政策到省文联，做了人事处处长、副秘书长。他又重新拿起笔来，创作出版了长篇小说《男儿泪女儿情》，中篇小说集《风流庵》，短篇小说集《大红马》《换亲记》，机关还选他当了省级劳动模范。从政治悲剧中走出来，他像换了一个人，大彻大悟，看淡了功名利禄，胸怀坦荡，说说笑笑，平易近人，连说话中“获鹿把儿”都多了起来。常庚西有着双重县籍，老家东邱陵原属平山，修水库搬迁到获鹿，两县干部群众都把他当作自家人。他对乡亲们平易近人，有求必应，办公室经常门庭若市，打官司告状，当兵上学，看病住院，都来找他帮忙。事无巨细，他都全力帮助，搭上工夫不说还往里贴钱，越帮越忙，上门的人越多越勤。常常带来花生、红薯、北瓜、豆角、黑枣、柿子，但从没看见过他往家里拿，都分给了我们大家。所以他逝世时，前来吊丧的人特别多，不亚于一个省级干部。

红专辩论

1957 年暑期后，我进入高中三年级。10 月 15 日，中共中央发出《关于在中等学校和小学的教职员中开展整风和反右派斗争的通知》，平静的校园立时掀起了一场风暴。

开始是封闭式运动，教职员集中在一起，只听到会议室内呼尔呐喊，声浪起伏。终于有一天洪流决堤而出，白花花的大字报波翻浪滚，充溢了行政楼前的小广场，内容多是揭发现行罪状、抖搂历史的旧账。形式是标语、口号、漫画、杂文、讽刺诗等。一时间雷鸣电闪、风声鹤唳，把围观的学生看得目瞪口呆。这场风暴不仅刮跑了校园的宁静，也席卷了师道尊严。一部分老师从此自讲台上消失，戴上右派分子的帽子，变成敌我矛盾，送到劳改农场去了。还有一部分老师经过“抢救”，留下以观后效。可怜这些以往衣冠楚楚、风度翩翩、口若悬河，受众多学生崇拜的偶像，此刻成了霜打的茄子，低头耷脑，换上补丁衣，走路溜墙根，站在讲台上比过去矮了半头，不敢正视，木讷口吃，眼镜后的目光黯淡了许多。

反右派斗争不在中学生间进行，但是大学生不能幸免。高年级一位同学在毕业典礼上致辞，热情洋溢地赞美学校，也情不自禁指名道姓地赞扬了一些老师，没被提及的就有人不自在。不久他考上大学，一封检举信也尾随而至。这位同学还没来得及欣赏高等学府的模样，还没有尝到“天之骄子”的滋味，就被戴上一顶沉重的“帽子”，20 多年没有抬起头来。

中学生不反右派，随着社会搞社会主义教育运动，具体起来就是搞“红专辩论”。“红”与“专”都是那个特定时期的专门用语，红就是拥护党、拥护社会主义，专就是努力掌握建设社会主义的本领，提倡又红又专，反对白专道路。这个提法本来没有什么不对，但是一搞起群众运动，就不好驾驭，难免出错，难免走极端。发展下去，红就是没完没了地汇报思想，向组织交心。同时检举别人，打小报告。于是欲罢不能，红得血红，红得发紫，白得惨白，一败涂地。

我们班主任是个老好人，非党非团，自然大权旁落，团支部成为几十名同学命运的主宰。团支部也比较温和，但是形势所迫，要执行上级的部署，瞪大眼睛寻觅只专不红、走白专道路的同学。还要按时分类排队，把班上同学划分成左、中、右，闹得人心惶惶，人人自危。我这人一向大大咧咧，这时也不得不警觉起来，打听自己的处境。回答是根红苗正，学习好，但是爱看小说，爱唱京剧，还写稿，不积极主动靠拢组织，有白专倾向，红底上蒙上了一层薄薄的白粉，就成了粉红色。不能参加积极分子会议，也不是打击对象。于是松了口气，我行我素起来。

在全校横向比较，我们班还算保守的，不前不后随大溜儿。不像有的班争强好胜，雷声大雨点也大，摩拳擦掌拔白旗。记得有个班上发现了“敌情”，有个学生墨水瓶盖上有个“潜”字，被怀疑是“潜伏特务”。于是动用公安机关，警车开进了校门，把那个学生从教室提溜出来，铐上带走了。至今我还记得那个学生的模样，高高个子，白净面皮，有点儿口吃，不像凶神恶煞的样子。其实当时也没有公布他的现行活动，公开出来的就是怀疑“思想反动”。现在看一个高一学生，十六七岁的孩子，能有多大的问题。即使是思想有点问题，不经说服教育，就采取极端措施，实行专政，于情于理都是欠妥的。

警笛响彻校园，震撼着每个师生的心。空气立马紧张起来，好像处处都可能有“潜”字存在，处处都可能埋着地雷。同时也使一些偏激行为找到借口，更加争先恐后、宁“左”勿右起来，出现了一个又一个政治运动的牺牲品。我们班有个姓王的同学，平时性格直率，爱说爱笑，学习成绩也不错，在高考前突然被通知卷铺盖回家了。至今我也不知道什么原因，以至于多少年来，年年高考的那几天，都梦到他挥泪而去的样子。高二年级有个姓张的同学，学习刻苦，成绩特别好，是全校公认的尖子生，上清华、北大的材料，毕业前也被取消了高考的资格，听说后来自杀了。

遭此厄运的几乎班班都有一两个。还听说年年都有班主任送走毕业生，自己关在屋里捶头顿足地痛哭。痛惜家长把孩子交给自己，经过十年寒窗，正要开花结果的时刻，自己没有保护好他们，使他们过早地枯萎了，甚至毁掉了他们的一生。如何向学生交代？如何向家长交代？如何向良心交代？只有噼里啪啦抽打自己耳光。但是无济于事，因为实实在在地添了一块心病，欠下一笔难以勾销的债，尽管他们并不应该为此负主要责任。

秀才吃鸡

1958年暑期，我正在家里等候高考录取通知，村里分配一项任务，照顾几个下放干部的生活。他们一行四人，天津艺术学院的一名处长，带领三位刚毕业留校的助教，一个学声乐的，一个学油画的，一个弹钢琴的。村里很快嚷开了，说县里送来个大兴棚。大兴棚是我们那一带对马戏团、杂技团的叫法。他们都是在村边或广场搭个棚子，圈个布围子，卖票演出。村民看四人奇装异服，每人提一个大箱，以为里边是行头道具。处长戴一顶有窟窿眼儿的礼帽，另外三个人，大热天一个戴着口罩，一个戴着手套，一个戴着墨镜。领队解释说，他们都是搞艺术的，一路暴土扬尘，这样做为了保护嗓子、手指和眼睛。至于派我来当差，因为他们的天津话没人能听懂。我在外边上了六年中学，教师中有几个天津人，张口您啦闭口嘛，能听个大概。

刚放下行李，县电报局追过来，说让领队火速回校搞反右结论工作。临走他极不放心地交代，这三个人都是业务尖子，都是在黄家花园（天津富人区）长大，娇生惯养，平生第一次离开大城市，请特别关照，你就当作小保姆吧。领队走了，三个业务尖子变成了没娘的孩子，可怜巴巴的，事事依靠我，可我比他们还小四五岁，只能哄着他们玩，充当跑腿的小伙计。

村里把他们安排在刘家后街，寨墙下边，一个光棍汉家里。接触多了，觉得他们除了生活经验不足，只有小学水平外，其余挺可爱的。三人各有特点，手套里的手瘦骨嶙峋，上面不长肉；墨镜后面的眼睛经常眯缝着，好像有一层雾似的；口罩后面的嘴，说话带着膛音，瓮声瓮气的，挺好听。他们谈吐不凡，引经据典，很有学问的样子。只是因为不熟悉农村，常常出洋相。“手套”第一次上厕所，是连茅圈。刚蹲下，屁股底下哼的一声，探出个花白猪头，张着大嘴。吓得他顾不上提裤子就蹿出来，半天惊魂未定。

第二天我带他们到村外转转，学声乐的摘下口罩，大呼这里空气新鲜得像鱼汤一样呀！他们真的四体不勤，五谷不分。走到一块棉花地，棉棵长得齐腰高，横枝上挂满棉蕾，“手套”摘下手套，摸着说:“这该是青杏吧。”说着看了一眼望不到边的棉田说:“好嘛，咱们村真阔，有老么大一片果园。”我笑笑说:“这不是杏，而是桃，叫棉桃，长大了不能吃，能穿。”回来路过一个牲口棚，小树上拴着一头毛驴，“眼镜”说:“是它让黄胄出了大名。”说完掏出本子画速写。这是一头叫驴，人多了它也兴奋。“眼镜”画着画着惊叫起来:“介是嘛玩意儿，怎么突然就多了一条腿呢？”那时我还是个童男，羞于启齿，说回去问队长去吧。

慢慢地，土炕、油灯习惯了，棉桃、毛驴、连茅圈也习惯了，就是吃饭难以习惯。那时，我们那一带连玉米都没普及，高粱是主食，高粱面窝头红似血，硬似铁，吃了不消化，消化了拉不下来。有一次三秀才赶集，买回来一袋金灿灿的小米，交给队长说:“建议咱们少种点高粱，多种些小米，常喝个小米粥嘛的，还可以做煎饼果子。”队长正端着碗，听了，高粱面糊糊喷了二尺远。“口罩”说:“笑嘛？不是种瓜得瓜，种豆得豆吗？”队长说，种小米得不了小米。这种作物叫谷子，谷子去了皮才是小米。碾小米时破坏了胚胎，没有生育能力了。同样种大米也不出苗，种稻谷长稻谷，脱了皮才是大米。

房东看几个学生不好伺候，借故走开了，由我来帮厨做饭。一天给他们包饺子，西葫芦馅，我一边擀皮儿，一边教他们包。包好，我回自己家吃饭，回来再问情况。“口罩”说:“好嘛，吃了一顿片儿汤。”“手套”说:“不是片儿汤，比片儿汤稠，好像天津卫的嘎巴菜。”怪我没交代好，他们把饺子凉水下锅，然后再烧火，饺子都泡烂了。“眼镜”说:“面对一锅菜饭，我拿勺子仔细找。真哏儿，居然找到一个完整的饺子。”捞上来三人围着解剖，这只饺子没烂，是因为包了两层皮儿。我记起来了，这正是我的杰作，第一层馅多撑破了，外边又加了一层皮。看来包饺子就需要双保险。

一天，三个秀才赶集，发现老太太抱一个活物，头顶朱冠，红脸碧眼，金足高距，满身锦绣。“眼镜”俯身问是什么？旁边一位老者看他呆头呆脑，代答道:“它叫雄鸡，对象叫雌鸡，生下孩子叫鸡卵。”“手套”说:“对了，厉慧良的《法门寺》，小傅朋不是买雄鸡吗？”“口罩”也爱看京剧，说:“张春华的《时迁偷鸡》，也是雄鸡，咱们别偷，买一只吃吧。”“眼镜”说:“这鸡浑身是毛，难道茹毛饮血？”老者告诉他们，先把毛拔了，再煮熟吃。

可惜老者少说了两道工序，鸡要先杀死，再用开水烫过，才好拔毛。三人把鸡买下来，抱到住处。“手套”两手攥住鸡腿，另外两人把鸡摁在地下，动手活拔毛。疼得那公鸡扑翅蹬腿，声嘶力竭地叫。鸡毛拔去大部分时，“手套”两手累了，公鸡挣脱跑了。一只没毛的公鸡前面跑，三个秀才后面追，追得呼哧喘气。忽然看见前边一位老汉，三人求助。情急之下，一些名词记不准了，你猜他们怎么喊:“喂！农民！鸡卵的爸爸脱了裤子跑掉了……”

黑旗书记

1958 年丰产不丰收，第二年出现春荒。中央有所察觉，着手纠正“左”的错误，从“一大二公”后退，降低钢、粮生产指标。1959年7月，在庐山召开中央政治局扩大会议，本意是总结1958年以来的经验教训，与会者对形势认识发生了分歧，于是来了个大转弯，会议主题由纠“左”转到反右。不仅搞出来一个“彭德怀反党集团”，还在全党开展声势浩大的“反右倾”斗争。

庐山会议精神立竿见影，工农业生产“捷报”频传。当时我正上大学二年级。针对亩产可能达10万斤的说法，一位叫石俊贤的同学不经意地说，10万斤稻谷铺到一亩地上也够半尺厚，不大可能，不信秋后看。话音未落，积极分子们群起而攻之，大字报铺天盖地，批判他是“右倾”“秋后算账派”。批得石俊贤抬不起头来，好像那10万斤稻谷重重地压在他的头上。

石俊贤挨批，我也心慌，因为我也出身农村，有类似看法，只不过话还未出口，得以幸免。恐怖笼罩着教室、宿舍，没人敢说话，星期天我到《蜜蜂》编辑部找钟铃。他是诗歌编辑，平时通信真诚热情，想让他开导几句。钟铃闻言色变，迅速掩上门，压低声音说，这里比你们学校厉害得多，重点批判刘真、杜河，并简要介绍了一些情况。

刘真曾是我崇拜的女作家，9岁剃光头当小八路，是人民军队培养起来的文艺工作者。她的自传体小说《好大娘》《我和小荣》我看过多遍，同是冀南人，生活语言很亲切。刘真自恃“红小鬼”出身，口无遮拦，1957年差一点划成右派分子。1958年春下放徐水县，任乡党委副书记。

徐水县在“大跃进”中出尽了风头，第一个提出吃饭不要钱，还要每人发一双皮鞋。干部们被“共产风”“浮夸风”吹得晕头转向。刘真本性不改，看不惯就放炮，处境可想而知。

县委搞密植山药试验田，行距、株距都小于二寸。别人不吭声，她说:“这样不但长不了山药，连长花生的土壤都不够，就算种苜蓿也长不高，黄个屁了。”县委书记火了，大吼一声:“辩论她！”辩论是当时的一种处罚方式，把批斗对象围在中间，指鼻子骂脸，甚至推推搡搡“摇煤球”。

不久召开全县电话会，让各乡当场报三年粮食产量指标。大家顺竿爬，第一个报每亩 5 万斤，第二个报 8 万斤，数字像气泡一样往上冒，最后涨到 20 万斤。县委书记哈哈大笑：“好！奖你们两车化肥！”刘真所在的乡最后一个才发言：“我们乡全体一致通过，今年 800 斤，明年争取 1000 斤，后年力争 2000 斤。”乡党委书记是个老实人，像小孩子撒谎一样，红着脸咬着牙说的。县委书记一听气炸了肺，吼声更高了：“你们是跃进还是跃退？！这不是扯全县后腿是什么，存心捣乱！党委书记和刘副书记会后马上到县委来！”

他们俩赶到县委，准备被骂得狗血喷头。想不到没有挨骂，而是领到一面五尺长的黑旗。这比骂祖宗还厉害，因为他们一向是模范，出了名的红旗乡。二人跌跌撞撞回来，书记气得犯了神经病，刘真从此落了个“黑旗书记”的称号。可刘真不在乎，回去把黑旗扯巴扯巴，给一个孤儿做了一条裤子，剩余的布头做了一顶小军帽，还缀了一个五角星，打量一下，正是自己少年时期的模样。

没过几天，县委派人来宣布，刘真就地改造，听候处理。还让她亲自把那面黑旗送交到另一个乡去。原来县委也让那个乡搞密植山药，因为没了空白地，让他们拔掉麦茬玉米苗，插上山药秧。乡干部看玉米苗已经二尺多高，又黑又壮，下不了手。于是沦为第二个黑旗乡。

县里人把那个乡的干部们赶到一起，迎接黑旗。他们看到刘真来了，一下子气黄了脸，冷眼相对。好像说，人还没死你就来送丧。县里人说：“全体起立迎接黑旗，虚心点，种完密植山药，再把黑旗往下传。”想不到接过来的是一面闪闪发亮的红旗。再看刘真脸上也红光闪闪，表达着对“顶风”者的支持。县里人气急败坏，说:“这是一起严重的反革命事件。黑旗书记，你犯上作乱，恶贯满盈了。你等着！”

果然，刘真被召回省文联，当成典型的“右倾机会主义分子”批判。徐水的问题还不足以解恨，又强迫她交出来尚未发表的小说《长长的流水》草稿，在《蜜蜂》上公开发表，作为“修正主义”文学的靶子，组织河北乃至全国文艺战士和工农兵万箭齐发，从而使刘真由徐水的“黑旗书记”，变成全国闻名的“黑作家”。如此遭遇的还有杜河和他的小说《曹金兰》。杜河原名汪润，平时不爱说话，开会也不发言，按当时的逻辑，“不拥护就是反对”。

事实证明，《长长的流水》和《曹金兰》都是难得的好作品。“反右倾”整风运动在党内展开过火斗争，破坏了民主集中制原则。为了让刘真“出气”，中国作协放她到云南旅游了一次。

婚姻过去式

井　台

半个世纪前，华北平原地下水十分丰富，可地表却多为旱地，水田很少。以我村为例，不过十之二三。毛泽东说水利是农业的命脉，“八字宪法”[1]之首，没有井水灌溉，旱地只能望天收，平常年景亩产三五斗，大旱之年颗粒无收。水田一年收一石多，所以显得十分金贵，被农民视为命根子。新中国成立前水田多为地主富农所有，至少上中农才有份，穷人只能在旱地里疲于奔命。土地改革后，按人口分配水田，每家多者三五亩，少者三五分，至少有了菜地。再加上一些旱地，旱涝有收。

家家有水田，就要置买提水工具。一般户用辘轳，井上支木架，木架横轴上安辘轳，辘轳上缠绕井绳，井绳拴着柳条木桶，俗名栲栳，摇转木柄，水就提上来了。胆大的人放起辘轳来嘎嘎作响，如同翻身农民的笑声。富裕的人买水车，纵横两只铁轮互相啮合，横轮上绑根长杆，用牲口或人力推动长杆，带动井中链形水斗，水就源源不断提上来了，顺着垄沟流到地里。水车转动时有节奏地叮叮当当，像一曲动听的音乐。

井台自然成为农民活动中心，歇晌的、送饭的都围在这里。这里也成了农民的戏台，男男女女，老老少少，欢声笑语，乡情浓郁。戏台的主角往往是姑娘媳妇们，趁着空儿，洗脸梳头，纳

---

[1]“八字宪法”：1958 年，在“大跃进”和人民公社化运动的高潮中，中共中央和毛泽东提出我国农业的高速度发展必须抓好“土、肥、水、种、密、保、管、工”八个方面的工作。这八项措施被概括为农业“八字宪法”。

鞋底织毛衣，叽叽喳喳，三个女人一台戏。井台也常常是谈情说爱、保媒拉线的地方。

那时我刚十七八岁，情窦初开，以井台为背景写了一首诗：“歇工哎！井台变成梳妆台，人眼是镜子，对坐梳起来。嫂嫂看妹妹，直把嘴笑歪，怕人不知女秀才，墨水染两腮。妹妹看嫂嫂，笑出泪珠来，瞧你起床多草率，哥哥的纪念章，当作发卡戴。梳起来，梳起来，刘海能藏情，辫梢儿会系爱，别让人说好劳动，就是不懂穿和戴。梳着梳着妹发呆，梳子溜下来，嫂嫂回头喊奇怪，是哪个刁羊倌儿，鞭声单朝这边甩！”

这个羊倌确有其人，正和我姨家的闺女谈恋爱，家里不同意，嫌他没本事，八字又不合。我到大队找支书，支书是我表舅，成人好事给那羊倌调了个工作，到公社铁器门市部上班，吃起了皇粮。姨家也慢慢认可了，隔年办了喜事。有所感，我又写了一首诗：“咱俩结婚时，有过多少波折——你娘嫌我憨，我爹说你泼，算命先生说八字克，你是水，我是火。凑巧今天全应着，你开锅驼机[1]管水，我在铁匠炉看火。你因那泼性格，驯服了一条龙。我有这憨力气，打出来好家伙。你娘我爹到处说，俺一家出了俩劳模。算命先生见你我，一个劲儿饶口舌，好猛的水，好烈的火，都是公社福气大，什么灾星都冲破。”

这两首诗在《河北文学》发表后，前一首《歇工》受到了批判，说是小资产阶级情调，评论作者是一位编辑。后一首《水火》受到了表扬，说是无产阶级美学观，评论作者是诗人田间。两篇评论文章先后在《河北文学》发表，将功补过，不再追究，保护过关。可是从此以后，我不敢再写爱情诗了，下地劳动时也尽量离井台远一点。

---

[1] 锅驼机：20 世纪 50 年代常用的一种电动机。

小女婿

旧社会造成许多许多畸形婚姻，有钱人讨小老婆，却给独生子娶大媳妇，“女大三，抱金砖”是最低标准。女方比男方大五六岁、七八岁司空见惯。财主们为了早抱孙子、四世同堂，儿子结婚的年龄越来越提前。那时候结亲讲门当户对，有钱人是少数，可供选择的余地很小，所以这种婚姻谈不上幸福。

小学二年级时，我的同桌臭包刚 8 岁，寻了个对象 17 岁，紧锣密鼓地张罗办喜事。花轿要动身时却找不到新郎官，而臭包正混在仪仗队里，手抱一杆黄龙旗不放。孩子们喜欢过红白事打旗，一路风光，混顿好饭，末了还能领一两角钱小费。臭包身子骨儿弱小，这样的好事通常轮不到他。今天自己娶媳妇自己打旗，显得格外气粗。出发的礼炮响了，臭包还是抓住旗杆不放，直到答应他吃口奶才抹抹鼻涕上了轿车。臭包是老生子，养得娇惯，七八岁了还动不动扎在娘怀里，嘬口干奶。

迎亲路上，有两个轿夫 30 多岁还打着光棍，成心把轿子往高颠，颠得臭包胆汁都吐出来了，呜哇哭叫。回来时还迷迷糊糊，由他娘抱着拜了天地。晚上臭包怕见生人，死活不进洞房。好容易才把他拍睡了，送进新媳妇被窝里，第二天一看尿湿了半截炕。邻居二片编了一个快板：“十七大姐八岁郎，新婚之夜抱进房，有个小鸡不中用，啥也不会会尿床。头更尿湿红绫被，二更尿湿象牙床，三更屋里发大水，绣花鞋儿漂一双。睡到半夜要吃奶，劈头盖脸一巴掌。叫你丈夫年岁小，叫你儿来不喊娘，盼到郎大姐已老，等到花开叶早黄。”我学会了，念给臭包听，臭包听着好玩，说给他娘，他娘听了跳着高儿地骂。

三天回门，新媳妇一路哭一路号，臭包躲在车棚角落里不敢动，倒像一个受气的媳妇。丈母娘好说歹劝，才平息了闺女的怒火，懂得了“嫁鸡随鸡、嫁狗随狗、嫁个孩子抱着走”的道理。回到婆家进入了角色，用体己钱买些糖果点心，哄着小女婿玩，背着抱着当小弟弟带，一来二去也不生分了。

第二年搞土地改革。臭包家划了个上中农成分，虽没挨斗，也成了“献田户”，交出了部分土地耕畜。随着家产的缩水，臭包家门风也大变，向来大门不出二门不迈的媳妇抛头露面了，碾米磨面、下地送饭啥都干。一天，大媳妇领着小女婿到井台抬水，一群看稀罕的人跟在后面。大媳妇为了显示“解放”，也治摆了小女婿一下，臭包擦涕抹泪的。第二天二片的快板又发表了：“大媳妇小女婿，争争吵吵抬水去，骂骂咧咧把人欺。媳妇这边一使劲，女婿杵了个嘴啃泥。老汉看到提意见，叫声大嫂听仔细，教子方法可不对，把他杵到泥窝里。说得媳妇红了脸，羞羞答答把头低，你看俺俩谁是谁，他是丈夫我是妻。”

再二年，国家实行婚姻法，解除了婚约，媳妇走了，十二三岁的臭包打起了光棍，直到 1963 年发洪水时，才捡回来个童养媳，臭包已经二十七八岁了。二片说，臭包是起了个大早，赶了个晚集。

童养媳

童养媳是旧社会陋习之一，与小女婿相反，童养媳是收养穷人家的女童，准备养大做媳妇。这种事财主不做，他们讲门当户对；穷人做不了，他们养不起；一般发生在中等人家，不花钱或少花钱，为了孩子不打光棍儿，又省一笔彩礼。邻居小丑姑娘比我大几岁，可能是全中国最后一批童养媳了。邻居当家的叫老细，在街口摆“穷货摊”，就地铺一块旧布，摆放一些七零八碎的破旧物件，如犁片、锄头、门吊儿、筲箍、烟嘴儿、螺丝什么的，为穷人之间互通有无充当中介，从中赚个角儿八分的。因为进价低廉，甚至是白捡回来的，虽说蝇头小利，积攒起来也就可观了，他家日子过得比较殷实。

1943 年发大水，南泊一对逃难夫妻拉着一个 7 岁左右的小闺女，饿得皮包骨头，一双眼睛大得吓人，乱蓬蓬的头发上插根草棍，无奈的爹娘要给孩子找一条活路。老细过来，像买小牲口一样，摸摸骨架，看看牙口，末了花了一斗高粱买下来，卖身契上写明是童养媳。他唯一的儿子发暗疯（癫痫），抽上来口吐白沫，不省人事，寻不上媳妇，二十七八岁还打着光棍儿。

小丑进了门，十来岁的孩子当曼妮子（女仆）使唤，碾米磨面，洗洗涮涮，烧火做饭，喂猪喂牛，好像鞭子抽打下的陀螺，一天到晚不停地转。老细一家大大小小都把她当作出气筒，想打就打，想骂就骂，像一群恶狗掐一只小鸡。尤其那个发暗疯的男人，总是瞪着色眯眯的眼睛，流着口水，随时会扑过来的架势。吓得小丑总是低着头，溜着墙根走。

小丑毕竟是个不满 10 岁的孩子，出来割草打水时，难免向左邻右舍倒倒苦水。这小丑天生的嘴巧，说出话来一摞一套的，“纸糊的风筝断了线，爹娘卖我隆平县，三个公公四个婆，五个小姑管着我，十二个尿盆我来端，累得腰疼胳膊酸。”“拿起筷子放下碗，童养媳妇众人管。一家人全在炕上坐，逼着我小丑去推磨。放下筷子拿起针，婆婆还骂我懒断筋。”

灾荒年过去了，小丑亲爹娘后悔了，好说好道接孩子回去住两天。老细攥着卖身契说，到时辰就得送回来。小丑诉说：“回一次家门上一回天，回到婆家像坐监。回一次家门唱一出戏，回到婆家泪如雨。白菜帮子萝卜菜，小丑的苦难是爹娘害。亲爹亲娘要人家钱，亲闺女送到阎王殿。白菜帮子蔓菁根，亲爹亲娘好狠心。梅豆开花一串串红，卖给人家当牲灵。”小丑哭诉一次，村里就流传一阵，传到老细耳朵里她就挨一顿打。

村里王家地主一个儿子在外边当八路军，知道共产党的政策，迟早要搞土地改革，听说陕甘宁边区正在搞试点，就三番五次往回写信，动员他爹变卖土地庄园，以免将来遭罪。他爹很明智，使了个金蝉脱壳计，放把火烧了自家场院，然后装病哭穷，辞去长工。村北一处40亩水浇地，平时至少五石麦子一亩。他说磨扇压住手了，如今一石麦子就出手。老细捡便宜惯了，倾其所有买了下来，还雇了个长工。三年后果然搞起土地改革，计算他家的地亩和剥削量，正好划了个地主成分。而王家已经没落，划了个下中农。工作队念老细剥削生活不长，是花钱买的地主，便也没有扫地出门，只剥夺了村北那40亩水浇地。老细这才回过味儿来，惊呼上当。

工作队经过调查，没把小丑划成地主家庭一员。相反觉得她苦大仇深，发展她为土地改革运动积极分子。小丑登台揭发老细，鼻涕一把泪一把地说：“树根在下树叶在上，财主和俺不一样。喇叭是铜锅是铁，人是人来鳖是鳖。蝎子尾巴马蜂针，狠毒不过财主心。太阳不照老细家，藤是藤来瓜是瓜。财主冬天穿皮袄，小丑破布包芦花。财主屋里煤火炉，小丑冻成冰疙瘩。财主吃的鱼和肉，小丑碗里豆腐渣，老咸菜来干巴巴，糠菜窝窝用手抓……”

斗倒了地主老财，穷人翻了身，小丑的腰杆挺直了，丑小鸭变成了金凤凰，红润的脸蛋，水灵灵的眼。工作队动员她参加村剧团，演《白毛女》，一登台就进入了角色，好像当众描述自己的身世，声情动人。这样一来老细怕她飞了，发暗疯的男人更是急红了眼。一天竟然把小丑关在屋里，动手“开脸”，就是用双股细线相绞相缠，把脑门上的汗毛一根根绞去。在农村开脸就是圆房的表示，小丑拼死挣扎不让绞，外边把门的疯男人神经紧张，昏倒个仰巴脚。小丑趁机摆脱纠缠，顺着梯子爬上房，大声呼喊起来。工作队闻讯赶来，把老细一家带到村公所。应小丑请求，正式解除婚约，当众撕碎了卖身契。后来小丑进了地区文工团，成为当地著名演员。

换　亲

我记事遇到的第一次大规模群众运动是土地改革。由上边派来的工作组坐镇，村农会主持，把农户按人均土地和雇工剥削量，划分成地主、富农、上中农、中农、下中农、贫农、雇农 7 个成分，张榜公布，三榜定案。成分有点像印度的种姓制度，把人分成婆罗门、刹帝利、吠舍、首陀罗几种等级，贵贱分明。种姓制度的特征是，血统延续，职业世袭，内部通婚。

享受过剥削生活的成年人定为地主分子、富农分子，属于敌我矛盾，是无产阶级专政对象自不必说，对他们未成年的子女实行“唯成分论”，也都打上“胎记”，列入另册，苦不堪言。地主、富农甚至上中农的子女，当兵、上学、入团入党都要受到限制，连婚姻上也受到歧视。贫下中农的子女，如果与地富子女搞对象，组织就会出面干涉:“要对象还是要党票!”出于无奈，社会上出现了新的“门当户对”，剥削阶级出身的青年，只能在本阶层里找对象。

村里的焦丙文比我大几岁，人长得精神，学习成绩也好，就是因为出身地主，被剥夺了上中学的权利。丙文在家务农也是一把好手，可是没人上门提亲，25 岁还打着光棍儿。他爹沉不住气了，四处托人保媒，近处不成，找到20里外陈村一家姓杜的富农。杜家答应了，条件是“换亲”，把他家的闺女嫁过来，把焦丙文的妹妹娶走，互为条件。

丙文他爹去陈村暗访，对杜家的闺女满意，可他家儿子小宇形象太差，一只眼大一只眼小，一条腿长一条腿短。自家的闺女丙书如花似玉，聪明伶俐，让孩子受一辈子委屈，实在于心不忍。可是儿子都到了这岁数，又怕过了这村再没这店了。儿子娶不上媳妇，便断了焦家香火。焦老头三天三夜不吃不喝，两眼眵目糊，最后狠狠抽了自己几个嘴巴，给闺女跪下了。

丙书是我小学高年级的同学，心灵手巧，模样也好，村里的小伙子们都想打她的主意，可是一想到成分问题，又都想吃肉又怕腥了。只有村治保主任的儿子大保，愿意做出牺牲，二人暗地里来往着。今日她爹这一跪，无异雷殛头顶，把她惊呆了。听爹的，窝囊自己一辈子。不听吧，她娘土地改革那年连惊带吓暴病而亡，是爹千辛万苦把她兄妹拉扯大的。那年月重男轻女，这种思想女的往往比男的还重。自己早晚是外姓人，而哥哥是一脉单传，断了焦家香火，她会感到罪责难逃，痛苦一辈子的。寻思了几天，还是委曲求全地答应了。答应之前她找大保大哭一场，二人如此这般地商量了一夜。

陈村姓杜的富农分子心眼也很多，言明两家迎亲的马车同一个钟点准时对开，同时拜天地。哥哥这边欢天喜地，老焦头压在心上的一块石板落了地，多喝了几杯。妹妹那边愁眉苦脸，看到新郎官的尊容，当场晕了过去。公公杜老头看到百里挑一的媳妇进了门，暗暗为自己残疾的儿子小宇庆幸，也多喝了几杯。

晚上入洞房，焦家这边一切顺利，杜家那边就出了岔子。新郎官乘着酒兴要行房事，遭到拒绝，被新娘抱住脖子三摇两摇，醉鬼显形倒在一边呼呼大睡了。第二天晚上小宇不喝酒了，早早吹灯上炕，又遭到拒绝，厮打起来扯破新娘的外衣，触到一片硬邦邦的东西。点灯看时，原来是防身的铁甲，亮着寒光，小宇顿时浑身软了下来，还有些发抖。原来村治保主任儿子大保，记得土地改革时抄过一个清末武举人的家，抄出来一身软甲，用精钢丝扣编织而成，刀枪不入，经过一番改制穿在了丙书内衣之外、外衣之内。

经过这番较量，残疾人杜小宇本来心存卑琐，看到丙书如此铁了心，不敢再侵犯了。事情不光彩，也羞于向父母和外人学说，夜夜和平共处着。一来二去，小宇反而对丙书产生了敬意，哀叹："换亲换不来心啊！"同是天涯沦落人，渐渐不再仇视，甚至还有相互倒苦水的时候。

这样和平共处了一年多，形势出现了危机。原因是丙书嫂子生了个大胖小子，焦家后继有人了。觉着在杜家做"人质"的任务完成了，丙书与大保商量私奔去新疆支边。也是因为和平共处久了，产生了和平麻痹思想，丙书想这个假丈夫人也不坏，甚至值得同情，把本来不应该说的秘密也向他说了。她不知道，一个弱者，一个好心人，心理承受能力也是有限度的。

杜小宇蒙头大哭一场之后，突然露出了笑容，说咱俩是一个绳上拴着的两只蚂蚱，你蹦了，我也就自由了。人也突然变得殷勤起来，张罗着为丙书收拾东西。半夜三更公婆睡下之后，杜小宇出去打了酒买了猪头肉，泪流满面地向假媳妇敬酒，说咱们好离好散，修个来世的姻缘吧。可怜丙书只顾高兴，没提防杜小宇在酒肉里下了毒药。

第二天杜家坟地添了两座新坟，一对冤家依然和平共处着。我村这边，大保把村治保主任家里的瓶瓶罐罐砸了个稀巴烂。

带犊儿小新

小学二年级时，插班来了个女同学。水汪汪的眼睛双眼皮，粉嘟噜的脸蛋深酒窝，细长的脖颈白生生，天生一个美人胚子。特别是那银铃般的笑声，听起来就像唱歌。家里人会打扮她，常穿一身浅绿碎花衣裳，如一枝出水荷苞，在我们这帮蓬头垢面、黑压压、灰溜溜的臭小子中间亭亭玉立。听母亲背后说，要不是她大我几岁，就托人提亲讨来做媳妇。

女同学单名一个“新”字，听起来很入耳。大家开始对自己猫三狗四歪毛淘气一类粗俗的称呼不满了，求老师给起一个像“新”一样文雅的名字。老师说：“你们哪里知道，新姑娘并非新奇之‘新’，乃辛苦之‘辛’。她可是个苦命人。”

听人说，新姑娘的老家在很远很远的平山县，生父是个地主。传说那里搞土地改革，村村点火处处冒烟，动不动就砸核桃，她爹就寻了短见。娘领着她逃之夭夭，辗转来到这里，给光棍老明当了老婆，新姑娘就成了带犊儿，有地方叫“拖油瓶”。明叔是反称，天生弱视，如花似玉的媳妇在他眼前也不过是一根肉桩桩。明婶之所以肯嫁个盲人，图的就是改变一下成分。

那时新姑娘还小，阶级的要领还不深刻，很快就跟我们这帮穷小子玩到一起了。我长得瘦小，经常得到她的同情。孩子们打架时她护着我，到地里挖野菜，看我筐不满就匀过一部分。大雪天到官道上拾粪，看我穿着单薄冻得丝丝哈哈，就主动给我暖手。一边攥着我的手，一边说：“看这一对小粪叉子！”我愿意跟她玩，就叫她新姐。

新姐极聪明，每次考试都是第一名。升初中时老师说："小新若是考不上，挖下我的眼珠子当泡踩。"放榜时，新姐果然高中榜眼。奇怪的是，我们都接到了录取通知，新姐却久等不来。老师到中学去问，兴冲冲而去，蔫头耷脑地回来。原来是村治保主任银蛋从中作梗，他专门跑到中学，说这妮子根子坏，你们立场站到哪里去了？新姐听了三天没吃饭，眼睛哭成一对桃儿。她说银蛋早就对她不怀好心，多次在官道上拦截她，说下流话。

银蛋是个丑八怪，7岁上出天花，落下一脸麻子。老师形容他的脸：筛、骨牌、苍蝇拍、雨打尘台、虫吃的白菜、石榴皮翻过来……因为丑，30岁还没说上媳妇。土改工作队进村时银蛋充当勇敢分子，因为蹲墙根抓住地主倒浮财，当上了村治保主任。自打新姐进村那天起，他就像老鹰抓小鸡一样把她看成猎物。但是银蛋并没有得逞，半路上杀出来个程咬金，副乡长牛四说："把这小妮子让给我，提拔你当村长。"权衡利弊，银蛋将一口馋涎咽到肚子里了。

牛四是个粗人，因为管不住老二，屡犯错误，快40岁的人了，还想老牛吃嫩草。银蛋出主意，派新姐她爹出河工。明叔大白天走路还撞墙，怎么能推独轮车上河堤？河工可以不出，条件是闺女嫁给牛副乡长。明叔说："让我去吧，大不了是个死。"明婶说："你死了俺们就没成分了。"新姐说："这个火坑非我跳不可了，躲过初一躲不过十五。"娘说："那牛四黑得像一块炭。"新姐说："一块炭也强于麻子蛋。狗窝挪到狼窝，反正没好了。"对这种婚姻我曾极力反对，新姐说："一家三口的性命攥在他们手心里，别无选择了。"婚后新姐成为牛四生孩子的机器，十年生了五胎，一色的小黑人。

离婚不离家

1950年颁布了《中华人民共和国婚姻法》，举国欢庆。欣喜若狂的是“小二黑”和“小巧儿”们。

村剧团庆贺《中华人民共和国婚姻法》，栓柱他娘王二婶成了主角，在台上走来走去，指手画脚，她是妇救会主任。台下有人起哄:“王主任，陈世美是包办婚姻，能不能离?”二婶一时答不上来，说那得组织上决定。

第二天，一声马嘶，二婶听着耳熟，跑出门来，果然是栓柱他爹那头大红马，可是不见当专员的丈夫，只有通信员一个人来了，区公所的老刘低头跟在后面。二婶拍着巴掌往家里迎，鸡窝里掏蛋，烙饼擀面。

下午，大红马走了，奇怪的是二婶没像从前一样送客。不久家里传来号啕大哭，左邻右舍闻声赶来，二婶哭成了泪人，也不顾主任的面子了，撒泼打滚，亲娘祖奶奶地骂，像戏台上的青衣一样拖着腔儿哭，台上台下的陈世美一起叫骂，比戏文里秦香莲还悲恸欲绝，引得我母亲等一伙妇女们个个擦眼抹泪。从哭骂声中大家明白发生了什么事，大意是抗战过去了，栓柱他爹拴不住了，被手下一个女科长勾去了魂。

一直哭到掌灯时分，劝说的人累了走了，只剩下我母亲一人与她做伴，怕有个好歹，陪着说话搭理。二婶陈芝麻烂谷子地说到鸡叫还不改口，坚决要领着栓柱去邢台告状，不信如今就没有一个包青天。我跟栓柱在一旁听不大懂，反正他爹男的女的不正经，听着就睡着了。

第三天起来，二婶还不吃饭，她口述我记录，写下一张诉状，说副专员忘恩负义、流氓下作，一定要闹个鱼死网破的意思。末了还咬破中指，摁了个血手印。正要走，区公所的老刘来了，手里拿着个牛皮纸信封，使个眼色，示意旁人回避。回家后，母亲不时侧耳听听。隔壁开始吵吵闹闹，后来悄声细语，再后来就沉默不语了。头晌午老刘满意地走了，二婶送出门外，用手捂着红肿的眼睛。

晚上不等母亲过去，二婶倒先来了。眼上的肿消多了，还换了一件衬衫。不等母亲问话，二婶就说，区公所老刘来，开导了半天。他是代表组织来的，从牛皮纸信封里取出信瓤来，几行大字，还盖了大红官印。二婶说副专员这么做是组织上决定的，为了工作，为了他爹的前程。咱再委屈也得服从组织，相信组织，谁叫咱是组织里的人哩！不能台上人五人六，背后叫人戳脊梁骨。再说，这是离婚不离家，逢年过节回来看看，中间还有咱栓柱呢！为了表示心诚，他爹还剪下了一绺头发捎回来，不忘结发夫妻呢！二婶相信了组织，可惜那张状纸我白写了。

离婚证寄回来，二婶知道受骗了，那个副专员18年没回家，连口信也没有，直到“文化大革命”第三年，他被打成走资派，被手下那个女科长一脚踢了，他才想起乡下的“离婚不离家”。一天突然蓬头垢面地站在大门前，瞧着门楣上那块“光荣军属”的牌子，试了几次不敢推门。门开了，栓柱不认，死往外推。二婶伸过手来拉了一把，她心里还真是“离婚不离家”。

拉 帮 套

拉帮套本来是农村赶车的术语。以骡马为动力的木制大车，通常用两头牲口，一头驾辕，在两根辕杆之间，充当主力；一头拉套，在辕马之前，套绳一端系于车舆，一头用枷板固定于牲口肩部，起辅助作用。牛车和驴车只用一头牲口驾辕，超载、上坡或牲口软弱时，车把式常常另加一个绳套，自己为牲口助力，叫作“拉帮套”。后来人们把这种现象借用到生活里，专指一个人心甘情愿为另一个家庭义务劳动，解决生活困难。用现在的话就是家庭生活的志愿者，不同的是这种志愿行动，常常融进去浓厚的个人感情。

“拉帮套”者，有男也有女。

我街坊一个大姐姐叫蜜蜜，土地改革运动积极分子，村妇救会主任，因为忙于工作忽视谈婚论嫁。当时流行早婚，20多岁没结婚就算是老闺女了。解放太原，战场上抬下来一批重伤员，连级以上的进荣军疗养院，排级以下的分配到各村照料。一个叫大魁的排长是战斗英雄，第一个踩云梯登上太原城墙，被炮弹炸飞了一只胳臂半条腿。听上级领导介绍他的英雄事迹时，蜜蜜大姐激动得泪水横流。那时人民群众的审美倾向是崇高，崇拜英雄人物，蜜蜜不假思索就请求将大魁安置到自己家里，更没想到这般重担一旦背上是很难推卸下来的。

一时间大魁成为村里的新闻中心，蜜蜜也赢得了众人的赞美，只有一个人心里酸楚，那就是顺顺大哥。顺顺是民兵排长，与蜜蜜长期工作配合，彼此心里都有着对方。可是当时的社会心理，正规军排长比民兵排长显赫得多，更何况是一位战斗英雄。顺顺痛苦了几天就理所当然地退却了。不久，大魁就成了蜜蜜的男人，自然也就成了村民。

开始，蜜蜜日子还顺利。新中国成立前后村里实行“代耕制”，村政府派人轮流给烈军属干农活。农业合作化了，队里给残疾军人记头等工分，蜜蜜家里日子过得也不差。大魁虽然丧失了劳动能力，蜜蜜还一连生下五个孩子。可是经过三年困难，大家心里的乌托邦破灭了，连大魁头上的光环也渐渐消失了，成为一个实实在在的残疾人。1963 年发放自留地，他家人多，分到三亩半地。蜜蜜被一拨拉孩子绊住了手脚，下不了地，大魁连急带病，眼睛也失明了。村里没有了“一大二公”，瞎子拉二胡自顾自了，“光荣之家”变成了困难户，蜜蜜家三亩半自留地荒芜起来。

顺顺看在眼里，一方面出于怜悯，一方面旧情难忘，经常起早贪黑出现在蜜蜜家自留地里，耕耨锄耢，浇水施肥，不误农时。起初蜜蜜并不知情，后来村里人议论开了，这个说“拉帮套”，那个说“代耕”。终于传到蜜蜜耳朵里，到地里一看，庄稼绿油油的，并不比别人差。她一屁股蹲到地垄起不来了，心里打翻了五味瓶。

从此蜜蜜也经常起早贪黑下地，希望碰上顺顺。终于等到了机会，玉米吐出红线线了，一个黄昏，顺顺扛着一袋尿素来追肥。两人开始都有些脸红，后来坐在垄沟上说话。被生活重担压垮了的蜜蜜，全没了当年做妇救会主任时的机灵，不会说什么感谢的话了，动手就解自己衣襟上的扣子。顺顺腾地站起来说:“蜜蜜，你小看我了，我是珍贵过去的情分，错过的事情永远错下去吧，对于你和大魁，我还是和从前一样敬重。”看着顺顺逐渐模糊的背影，蜜蜜呆呆地站了很久很久。

此后，一切如故。蜜蜜家自留地里的庄稼长得更好了，好像追了一次长效化肥。顺顺有时也到蜜蜜家里去，给孩子们送去学费什么的。两个人说起话来很自然，蜜蜜再也不脸红了，尽管大魁什么也看不见。这个“帮套”顺顺一直拉到现在，没人说三道四，传为一方佳话。

我记忆中村里还有另一个“拉帮套”，故事开头相似，结尾大不相同。乡邮员马英英住在西街石头道，老婆暴病而亡，留下三个小马驹，大的上高小，二的上小学，三的刚会跑。马英英虽说是脱产干部，那时实行供给制，每月只挣 120 斤小米，并不比一般人家优越，没有女人愿意来当后娘，日子过得很惨。那时乡下还没自行车，全乡26个村，马英英天天都要步行走到。他起早焖一锅小米干饭，让孩子们吃一天。两个上学的还好些，马英英怕小三跑丢了，用绳子系个死扣，拴在门吊上。邻居兰花看没娘的孩子心疼，天天过来做一顿午饭，隔三岔五洗洗涮涮的。英英早出晚归，常常参辰不见，心存感激，又充满疑虑。

兰花没了丈夫，只有一个小闺女，寡妇门前是非多。英英听了些闲言碎语，想敬而远之，对兰花态度总是冷冰冰的。可是兰花还是满腔热情贴上去，三天两头做点好饭给孩子们送去，平时缝缝补补，过年每人添身新衣裳。村里人说，看这“帮套”拉得多展。开始有人说兰花黄鼠狼给鸡拜年，没安好心。后来看她一年到头态度不变，说她傻，这样倒贴下去，把自己家都挖空了。末了转为同情，说英英有眼不识金镶玉。英英大男子主义，始终冷冰冰的。到了第四年头上，这块冷石头终于被暖热了，因为三个孩子早已倒戈过去，站在了兰花一边。兰花终于从“拉帮套”换到了驾辕的位置。

放 鹰

齐安他爹是晚清贡生，知书达理，就是教子无方，致使独子齐安生在农村，却四体不勤、五谷不分，跟街面上一帮混混学成了一个二流子。掷骰子、推牌九、打麻将，玩啥输啥。一个债主给他出主意说，走背字是因为你家书多，所以要输。齐安就趁他爹卧病在床，把半屋子书都倒腾出来卖了，可是依然照输不误。另一债主出主意说，你命里缺点什么，要想赢就得买一架鹰。新中国成立前农村人口少，荒地多，野兔成灾，猎兔成为一种副业。

齐安买了一架鹰，一条猎狗，白天地里逮兔，晚上村里赌博。气得他爹在床上哭喊：“齐家出了个输（苏）学士呀！”边哭边念苏轼的《江城子·密州出猎》：“左牵黄，右擎苍，锦帽貂裘，千骑卷平冈……”半阕词没念完，气绝而亡。

爹死了，齐安待鹰比爹还亲，好生供养着，心血来潮就下地逮兔。那时雨量大，地里积雪一冬不化。雪白鹰眼疾，半天能逮十几只兔子，吃剩下还能卖钱。齐安有了钱买了个童养媳，13岁进门，15岁迫不及待圆了房，第二年就生了个小子，取名小鹰。人说齐安时来运转了，偏偏老天爷不放过他。1945年前后大旱三年，赤地千里，寸草不生，野兔也绝迹了，齐安一家吊起嘴来。危难时期，在老婆和猎鹰之间，齐安选择了后者，2000万冀南票（合2000元人民币）把小鹰他娘卖给了人贩子，度过了灾荒。两年后土地改革，小鹰他娘突然回村来，上台控诉齐安的罪行，人贩子把她带到白马河上游，转卖给宋家庄一个地主，吃尽苦头。小鹰他娘逢人便说，她回来不是为了那狼心狗肺的东西，而是舍不下孩子。可是村里有些人高估了齐安，说他是个放鹰的高手。旧社会把游手好闲的人放出去打“野食”叫“放鹰”。

转眼到了1960年，又一个三年困难，每人每天4两口粮。齐安下地劳动发懒，到公共食堂打饭勤快，为了抓住勺把子，先填饱自己肚子，然后喂他的鹰，最后才是老婆孩子。一天他躺在炕上，想起上次度荒的经验，又打起老婆的主意，要真的放一次鹰。甜言蜜语地劝她：“不费油不费电，省下一份口粮，养活咱的儿子。”小鹰他娘破口大骂，掴了他一耳光，一跺脚走人了。

小鹰他娘走后半年，猎鹰死了，人们说齐安气数尽了。猎鹰跟了齐安十几年，是老死的，浑身没肉只剩一架骨头。齐安也不念旧情，剁巴剁巴熬一锅汤喝了。屋里空荡荡的，齐安想起小鹰他娘，没人把锅燎灶，没人缝补洗涮，父子俩过得和叫花子一样。终有一天，他想不如真的当起叫花子，带上儿子进山觅娘。放风筝靠一根线，儿子终究是扯着他娘的一条线呀！

齐安一手拄着棍子，一手拉着孩子，沿白马河往上走，走一山又一山，山山不断，过一水又一水，水水相连，边要饭边打听小鹰娘的下落。眼前山峦起伏，如波翻浪滚，找一个人难似大海捞针。有个老汉告诉他，山里的村庄大都分布在河沟两岸，顺藤摸瓜就有希望。齐安按老汉的指点，找遍了宋家庄川几十个村子，又往南排查了稻畦川、浆水川、路罗川，最后摸到了路罗川最后一个村庄栲栳井，再往前迈一步就是山西省地界了，奇迹居然出现了。

齐安父子蜷缩在村外圪梁下一个废弃的羊洞里，黎明时齐安见一个女人往地里担尿罐，看后影像小鹰他娘的身段，就尾随下去，到一家石头门楼，做了一个记号。早饭时齐安便领上小鹰来到门口，一人靠一边门框，哀叫道："好心的奶奶给口饭吃吧，救救这孩子。"有人出来了，手里拿着两个窝窝头，边走边说："我就见不得可怜的孩子。"果然是小鹰他娘，可是那女人一时没认出，眼前一老一少蓬头垢面，破衣烂衫，人不人鬼不鬼的样子。齐安没脸张嘴，把孩子推在前面说："快叫娘，快叫娘！"小鹰他娘这才认出来。看看齐安，眼里冒火星，给了他一个脊梁。转身抱起小鹰，都十四五岁了，还瘦巴巴的，像个八九岁的孩子，小鹰他娘放声哭了一下，又赶紧压住嗓子，变成了抽泣，泣不成声。看看太阳，男人该下工了，她急忙回屋端了一多半箅子窝窝头，倒进齐安要饭的褡裢里，厉声说道："不是人的，再也别让我见到你了。"

齐安自知理亏，无脸上门，隔一两天就打发孩子来，每次都带回半褡裢窝窝头，有时还提回来一罐子豆沫汤。这齐安吃饱喝足，老毛病又犯了，还没脸没皮地往人群里凑，引起了小村的警觉，有人跟踪父子俩的行动，告诉了这家男人老傻。老傻并不傻，只是特别老实，他也发觉缸里的面下得太快，还特意到那个羊洞前，瞪了那“狼”几眼。回来红着脸说:“是不是那个放鹰的来了?”小鹰他娘咕咚跪下，一五一十地说明情况，发誓跟定老傻了，一步也不离开栲栳井。她知道老傻是好人，当初进山讨饭，病倒在路上，是老傻走20里把她背回家中，一口水一口饭地喂，浆养了一个月才保住她一条命，而且明媒正娶地留下来，进门就当家。她再也不会回那个狼窝了。

最后谈判，齐安要了两口袋玉米，一刀两断。小鹰见了亲娘死活也不跟齐安了，又加了200元。齐安有了粮有了钱，屁颠屁颠地回村了。村里又多了一条歇后语：齐安放鹰，赔了夫人又折兵。

借　种

小学同学九斤，生来成色不佳，小国字脸黑得像上了一层釉，与他爹那蜡黄的面皮，根本不像一家人。大人们背后议论，黄豆垄里长出一棵黑豆苗，差种了。更有人进一步猜想，借用了哪家的种子。

九斤爷爷葛老茂，家大业大，骡马成群。村北五垧好地、一眼大井，一年到头叮叮当当水车声不断。村里一团大院占了半条街，蓝澄澄卧砖到顶，一色灰瓦，三进院落，五门相照。门口一对上马石，两根大旗杆。葛家祖上靠贩私盐发了家，清光绪年间捐了个六品，农搅商，商搅官，成为一方首富。只是长久脑满肠肥，烟熏酒泡，种子逐渐退化。第一代兄弟五人，第二代锐减为哥儿俩，到了他祖父以后三代单传，到独生子这辈颗粒不收了。急得老茂到处求医问药，烧香磕头，花了不少银钱，套过不少娃娃，依然不见动静。眼看老葛家一门面临绝户，万贯家财留给何人？一筹莫展时，腊八庙上抽了一个签，上写：移花接木。然后葛老茂三日闭门不出，终于想出了个主意，借种于田吧。

这样做，对于独生子栓柱无疑奇耻大辱，开始不干，经过反复劝说，晓以利害，最后终于松动了。媳妇小满听了，委屈、羞辱，说太不公平了，气得浑身发抖，连筋脉都抽搐起来，三天没有吃饭，要死要活。难为得公婆二老当面给她跪下，老泪纵横，没办法她才认命了。

主意已定，老茂避近就远，为独生子找替身，一路找到山东临清，在下堡寺砖窑上物色到一名壮汉，下200大洋定金领回家中。这壮汉姓金名九，老实巴交，像做贼一样低头进门，黑黑的方脸羞成了一个紫茄子。金九名义上是请来的车把式，在长工院开了个单间。好吃好喝，养了几日，算好时刻，夜深人静，独生子栓柱让位，金九乘虚而入，做成了好事。

一次代耕，成为这个家庭的转折点。那金九黑红的身子炭火一般燃烧，力气大得像一头公牛。媳妇小满也真正地做了一次女人，消沉已久的女人心完完全全地复活了，脸上的红润几天不落。公公老茂像做成了一笔赚钱的买卖，顿顿饭烫壶酒喝。可是丈夫栓柱经不起打击，总觉得贼闯进来，打开他神秘的门，摔碎了他家藏珍贵的宝瓶，闭眼就看见自己老婆仰面朝天，雪白的胴体任人蹂躏，生活一下子失去了光彩，一天到晚低着头，羞于见人，沉重的负罪感像一块石头重重地压在心上，喘不过气来。

随着肚子渐渐隆起，媳妇小满在家庭中的地位日益提高，成为全家重点呵护的对象。免除一切家务，还请了一个老妈子专门伺候。公婆天天围着转，屁颠屁颠地赶集上庙，买些名贵补品，吩咐厨子改着样儿吃。同时果断地辞退了那个被动的志愿者金九，送回山东老家去了。

孙子出生那天，由于先天营养过剩，跟他娘过不去，整整两个时辰才抠巴出来。接生婆一看是个带把儿的，上秤一称9斤重，连忙朝门外大声道喜。守候在门外的公婆喜极而泣，起名就叫九斤，在全村盖帽了。过满月时，葛家大摆宴席，请了两班吹鼓手对着唱。葛老茂高高举起小九斤，故意分开两只小腿，露出那黑枣般的小鸡鸡，当众显示他葛家后继有人了。还不知跟谁学了两句二黄，人前人后都唱:“我正在城楼观山景，耳听得人马乱纷纷……”洋洋得意自己的神机妙算，心灵深处的一丝阴影早已荡然无存。

丈夫栓柱是直接当事人，脸上高兴，心里却别扭了一阵子，很长时间才进入角色，意识到自己当了爹。为了假戏真做，他积极配合，为了应付未来的肤色问题，提前半年就用锅底黑往脸上搽，渐渐改变自己的底色，以至于贺满月时，竟与那黑小子相差无几，从而迷惑了不少人的眼睛。但是假戏真唱，难免有穿帮的时候。心细的人发现他化妆仅限于脸部，脖子还是蜡黄依旧。因而就得了一个外号：黄脖老鸹。

九斤周岁断奶，他娘的好日子也过到了头，从顶峰急剧下滑。公婆撤了老妈子，把她当下人使唤，下厨做饭，洗洗涮涮。一家人喜爱的目光都集中在宝贝孩子身上，而把睥睨的眼神投向孩子他娘。没有母以子贵，变成了母以子贱。媳妇小满开始就知道是一场戏，没料到剧情会如此发展，而且恶果让她一人承担。心烦的时候，听不得知了叫，捡块砖头往树上投，嘴里不住地骂:“知了，知了，知了你娘的×。”骂了又想，自己也是个知了。知了夜里从地里钻出来，往树上爬。天亮时，新生命破腹而出，只剩下一张皮，叫作蝉蜕。人在难处，她想起了那一夜情，想起了那金九，那个憨厚的山东壮汉。

一家人演戏，全村人看戏，唯有一个角色是认真的，那就是金九。当初他不谙世事，糊里糊涂被抓了壮丁。然而一夜情也使他一夜间长大了，懂得了感情，懂得了责任。被逐后不断潜回村来，打听那个女人的命运，打听事情的后果。当知道孩子生下来，而且取名九斤时，他激动得泪如雨下，狂呼：“九斤，九斤，我金九的儿子，这是天意。”从此不再去碰任何一个女人。土地改革时，葛家被划为大地主成分，扫地出门，栓柱搬进三间场屋。再几年，栓柱死了，金九来了，九斤有了亲爹。

珍姨的等待

走动的亲戚中，母亲和珍姨最近，尽管只是干姐妹。她们同病相怜，母亲 25 岁上守寡，珍姨 24 岁上丈夫牺牲，小母亲一轮，也是属虎的。民间传说，属虎的女人命硬。

但是她俩的性格迥然不同。母亲内向，沉默寡言；珍姨开朗，快人快语。这也许与时代和经历相关，母亲饱经磨难，从水深火热中走来；珍姨过门时已经是“解放区的天是明朗的天”了。

土地改革时我已经记事了。工作队访贫问苦，动员母亲出来当妇救会主任。母亲说孤儿寡母小门小户担不起事，两个孩子张着嘴等食儿，耽误不起工夫。再来缠磨时，母亲住了姥姥家，一走了之。珍姨娘家是小商贩，嫁到贫农家里捞上个好成分，不等动员，一朵大红花把新婚丈夫送上前线。丈夫前脚走，珍姨后脚就当上了妇救会主任。农会主任领着积极分子斗争地主富农，清算庄窝土地牲口农具。珍姨带一帮妇女斗争他们的女人们，平分箱柜衣物绫罗绸缎。珍姨带头举拳头，吐唾沫，革命劲头十足。

农业合作化时，母亲家底薄，入社带着三张嘴，心里不落忍，就起早贪黑下地干活儿。珍姨有娘家陪送的一头大犍牛，昂首牵到了社里，她就可以不下地，晚上记记工分就行了。母亲一门心思土里刨食儿，出来进去一只筐，身上常带着汗味儿。珍姨干净利索，穿衣服像戏子亮相，换了又换，脸上总有一股香胰子味儿。我从小就喜欢让珍姨牵着手走，或者坐在她怀里，看她熟练地嗑着瓜子。珍姨还有一个洁癖，井上挑水回来，只吃前边桶里的水，后边桶里的洗衣服浇花，害怕从身上发出的气味污染了水。

“文化大革命”初期红卫兵扫“四旧”，四书五经、琴棋书画翻出来就烧，花瓶茶壶、瓷枕烟嘴抄出来就砸，桌椅板凳、锅碗瓢盆凡有龙凤图案、福禄寿字样者无一幸免。母亲有个用了多年的搪瓷脸盆，盆底有齐白石画的虾，也被搜去砸了。红卫兵说贫下中农只能吃杂交高粱棒子面，鸡鸭鱼肉那是地主资本家的，看一看也犯罪。

那天晚上，珍姨的公公老响爷慌里慌张进来，看看四下没人，从怀里掏出一对长方形的梳头镜子。说是儿子结婚时买的，背后有剧照：麒麟童、潘雪艳的《投军别窑》，梅兰芳、杨宝森的《大登殿》，儿子在家时喜欢京剧，镜子也是珍姨的心爱之物。可是运动来了，她嚷着忠于毛主席，要交给红卫兵，趁她不在老响爷偷出来，求母亲给掩藏一下。母亲用当年对付日本鬼子的办法，把镜子放在瓦罐里，在墙根刨个坑埋了，上面放块捶布石。这对镜子直到粉碎“四人帮”才刨出来物归原主，因为埋得太久，剧照都发了霉，代战公主和王宝钏长了胡子。

再关注珍姨是十几年后了。我从省城回来，母亲说快去看看珍姨吧，她可遇到过不去的火焰山了。珍姨已经几天不出门，蜷缩在炕上，脸色蜡黄，眼睛红肿，泪囊鼓得像气球，平添了许多皱纹，一下子变成了老太婆。想起珍姨当年如花似玉的面貌和对我的许多好处，禁不住心酸起来。

珍姨拉住我的手不放，抽泣着说：“不知平时造了什么孽，得罪了何方神灵，让我活见了鬼！”她抖抖颤颤地从枕头底下摸出一封信，是繁体字，很难认。我看了一遍，颓然呆在椅子上，说不出话来。

几天前，来了一位台湾人，捎来这封信，并亲自解释了半天。原来珍姨的丈夫并没有死，1949 年渡海攻打金门时中弹，身子沉下去，海面漂起一摊血，部队报了牺牲。谁知后来漂到对岸，治好枪伤送到鹿儿岛，经过几个月洗脑，穿上国民党的军装，从此 40 年音信断绝。好不容易等到两岸关系松动，有位朋友途经香港，帮他捎来了这封信。

不能接受的现实，天外飞来的陨石，打破了珍姨几十年的平静，惊破了一个长长的梦。一夜之间，从烈士家属变成了反革命家属，从多不胜数的荣誉变成了一个骗局，从习惯了的自豪和风光变成无地自容的难堪。会有多少人戳脊梁骨，她不相信这会是真的，脑袋里呼呼地刮风，神经像毕毕剥剥的导火索。她把送信人骂出去，还要把那封信撕碎，老响爷一把把信夺去了。珍姨哽咽着求我，无论如何去台湾查证一下。她希望写信的人是个骗子，是个恶作剧，还给她一个清白。多少年来她把荣誉当作财产，当作第二生命，终日与之相依为命，相依相恋。然而事实是那么严峻可怕，经过朋友再三调查，验明正身，那个写信的人正是她 40 年春闺梦里的“烈士”，我可怕的“姨夫”。

接上线后，“姨夫”不顾一切地要回来探亲，他也是十分忠诚的，几十年没有再娶，在那灯红酒绿的地方守身如玉。然而在珍姨心中，他已经失去人的形容，变成了一个偶像。珍姨痛不欲生，要不是几十年像亲爹一样待她的老响爷老泪纵横、长跪不起，她是永远也不会松口的。

又过了半年，台湾方面来了电话，定了归期。此时的珍姨已经气息奄奄，被痛苦吞噬得只剩下一把骨头，终日精神恍惚，哭笑无常，满嘴胡话。终于在那人到家前一个小时，长叹一声，芳魂出壳，永远地解脱了。

“姨夫”进门后捶胸顿足，泣不成声。他拾起从床上滑落的一对摔裂的镜子，捧起那《投军别窑》，翻过去那《大登殿》，然后，晕厥过去。

媒妁之言

东邻三奶奶不下地干活，专以说媒为生。薄嘴唇上长一颗带毛的黑痣，天生的能说会道，瞎话连篇。常年东走西串，吃香喝辣，养了一身好膘，肚子像气球，脸盘赛面包，眼睛挤成一条缝儿，轻易透不出目光，露出来就像手电筒，东扫西照，真不愧为一个职业“婚探”。

过去男婚女嫁不兴自由恋爱。媒婆耳朵长，谁家儿女呱呱落地就盯上了，张罗娃娃亲。还有的见人怀孕就打主意，撺掇指腹为婚，习惯说“要得好，说媒早”。富贵人家不请自来，踢破门限儿。眼光高的挑花了眼，女儿超过16岁就算老闺女，“女大不中留，留来留去留成愁”，还得去央告媒人。“穷在闹市无人问，富在深山有远亲”，穷人光棍多。

媒婆的本事全在三寸不烂之舌，“媒人婆，两头磨。磨好了，吃馍馍。磨不好，挨秤砣”。刘家后街有个闺女，模样俊俏，好针线活儿。三奶奶使了30万冀南票，说给百舍村，说那男人在外面做买卖，到哪哪响。过了门是个收破烂的，到处摇拨浪鼓，还瞒了十来岁。气得那闺女回来见她就骂：“贼媒婆，胡日鬼，骗死人的臭油嘴，挣下红布去上吊，烂掉你的两条腿。有朝犯在俺的手，把你的舌头剁成泥，把你的脚丫烧成灰，看你往后还说媒。”

说亲家讲门当户对，“富结富，穷找穷，眼瞎对耳聋”。家门相称还要论属相，拆八字。大相不合不吉利，“鼠羊一旦休，白马犯青牛，虎蛇如刀绞，龙兔泪长流，金鸡怕玉犬，猪猴不到头”。五行相克也犯大忌，金克木，木克土，土克水，水克火，火克金。男人生日在己丑，是锣鼓夫妻，整天叮叮当当吵架。命交桃花运，是露水夫妻，今日结了明天离。

生辰八字相合，媒人张罗换庚帖，庚是生辰八字。先由男方在帖子上写好新郎姓名，何年何月何日何时生，用红纸封好，外面写上双喜字，一式两份，由媒人送到女方家中。换庚帖同时配红联，男方在帖子上先出上联，女方接到后填上新娘姓名八字，对下联。一般红联照用流行词句，如“百年合好”对“五进其昌”，“子女和好”对“日月共明”。也有咬文嚼字的，如“苏才郭福”对“姬子彭年”。苏指苏东坡，兄弟姊妹文采好。郭指郭子仪，七子八婿福气多。姬是姬昌，文王百子。彭是彭祖，寿八百岁。

婚姻是人生大事，写帖换联严肃认真，摆下香案，点烛焚香，请德高望重又识文断字的长者面南而坐，展开红帖，双墨双磨，从红绿绒线扎住的双笔中抽出一支，毕恭毕敬地书写。有的老先生卖弄文采，给对方出难题。有一次三奶奶拿来小鱼河村一幅庚帖，打开一看，“大鱼河，小鱼河，双鱼游戏鱼河水”。我村的夫子立时头上冒汗，才知道这大面朝南是不好坐的，喜酒也是不好喝的。眼看着配红联的蜡烛，五寸长只剩下半寸短了，急得他像热锅上的蚂蚁。消息传到绣房，待嫁的闺女有才，写了几个字传过去，“南虎峪，北虎峪，二虎威镇虎峪山”。老夫子拍案叫绝，一看蜡烛还未燃尽。

传书就是订婚，庚帖就是旧式结婚证，举行仪式时也要互赠信物。男方送给女方一对手镯，女方回赠一条银鱼。手镯象征纯洁无瑕，贞洁不染。银鱼表示鱼水和谐，白头到老。同时男方还要隆重地送去礼盒，一套多层笼屉式的大红漆盒，分别盛着鸡鸭鱼肉、各种蒸食和点心八大件。礼盒不许车载马驮，要由两个小伙子用扁担抬着，颤悠悠送到女方家里，路上不能歇脚。不管路程多远，女方家也不能留客过夜。

换帖和婚礼是三奶奶最风光的日子，穿新衣，坐上座，有人点烟递茶，有人好言奉承，尽情地享受着媒婆的成就感，连自己也相信“成一双夫妻积一份德，拆一对鸳鸯造一次孽”起来。可是放下筷子就要钱，殷实人家几十几百万元（冀南票），一般农户扛口袋麦子扯一身衣裳，最不济的也要赚双鞋穿。如果拿不到钱她也会翻脸，说难听的:“牲口市上当经纪（人），成交了还喝碗羊杂汤呢！”

过去农村的婚姻，听凭“天作之合”，父母包办，当事人没有自己选择的余地，“嫁鸡随鸡，嫁狗随狗，嫁个小女婿抱着走”，所以并没有“相亲”一说，戏台上的《诓妻嫁妹》《姊妹易嫁》，不过是文人编造的故事。五四运动反封建，城市开始文明婚姻。土地改革以后，农村才有了自由对象，三奶奶之类的专业媒人失业了，出现了更多的“介绍人”，也才形成了“相亲”现象。

自由对象，也改变了祖辈流传的买卖婚姻，做父母的不再明目张胆高价“卖”女了。河北作家谷峪的《新事新办》写男女双方的婚礼是互赠农具，是新中国成立初期农村经济恢复时期的婚姻时尚。之后又渐渐恢复了“要彩礼”，一般是蹬蹬（缝纫机）、转转（自行车）、看看（手表）。后来随着经济发展，水涨船高，同样是“三大件”，升级换代为电视机、电冰箱、摩托车了。

寡妇·活头

《中华人民共和国婚姻法》颁布以前，广大农村没有“离婚”一说。祖辈传留男权主义，结婚就是男人娶媳妇，像买东西一样，不满意就退货。男人任意休弃妻子，只要合乎七种理由，名叫“七出”。“七出者：无子，一也；淫佚，二也；不事舅姑，三也；口舌，四也；盗窃，五也；妒忌，六也；恶疾，七也。”（《礼仪·丧服》）女子嫁鸡随鸡，无权改变命运。即便像京剧《马前泼水》里的崔氏、《坐楼杀惜》里的阎惜姣那样，嫌贫爱富，红杏出墙，也要求得丈夫一纸休书，才算合法化。

一年春节前，村里都在高高兴兴准备过年，北院奶奶家大女儿哭哭啼啼回来了，说是被男人休了，因为不生养。乡亲们愤愤不平，要去男家理论。北院奶奶压制下来，说男方虽不地道，但做法没什么不妥，谁让闺女不争气呢。那时庄稼人不懂生理常识，以为不出苗责任在土地，从不怀疑种子。

封建社会，女人要走出倒霉的婚姻，只有两条出路，一是男人死了，二是与情人私奔。这两桩事都让北院奶奶摊上了。二女儿嫁了个当兵的，上前线半年就战死了，年纪轻轻守了寡。常常听她哭道：“红琉璃盆，绿琉璃瓦，十八九岁守了寡。东屋里翻，西屋里找，这一杆烟袋谁来叼？抽屉里找，笸箩里翻，这一双大鞋谁来穿？俺的天哪！”二女儿人样好，不断有人提亲，守孝一年就出嫁了。至今我还记得，迎亲队伍天黑才到，不是花轿而是马车，这是当地的习俗，据说兴自明朝。有一天娶媳妇的碰上发丧的，这边吹吹打打，那边哭哭啼啼，狭路相逢，互不相让。正好知县路过，当机立断说埋人的先行，娶亲的相让。理由是娶的是寡妇，二次嫁人不着急，埋人刻不容缓。娶亲的说，我们选了黄道吉日，不宜改动。县官说，子丑寅卯、申酉戌亥都是一天，也不算错日期。从此寡妇出嫁都定在晚上，其实也有不事张扬的意思。

被休的女人叫“活头”，活头的处境还不如寡妇。寡妇丧夫是天灾，身不由己，有人怜悯。活头被休是人祸，往往被人怀疑个人品行，上门提亲的就少。所以二女儿的马车走了，大女儿关门大放悲声，一来伤心，二来提醒人们她的存在。

北院奶奶为人刚强，一个寡妇拉扯大三个女儿，顶门立户。可是偏偏刚强人没有刚强命，两个闺女都让她伤心，一切希望都寄托在小女儿身上。没请媒人，自己做主把她许配娘家侄子，抓紧传了书换了帖，亲上加亲。俗话说："两姨亲不算亲，姑舅亲才算亲，打断胳膊连着筋。"可是新中国成立了，三女儿上了夜校，自己找了个相好的。北院奶奶感觉不妙，事不宜迟，匆忙选定了日子，打算速战速决，生米做成熟饭。没想到没锁住三女儿，迎亲头一天夜里和她的恋人跳墙了，逃之夭夭。花轿到门口，没了新娘。北院奶奶万般无奈，李代桃僵，问娘家侄子，愿不愿意娶大表姐。侄子自知家庭成分不好，没什么选择余地，也就勉强同意了。大女儿倒是痛快，不想再当活头了，收拾收拾就上了轿。迎新队伍耽误了工夫，回来拜天地时都过了晌午。家里人说不晚不晚，毕竟还没到晚上。

封建婚姻男尊女卑，男人可以三妻四妾，寻花问柳，而不许女人越雷池一步。尤其常年在外当兵或做生意的人，总要怀疑妻子在家守活寡，能否保住贞洁。京剧《武家坡》《汾河湾》就是这类故事，但与历史不沾边儿，是虚构。而《秋胡戏妻》是有史实根据的。秋胡的妻子叫罗敷，汉乐府《陌上桑》写道："日出东南隅，照我秦氏楼。秦氏有好女，自名为罗敷。"李白也有《陌上桑》诗："妾本秦罗敷，玉颜艳名都。"崔豹《古今注》说："《陌上桑》者，出秦氏女子。秦氏，邯郸人，有女名罗敷，为邑人千乘王仁妻。"《邯郸县志》载："罗敷潭在城西北二里，唐李白有游潭诗。"当代作家任文祥考证，罗敷的家乡，就是邯郸县姜窑村。

秋胡戏妻的故事有个现代版本《诊脉劝妻》，流传颇广。说有个姓朱的汉子，娶妻金氏，鱼水和谐。婚后朱某下关东，在药铺当学徒，一去便是三年。学徒期满，回家探亲，犯了一般男人的毛病，一路嘀嘀咕咕，金氏能否耐得寂寞，守住妇道。回到村里，先不回家，夜里潜入，蹲在窗下。听到金氏房中有人，好像是东街张发。二人先行房事，事毕对话，要煮荞麦饺子吃。朱某怕事情吵嚷出去，把二人逼上绝路。又想金氏长年独守空房，也不容易，就强压怒火，没有发作。五更天张发走了，朱某又等到天亮才过来叫门。夫妻见面，像无事一样。吃过饭后，朱某反复打量妻子，看得媳妇都发毛了，脸色蜡黄。朱某说，看你气色不好，带病的样子，我在关外拉药厨，跟师傅学了点中医，给你号号脉。朱某四个手指摸着脉窝，轻轻重重，然后沉吟一会儿，说："你这脉，突突哒，混着东街那张发。昨夜办的事，吃的荞麦面疙瘩。"金氏一听，真神了，料丑事也瞒不住，一五一十地坦白了。

贺喜闹洞房

小时候最喜欢参加别人的婚礼，除了打龙旗吃好饭外，那一套繁文缛节的典礼还给人宗教仪式的庄重、眼花缭乱的美感。

婚礼当天，主家早早张灯结彩，请来响器（乐队）、执事（仪仗）和花轿。大门贴上对联："诗歌杜甫其三句，乐奏周南第一章。"时辰一到，三眼铳响，鞭炮齐鸣，五彩缤纷的旗、锣、伞、扇在前，悠扬动听的笙、笛、唢呐随后，红蓝两顶花轿缓缓而行。蓝轿上坐的"公公"，一般是村上头面人物，红轿上坐的是新郎官。浩浩荡荡，地动山摇，有半副銮驾的威风。

同时，女方也在紧张地举行送亲仪式。重点是亮嫁妆，把陪送的箱柜、布匹摆在门外，以示风光。听到迎亲声，开始"哭嫁"，新郎的丈母娘抱着女儿大哭，有现成的词儿："嫁到婆家去吃苦呀，一年四季住茅屋呀，有好身子没好衣呀，吃糠咽菜难下肚呀……”其实往往不对题，亲家明明是财主也得这样哭。嘴笨的没词儿，只会喊叫：“娘的儿呀，可别走呀，挖了娘的心头肉呀，撕下娘的心肝肉呀……”习惯叫“哭肉”。

迎亲花轿临门，哭声戛然而止，母女破涕为笑。新娘内穿红衣绿裤，外着凤冠霞帔，换上绣花鞋，把旧鞋留在娘家。盖上蒙头红（盖头），由伴娘搀着，从红毡上款款走过，钻进门口的红轿。新郎换乘蓝轿回程，把“公公”留下喝酒去了。花轿后面长长的送亲队伍，姥姥妗子，七大姑八大姨，各自带着“填箱”的礼物，两个半大小子抱着公鸡、母鸡，以图吉利。食盒里放一把艾，期待恩爱。沿路的丑石怪树、古旧建筑都贴上了红喜字，防止不利影响。

迎亲队伍回到本村，不断有横放一条板凳、摆上茶水、拦轿贺喜的人，给响器和轿夫一个施展才艺的机会。只见唢呐朝天，响遏行云，直吹到声嘶力竭，脖子青筋暴跳，眼珠子都要憋出来的样子。四个轿夫，进进退退，扭腰晃肩，左旋右转，把几百斤花轿在肩头上把玩，把轿里的新娘颠得大口呕吐、屁滚尿流。

新娘娶回来，傧相成为喜事的主角，上蹿下跳，指手画脚，一肚子喜歌脱口而出。新娘门外下轿，由伴娘搀扶，抬脚跨过扣在门槛上的一副马鞍，鞍下放一盘点心。有人擎着笆斗篮，把草节、高粱、黑豆、红枣和铜钱不断撒在新娘身上。傧相唱道：“一把草，一把料，新媳妇，下花轿，新人下轿贵人搀，铺天盖地撒银钱。”新郎拉开桃木弓，比画着向新娘连射三箭。傧相唱道：“新郎拉开宝雕弓，弓上搭上箭雕翎，朝着凶神射三箭，妖魔鬼怪影无踪。”

天地桌铺红布，桌下笆斗装满红高粱，插三炷香。桌上摆上女家送来的尺子、剪子、升子、镜子、算盘和秤，象征三媒六证：布匹多少尺子为证，粮食多少升子为证，衣服好坏剪子为证，礼物轻重秤杆为证，家财多少算盘为证。

鼓乐声中拜天地，傧相唱道：“某月某日大吉祥，天上织女配牛郎，满院亲朋来贺喜，请出新人拜花堂。”拜天地后唱贺礼，某庄她姥姥大礼一万一（冀南票），她妗子一万一，某村她大姑九千九，某村她二姨六千六……蒙着盖头的新娘听一笔拜一下，最后让新娘从钱笸里抓一大把，带回洞房。新娘走后，公婆便成为取笑的对象，左邻右舍用锅底黑给他们抹上花脸，出洋相。据说因为抹上花脸就得洗，洗与喜谐音。

然后傧相在众人簇拥下走进洞房，用秤杆挑下新娘的蒙头红：“秤杆本是圣人留，一行金星光溜溜，俺把此物拿在手，挑起新人红盖头。”这便拉开了闹洞房的序幕。

洞房布置以红色为基调，蒙红的桌椅条几，朱红的箱柜梳妆台，粉红的被子，大红的喜字。穿衣镜前一对红烛，洗脸盆盛一盆清水，叫作“镜前点灯灯照灯，水中月明明映明”。新娘要耐着性子在炕上“坐福”。窗台上放一个红包，等小叔子用红筷子捅破窗纸夹走，新娘子回头看见娃娃脸，预示早生贵子。前一天晚上要四个童男在新房睡一夜，“婚前童子压床，来年子孙满堂”。

那时农村寂寞，婚礼和闹洞房成为一种娱乐活动。洞房闹三天，三天之内不论辈分，堂叔大伯子都可以参加。如果没有人来闹，冷冷清清，说明主家没面子，还得请人来闹。洞房闹得乱哄哄，乱作一团，才算红火喜庆，叫作“搅粥”。搅粥人有自然形成的高手，有“代表队”的意思，大家七嘴八舌向新娘提出五花八门的问题，直问得新娘面红耳赤，哄堂大笑，才算闹出水平。搅粥人言词有一定套数，或者即兴顺口溜：“一进院来喜气生，大红喜字贴上门，还请新人抬头看，别把我们当外人。”“手拿木棍光又光，骑上独龙游四方，今天来到主家院，贺喜搅粥闹洞房。”他们轮番上阵，“进了屋就上炕，新房新人花衣裳，看见点心流口水，请用筷子来送上。”“搅粥人呀眼儿尖，看见桌上有好烟，快快送到咱嘴上，每人一根点一点。”“主家发财是好手，洞房里面有好酒，开瓶香得满屋醉，一人一杯喂一口。”新娘要依次倒茶、点烟、倒酒，送到嘴边。接着步步升级，“一条线儿拴块糖，新娘上前拉新郎，咬住糖块嘴对嘴，一人一半尝一尝。”“刚才咬糖没看见，再把筷子舔一舔。”“摸摸手，亲一口，学学火车拉钩钩。”新郎新娘要弯下腰，两臀相对，各自从裆下伸出手相勾，在炕上走来走去。闹洞房一直闹到后半夜，大家才尽兴而去，只留下三两个人“听窗根儿”。

有时洞房闹得过分，喜事也会闹成悲剧。隆尧县某村闹洞房，第一个小伙子把新娘压在身下，第二个第三个相继扑上去，一直摞了七个大小伙子，最后把新娘憋死了，惊动县长来村审判定罪。第一个人闹洞房无罪，第二人肇事判一年，第三人罪加一年，依次加重，最上边的判了六年。邢台县山区也发生过一个悲剧，闹洞房时嫌新郎碍手碍脚，就把他推出门外，绑在一棵柿树上。大家闹定洞房才想起他，等赶到树下，新郎官已被野狼撕吃了，只剩下一副骨架。

组织决定

1958年春节前，突然接到表哥的电报:“速来议婚事。”以为他要举行结婚典礼，请我去喝喜酒。表哥大我6岁，婚姻大事要听我的意见，事出有因。

表哥从小订了娃娃亲，传了书换了帖，父母之命媒妁之言，默认已久。1950年《中华人民共和国婚姻法》颁布，表哥心有所动。对即将到来的终身伴侣，人品、性情一无所知，不啻隔山买牛。几次试图一见，对方防范甚严，心里越发没底，求我前去打探一下。那时我十二三岁，跟着买小鸡的到了那个村，叫开那家门。果真发现了问题，女方奇丑无比，口吃，脾气还怪。表哥听了汇报，闹着退婚。表舅是有脸面的人，顾及信誉，坚决不允。我与表哥闹到了乡政府，才以包办婚姻之名解除婚约。表哥一颗悬着的心落了地，摆脱了婚姻的绳索，精神获得自由，有我大功一件，言定以后婚姻大事听我的。

表哥心情愉快了，学习成绩节节上升。地区卫校毕业，品学兼优，分配到空军医院。院方看他条件好，安排到空勤科，专为飞行员看病。空勤科是医院的重点，正像眼睛是飞行员的命根子。医学政委如获至宝，重点培养，从发展入党到介绍对象都包下来。对象叫萧芳，也在空勤科工作，她父亲是军内著名眼科专家。政委保的媒，进展顺利，很快确定了关系，置办东西，准备结婚。期间表哥还约我过来帮助相亲，郎才女貌，是一桩完美的婚姻。

谁料天有不测风云，反右开始，萧芳的父亲，那位眼科专家，没有看清政治风向，说了些不合时宜的话，被医院“五人小组”划为“极右”，开除公职，送交农场劳动改造。城门失火，殃及池鱼，政委也坐了蜡。表哥是他一手培养的业务骨干，被他推荐到一家苏联眼科医院深造，名单已经报到总政。如今摊上这种社会关系，政审不合格了，还怕追究推荐者的责任，怀疑是他的政治势力，政委神经比表哥还要紧张。终于在一天晚上，把表哥叫去摊了牌，必须终止恋爱关系。最后强调这是组织决定，那时党员找对象要经过党委批准。

成也萧何，败也萧何。政委的谈话对热恋中的表哥如五雷轰顶，敢怒不敢言，恍恍惚惚退出来，深一脚浅一脚地回到住处。回想政委的话，如嚼黄连，满口皆苦。

其实对这门亲事，开始表哥并不在乎。自己农家子弟，对方知识分子，门不当户不对。看那萧芳细皮嫩肉，十指纤纤，以为是娇小姐，高攀不上。接触多了，印象变了，那弯弯眉毛下水汪汪的眼睛清澈见底。嘤嘤细语，善解人意，体贴入微，缓缓地向他心中注入真情，直到把他淹没。刚刚燃起爱的火焰，迎头泼下一瓢冷水，绝望，无助，才给我拍了电报。

听了表哥的哭诉，我有些愤怒，这是唱的哪出戏，《孔雀东南飞》还是《西厢记》。20 世纪的人怎么回到了汉唐，堂堂一个师级政委比封建老太太还要昏庸。老夫人用的是家法，他倒用起党纪来了。我想起京剧《红娘》的一段唱词："老夫人把婚姻赖，好姻缘无情被拆开。你看小姐终日愁眉黛，那张生只病得骨瘦如柴。不管老夫人家法厉害，我红娘成全他们鱼水和谐。"

找到萧芳，我都不认识了，好像害了一场大病，脸色蜡黄，神情木然，以往滴溜溜转的眼珠呆滞不动，黯然失色，只是用力咬紧嘴唇，都快咬出血来了。她好大一会才平静下来，说政委也找过她了，她也明白了。表哥素质好，前途无量，不能连累他。也不需要怜悯，怜悯的婚姻不会有幸福。萧芳要离开这个伤心地，回老家山东一个县医院工作，去意已定，把这里的一切都忘掉。但是刻骨铭心的爱是忘不掉的，临别那天晚上，天下着大雪，两人沿着门前的大道走着走着，一直走到西山。天很冷，大雪掩埋了两行长长的脚印，心也很冷，两行长长的脚印留在心上，不融化。

我埋怨表哥："《小学》上说，婚娶而论财，夷虏之道也。认阶级还不如论财。巴尔扎克说，结婚必须和吞噬一切的恶魔搏斗，这恶魔就是世俗习惯。你身为新社会的知识分子，知难而退，还不如 1000 多年前的张生。"

后来表哥的婚姻大事不再找我了，组织又给他组织了一个新家庭，本院的一名护士，工人出身，除了阶级成分以外，一无所长。可是人算不如天算，不久中苏关系破裂，留苏成为泡影，表哥退而求其次，当上了空勤科主任，大权在握。可是回到家里就不灵了，工人阶级要领导一切，动辄发号施令，买菜、刷碗、洗衣服都落在他头上。讲业务她反感，共同语言只有柴米油盐酱醋茶。“文化大革命”开始还扯旗造反，要与他这个“臭老九”划清界限。批斗走资派她一马当先，上去就给了政委一耳光，说他不是红娘是黑参，拉工人阶级下水，搞和平演变。

1967 年春节，表哥一人回家，说对不起萧芳，蜜罐罐跳到苦水井，自作自受。没有爱情必须结婚，有爱情不能结婚，都是那个时代的悲剧。

乡间百工

一台织布机

小时候，除去母亲之外，最熟悉的是屋里那架织布机。自打落生，家中只有它与我母子朝夕为伴。我爱它又恨它，因为只有它与我争夺母爱。母亲常常撇下我，坐在它面前，呱嗒呱嗒地说个没完，淹没了我的哭声。但是又不能迁怒于它，因为母亲常说，我们娘儿俩是靠它养活的，没有它，就会吊起嘴来，喝西北风。

这架织布机是母亲的陪嫁。结婚时，父亲房无一间地无一垄，只有一身好武艺。外祖父是个木匠，早早为母亲设计了生路，精心打造了这架织布机。父亲临时搭建的一间地窝子，没有放织布机的地方，只得暂放邻居家里。眼看姐姐要降生，万般无奈，父亲铤而走险，顶替财主家孩子当壮丁，当地叫卖兵，用一个男子汉的身体换回几间砖房，好把母亲的织布机抬进来。行军路上，父亲挣脱绳捆索绑，蹿房起脊地消失在夜色里，从此变成了“黑人”。不久他参加了冀南暴动，两年后又投奔滏西抗日游击队，打了几个漂亮仗，成了红人。可惜父亲在我落生 14 天时英勇牺牲了。几亩薄地指望不上，织布机便成为我家唯一的生活来源。

“唧唧复唧唧，木兰当户织。不闻机杼声，惟闻女叹息。”那是中国古代织绸缎的机械。我们这一带，自古以丝织闻名。《西京杂记》上说，汉霍光妻赠朋友淳于衍“蒲桃锦二十匹，散花绫二十五匹。绫出钜鹿陈宝光，妻传其法。霍显召入第，使作之。机用一百二十蹑，六十日成一匹，直万钱。又与越珠一斛琲，绿绫七百端，直钱百万，黄金百两”。我们县向来属钜鹿郡，我们村距离现在的巨鹿县城也不过 20 公里，所以有着悠久的纺织传统。

种棉花和棉纺技术于元朝末年才传入中国。从黄道婆到我母亲这一代已经有600年历史了，工艺水平也在循序渐进。外祖父所在的魏庄是闻名的“棉花窝”，二、七大集，布市占了半条街，母亲经常留意布摊的花色品种，织布技术达到了当时农村的最高水平，三里五乡的女人们常来登门学艺。我从小在织布机旁长大，被母亲一直当作闺女使唤，所以对一般纺织工艺烂熟于心。后来看到清乾隆年间直隶总督方观承的《棉花图》，工艺流程大体相似。

第一，撕一把弹熟的棉花瓤子，包在一根高粱莛子上，搓成油条状的“布节”。第二，摇动纺车，把布节中抽出的均匀棉线缠绕在锭子上，形成蔓菁状的“穗子”。第三，把穗子上的棉线绕到线拐上。线拐是工字形木梁，不过一头要扭90度，两条木梁垂直。第四，把拐好的棉线放到开水锅里煮，加一把面粉，叫作上浆，为的使棉线挺直。然后晒干，穿到一根木杠上，用力把线缕抻直。第五，利用木制的十字旋子，把浆好的棉线缠到“络子”上。络子形似木制灯笼框架，两头十字支撑。第六，根据所制棉布的宽度，一个络子上扯出一根经线，合到一起开成线缕。为了节约场地，在院里两头钉上木橛，手扯经线缕先后挂在两头橛子上，起到折叠的作用。第七，把经线的线头穿过综和杼。综的多少取决于布的花样，一般白布两匹综，颜色多种的用三匹综、四匹综。操作时两人对面，一人递线，一人引线，梳理的经线缕架在织布机的尾部。最后是织布，织布的木梭扁平流线型，内装纬线。织布时双脚先后踏板，带动综上经线上下分开，同时一手投梭，从经线缝隙中穿过，另一手扳杼，把纬线砸实，就织成了布，边织边卷。我看惯了母亲坐在织布机上，手舞足蹈，左右开弓，姿势优美，节奏明快，呱嗒呱嗒，如同音乐一般。兴致上来，母亲也随着机杼的节奏哼几口小曲，多是民歌《小白菜》和秧歌《三娘教子》一类的苦戏。

我从小跟着母亲搓布节，拐线子，挂橛子，递线头，有时帮助把飞出的梭子从地上捡起来。母亲是织布能手，表现在快和巧两字上。织白布，一天能织三丈三尺。织花布，功夫在设计图案和颜色搭配上。母亲的三匹综、四匹综不断出新，引领一方布艺的潮流。村里闺女们出嫁，指名要老桃（我的乳名）娘的花色，所以家家新房三铺四盖、床单被面，往往是我母亲的作品展览会。我家这架织布机也出名了，越传越神。

新中国成立前后那几年，头年淹、二年旱、三年蚂蚱滚成蛋，家家没了粮食，吃糠咽菜，有人要出三石高粱买这架织布机。母亲不肯，忍痛把我送到外祖父家寄养，自己没日没夜地纺花织布，率领妇女们用布匹到山西换粮食，然后背着玉茭、豆饼回村来，养活外祖父和我一家人，度过灾荒年。我是穿着母亲的家织布长大的，直到大学毕业参加工作一直是粗布衣服、粗布被褥，并不觉着土，而是感觉着美，感觉着舒服，以土为荣。这“荣”就是一位母亲的辛苦劳动。

母亲辛劳一生，长寿而终。人不在了，那架织布机依然默守在那间屋里，那间父亲用生命换来，母亲奋斗一生的屋里，等着我回来。每次回家，看到它就看到了母亲坐在织布机前，节奏明快、手舞足蹈的身影，那就是母亲躬织一生不朽的雕像。

这让我涕泪满面，长跪不起。

脚与鞋

我一米八身高，却穿 48 码鞋子，没有头重脚轻的感觉，倒有脚踩两只船的笑谈。

许多人惊异我这双大脚是如何形成的，我说有先天遗传，也有后天因素。父母双方都是长人家族，个个人高马大，包括女人。旧社会男女不平等，首先表现在脚上，男人可以放任自由，女子则必须裹小脚，穷人也不例外。女人美丑，品头论足，小脚重于脸蛋，大脚闺女嫁不出去。我奶奶三寸金莲，天天吃糠咽菜，推碾推磨时，身后一步一坑儿。我母亲是“解放脚”。她生于民国初年，那时裹脚的陋习还未改，从小被五尺布条包粽子一样缠得死死的。等到五四运动反封建之风吹到偏僻乡下时，为时已晚，裹脚条松开了，但脚骨趾骨早已扭曲变形，发育不大了。

父亲早早抗日牺牲，学走路我是扯着母亲的衣襟下地，见母亲在乡道和田垄上两脚格拧格拧地走，留下一行痛苦的脚印。回到家里，母亲的脚趾血肉模糊，后来伤处生了老茧，隔两三个月就要用小刀修理一下。我看得心疼，想着快快长成一双大脚替母亲干活儿。光脚丫子串垄沟，踩坷垃，踢砖头，搓蒺藜。夏天里趟热土，脚趾烫出燎泡；冬天里走冰雪，脚跟冻出裂口。慢慢地脚底生出一层铁皮。母亲常常数落：“小手像个粪叉子，脚丫像个铁筢子。”

考上初中，离家25里，因为有校风校纪，不允许光脚丫子了。刚穿鞋，很不自在，好像戴上脚镣迈不开步，甚至有被裹脚的感觉。等慢慢习惯以后，又冒出新问题，从穷人家吃糠咽菜到学校集体伙食，营养骤然增加，脚丫子疯长起来，好像奶奶、母亲被束缚的能量借它一下子释放出来了。趾甲不断地突破鞋的阻碍，一双新鞋，半月二十天就“空前绝后”起来。那时没钱买鞋，给我做鞋成为母亲主要的营生了。

做鞋的工序是这样的。第一步是打袼子，熬一小锅糨糊，刷在地桌炕桌上，接着贴一层布，再刷一层糨糊，再贴一层布，三四层后在太阳下晒干，揭下来就是鞋袼子备用。富裕人家用好白布做“千层底”。一般人家用旧衣碎布，耐磨性差。第二步是铰底子，把事先准备好的鞋底样子放在干袼子上照剪下来，剪若干个，一片片摞成一两公分厚，简单地缝在一起。第三步是纳底，工具有针锥、钢针、顶针和线绳，线绳有线麻搓的，也有棉线合股的。操作时先用针锥扎眼，然后穿针引线，鞋底厚扎针吃力，借用顶针推动。顶针像港台富商手上戴的宽戒指，铜质的，上边布满密密麻麻的坑点。针脚越密鞋底越结实，硬如木板。还有的细心女人，针脚纳成花纹、图案。最后一道工序是绱底子，把已成的鞋帮、鞋底缝合在一起，也要动用针锥、顶针之类。鞋帮有尖口的、圆口的、方口的，还有牛鼻子、两道眉等多种式样。鞋面，讲究的人用直贡呢、礼服呢，一般人用家织布，俗话说："粗布鞋，穷半截。"

这些道工序最要紧的是纳鞋底，它是农村妇女的基本功，一年四季的手头活儿，集中突击在伏天。麦收过后，小苗挂锄，夜短昼长。吃罢午饭，男人们呼呼地歇晌去了，女人们三五成群，凑到门洞里、树荫下，哧哧地纳起鞋底来。这也是个比赛手艺的场合，谁个活儿糙，谁个精细，互相观摩，取长补短，也给初学针线的小闺女提供了一个学习的机会。三个女人一台戏，叽叽喳喳地说，嘻嘻哈哈地笑，张家长李家短，兴致上来还会唱两句隆尧秧歌。

我是穿着母亲做的鞋长大成人的。尧山初中离家 25 里，一周回家一次；邢台高中离家 90 里，一月回家一次，都是步行来回，脚下生风。别人家孩子鞋样一个用两年，我的鞋样两个月换一次。大学毕业申请上山下乡，一天走 130 里，有人说我是飞毛腿，坐下来看脚心是否有一撮毛。毛是没有，倒是汗腺发达，鞋壳篓里总是水汪汪的。

穿着母亲做的鞋，我走了 50 多年，走了多少万里，始终走在母亲的视线之内，走在母爱的范围里。穿着它踏实、接地气，穿着它心正脚不歪。回首走过来的人生之路，母亲做的鞋是我一生平安的护身符。

庄 窝

住房是生活的包装，也像时装一样，质地、式样随着时代不断演变着，只不过因为经久耐用，变化得缓慢些。

冀南农村管民居叫庄窝，名字很贴切，庄户人家的栖息之地。我童年时乡村庄窝不像现在清一色的红砖房，用料和样式差别很大，庄窝的差别不在主人的性别、年龄，而在于穷富。以我村为例：

东街张家的“旗杆院”，清咸丰年间出过举人，捐过知县，为了显示身份和财富，盖了一团石头大院，这在平原地区是很少见的。高大的青石府第，巍峨高耸，如同威严的城堡。门前一对上马石，两根旗杆，九级石阶上的黑漆大门，从我记事起白天就没见开过。我不曾进去过，因而感到十分神秘。听大人们说，富不过三代，张举人的后代也没啥本事，坐吃山空而已。

南街的田家是土财主，靠两顷地养肥。并排两处三进大院，蓝色卧砖到顶，磨砖对缝，飞檐起脊，像肥头大耳的头上戴了一顶道士帽。影壁之后三门相照，柱廊环绕，屋内画梁雕栋，花格窗户，好像一座庙堂。可是主人并不行善，旁边的长工院内，石碾石磨牲口棚，一眼八角琉璃井。主人们足不出户，出出进进的都是长工，一个个面黄肌瘦。

北街的王家，农而兼商，临街十间铺面，出檐抱厦，九根明柱，一溜板打，开着药铺、茶庄、杂货店，花花绿绿比那两家官僚地主显得有生气。院内花圃、假山、藤萝架，有时还传出留声机的声音，老是四大须生的那几出戏，老百姓叫“倒粪”。“要想富得快，庄稼搅买卖。”村里人说别看老掌柜见人低头哈腰，论日子数他过得熨帖。

一般人家住在街后面的巷子里，富农和上中农，虽然也都是单门独院，也都是砖房大院，但往往盖不起卧砖，而是表砖的。墙体是土坯垒的，外边镶一层立砖。表砖比卧砖要省一半的费用，就像穿衣服，买不起绫罗绸缎、皮袍马褂，在旧棉袄上罩一件灰大衫，体面一些，好给儿女们说一门好亲。

贫下中农讲不起面子，一般住的是土房。土房也有两类，其一是土坯房。土坯有模子，长一尺，宽五寸，厚两寸，一块坯重18斤。打井、筑堤、割麦、打坯是农村四大累活。打坯一组六个人，“一天六百坯，坐着吃东西”，打一天坯人都累得趴下了。坯墙垒好，外面要抹一层表皮，有钱的刷白灰，没钱的抹黄泥。其二是泥土墙，没地打坯，或顾不起工管不起饭的，拉土和泥，加进一些麦秸、茅草，半湿不干时以泥垛墙，有的地方叫干打垒。干打垒不能一次成功，垛一两尺，晾干后再垛，不然易坍。还有一种小板打墙，边垛边用木板拍打。每到春天，满村乒乒乓乓，那是穷人的流行歌曲。土房一般都很矮小，不设木头窗户，只在墙上留两个小洞，好像矮小驼背的老太婆浑浊的眼睛。土房冬暖夏凉，但是害怕洪水，大水一泡就坍成一堆泥，所以穷人盼雨又怕雨。

看人看衣，看家看房。千百年来，富人家蓝澄澄，穷人家黄巴巴，泾渭分明，天经地义。想不到1946年土地改革，斗争地主富农，平分胜利果实，来了个乾坤大颠倒。贫下中农大翻身，分得地主、富农的深宅大院，地主富农被扫地出门，搬到了贫下中农的土房泥屋里。开始都像做了个梦，不相信自己的眼睛，也住不习惯。个别的贫农一步登天，富丽堂皇的屋里睡不着觉，思来想去怕变天，就把石头卧砖的房屋拆了变卖，又盖一所表砖的院落，觉得中农没有风险。也有一个地主，忍受不了低矮的土屋，低头进出，唉声叹气，最后一根麻绳上了吊。

这种局面又维持了20多年，到1966年邢台大地震，一道蓝光，一股狼烟，刹那间参差不齐、颜色不同的庄窝一起坍塌了，一片狼藉，一堆蓝色的瓦砾，一堆黄色的泥土，没有什么区别了，来了个彻底的均贫富。国家拨来大批款项，建起一排排新砖房，统一规划，统一材料，各家一样，大小一样，高低一样，谓之“新农村”。建设新农村时，全村人心存感激，不分穷富，不分彼此，平等相处，快乐无穷。

新农村维持了20多年，改革开放，一部分人先富了起来，大着胆子盖起了楼房，两层的，三层的，卧砖外面又贴了一层白瓷砖，让人眼花缭乱，冒尖的人多了，农村又一次推动了平衡。同样是看人看衣，看家看房，但是今天农村庄窝的好坏大小，不再决定于阶级成分，而凭借的是智慧和意识。拉鞭放炮庆贺三层楼落成的一家，是地主的孙子一代，喝了酒以后他甚至说，他爷爷也只不过是先富起来，发得太早了而已。对于他的酸话也再没人计较，反正大家都觉得不会再七斗八斗，政策变不到哪儿去了。

碓臼碾子磨

村子里最老的一位，是老槐树下的红石臼，它至少比脱了发枯了皮的老槐树年长一辈。传说先祖从洪洞县大槐树迁民至此时，它就无奈地蹲在那里，曾被杀人杀红了眼的燕王砍了一刀，留下一道伤痕，每逢阴天下雨就流血。先祖拿出从大槐树上采的槐连豆，种在它的旁边，当年就出了芽。如今算来，老槐树也650多岁了。农闲的时候，白胡子族长坐在老槐树下的石臼上，成了村里的一道风景。

碓臼是古代捣麦舂米的工具，还保留着石器的特点。臼圆钵形，碓球形，上面凿眼安木把，叫碓也称杵，后来的捣蒜槌臼就是它造型和操作的缩小。把谷子放在臼内，捣去皮就成了米。把麦子放在臼内，舂去皮就成了面。京剧《赵氏孤儿》中舍己救人的义士名叫公孙杵臼，可见它是农耕社会司空见惯之物。

后来碓臼退休了，因为粮食加工的换代产品，先进的碾和磨出现了。发明年代无可考证，有的说唐朝，有的说后周，还有人说是隋朝的李春，就是修建赵州桥的那位石匠。碾子以碾米为主，基座上有石碾盘，直径近两米。中心立木轴，轴连着碾框，碾框套着石磙。立轴和碾框一般是枣木制成，经久耐用。碾框插上木棍，推着磙棍转，碾磙与碾盘周而复始地摩擦，谷子就脱了皮。石磨以磨面为主，下面磨盘直径一米五六，上面的磨体分上下两扇，直径六七十厘米，两扇之间有轴承相接，俗称磨脐。磨扇接触面都凿了鱼鳞状沟回，上扇有两个磨眼，直径三厘米左右。上扇有个小木橛，木橛上绑磨杆，磨杆上拴牲口套。上扇转动，从磨眼里加进粮食，两扇摩擦，麦子就慢慢变成面粉。

碾子磨都是庞然大物，体重几吨，都是用太行山花岗岩制成。从前没有吊车和载重汽车，趁冬天白马河结冰，用骡马顺河拉来。

俗话说推碾子拉磨。碾米相对简单，碾盘上铺一层谷子，一家人抱着碾棍推，说说笑笑，谷子就碾好了。然后用簸箕簸出糠皮，就剩下金灿灿的小米了。碾子最忙是腊月下旬，家家户户碾黄米蒸松糕。先把黍子碾成粘面，蒸年糕的米面不必轧得太细，粗一点蒸出来发暄。年糕里加上红枣带豇豆，香甜可口。蒸粘窝的面磨得细一些，吃起来筋道。

磨面用牲口，骡马性急，大材小用；黄牛性慢，耽误工夫；毛驴合适，不紧不慢，不骄不躁。生驴上套，缰绳拴在磨橛上，扯着它转圈走。头上蒙眼罩，叫“捂眼”，防止它东张西望。嘴上戴铁丝网，叫“笼嘴”，防止它偷吃。训练出来的毛驴，不用绳牵，甚至不用捂眼和笼嘴，自觉自愿地转圈儿拉磨。农村有一条歇后语：“磨道的驴——认命了。”

麦子从磨眼加进，从磨缘儿流出。开始出来碎渣，叫糁子。再把糁子回填，反复几次就成了粗面，用簸箕撮起上箩筛。筛面的大容器叫笸箩，柳条编的，长六尺，宽二尺，高六寸。里面的木头架子，叫箩床。箩用薄木板做成圆框，蒙上马尾或铜丝织成的网。箩在箩床两头挡板间晃来晃去，面粉从网眼里纷纷漏下。箩按网眼大小分成不同型号，包饺子的富强粉用细箩，擀面条的面用二箩，蒸馍馍的黑面用粗箩。箩上剩下的麦皮叫麸子，喂牲口用。其实麸皮里会有粗纤维和多种维生素，最富营养。

围绕碾米磨面形成了两种附带职业，一是张箩，二是锻磨。箩的丝网破旧了，需要换新的，张箩的担子挑着各种型号的丝网和细木条。锻磨的，只用一根錾子一把锤。磨扇的牙齿嚼过太多的麦子，太多的岁月，磨平磨钝了，需要锻磨人一錾一錾重新凿出沟回，恢复伶牙俐齿。

碾子一般露天，磨多在厦子或棚子里。人来人往，磨坊里便发生了许多故事，京剧《李三娘》的情节就是以磨坊为中心。农民形容突发的严重困难，叫“磨扇子压住手了”。梁斌的《红旗谱》里，严志和儿子押进监狱时就这样说。生活中倒有过一个真实的故事，邻居梁三婶的丈夫在外边做生意，常年不回家，碾米磨面的事，都由三婶一个人去做。有个走村串巷的锻磨人，打她的主意，三天两头来纠缠。三婶告诉了二奶奶，二奶奶给她出了个主意。这一天三婶磨面，刚卸了驴，锻磨人又来骚扰。磨完了面，需要把上扇用短棍支起，把磨眼周围和沟回里滞留的面扫出来。三婶撬起磨扇支起短棍，请锻磨人手拿笤帚，伸进磨扇下扫面。然后三婶把扇面一扭，支棍倒了，正好锻磨人的一只手压在磨扇中间。磨扇一二百斤重，因为动作不大，压不折骨头，可也抽不出手来，疼得那家伙吱哇乱叫。三婶看也不看他，端起面笸箩走了。拴在磨坊外边的毛驴伸着脖子叫唤：“好哇！好哇！好哇！”

粉房和馇子窝窝

我是吃窝窝头长大的，一种特殊的窝窝头，既非高粱面的“红牛角”，也非玉米面的“黄金塔”，而是用做粉条剩余的渣滓做成的馇子窝窝，颜色灰黑的“铁疙瘩”。至于吃了多年的这个“馇”字，在村里有音无字，我一直以为是“渣”字的变音。偶尔翻汉语字典，发现确有其字，是古音形声字，说“馇，拌猪狗的食料”。这就对了，而且很贴切。我的故乡隆尧县南汪店是著名的粉条之乡，也是出了名的穷村，以馇子窝窝为主食。本地有谚语说：“有女不嫁南汪店，光吃馇子窝窝片。”

先前做粉条的原料是绿豆、高粱，出产的粉条淡绿色，晶莹光洁，柔如柳丝，禁泡耐煮，吃起来光滑筋道，如嚼琼脂。后来因为绿豆、高粱低产，改用山药干和鲜山药，质量还算可以。不像现在市场上的粉条，都用玉米淀粉制成，颜色发白，易折易碎，下到锅里软如面条，吃到嘴里就化，味同嚼蜡。

做粉条有季节性，经营者带专业性。秋去冬来，场光地净，农民自由搭班开起“粉房”，一般不少于四人。先把原料上磨，磨眼上方吊着盛大水的漏斗，边磨边加水，便有白色糨糊自磨缘儿溢出。把糨糊收集起来过箩，箩要过两次，粗箩剩下的粗粝物叫渣，细箩余下的细粒物叫馇子。绿豆、高粱的渣和馇子少，山药干和鲜山药的渣和馇子多。箩下的浆汁接在矮而粗的瓦缸里，叫粉盔。粉盔里的浆汁经过一天沉淀，淀粉堆积在盔底。倒出上层清水，把水淀粉装在细布袋中，吊起来把水淋去，形成粉坨，风干后就是成品淀粉，也叫粉芡。把15斤粉芡放在大盔里，浇以沸水，边浇边搅成糊状，再陆续加入85斤干粉芡，搅拌均匀成黏稠状后，就开始下粉了。

精干的下粉班子需要四人。一人烧水，只烧大锅的半边，锅里的水半边滚沸半边平静。一人持粉瓢，瓢底有6或9个孔，孔眼可圆可扁。瓢里有粉糊，一手端瓢另一只手以拳捶粉糊，生粉条便从孔眼中垂下，落到平静的半边锅里。一人持木铲推动，防止粉条粘在锅底，少顷就从滚沸的半边水里冒出。第四个人用笊篱把冒出的熟粉条放进冷水里降温，然后用手一根根挑出，挂在半尺长的木棍子上，控出水分。天晴时挂在太阳地里晾晒，一根棍上的粉条叫作一把，一把把干粉条摞起来，推到集市上去卖。

下粉是水活儿，锅里、盔里，冷水、开水，到处是湿漉漉、水汪汪。数九寒天，外面北风呼呼，雪花飘飘，室内灶火熊熊，热气腾腾。下粉人光脚赤背，手舞足蹈，大汗淋漓。下起粉来没明没夜，累了以歌解乏："一颗颗汗珠珠脸上落，一只只小手手慢慢摸；一串串汗珠背上爬，爬得哥哥咳心上麻。""下粉的老三别睡着，下出你娘的裹脚条。""挂粉的李四你别使坏，挂出你媳妇的裤腰带……"

晾粉是村里的一道风景。一把把白色的粉条挂在绳子上，扯在杆子间，连绵不断的白帐子看不到头，一层层白练迎风抖。把一个三四百户的村庄裹得严严实实，打扮得漂漂亮亮。外来的老远就望到，白花花银龙飞舞，明晃晃瑞气千条，特别一早一晚，晨曦晚霞里，还能染上色彩，形成一道道彩虹。记得幼时常和小朋友在粉条架下戏耍，钻来钻去，此进彼出，如同舞台上的帷幕。

旧社会一首民歌说："泥瓦匠，住草房；编席的，睡凉炕。"做粉条的人也是如此，600斤山药出100斤粉条，除去成本，只能赚几十斤粉渣和馇子吃。好年景人吃馇子猪吃渣，坏年景渣和馇子磨在一起，人还吃不饱，自然不养猪了。净面的馇子窝窝，微酸，第一顿筋道好吃，第二顿就变硬难嚼了。掺渣的窝窝带苦头儿，拉嗓子。吃久了肠干，拉不下屎来，常常要喝盐水，吃番茄叶。为了便于下咽，伴以辣椒。吃馇子窝窝，最好的搭配是苦菜，生吃蘸酱均可。老百姓比喻穷人结亲，是馇子窝窝就苦菜——门当户对。在相当长的时间里，我们孤儿寡母的生存状态是，母亲纺花织布换馇子，我的任务是去河坡里挑苦菜，铁疙瘩似的馇子窝窝便永远保留在我的记忆里。

泽 畔 藕

1959 年中华人民共和国成立十周年大庆，郭沫若副委员长来到农展馆，看到了泽畔藕，一棵白劳藕九尺长，重 20 多斤。他称赞不已，当场赋诗一首。其实早在清嘉庆二十四年（1819 年），泽畔藕就被列为贡品，名扬天下了，北京前门大街开有专卖店。泽畔村永乐寺有碑文记载，同样内容的石碑分别立在北京城、顺德府、大名道和唐山县（1932 年因京东唐山兴起改名尧山县），名曰“五同碑”。

泽畔村属尧山县，因位于大陆泽畔而得名。古大陆泽在河北邢台的隆平、尧山、任县之间。《禹贡》上说黄河之水“北过降水，至于大陆”。《大陆泽图说》有“九河之水皆汇焉，汪洋浩荡，望之居然一湖”。泽中盛产鱼虾菱藕，风景如画。明代吏部尚书兼文渊阁大学士石瑶有诗形容：“大陆泽水秋泠泠，苇花初白荷益青，红裙荡桨绿波靓，八月江寒犹采菱。”后来黄河改道，湖水退缩，泽畔村沦为陆地，但是当地农民种藕之风不减，并摸索出改坑塘种植为“铺池而做”，创造出独树一帜的“清水莲藕”。从明永乐年间开始试栽，到清嘉庆年间列为皇家贡品，成为宫廷必不可少的美味佳肴，被誉为“北国第一藕乡”。泽畔村有我一家亲戚，在那里我第一次见到荷花，吃到大米，并对泽畔藕的种植过程有了一些了解。

农历谷雨天气渐暖，藕农着手铺池。民间万物有神，荷花之神为魏夫人弟子花姑。开池时要烧香进供，燃放鞭炮。泽畔藕不用坑塘，而是在上好地块挖土三尺，开出正方形或长方形深地，每家少则半亩，多则二三亩。池底平整之后，大水漫灌。然后根据池之大小，邀请十几人、几十人赤脚踩踏。踩池人分行列队，一遍遍翻来覆去地踩，一天两晌，直到把脚下的池底踩成一层胶泥、一块铁板，不渗不漏为止。

踩池的场面十分红火，几十人有节奏地行进，摇摇晃晃，呼尔呐喊，简直是一场集体舞蹈。大家边踩边唱，因为都是男人，唱词的内容多是女人。有独唱的短歌：“东头碾子西头磨，没有汉们给扛笸箩。”旁边有人插白：“别哭了大嫂子，还有我哩。”接着唱：“有你顶不了你哥哥。没鞋时再做一对，没有汉子怎么睡。”也有集体的合唱：“小奴今年一十五，婆家穷了不做主，黑更半夜哭。”插白：“你丈夫还小哩。”接着就是叙事式的唱段：“你说他小他就小，长得不矬也不高，模样也不孬。没房没屋不用提，二人马棚拜天地，这事也可以。没有吃的不用提，扤着篮子要饭去，小奴也愿意。有河有水不用提，挽挽裤子趟过去，小奴不着急。没轿没车不用提，骑着舅舅的小毛驴，小奴挺美气。管也罢来不管也罢，爹娘说话不算话，再不说婆家。”每唱三句一段，大伙儿就“哎嗨哎嗨哟”，重复最后一句。

藕池踩好后上底肥，不用猪圈肥、牲口粪，更不用人粪尿，而一色是榨油剩下的豆饼、花籽饼和芝麻酱，粉碎后好土拌匀，一层铺多半尺厚。然后把一块块种藕埋进土里，再浇上半池井水。池水平静静、光闪闪，清澈见底，明如玻璃，亮若银盆，微风起时，波光粼粼，十分动人。为了保持一定水位，三两天浇一遍水，天旱蒸发快时，辘辘不停，这就是清水莲藕。为了点缀生活，藕农还在池边栽几行稻，水里养一些鱼，真个鱼米之乡。

三十天荷叶出水，初似一枚枚铜钱，浮在水面，继而像一面面铜镜，光彩照人。立夏后荷叶气儿吹似的长大，荷茎一夜间亭亭玉立，举起绿色的拳头，几天后拳头伸开，开出一朵朵白莲，白白的脸庞，绿绿的裙裾，让人想起唐人皮日休的一首诗："腻于琼粉白于脂，京兆夫人未画眉。静婉舞偷将动处，西施嚬效半开时。"泽畔村的莲花多为白色，红莲极少。藕农不喜红莲，因为只长莲蓬不长藕，是一种狂花，轻浮之人才稀罕呢。泽畔藕池的白莲，花开得都不大，把劲儿都使在了地下的藕上。

立秋后，花瓣纷纷落去，荷叶渐渐褪色，这时便减少供水。池中的荷叶梗失去水分，伸着懒腰从容地晒着太阳。同时在充足的阳光中，身子渐佝偻，变成一群驼背的老人，最后在猎猎北风中纷纷倒下。藕农们知道，虽然失去表面繁华，但他们的小宝宝却正在地下伸胳膊长腿，纵情地生长。大雪封地前，藕农用大量秋秸干草给他们的孩子们盖上一层层厚厚的棉被，一为防寒，二来保持水分，让他们一年的心血都变成糖分。

泽畔藕生长期长，进入腊月才出池，专供春节享用。一般现挖现卖，带泥出售。洗净后如美人玉臂，胴体和断面孔管都呈椭圆状，大概与池底坚硬有关。席上泽畔藕片，白莹莹，脆生生，有前人形容："轻同握雪愁先碎，细比餐冰听却无。"泽畔藕还有一个特点是遇醋不变色，如同荷花之出淤泥而不染。县志上说它"洁白如玉，美味可口，营养丰富，全身是药"。泽畔藕节是一味名贵中药，收敛止血有奇效，主治吐血、鼻衄等症。

大锅菜

河北省的饮食风格以滹沱河与子牙河为界，以北为京畿，受官庖影响，以南近黄河，习俗类似中原。石家庄位置偏南，省府自保定移来不足40年，曾几何时，还是满街缸炉烧饼粉条菜，烹饪水平不高，北人讥之:“炒菜、熬菜一个味儿。”其实大锅菜熬得久了，也别有风味。

大锅菜是肉块、粉条、豆腐一锅煮，各种佐料一齐下，味烂在锅里，多种营养，复合味道，简约而不简单。这种吃法，随着清代以来大批灾民闯关东带到东三省，形成东北大烩菜，时下也很风行。

大锅菜的风格，与民间社火有关。儿时记得大姓人家都留有族产，春节、祭祀活动，人众嘴多，集体吃喝。还有一些宗教活动、民间娱乐、集市庙会，参与人多，挨户敛钱，统一聚餐，红火热闹。新中国成立以后，这些活动少了，但还有红白喜事，那是最典型的大锅菜。

过红白事，提前一天成立办事机构，负责人称“总理”。下设各个部门，其中就有“灶上的”，编制十几人到几十人不等。先在院里盘两口大锅，一口蒸馒头，一口熬菜。熬菜需要事先浆好粉条，把粉条放在大瓮里，温水浸泡，使之变软。做好卤水豆腐，分割大块上锅蒸，减少水分后切成小块，油锅煎黄。蔬菜一般用大白菜，也可以是冬瓜、茄子，择好洗净。至少要杀一两头猪，猪事先买好，要大要肥。傍晚听一阵尖咧的猪叫，那是开灶的讯号。大锅烧水，把杀死放血的猪抬进去，死猪不怕开水烫，翻个个儿，烫透了，抬到案子上。蹄腕上挑个口，用嘴吹，眼看着膨胀起来，四脚朝天，用刀把浑身上下的毛刮干净，然后开膛破肚，剔骨，分解，烫猪头，洗下水。最后切成一寸长、二分宽的肉块备用。

大锅菜关键的一道工序是炒肉。锅里放几瓢油，因为锅大，要用劈柴烧火。锅热，加葱姜蒜，少顷倒肉，大铲搅拌，肉色发黄，倒入面酱，炒到七分熟，加白糖上色，再倒入酱油，漫肉一寸，加盐和佐料，花椒、大料、茴香、豆蔻、白芷、肉桂、良姜、陈皮等。灶膛撤出多半木柴，文火慢炖一小时，肉香弥漫全村。

过事当天一顿午餐，是水到渠成的事。大锅烧开，先放浆好的粉条，变软后放白菜，菜熟后再放煎好的豆腐、炖好的肉。因为锅大，油盐酱醋都要整桶整瓶地倒，更不用说肉成堆、菜成垛了。最后加上生葱花、香菜、明油，单等“总理”一声令下，就可以开饭了。

开饭场景颇为壮观。沾亲带故的扶老携幼，街坊邻居倾巢而出，本村乡亲一户一人，凑份子兼帮工，多达数百人。桌椅板凳，锅碗瓢勺，均系公产，谁家过事借来用。开饭时，长者和亲友入席上桌，族人乡亲就地一蹲。大盆肉菜、整筐馒头端上，各取碗筷，自己动手，盛一大碗，一手馒头一手菜地大快朵颐。富足人家，备有白酒，大碗喝酒，大碗吃菜。过喜事，少不了吆五喝六，热闹一场，闹得酒气熏天，吃得顺嘴流油。也难免有轻薄人，一边吃喝一边品评，张家长李家短，谁家的大锅菜味道最好。所以红白事总是操办得越大越好，水涨船高，这就看“总理”的水平了。高明者总是掌握平衡，有钱的也不能过分抬高标准，铺张浪费；钱少的也不许打肿脸充胖子，倾家荡产。猪都是一两头，但是可大可小。所以当“总理”的总是本村最公平正直的人，大家认可他，往往终身制。

大锅菜也有素的，我参加过一次赵县范庄二月二龙牌会。

8000 人吃饭，广场上搭了席棚，八口大锅，八口大瓮，流水作业，分批就餐，有条不紊。大锅菜制作程序与上述差不多，因为不动荤腥，又要求味道，只有在佐料上下功夫。花椒、茴香、桂皮、姜丝煮成浓汁，盛在大瓮里，随时勾兑在大锅里，出锅时加上明油。据称是寺庙斋饭的做法，又有发展。吃起来味道浑厚，醇香可口，不比肉菜差。

大锅菜讲究规模效应，锅越大菜越香。因为配料齐全，工序严格，加工时间长，一切都入味，菜越剩味越浓。所以事过以后，事主往往把剩菜挨门送给街坊邻居分享，菜香加上人情味，更为悠长。

但是，农村也有美食家，只要掌握要领，肯下功夫，家庭照样也可以做出大锅菜的味道，我二舅家就是一例。每年过了腊月二十三，扫完房祭完灶，灶王爷上天言事去了，趁无人监督，二舅便毫无忌惮地做起他的大锅菜来。选取猪的前腿后臀，加上部分中肋，把残留的细猪毛一根根拔掉，切成一般大小的肉块。开水焯肉之后，炒自制的西瓜酱、番茄酱，然后倒进大量酱油少量开水，各种香料放在一个纱布包里。二舅用的是家用最大的七印锅，上扣一个陶瓷的大面盆，周边涂上面糊，使之不透气。炉火用湿煤盖上，用火柱捅几个小孔，下面打开炉门，使火保持小而壮，整整煨上一夜。天明后，肉已炖好，但不启封。等到大年初一揭开，红褐色的肉冻成一坨，熬菜时取出一块放在锅里，配以蘑菇、木耳、金针、绿豆粉皮，特别好吃。所以正月里二舅家客人特别多，不图喝酒，就为品尝一下他家的大锅菜。

如今，大锅菜进了城，登上大雅之堂，华北、东北，包括京津，都上了宾馆饭店的菜单，成为品牌。

漫话打谷场

随着收割机和脱粒机的普及，打谷场这个昔日乡村最为迷人的风景已经淡出，只能留在老辈农民的记忆中了。

打谷就是把成熟的五谷的果实从谷穗、豆荚的苞皮中剥离出来，“脱颖而出”。打谷是农事的最后一项，干这种活计的场地叫打谷场。打谷场一般是正方形，面积可大可小，大者逾亩，小者分把。

新中国成立前地主、富农都有自己的打谷场，为了不让外人看见多大收成，四周垒起围墙，俗名库伦，读作局练。中农和上中农一般也有专用打谷场，设在自家土地相对集中的地方。贫下中农土地本来就少，舍不得拿出一块来做打谷场，或者借用别家的场地，或者把自己即将成熟的庄稼地划出一小块，提前收割，腾出茬来，平整一下，用碌碡（石磙）反复碾轧，边轧边洒水，最后形成一块硬实光滑的场地。这一季庄稼打场毕，马上翻耕，弄暄土地，种下一季。

北方收获麦秋两季。麦子、豆荚用镰刀割，一捆捆拉回来；谷子、高粱、玉米是掐穗儿、掰棒子，一包包运到场。打场需要好天气，先把麦穗、豆荚薄薄摊开一层，晒一阵用木杈翻一遍，以便上下都晒透。如果没有晒干，傍晚再堆起来，以防受潮，第二天再晒。晒干以后，套上牲口拉起碌碡，转着圈轧。人站在场地中心，一手扯缰一手扬鞭，赶着牲口跑同心圆，以缰绳长短控制半径。早年我曾写过一首诗，把这种场景比作唱片，人喊马叫，鞭子声声，传播着村野里一首动人的歌曲。打场不用牛，用骡马。

牛走得慢，蹄脚重，容易把谷粒碾碎。骡马跑得快，脚步轻。牲口跑快了，赶场人容易头晕，稍一打盹，来不及接牲口粪尿，这一季口粮就带上了骚味儿。

轧到谷穗、豆荚籽粒尽出，先用木杈再用竹筢把粉碎的秸秆、空穗、荚皮等搂去，剩下粮食、糠皮和浮土。下一道工序就是扬弃糠和土，剩下干净的粮食，叫作扬场。地主、富农用扇车，一个箱柜似的庞然大物，摇动里边的扇叶，把糠土吹去。一般人家用木锨，抄起一锨，扬一丈来高，借风力把糠吹去，粮食落在脚下。扬场需要经验，看风向。好把式手持木锨，一起一落，身段如舞蹈。一锨一锨，在空中抖出一道道彩虹。还有一个人身披包袱皮，手挥扫帚，把粮堆上的麦余瘪粒扫到一边，剩下的是一堆晶莹的珍珠。场边角落是收打芝麻、黍子、红白小豆等杂粮的地方，数量少，只是为了打香油，蒸年糕，包豆馅，调剂生活用。打小粮食用不着碌碡，妇女们就干了。打黍子用刮刀，打小豆用棒槌，收芝麻时把干透的芝麻秆倒过来，用棍子慢慢敲，芝麻粒便像白色的细雨一样纷纷落下。

秋天的打谷场是农村一年一度的博览会，是农民欢乐和幸福的堆积。他们用一颗颗汗珠，把太阳的光谱分析出红、橙、黄、绿、青、蓝、紫，变成实实在在的高粱、谷子、棉花、各色豆类，堆积成大大小小的谷堆、麦垛、黄金塔。但是剥开任何一个豆荚、麦穗，都是滚圆的汗珠的形状，汗珠是任何一种粮食的基本单位。秋天是农民的节日，打谷场上热火朝天，龙腾虎跃。各家的饭盆都往这里端，各家的铺盖都往这里搬，连聪明的盲艺人也赶来祝贺，“稻花香里说丰年”。打谷场上最忙活的是农村的女人们，男人们折腾一天，枕着粮食口袋呼呼睡了，她们还要打着灯笼，选黍子苗儿做笤帚，挑高粱穗儿做炊帚，捡高粱莛儿穿箅子、做硬盖，以便把生活搞得干干净净，逢年过节包饺子。

农业合作化以后，各家各户的打谷场废了，改为每个生产队一个大场，三五亩大。逢秋过麦，堆积如山，连绵起伏。摊开的麦穗、棉朵，如金色的湖泊，像茫茫的雪原。打场时，一个班的骡马齐头并进；扬场时，几十张木锨上下翻飞，地上人喊马叫，空中彩虹织锦，那场面好不壮观。

比起打场时的红火，分粮时的气氛显得黯然。打一场分一场，按人口加工分计，磅秤堆到场上，口袋排起了长龙，算盘珠儿叮叮，人心咚咚。离开时，总觉得肩上的口袋分量不够重，脚板有点发软。

再后来，打谷场不光是生产队的经济中心，也变成了政治中心。开会、大辩论、喊口号。“文化大革命”期间，清理阶级队伍，横扫牛鬼蛇神，造反派扯旗，革命干部亮相，一会儿文斗，一会儿武斗。斗得庄稼垛越来越矬，分粮口袋越来越轻，只有宣传队的歌声越来越高:“我们坐在高高的谷堆旁边，听妈妈讲那过去的事情……”

杀猪过年

小寒大寒，杀猪过年。过了腊八，迈进年门，最先听到的是杀猪声。孩子们追着猪的哀号声跑，女孩们为的是猪蹄角，男孩们抢着要猪尿泡。尿泡到手，用嘴吹成“气球”，系上绳子，举在手上满世界跑。

猪是农家宝，看“家”字，屋檐下一个豕字。豕音 shǐ，就是猪。人类把野猪驯化为家畜，大概有上万年历史了。农民养母猪有的是为了生崽，一年两窝，两年五窝。一窝少则七八只，多则十几只，最多不过 16 只，因为母猪仅有 16 个乳头。两岁以上的母猪就成为生崽的机器，俗名老海，能活十来年，生20多窝崽，一窝猪崽顶半亩庄稼的价钱。有的养猪为了卖肉，不准生育，专为养膘，叫作膘猪，也叫壳郎。小猪生下40天做绝育手术，公猪要骟，取下睾丸；母猪要劁，摘掉卵巢。刀口在下腹，三两分钟做完，不必缝针。劁猪匠进村不吆喝，拨响铜制的音叉，自行车把上挑个红布条儿。

农户养猪成本低，平时青草野菜，谷糠麦麸，剩饭剩菜涮锅水。秋天改善生活，萝卜缨子、白菜帮子、红薯把子，再掺玉米、高粱面，到了冬天猪食还要加热。育膘期的壳郎，吃饱了睡，睡醒了吃，气儿吹似的长膘。一头膘猪，正月里进秧，腊月里出圈，对头一年只长一百二三十斤，不像现在的养猪场，喂合成饲料，有的还加激素，三四个月就长二三百斤。速成猪肉中看不中吃，淡而无味，全没了过去的肉香。

农民养膘猪，有的是为了卖钱，囫囵个儿上缴收购站，一头猪顶一亩麦子的价钱。富裕户杀了吃肉，一般也不缴割头税。但是杀猪要请把式，否则捆绑不紧，刀子捅不到要害，就要闹出《红旗谱》里老驴头杀猪那样的笑话，让猪挣脱了绳扣，淌着血水满街跑。杀猪把式一刀捅进心窝，那猪惨叫三两声就蹬了腿儿。旁边旺火把大锅烧得滚开，大锅直径一米六七，猪放进去，翻两回身，“死猪不怕开水烫”。浸泡均匀后，抬到案子上，在一只蹄腕上割个口子，用嘴吹，吹到死猪气球一样膨胀起来。然后用刮刀一下下刮毛，最后露出雪白的胴体，倒挂起来。把式一刀旋下猪头，接着开肠破肚，一把手伸进去撕下心肝脾肺，再一把挖出肚子（胃）大小肠，这两嘟噜通称下水。猪尿泡就在大肠旁边，把式举在手上，看哪个孩子嘴甜，叫声伯伯爷爷，那玩意儿就归他了。

处理胴体容易，把式像庖丁解牛一样，刀子顺着关节骨缝，前肘、后臀、中肋、下膗，大卸八块，转眼完成。收拾猪头颇费工夫，户主自己动手。猪头很多皱褶，刮不干净，要抹上松香，用烙铁一点点把余下的毛烫去，细微处还要动用镊子，把细毛一根根拔下。肠子肚子正反两面都洗，加碱加醋，一遍遍冲涮。猪头下水是正月里下酒的主要菜肴，当然要拾掇精细。

杀猪也像逢秋过麦一样，是一年中的大事。依照古风，谁家杀了猪，要请四邻八家吃杀猪菜。做法是将全猪的各个部位各取一点儿，加上白菜、豆腐、粉条，熬一顿大锅菜。为了增强亲情乡谊，同时还有个含义，让没养猪的人家都尝到肉味儿。冀南农村尚勤俭，过年少有鸡鸭鱼类，炒菜剁馅，七碟八碗，都是猪肉看家。留下过年的肉，其余部分有的拿到集市上去卖，有的腌制起来。冀南人不做腊肉，煮熟或炒过之后，大块放进瓦缸或小瓮里，加上海盐粒，上面浇一层熬化的猪油，加盖保存，随吃随取，省俭的人能吃对头一年。

旱　烟

偶尔翻一本新编历史小说，写三国一位名将，穷困潦倒时，“吧嗒吧嗒抽起旱烟”，让人忍俊不禁。这个细节犯了常识性错误，作者不知烟草并非中国原产，到明朝后期才由南洋传入，开始音译为“淡巴菰”,《清实录》有纪晓岚“嗜食淡巴菰”的记载。

南洋烟草进入中国，起初在上层社会流行，后来在白山黑水间推广种植，称为“关东烟”，集中产地有黑龙江的亚布力、吉林的蛟河，其中公认蛟河烟是上品，有一两亩地专供慈禧太后享用，那儿离她的老家叶赫不远。这位老佛爷待字闺中时，也可能就是“十八岁的姑娘叨烟袋”。清末美国烟叶打入中国市场，主要产地是东海岸的弗吉尼亚州，那里土壤气候适宜，烟叶肥硕无比。后来云南人经过研究实验，引进了弗吉尼亚大金叶，逐渐形成中国的云烟。

烟叶按制作方法分为晒烟和烤烟两种。前者日晒风干，揉碎做旱烟吸；后者烘干，切成丝制卷烟。后来旱烟成为与烟卷相对的品名。烟叶以吸食方式可分为水、旱、鼻三种。旱烟用晒烟的碎末，装在烟袋里抽。水烟袋一般铜制，扁盒型底座，装半盒水，前端安一个活动的烟嘴，后端连着长而弯曲的吸管。烟气经水滤过，湿润而卫生。水烟用烤烟丝，烟嘴黄豆粒大小，一次装一点点，只能吸两三口。不断地装、点、吸，琐碎而讲技巧，不会吸的嘬一口烟水，叫苦连天。鼻烟是把烟草泡制成精油，装在一个小瓶里，倒出来一滴一滴地抹在鼻头，让烟味沁入鼻腔。鼻烟本来是欧洲贵族的一种嗜好，清初传入中国，也成为有钱人有闲人的奢侈品。王士祯的著作中有鼻烟壶的记载。烟瓶里精油少了，通常用掏耳勺刮取。有人发现瓶壁上的刮痕，似兰似菊，用墨笔模仿，这便是内画艺术的由来。1960 年我在霸县堂二里搞整风整社，住在荣家大院，看见荣二掌柜吸鼻烟，一副飘飘欲仙的样子。如今吸鼻烟的人已经绝迹了，形形色色的内画鼻烟壶却在世上泛滥起来。

我的故乡封闭保守，烟叶波及过来，大概是清末了。开始种一种易县小叶烟。直奉战争，东北军打败了吴佩孚，占领了冀南，关东烟随之而来。我们村一位姓丁的汉子，宣统元年发大水，只身闯关东，没几年混了个少校团副，还领回来一个穿金戴银的关东娘们儿。这媳妇家里是蛟河烟农，嘴里不离大烟袋，还是个种烟的把式，外号就叫“黄金叶”。后来东北军撤走，丁团副留下来，解甲归田，在家乡种起了烟叶。我记事时，黄金叶已经变成老帮菜，又黑又瘦的烟鬼。她小儿子跟我同岁，常带我到他家烟地里玩耍，因而我也对关东烟的种植有了些了解。

种烟相当粗放，比摆弄棉花省事得多。小满育秧，过了芒种移栽，农家肥打底。烟秧喜水喜肥，长到三五个叶追豆油渣，七八个叶、三尺高时掐尖。然后把竹筷子削尖，插进主茎里，顺着筷子滴入豆油。滴一两次后，烟叶眼看着伸胳膊踢腿，疯长起来，油黑锃亮，弥漫一种辛辣气息。孩子们打闹，欺侮弱小，常常把他们推进烟地里，呛得喷嚏连天。秋分以后，下层的烟叶渐渐发黄，进入收获季节。主人把烟叶撇下来，四五叶编成一把，挂在荫凉地里风干，经过几次露水，甚至是一场小霜，以后吸烟不会熄火。风干以后，十几小把绑成一捆，或者编成辫子，盘旋在柳条囤里，就可以随时上市了。成品烟叶有不同成色，蛤蟆头，深棕色，味冲；护脖香，金黄色，绵软；柳条青，暗青色，柔和。

丁团副和黄金叶种植关东烟的同时，也把东北烟农的风俗习惯带进村里。吸旱烟的工具叫烟袋，黄铜锅，玉石嘴，乌木杆，但是男女有别。男人的烟袋只有三四寸长，为了方便劳动，常常别在腰里。女人的烟袋二尺长，一来吸着带劲，二来她们闲工夫长，有心思捅烟杆里的烟油。男人盛烟用荷包，羊羔皮做的，装满一袋够吸一天。女人用烟笸箩，一笸箩能用十天半月的。黄金叶一共生了三个孩子，中间是闺女，闺女大了也叨一杆烟袋。大儿子娶了媳妇，按东北的规矩，媳妇伺候婆婆吸烟。婆婆坐在炕头上，二尺长的烟袋伸到炕沿，等着媳妇装烟、点烟。那时还不时兴火柴，用火镰敲击燧石，冒出火星，点燃硝纸，才能吸烟。儿媳妇打不着火，或者伺候不到。婆婆举起烟袋就打，或者用热烟锅烫媳妇的脸，那情景就像电影《白毛女》中黄母虐待喜儿那样。

丁团副种烟叶发了家，置房子买地，紧赶慢赶赶上土地改革，儿媳妇造了反，带领贫农团斗争婆婆。丁团副戴上富农分子帽子，黄金叶也霜打一样蔫下来。虽然留下几亩地，但是不会种庄稼，还是习惯老本行，种烟卖烟叶，日子过得也还可以。后来人民公社以粮为纲，种烟叶是“资本主义尾巴”，被一刀切了。黄金叶瘦得只剩下一条烟梗了。更后来，实行“三自一包”，她家自留地里又长起黑洞洞的烟叶。秋后旱烟满囤，但是吸烟没了工具，烟袋锅早在 1958 年炼钢铁了。车到山前必有路，黄金叶又有了发明创造，在废报纸上撒上烟末，用手一拧，便成了自制烟卷，很快传播开来。并且产生了一句民谣:“干部两头平，社员一头拧。”

砖窑

幼时大人猜谜语:“村北有个大肚汉，吃一片场，拉一座院。”谜底是砖窑。我村北边确实有一座旧砖窑，年龄比村庄还大。老人们说，先有老砖窑，后有南汪店。明洪武年间，先祖从山西洪洞大槐树下迁来，住的是窝棚地窖。后来把安家费修了座砖窑，才陆续有了砖房。

砖窑对孩子们来说是个神秘的地方，出仁人志士、贞洁烈女。我从小爱看戏,《汾河湾》里的薛仁贵、柳迎春,《武家坡》里的薛平贵、王宝钏,《吕蒙正赶斋》的文状元,《遇皇后》的李宸妃，都曾住过破瓦寒窑。所以我经常带一帮小朋友到窑上过家家，爬上爬下。

习惯说秦砖汉瓦，实际上中国烧结砖技术远远早于秦朝。考古证明，我国是世界烧结砖的发祥地，收藏在江苏省昆山市锦溪中国古砖瓦博物馆的“中华第一砖”，是从赵陵山良渚文化遗址发掘来的，距今 5000 多年。湖南省澧县城头山的砖窑遗址，更是在 6000 年前，属于新石器时代后期。而且我们的祖先已经会烧制空心砖，陕西省岐山县赵家台出土的空心砖，长 1 米，宽 0.32 米，厚 0.21 米。同时还发现了烧结屋面瓦，距今 3100 年。郑州商城遗址出土的粗绳纹图案瓦，更是在 3600 年前。夏商周三代，不仅有精美的平瓦、筒瓦、瓦当，后来还有了画像砖、滴水、子母砖、琉璃瓦，而同时期的欧洲、埃及只有石头建筑。

中国古代完整的砖石建筑体系缔造了无数名城大邑、集镇村落，宫殿楼阁、道观佛塔，以及北方的四合院、江南的马头墙。建筑是凝固的音乐，而砖瓦是活跃的音符，立而威武，卧而平直，展翅欲飞。不惧严寒酷暑，勤于负重，永不变色。它威严的震撼力和一砖一瓦的团结精神，表现了旺盛的生命力和力与美融合的艺术价值。有人说堪与指南针、造纸术、印刷术、火药媲美，是中国的“第五大发明”，并不为过。中国历史上不乏制砖技术专著，比如北宋崇宁二年（1103 年）刊行全国的李诫的《营造法式》，第 15 卷就是“砖作制度”。初刊于明崇祯十年（1637 年）的宋应星的《天工开物》也对砖瓦制造技术进行了大量详细的文字描述。

民国以来，军阀战争、抗日战争、解放战争，连年不断，农民无力修房盖房，居住以土房为主。新中国成立后，农村经济恢复，不少人家的房屋更新换代。村政府在村北老窑旁边，筑起一座新的马蹄窑。因为烧窑技术失传，从山东临清请来一位姓张的把式。临清烧砖有名，后来看明十三陵和八达岭长城，砖上都有“山东临清制作”字样。一位叔叔在窑上脱坯，我常跑去玩耍，耳濡目染，知道了一些烧窑的工序。

烧结砖喜欢黏土，就地取土，人和泥，手扣坯。把和好的泥和湿土填进模子里，用石杵夯实成坯，摞起坯垛晾晒，风干到一定程度，装窑焙烧。窑体圆锥形，壁厚三尺，砖室有一两间房子大，能装一两万块砖坯。装窑有讲究，俗话说：“七分码，三分烧。”砖与砖间的距离，底层大，越往上越小，保证烟火畅通。烧窑的燃料，原来用木柴，后来改烧煤炭。窑体旁边留一个火道，用来加煤。

点火以后，要控制火候。开始慢慢预热，“小铲勤添”。24 小时后加大火力，“大铲不让”，窑室温度一路攀升，最后到 960℃，烧够 36 小时，停火闷窑 24 小时，等到全部冷却后才能出窑。优质砖里外烧透，红得发亮，硬如石块。烧不好，砖皮发黄，易裂易酥，甚至出现黑头、“琉璃”。烧结砖是红色，常见的青砖还要另加一道还原工序，停火后从窑顶往下慢慢淋水，叫作洇砖，一天后红砖就变成青色。过去重要建筑，讲究的宅院，喜欢“青堂瓦舍”，显得庄重。青砖比红砖贵，老百姓图便宜，一般用红砖，红砖房看上去火爆，喜气洋洋。

临清的张把式在我们村干了十几年，十几年村庄变了模样，土黄黄变成了红艳艳。张把式工作兢兢业业，做人规规矩矩，很受乡亲们喜欢，后来落了户，娶妻生子。想不到粗线条“四清”，清理阶级队伍时张把式被揪出来，说他是逃亡地主，怀疑他是国民党北平市市长张自忠的族人，押送老家批斗去了。几年后样板戏《龙江颂》里也有个烧窑师傅，坏分子黄国忠，“从后山跑到龙江村，隐藏了十几年”，跳出来搞破坏。乡亲们知道我写剧本，还以为是我提供的材料。

西方人烧结砖比我们晚了 2000 年，都是石头城堡石头村。后来从中国引进烧砖技术，1858 年德国人富里多利、霍夫曼发明了轮窑，实现成批量连续生产。1953 年苏联专家把大砖场、大烟囱带进中国，后来又发展为隧道窑焙烧，砖产量大幅度提高。由于经济发展进入快车道，房地产如火如荼，2006 年我国生产红砖 8400 亿块，同年美国生产 91 亿块。比起外国砖，中国的黏土烧结砖有很多优点，抗辐射抗静电没污染。旧砖粉碎，还原为土，是绿色的建材，符合“人不欺天，万物和谐”的生态观。一位西方哲人说：“罗马帝国死去了，科学技术发展着。巨石文化消亡了，砖瓦却振兴着。”

烧 锅

酒是人类文化的结晶，一滴美酒可以折射一个五彩缤纷的大千世界，一滴美酒可以反映一个博大精深的华夏文明。世界上没有任何一种饮品像酒那样深入千家万户，雅俗共赏。但是对酒的功与过，历来看法不一。魏晋时期刘伯伦写了《酒德颂》，传诵于世。同时也有庾阐的《断酒戒》，针锋相对。刘备、曹操都下过禁酒令，孔融再三据理力争，被曹操借故杀掉。孔文举不识时务，汉末以来连年混战，水旱蝗灾，民不聊生，哪能浪费大量粮食造酒？民国以来到解放战争，时局有些相似，虽说没有下禁酒令，但冀南一带酒坊几近绝迹，因为造一斤白酒需要三斤红高粱。

高粱最早种植于四川，故名蜀黍，古书上称“秫”。大概在晋朝时传到北方，至今我的家乡还称高粱秆为“秫秸”。高粱因为耐旱、抗涝，被称作“铁杆庄稼”，我记事时高粱的种植面积占地1/3。新中国成立初经济恢复，农民安居乐业，丰衣足食，生活味道最需要的是酒。1950年立冬那天，村里传来一个爆炸的消息，高家烧锅又开张了。高家酒坊的二锅头，拥有大批酒迷。那时经济封锁多年，没听说过茅台、五粮液，高家二锅头可与宁晋“泥坑”、大名“滴溜”媲美。

在噼里啪啦的鞭炮声和纷纷扬扬的纸屑里，我们几个孩子来到十字街南路东的高家大院。大门上楹联是“刘伶借问谁家好，李白还言此处香”。二门楹联是“座上不是豪杰客，门前常扶醉人归”。院里摆开几张八仙桌，招待乡村干部和头面人物。还举行了乡饮仪式：迎宾、三揖、三让、拜前、拜后，然后按辈分入座。

大家捧起久违之物，格外亲昵，三杯下肚，个个激情燃烧。这边桌上吟诗：“千颗明珠一瓮收，君王到此也低头。五岳抱住擎天柱，吸尽黄河水倒流。”“刀不能剪心愁，锥不能解肠结。线不能穿泪珠，火不能销鬓雪。不如饮此神圣杯，万念千忧一时歇。”前者是石达开即兴赋诗，后者是白居易的诗句。那边桌上传酒令：“孔融开尊第一，曹参歌唱第二，郑虔高歌第三，子美骑驴第四……”我们听不大懂，就进后院看热闹。

酿酒听起来很神秘，看起来颇简单，好像家常便饭，与红白事蒸馒头架势差不多。厦子下一口大锅，架上箅子，箅子上堆放酒醅。粉碎的高粱米加上大曲，五与一的比例，煮烂闷在缸里。等到表面长白毛，下边咕嘟起泡，糖化和发酵充分，疏松适度，熟而不黏。掏出来加辅料，麦糠、谷皮、高粱壳，搅拌均匀，捏成团状物，就是酒醅。酒醅上罩大柏木桶，四尺高。桶上再坐个锅，周围用锅圈密封。灶膛里生火，大锅里水汽和酒醅蒸气上升，遇凉水锅底冷却液化，顺柏木桶侧面插进的水管流出，接下的液体就是酒。首尾含的酒精度小，味淡。中间的度数高，叫二锅头。高粱壳含有一种化学成分叫单宁，发酵后赋予白酒一种特殊的香味，是高粱酒的特色。酒曲是酿造酒的动力，用小麦、大麦、豌豆为原料，粉碎掺水，踩踏成泥，放在洁净的模子里制成曲胚，放在曲房里培养。高家作坊的曲房在西屋，门窗紧闭，又加上棉帘，据说屋里还生着火，提高温度。曲胚从原料、水、空气和工具里吸收微生物，主要是曲霉素、根霉素和酵母菌。酒曲应该是黄色的，发黑就不好用了。

这种发酵、蒸馏法制成的酒，叫蒸馏酒，因为无色透明又叫白酒，因为大锅烧制又叫烧酒。李时珍在《本草纲目》中说：“烧酒非古法也，自元时始创其法。”陶渊明、李白喝的不是白酒，是用粮食酿制的黄酒。尽管李白有“白酒新熟山中归”，白居易有“烧酒初开琥珀香”等诗句，但是还没有发掘到实物证明，目前最早的还是承德出土的金代青铜蒸馏器。

高家二锅头属于清香型，莹澈透明，清香馥郁，入口香绵、甜润、醇厚、爽洌，回味悠长。酒度虽六十，但酒力强劲而无刺激性，令饮者心旷神怡。一家烧锅兴奋了一方农村，以烧锅为中心带动了一批饭馆、三家打锡壶的，集市扩大了一倍。从前不喝冷酒，以锡壶装酒，倒一点出来点着火苗温酒，以蓝火头评论酒的醇度。

围绕着高家烧锅产生了一批歌谣。“酒是高粱水儿，醉人先醉腿儿。”“二两酒，漱漱口。半斤酒，热热头。一斤酒，照样走。二斤酒，墙走我不走。”“酒是喝饭精，越喝越年轻。酒是滏河水，越喝脸越美。你不醉来我不醉，这么宽的大街谁来睡。”同时也产生了一批笑话。比如，某某喝多了，回家摸进猪圈里，躺在老母猪身边说：“老婆，给我倒碗水。”听母猪哼了一声，说：“不倒就不倒，还撒什么娇。”随手在母猪身上一划拉，摸着乳头说：“又添了一件大袄，还是双排扣。”比如，公子村父子俩嗜酒如命，买了一坛酒抬着回家，跌了一跤，酒坛摔碎，酒撒在地上。父亲急忙用舌头舔，边舔边催儿子：“还不快喝，难道还等下酒菜吗？”比如，某某醉后回家，老婆见他要吐，端来尿盆。酒鬼笑了说：“怎么小杯换成大碗了。”正说着，小儿子起来撒尿，听到哗哗声，醉鬼急忙摆手说：“怎么还倒，我再重复一遍，谁倒谁喝，谁倒谁喝！”

孟铁匠

人的作息时间大致分两类，晚睡晚起，夜猫子型；早睡早起，百灵鸟型。我属于后者，有事没事凌晨四五点准醒，习惯自幼养成。对门一家铁匠铺，天天闻鸡起舞，叮叮当当。可是村里人并不烦，因为在农耕时代它是村里唯一的“重工业”，大到水车、犁铧，小到斧头、镰刀，甚至炒菜的锅铲、纺棉花的锭子，制造修理都要出自他们之手，一个铁匠千家求。

铁匠铺在临街一间厦子，三面有墙，一面透风，是个热闹去处，人来人往。特别冬闲，人们日日在此扎堆聊天。我也是那里的常客，放学或下地回来，经常去凑热闹。老铁匠姓孟，火镰石一样黑亮的国字脸，眉弓和颧骨凹陷处，一双放光的眼睛，颚边嘴旁胡须丛生，那形象如同京剧《风尘三侠》中的虬髯客、《野猪林》中的鲁智深。大人说他爷爷曾是赵三多的“十八魁”之一，专门为义和团打造刀枪，失败后隐姓埋名从威县来到这里，共产党来了才敢姓孟。孟师傅有两个儿子，都是虎背熊腰的汉子。土地改革时分地他不要，以打铁为生。

铁匠铺供奉太上老君，传说是他们的祖师爷。祖师爷打铁不用钳子、锤子，也没有砧子、风箱，“拳头打铁嘴吹风”。祖师爷在外面打铁，一天换个地方，不让祖师奶奶知道。一次祖师奶奶找到了，只见祖师爷正光着膀子，鼓着腮帮，坐在炉前，左手捏起烧红的铁块，放在自己膝盖上，右手握成拳头，一边吹气一边锤打。祖师奶奶怕烧坏了他，惊叫起来，太上老君走了神。只听刺啦一声，膝盖烧煳了，手也烧疼了，老君对着铁块说：“你烫我一层皮，我打掉你千层衣。”从此打铁有了新工序，不断有铁屑脱落。

孟师傅一家四口，老头掌钳，两个儿子抡大锤，老伴儿拉风箱兼做饭。打铁的一年到头吃小米干饭，不光是吃了长力气，还图省时间。老铁匠个子大，炉台垒得高，炉口用胶泥和坩子土烧成，燃料是烟煤，俗称炭。大风箱三尺长，风力大。孟师傅左手拿钳，把烧好的铁坯放在砧子上，右手敲着小锤，起指挥作用，指哪儿打哪儿。小锤走，大锤赶；小锤停，大锤站；小锤快，大锤欢；小锤慢，大锤蔫。锤声叮当，火星四溅。只见老铁匠，腰系油布，鞋蒙麻片，锤起锤落，手舞足蹈，好像火线上大将军一样威武。身经百战后，油布被火星烧得百孔千疮。经常有火热的铁屑落在肉皮上，留下了许多疤痕。

打铁的材料叫“笨铁”，是一种低型号钢材，通常在32号以下。板材打铡刀、锄头、铁锨，条钢打铁耙、铁钗、粪钩。耐磨的链、轴和刀刃，需要用“洋铁”，高标号钢材，45号以上。短小的镰刀一火打成，三尺长的铡刀要分段锻打。用刃的家什要加钢，笨铁的前端加一点洋铁，好钢用在刀刃上。锄头镰刀直接贴上锻打，叫明钢。打铡刀在笨铁上开槽，把洋铁夹进去打出刃，叫夹钢。

打铁的技术看火候。铁坯放在炉火上，用盖瓦罩上。炉火慢慢升温，直到1200℃，温度不到打不动，过火又容易烧化。“铁发红，用炭蒙；铁发白，拉出来。”把炽白的铁坯夹出放在砧子上，趁热打铁。一件农具要反复锻打四五次才能成功。加钢的关键是沾火，又叫淬火。把炉中夹出的铁件突然放在凉水里冷却，使锋刃定型坚硬。精细产品，如菜刀、剪刀、剃头刀，在油里淬火，锋刃坚韧。沾火的成色通常与掌钳师傅的性格有关，性急的打出的刀易崩，性慢的打出的刀发钝。孟铁匠力大心细，刚柔相济，打出的家什经久耐用。他打的镰刀，号称“猛一摸”，是著名品牌。用手轻轻一摸刀刃，就知道是好钢口，畅销冀南十八县。

说话到了1958年，大炼钢铁，元帅升帐。村村户户收集废铁，交上去炼钢。公社设了擂台，各大队民兵连比武交铁。民间没有多少废铁，就收缴铁制用品。我们村民兵连长是个“二百五”，挨门挨户，又砸又抢，连门吊、秤钩也不放过。“二百五”说：“我就是个吸铁石，连一根洋针也不许丢下。”可是公社打擂还差一点。他把脑门一拍，想起了铁匠铺，把砧子、锤子、钳子统统收缴，就能争到个先锋官。他爹出来阻拦，说你别缺德了，没了铁匠炉，你用手割麦子、头拱地。“二百五”胳膊一扬，把他爹放了个跟头，带一帮民兵来到铁匠铺。按孟铁匠以往的性子，准得来个《打渔杀家》，没想到这一次他忍了，说我可以关门去种地，可是善门难闭也难开。若再求我，得五花大绑，当众磕三个响头。没多久，钢铁元帅下马，“二百五”他爹绑着儿子负荆请罪，当众给孟师傅磕了三个响头，民兵连长也被罢免了。当时孟铁匠自知是外乡人，光棍儿不吃眼前亏。别人不知他家有两套打铁的家伙，收走一套，还留一套，埋在地下。第二天就点火开张，铁匠铺又叮叮当当起来。

我喜欢戏剧，以往没见反映铁匠生活的剧目。1966年年初，河北省中小戏会演，石家庄丝弦剧团拿出了《打铁》，与我写的丝弦剧《轰鸡》前后演出。同是丝弦，石家庄属北路，邢台是南路。《打铁》表现夫妻二人劳动场面，来自生活，生动活泼，戏剧冲突和舞台调度与延安时期马健翎写的《十二把镰刀》相似，但是剧情更紧凑，丝弦的曲牌“跌落金钱”也比陕北秧歌的“岗调”更欢快。看戏时自然想起了家乡的铁匠铺。

乔木匠

我们村原来没木匠，盖房架屋，攒车插耙，过喜事的桌椅箱柜，都要出村请人，就连屁股下的小板凳也要赶集去买。1960年大饥荒，连续死人，镇上棺材铺都卖空了，乔三伯死尸停在床上入不了殓。三伯家小子乔其，差两个月高中毕业，文凭也不要了，发誓要当村里第一个木匠。

乔其诚心拜师学艺，邻村的木匠串通起来拒绝他。这个说：

“我不识字，做活是糊里巴涂。”那个说：“就那么回事，一个人一个做法。”同行是冤家，他们生怕增加一个对手，失掉我村这块地盘。乔其回家，在鲁班神像前长跪不起。说也奇怪，他爬起来看祖师爷眼珠上下左右转动，好像说这屋里七梁八柱、桌椅板凳不都是你师傅吗？乔其顿悟，把屋里的家什们拆了攒，攒了拆，明白了许多结构、机理。后来天赐良机，有一位山东木匠云游到村，乔其把他请到家里奉为上宾，省下的鸡蛋白面孝敬不已。跑单帮的木匠一次性路过，没有什么忌讳，收下他这位徒弟。乔其刨下院里所有的树木，请师傅示范，手把手地教。山东木匠看他心诚，肚里的玩意儿全盘托出。随着十几件不同样品依次出笼，乔其的木活儿学了个大半，剩下就是自己勤学苦练了。

木匠活儿主要是推、砍、拉、凿几门功课。推是把木板刨平拼接。刨子有多种，二尺长的缝刨用于刨光走平，八寸长的“二虎头”吃木头快，三寸长的净刨用于去掉毛刺。还有滚刨、槽刨，分别用来平凹、开槽、制造花纹。砍是斧、锛功夫。斧子竖刃短把，木匠的斧子一面砍，砍出的角一面垂直、一面斜线。锛是横刃长把，用来除去树杈、疤节。拉是锯工，截断圆木用“过江龙”，只有锯条没有横梁，破粗大木头还要搭脚手架，一人在上一人在下，拉锯扯锯。常用的手锯一尺多长，轻便灵活。细锯锯条很窄，用来造牙子。钱锯一条钢丝，用来刻画圆或弧。凿子制造凸凹相接部分，凸出的叫榫，凹进去的为卯，公母结合。凿子按榫卯长短，有四分、三分、二分、一分几种，八分凿子一英寸宽，专门用来打造马车、独轮车。大的领域又分软硬两类，硬木作一般指室外活儿，盖房、打车、造船。软木作通常是室内活儿，家具、农具什么的。

乔其敬业，又把高中学过的几何、三角用上，业务进展神速。一次他在邢台新华书店买了一本《木工简易计算》，如获至宝，对放大样、找数据非常有用。乔木匠的活儿又快又好，成为一方名人。加上他不保守，乐于助人，许多人上门拜师，对各村的木匠形成巨大威胁。他们联合起来对付他，下战表在县礼堂前搞擂台赛，推举全县资深木匠，要制服乔其这个后生晚辈。

上午比赛砍楔子。秀才看帖儿，木匠看楔儿。老木匠叫人拿来一条板凳，上面一个榫儿松动，卯眼露出一空隙，造成板凳晃动不稳。他取来巴掌大一块木板，瞟了一眼，举起斧头，一横一竖一斜，三斧劈出来一个楔子，砸进去长短大小正好，围观者一片喝彩。轮到乔其出场，他从兜里掏出一把杏核，让对方挑出最结实的一颗。只见他脱下鞋袜，将杏核踩在大脚趾下面。乔其伸手向徒弟要了一把锛，手起锛落，正好把脚下杏核一劈两半，连里边的杏仁也分成两瓣，场上欢呼雷动。下午比试木匠全活儿，老木匠麻利地拼接出一块木板，让外行人找不到接缝。请人用大锤猛砸，木板从旁边裂开，鳔胶接缝纹丝不动。乔其要到晚上表演，把礼堂的一间卖票处腾得一干二净，连一块砖头都不剩，门窗用黑布遮上。晚饭后关了电闸灭了灯，乔其左胳膊夹三尺长一尺宽的一块木板，手里拿一条板凳。右手拿着锯、刨、凿、鳔胶，在对方一人陪伴下走进黑屋里。50分钟后，他在屋里吆喝一声，推闸拉灯，只见一堆刨花、锯末簇拥着一个白茬儿梳妆盒，棱角直正，榫卯均匀，严丝合缝，像变戏法一样让所有的人都目瞪口呆。灯光下微笑着的乔其，头部棱角分明，鼻梁像画的线一样笔直，可能长期吊线的缘故，一只眼大一只眼小，但是目光像斧刃一样雪亮。

擂台赛后乔木匠名声大振，上门请做活的人排成队，都以拥有一件他做的家具为荣。腊月的一天，镇上棺材铺掌柜他爹死了，上门缠磨了三天，乔木匠答应了，但是言明只当掌作，指挥徒弟干活儿。掌柜的摆阔气，要做红松浑六六，棺材盖、厢、底板都要六寸，三块板相接，有弧度。乔木匠只管在客厅喝酒，徒弟们在外边场院动手。快晌午时乔其出来监工，坏了，两块厢板做成一顺的了，因为有弧度，就像买了顺脚鞋，传出去要丢人。乔木匠急中生智，打发徒弟们去吃饭，趁场院没人，点着刨花，又加上自己的棉袄，把一块厢板烧煳了一片。回头跟掌柜的说，天太冷徒弟们烤火，一块厢板不留神烧煳了，为了美观，重做一块，糊弄过去了。

一般棺材，盖板和厢板连接用枣核钉，入殓后用铁锤砸上。棺材铺掌柜要求用榫卯连接，厢板开凿通体燕尾卯，盖板留通体燕尾榫，入殓后平推过去，凸凹吻合。乔木匠一看又坏了，卯大榫小，后边一推，盖板会从前边滑下。乔木匠又计上心来，嘱咐后边人假装用力推，前边人明拽实挡，这一关又过去了，皆大欢喜。送殡的人出发了，木匠留下喝酒。徒弟们夸师傅真神了，乔木匠却真的拉下脸来，每人罚一个月工钱，管教不严，自罚三个月。

小炉匠

早年看小说《林海雪原》和京剧《智取威虎山》，把小炉匠写成坏人，心里愤愤不平。因为从小形成的印象，他们是好人、能人，是穷人的朋友。“七十二行”中他们是最受欢迎者之一，挑着担子走街串巷，边走边喊:“锔盆锔碗呗——锢漏锅来——”

记得 6 岁那年，东院奶奶过生日，包的南瓜馅饺子，送给我一碗。我抱着碗往家跑，想跟娘一块吃。只顾高兴忘了看道，被门槛儿绊了一跤，饺子洒了一地，奶奶的白瓷碗也摔成两半儿，我吓得哭起来。母亲闻声赶到，饺子脏了事小，碗摔了事大。那时人穷，谁家也没多余的碗，母亲急得举手要打，看到我吓得可怜巴巴的，又把手放下，反倒哄起我来。母亲捡起地上的饺子，用嘴吹吹，用水冲冲，送到我嘴里。再拿起瓷碗看看，也并非第一次打破，已经锔过两次了。对我说，等小炉匠过来，锔锔就是了，奶奶也不会怪你的。

第二天果然听到门外吆喝："锔盆锔碗呗——锢漏锅来——"母亲出门叫住小炉匠。小炉匠放下担子，一头是锯碗的小厨，一头是补锅的小炉。锯碗是小活儿，工序较简单。先把碗片对好茬口，然后取出几枚锯子含在嘴里。锯子是铜质的，像钉书钉，只是宽了两三倍，两头尖尖。然后拿起钻具，形似木匠的手钻，缩小了一些。一手把住立柱，柱端是金刚钻。一手拉弓，弓弦缠在柱上，反复左右拉弓，钻头刺进瓷体，冒出粉末。吹去粉末，露出细小钻眼。钻眼在接茬两边，两两相对。最后把锯尖安进钻眼，用小铜锤轻轻砸实，再抹上一点油灰，大功告成。活儿干得麻利，锯子间距匀称，好像上衣上一排对襟扣眉儿。看上去不是修补，而是一种镶嵌艺术。

我把一只完整的瓷碗送还奶奶，从此便对小炉匠心存感激。平时留神谁家有破损家什，便推荐小炉匠。小炉匠可能了，小到茶壶茶碗，大到盆盆罐罐、大缸大瓮，都可以锯好。锯缸锯瓮的钻具更大一些。锢漏锅工序复杂一些。那时尚没有铝锅钢锅，农家都用生铁（铸铁）锅。铁锅损坏有两种，一种是碰破摔裂，也用锯子锯上；另一种是铸造时掺进了沙子，平时无碍，一旦锅铲把沙子碰去，露出沙眼，便会漏汤漏油。补锅时先用细锉把沙眼锉出新茬，然后用一种铁把子，形似铆钉，钉头是一个熟铁片，钉销很短，穿过沙眼，里外都用铜锤砸实调平，锅就补好能用了。

小炉匠也信神，小橱盖上贴着神码，一个白胡子老头，是土地神。有一出民间歌舞《锯大缸》，就是对小炉匠的颂歌。开篇唱词是："挑着担子锯大缸，到处漂流走四方。今天不上别处去，一心要去王家庄。王家庄有个王员外，他家有个好姑娘……"王大娘是旱魃变的老妪，专在人间作乱，被巨灵神追捕。王大娘取死人噎食罐化作黄瓷缸，以抵御巨灵神的雷殛。打斗中缸被巨灵神击裂，觅人修补。观音乃遣土地神变作小炉匠，假作补缸，故意将其打破。旱魃发怒，正欲加害小炉匠，最后被观音请来的天兵天将除掉。故事出自《钵中莲》传奇。京剧也有一出《锯大缸》，又名《百草山》。20 世纪 40 年代，京剧不景气，翁偶虹举办“大合作戏”，“以戏为中心，按戏邀演员”，推出旦角戏“巾帼十绝”。女主角从一至十排列顺序，争芳斗艳，依次是王大娘《锯大缸》、孙二娘《十字坡》、李三娘《白兔记》、张四姐《摇钱树》、虞五凤《霸王别姬》、王三巧（双演）《珍珠衫》、崔七娘《梅花剑》、杨八姐《黄花国》、巴九奶奶《刺巴杰》、杜十娘《百宝箱》。梨园盛世，轰动北平，着实让京剧火了一把。《锯大缸》作为十绝之首，得到了推广。

北方的小炉匠，十有八九出自邯郸地区武安县。那里村村都有小炉匠，人人会唱《锯大缸》，有其历史原因。武安是磁山文化发祥地，境内冶陶是中国炼铁最早的地方，至今保留着古人制陶冶铁的大量遗迹，所以武安出小炉匠便顺理成章了。作为古代文化的活化石“武安傩戏”，演员就手中挥舞瓷瓶铁杵。明清兴起的地方戏武安落子，许多剧目中有小炉匠的形象。武安的小炉匠，一副担子走遍全国，浑身本事无所不能。传说慈禧太后有一把心爱的邢瓷白玉壶，不小心摔坏了，请来武安的小炉匠，修补得天衣无缝，一行锯子设计的美如竹叶。新中国成立初期，鞍山一座年产 10 万吨的炼铁炉开裂，请来许多专家都说没治。最后一位武安小炉匠应征，用锯盆锯碗锢漏锅的办法给高炉打上一行锯子，问题就解决了。小炉匠常说的一句话是：“没有金刚钻，敢揽瓷器活！”

换　笔

20 世纪 90 年代，知识分子开始换笔，拿惯钢笔、圆珠笔的手，乍一把鼠标很不习惯。面前荧屏上那个白色的小精灵像一个顽皮的孩子，在和你捉迷藏，三番五次也捕捉不到，为此便产生了畏难情绪。其实细想起来，这多半辈子已经换过许多次笔了。不过以往换笔只是改良，简单易行，每次都尝到用新笔的甜头。这次换笔是革命，过程复杂，难以操作，感到痛苦。像翻一座山，过后才苦尽甘来。

在我来到这世界之前，中国人已经有过两次大换笔。一是由结绳记事进化为用刀在龟甲兽骨和钟鼎、竹简上刻字，这刀一用就是 3000 年。第二次是蒙恬发明毛笔，蘸着墨水在绢和纸上写字，这笔一用也是 2000 年，都可以称作经久耐用。后来由于文明进程的加速，换笔的进程也在加速，一种笔使用的周期也短起来。

我上小学一年级，用的是石笔。寺庙里烧的线香那样粗细，由石灰粉和石灰岩粉混合而成，灰白色的，两寸多长。石笔书写的对象是石板——黑色石片，一年级小学生书本那么厚，长六寸，宽四寸，外镶一个木头边儿。黑石板上写白字，字迹显明，还可以随写随擦，适合儿童，省钱又实用。我第一次用石笔写字，老师凑过来问，你看这石板像什么，我说像黑夜。又问上边的字呢，我说像星星。老师笑了，说这孩子大了能成为诗人。我说不，衣裳湿了没得换。

小学二年级，改用铅笔，在纸上写出字，写错了用橡皮擦去，比石板石笔复杂了些。老师说写字要横平竖直，不容易做到，要翻来覆去地用橡皮擦，心急了会把纸擦破。母亲怪我，橡皮比铅笔用得还快。标准铅笔是上海出的“长城”牌，深绿色六棱形，四寸长，有的还带橡皮头。我买不起，只能用地方产的，红色圆形，没有牌子，削铅笔时笔芯容易折断，一削再削，有时只剩下个铅笔头。母亲又笑话我，使铅笔像吃得一样快。

上高小（小学五年级）改用蘸水笔。木制笔杆上细下粗，下端插上一个金属笔尖，六七分长，笔尖坏了可以换新的。笔尖上有凹凸，能挂点墨水，存不多，没了得去蘸水。这样写出来的字，粗细浓淡不匀，写写蘸蘸，字迹不连贯。用蘸水笔关键是墨水，有钱人家买成品，常用的是鸵鸟牌的，有蓝、黑两种颜色，两角钱一瓶。我买不起，就从杂货铺里买颜料，蓝色或黑色的，倒在旧瓶子里用水沏开，搅拌一下就能用。五分钱一包颜料，可以顶两角钱一瓶的“鸵鸟”牌墨水用。上学下学端着墨水瓶，瓶盖稍松墨水溢出，就会染手甚至染脏了衣服。后来踅摸用过的青霉素瓶，上面有胶皮盖，墨水就洒不出来了。那时青霉素叫盘尼西林，有油质的和粉质的两种。盘尼西林瓶不大，但是壁厚，不怕磕碰，孩子们常以拥有它为荣。

上初中时兴钢笔了。钢笔的好处是不像蘸水笔那样边写边蘸墨水，笔身里有皮囊，一个缩小了的墨水瓶，吸一次墨水可以用上几天。用钢笔，手感好，感到有分量，书写流利，字迹圆润。有钱人用“派克”牌的，美国货，国产名牌是“英雄”的。笔尖上点金，黄金或者铂金的，耐磨，所以又叫金笔，几十元一支。乡下多用杂牌货，八九角或一块多钱一支。

那时钢笔是文化的标志，别在中山服上衣口袋上，人立刻提了精神，好像画龙点睛一样。由于钢笔金贵，有的人还用毛线织了笔套，笔套的顶部缀两个毛线球，走起来随风摆动。钢笔的重要常常成为衡量一个人素质的焦点。相亲时，女方要看男方有没有钢笔。定亲时，以钢笔做信物。村里闹过这样一个笑话，一个叫小五子的本来不识字，自然没有钢笔，与女方见面时，找了一个钢笔帽别在上衣兜上，下边没有笔身。听他谈吐不行，女方的妹妹说借笔一用，突然伸手抢来，一看只有一个笔帽。小五子露了馅，红着脸说：“家里有，家里有。”女方说：“家里有，你还来干什么？”从此村里歇后语便多了一条：“小五子相亲——家里有。”

随着时代的发展，七十二行又加了一行修笔匠。好钢笔使用久了，金尖磨损大，笔迹就粗了。修笔匠用喷灯熔化一根金丝，用绣花针挑起一点，蘸在笔尖上。冷却后，再用细砂纸打磨一下，就翻旧为新了。杂牌钢笔修理简单，只换个零件而已。

改革开放以后，引进了日本的圆珠笔。开始叫原子笔，是对钢笔的改造和简化。虽然失去钢笔的文雅，但是价格便宜，容易普及。然而就是这种普及，也使它轻易地离开了书法艺术。以往的刀刻创造了大篆、小篆；毛笔创造了隶、楷、行、草，创造了王羲之和颜、柳、欧、赵、苏、黄、米、蔡。而圆珠笔制造了草率、模糊，使汉字失去了应有的魅力。到了电脑时代，大学生只会打字，连书信也不会写了。以码字为职业的作家们更是深受其害，出了书连手稿也没有，被人剽窃，连证据也没有了。还有的忙活了十天半月，电脑生了“病”、中了“毒”，或保存键没按好，十几万字打了水漂儿，还得从头来。

杂牌车

诸葛亮制成了木牛流马，却没能演化为代步工具。1000多年后德国人卡尔·德莱斯发明了自行车，这个人想象力丰富。四轮车古已有之，两个轮前后串联就别出心裁了。自行车简便实用，迅速风靡世界，英国的“凤头”、日本的“僧帽”是国际名牌，像现在的“宝马”“丰田”汽车。不过自行车传到中国，已经是清朝末年了。

我生在穷乡僻壤，孤陋寡闻。对于自行车，10岁前没见过，20岁前没骑过。大学二年级，班里有位天津同学，推来一辆自行车，农村出来的学生排着队跟自行车“摔跤”。轮到我，推到校门外卫津路上，人高腿长，上去下不来，不会转弯，不会捏闸，自行车像脱缰的野马，眼看要撞着人了，急中生智冲向一根电线杆，两手抱住，“野马”跌进卫津河里。

1962年我毕业到邢台县工作，过惯了“出无车吃无鱼”的生活，第二天步行100多里下乡去。当时交通落后，全县只有一辆美国吉普、一辆“解放”牌卡车。开现场会，书记坐吉普，常委坐卡车，县干部一半“骑兵”一半“步兵”。邢台是个大县，东西200（里），南北80（里）。干部们常年下乡，急需自行车。我开始坐“二等”，看前面的骑车人体质不好，浑身冒汗，不落忍，也想买辆自行车。

新中国成立初期，全国只有上（海）青（岛）天（津）三个自行车厂，上海的“永久”“凤凰”，天津的“飞鸽”“红旗”，青岛的“金鹿”，倒蹬闸。一辆“永久”“飞鸽”一百六七十元，我工作第一年试用期工资每月46元，买一辆新车，不吃不喝也得四五个月的薪水。姐夫说花钱攒一辆吧。自行车的结构是四个三角两个圆，主要零件是车架、前叉、车把、前后轴、中轴、脚蹬、飞轮、前后轮、链条、鞍座、前后闸。这些零件都可以买到，花40多元就组装出一辆二八的杂牌车。头几天吱吱扭扭老出毛病，过了磨合期就可上路了。

有了自己的坐骑，乘兴下乡，杨柳列队，禾浪起伏，眼前的目标一个个甩到身后，真有骑马出征的感觉。恰如诗中所道：“来时欲尽金河道，猎猎轻风在碧蹄。”（唐·张仲素）县干部没有宿舍，自行车尾架上带着行李，到哪哪是家。有时做中心工作，集体出发，自行车队一字排开，如同雁阵，正所谓“芦花月底寄秋情，阵影南飞势不停。一画写开湘水碧，半行草破楚天青”。（元·谢宗可）

三两个月下来，车人合一，形影不离。尽管是“杂牌”，也愿意把它打扮得漂漂亮亮。一有空就给它相面，这儿擦擦那儿摸摸，车把、车圈擦得锃明瓦亮，能照见人影。发现一个锈点，就像自己脸上长了雀斑一样，涂机油抹牙膏，不除去睡不安稳。车身上油打蜡，一尘不染。有时过河沟，怕泥水玷污，不惜扛车过去，让车骑我。同事笑话：“怪不得你搞不上对象，爱车爱得太专一了，姑娘们进不了你的视线。”

一分钱一分货，图贱买老牛，杂牌车毕竟靠不住，不久就出了问题。一次我从大贾乡回来，一路下坡，还有一处 40 度陡坡，车闸忽然失灵，后闸松不制动，前闸紧又收不回。马失前蹄，人仰车翻，栽到沟里，擦擦脸上的血，一瘸一拐站起来，只见前车圈拧成了麻花，钢珠撒了一地。前不着村后不着店，找不到修车的，又让伤车骑了我十几里地。

杂牌车也有好处，能把骑车人培养成修车人。我经常拆拆卸卸，懂得了车的结构、原理，更是产生了兴趣。新车变旧车，前梁上绑个打气筒，横梁上挂个工具袋，装有花扳、改锥、钳子、剪子、胶皮、胶水、气门芯、黄油、钢珠等，工欲善其事，必先利其器。

经常干的修理活之一是补带。钉子扎破带，先卸下外带，再扯出内胎，打上气放进水盆里，冒气泡处就是伤口。用钢锉锉出新茬，剪一块胶皮，抹上胶水，补在患处，用手压一会儿，带补好了，10 分钟就可重新上路。

之二是换钢珠。自行车浑身滚珠轴承，前后轴、中轴、前叉子、脚蹬都有珠碗。听到杂音就要换珠子，不然残珠就会把轴承啃坏。挑出残珠，换上新珠，排列整齐，再以黄油固定，就完成了保养。

之三是拿龙。邢台县是山区，道路崎岖坑洼不平，100 多斤体重压在车轱辘上，着力不均，车圈就会变形失圆。毛病在同一平面上好办，调整辐条，松的紧紧，紧的松松，反复调试，车圈就会恢复滚圆，这套活儿叫拿龙。车圈要是扭曲，脱离了平面，就叫实龙。实龙光靠调辐条还不行，需要送交修车铺“重刑伺候”，才能校正过来。自行车多了，修车的也多了，有的开铺子，有的在马路边，不比饭馆少。

骑了几年车，跑了几年山路，使我懂得了，人生也是一辆自行车，需要经常保养，不断膏油，不断拿龙。

在那1958年

放“卫星”的日子

新中国成立以后，群情激奋，国民经济逐步恢复，第一个五年计划顺利开展，到 1957 年底全面完成。为了尽快改变中国贫穷落后的面貌，党中央在 1958 年正式制定了社会主义建设总路线，并发动了“大跃进”和人民公社化运动。

“大跃进”农业一马当先，关键是粮食产量。《一九五六年到一九六七年全国农业发展纲要（草案）》提出，粮、棉每亩平均产量在 12 年内分别由 150 斤和 35 斤增加到 400 斤和 60 斤。如何完成指标，中央号召“解放人的思想，发挥人的主观能动性”。《人民日报》更是概括为“人有多大胆，地有多大产”。

1958 年上半年是我高中最后一个学期，面临毕业，可是大家高度兴奋，无心复习功课，天天盯着报纸，报纸上一天一颗“高产卫星”。开始是小麦，6 月 8 日河南遂平县卫星农业社平均亩产 2105 斤，6 月 11 日河北魏县六座楼公社亩产 2394 斤，6 月 18 日河南商丘双楼公社 4412 斤，6 月 30 日河北安国 5103 斤，7 月 12 日河南西平 7320 斤。接着是早稻，6 月 26 日江西贵溪亩产 2340 斤，7 月 9 日福建连板 3000 斤，7 月 22 日福建闽侯 7275 斤，8 月 1 日湖北孝感 15000 斤，8 月 13 日湖北麻城 36900 斤，8 月 22 日安徽繁昌 43075 斤，9 月 18 日四川郫县 84525 斤。最后出现了天文数字，青海赛什克农场小麦亩产 8586 斤，广西环江县早稻亩产 130435 斤。

那一年 9 月，我在一片欢庆的锣鼓声中来天津上大学，开学不久就去东郊新立村参观水稻卫星田。密实的稻穗像堆起一方金黄的平台铺着金黄的地毯，人可以站在上面大步走。就像一首民歌描写的那样:“玉米稻子密又浓，铺天盖地不透风，就是卫星掉下来，也要弹回半空中。”作为一个青年学生我深信不疑，连晚上做梦都在稻穗上打滚呢！直到半年以后，班上一位同学悄悄说，那是用40亩即将成熟的稻子挖来堆积在一起，怕捂霉了，中间安上管子，夜里用鼓风机往里吹风。不久这位同学便被戴上“右倾机会主义分子”帽子，被轮流批斗。

谎言是虚伪的影子，随着“大跃进”虚张声势，“大跃进”民歌应运而生，浮夸之风成为那个时代的主旋律，全国各地涌现了一大批推波助澜的民歌。“高粱长得穗儿大，长到天宫织女家，织女低头往下看，碰了一头高粱花。”“谷穗长得不够长，黄河上边架桥梁，四辆卡车并排过，挤在上面不晃荡。”“一个米粒煮一锅，一个玉米装一车，高粱秆上安电线，坐着瓜皮过黄河。”“稻米赶黄豆，黄豆像地瓜；芝麻赛玉米，玉米有人大；花生像山芋，山芋超冬瓜；蚕长猫一样大，猪长像大象；一棵白菜五百斤，上面能站个胖娃娃。”

这些吹破牛皮的东西，今天看来都是不足挂齿的假话、胡话，可当时被推崇为是“群众共产主义文艺的萌芽，是社会主义新时代的新国风”。大诗人郭沫若也备受传染，写了一首《迎春序曲》:“赶上英国只需要十五年，农业纲要七年就可实现；一个大跃进连着一个大跃进，英雄气概可以覆地翻天。看吧，要把珠穆朗玛铲平！看吧，要把大戈壁变成良田！劳动人民历来就是创世主，在今天更表示了他的尊严。”并和周扬在这个基础上编选了一本《红旗歌谣》，被认为是写作的范本。不怕人笑话，我本人就是在这般喧闹声中登上诗坛的，早期作品经常带着这一时代的烙印。后来为洗刷去这些胎记，差不多用了两倍的时间和气力。

钢铁元帅升帐

1957 年 11 月，64 名共产党、工人党的代表齐集莫斯科，发表《莫斯科宣言》，要与资本主义阵营搞竞赛。赫鲁晓夫慷慨宣布，15 年苏联钢铁赶上美国。我国也毫不示弱，说 15 年中国钢铁超过英国。当年中国钢的产量是 535 万吨，英国是 2099 万吨，也就是说中国要在 23 年内走完英国 100 多年钢铁发展之路。按照这个计划，1958 年我国必须要生产 1070 万吨钢。

可是到了 1958 年 8 月北戴河会议时，仅产钢 453 万吨，而时间已经过去三分之二。大会决议："书记挂帅"，一切保钢，指标落实，土法炼铁。立时"钢铁元帅升帐"，地无南北，人无老少，人人披挂上阵，全国上下笼罩着咄咄逼人的紧张空气。

那年我刚入大学之门，各年级都在操场上砌"土高炉"。天津籍的同学受命带领新生走街串巷找废铁，一无所获后只能把小分队引到自己家里翻箱倒柜。进展不利时，团支部派我回乡，寻求城乡结合之路。回村后情况大不相同了，乡里绝不像城里那样文明行动，乡党委书记为保乌纱帽早急红了眼，组织小分队挨家挨户翻个底朝天，小到锥子、剪刀、锅铲、饭勺，大到锄头、粪叉、犁铧、水车，凡是敲起来有响声的一律送到"土高炉"冶炼。轮到一个老奶奶家，老人眼泪汪汪地说，连缝衣针和顶针都收缴，只剩下这口吃饭锅了，衣服可以不穿，饭总得吃吧。再说你们收废铁，它还不破。民兵指导员上去端详了一会儿，砰地一锤把它砸了，还说："看！这不是破了吗？"老奶奶应声瘫倒在地上。

村里少见青壮男人，都到沙河山区炼铁去了。我随着后勤队伍到那边去，牛车、马车、手推车，一路红旗飘飘，大有当年解放战争支援前线的阵势。傍晚赶到目的地，几十平方公里的丘陵，布满了千军万马。属于我村的几座小高炉，砖石砌成，七八尺高，像日本入侵时期的碉堡，填满了就地采来的铁矿石，燃料也是当地挖来的烟煤，加上刚刚砍倒的树干树枝。对准炉口的是几个小鼓风机和农民做饭用的大风箱，呼噜噜，呱嗒嗒，炉顶少量火苗多半浓烟。毗邻的兄弟村镇阵地也大体如此，放眼望去，整个山谷浓烟滚滚，火光冲天，火星四溅，喊声如雷。炉边农民黑脸长须，眼珠比铁水还红，口中念的是工地流行的“大跃进”民歌：“高炉建在太行山，炼出铁水似河川，铁水滚滚似火龙，能把地球绕三圈。”“钢水红似火，能把太阳锁，霞光冲上天，顶住日不落。”“炼铁炉，高又高，青烟直上九重霄，玉皇高叫受不住，熏得泪水往下掉……”大诗人郭沫若填了一首词《声声快》，以反映当前一天等于 20 年的“大跃进”高潮，因而把词牌《声声慢》改为《声声快》。“轰轰烈烈，喜喜欢欢，亲亲热热密密，六亿人民跃进，天崩地裂。一穷二白面貌，要使它几年消失！多益善，看今朝，遍地英雄豪杰。八大煌煌决议，十九字，已将路线总结。鼓足干劲，争赴上游须力！多快更兼好省，更增添，亿吨钢铁。加紧地将社会主义建设。”

我在工地滚了一星期，衣服烧成了破渔网。国庆节前回到学校，正逢 9 月 29 日“钢铁卫星日”。那天，报上公布全国日产钢近 6 万吨，铁近 30 万吨，出现了 9 个日产铁万吨以上的省，73 个日产铁千吨县。之后“卫星”像节日里的炮仗一样大放起来，一向寸铁不产的广西鹿寨日产生铁 20 万吨。山西省建成“世界最大的高炉”，把一个百米高的峡谷两头一堵成为炉体，一层矿石一层木头，从谷底堆到山顶。这样一来，到 1958 年最后一天，全年钢产 1108 万吨，正好突破了“1070”。

五年之后，我又回到沙河，正是 1963 年特大洪水之后。当地人说这场特大洪水与大炼钢铁不无关系，因为“土高炉”血盆大口吞吃了一方几十万亩森林，使本来郁郁葱葱的太行山，变成了“山是和尚头，坡是光屁股”。只剩下成千上万个“土高炉”的遗体，像黑色的豆腐渣、狗屎堆，被洪水和山风嘲笑着。

化妆下田

1958年，“大跃进”从农业开始。《一九五六年到一九六七年全国农业发展纲要（草案）》提出，12年内粮棉每亩平均年产量要分别达到400斤和60斤。任务下达，层层加码，步步提高，指标改了又改，突破又突破，新口号层出不穷，“乘汽车、坐直升机、射火箭、放卫星”，豪言壮语成了神话，雨后春笋般的新民歌则成为“大跃进”的精神动力。

当时有个最普通的口号叫“干劲冲天”。农民赤手空拳或者用原始劳动工具战天斗地成为新民歌的主题。四川有首民歌最有代表性，“天上没有玉皇，地上没有龙王。我就是玉皇，我就是龙王。喝令三山五岳开道，我来了！”这个天府之国还有两首经典的民歌，一首是：“山歌一声吼，万人齐动手。两铲几锄头，大山被搬走。”另一首是：“一阵锄声卷入云，惊动天上太白星；拨开云头往下看，呵！梯田修上了南天门。”陕西也有一首传唱一时的民歌：“铁镢头，二斤半，一挖挖到水晶殿。龙王见了直打颤，就作揖，就许愿，缴水，缴水，我照办。”安徽的民歌牛皮吹得更大：“月宫装上电话机，嫦娥悄声问织女：‘听说人间大跃进，你可有心下凡去？’”

华北平原民风朴实，不像天府之国那样浪漫，民歌也相对朴实一点，可是在精神上是一脉相承的。河南一首民歌《赞群英》：

“男女老少齐出征，青年劲头赛赵云，壮年力气赛武松，少年儿童像罗成，老年干活似黄忠，干部计策胜孔明，妇女赛过穆桂英，社员个个胜古人。”这些历史人物的籍贯都在冀鲁豫三省，土生土长，似乎更容易理解，更可操作一些。但是在那个狂热的年代，有些人像中了邪似的，做出了一些丧失理智、不可思议的举动来。

在邯郸和聊城交界处的一个县，两个邻村搞对手赛。甲村干部就把那首民歌《赞群英》付诸实践了。京剧有一出戏叫《描容上路》，他们搞的是“化妆下田”。上工的男女老少打扮成赵云、武松、罗成、黄忠、孔明、穆桂英的样子，勾上脸，穿上村剧团的戏装，挥舞铁锨、锄头，踩着锣鼓点，“急急风”地跑出村，庄稼地里舞枪弄刀。这一下可出了彩，县报头版头条隆重推出，还配了几幅照片，支部书记在县礼堂披红挂彩，典型发言，甲村人人扬眉吐气起来。

乙村的干部群众坐不住了，召开“神仙会”让大家献计献策。他们不就是把一首民歌落实了吗，咱把上级提出的口号落实了，不是更带劲吗？上级号召“甩开膀子干”，俺们妇女们就光着膀子下地，抡圆了干，叫他们刮目相看。让妇女们光着膀子下田干活，毕竟悖于常理，会场立时骚动起来，七嘴八舌。妇女主任是个有名的“二百五”，连吓唬带喊叫：“甩开膀子干，一个也不能少，谁不同意就辩论她！”那时的辩论不是动嘴而是动手，大家围个圈儿，让被斗的对象站在中间，像筛面一样把他推来搡去，直到头晕眼黑，低头求饶。那时的政策是宁“左”勿右，一部分人被形势所迫，捏着鼻子答应了。也还有一部分人被社会思潮所左右，认为理所当然，跃跃欲试呢！

公社干部把乙村的创举当作得意之作，请上级来视察，内容秘而不宣，要给领导一个惊喜。一位副专员来了，在地头下了吉普。时逢农历六月，妇女们正光着膀子在棉花地里整枝打杈。副专员高度近视，只见路边白花花一片。心里想，果然是“大跃进”

时代，只有想不到的，没有做不到的。这里的棉花提前两个月就到了中喷（棉花集中成熟采摘期），副专员抑制不住惊喜、激动，紧走几步到达田间，就要凑过去看、伸手去摸，想不到脸上被重重掴了一巴掌。

副专员明白是怎么一回事后，并不发怒，反而眉开眼笑地把妇女主任叫到身边，正儿八经地说："什么叫敢想敢干，这才是敢想敢干。回头你准备一份材料，到地区群英会上讲一讲，我带头鼓掌。"

八大嫂闹深翻

二十世纪五六十年代，流行一出歌舞演唱《八大嫂闹深翻》。歌词是："鸡叫三遍亮了天，放下锅铲拿起锨，八个大嫂跑得快，公社田里闹深翻。地球从来不讲穿，千年一件旧布衫。今天翻新给你看，还要把那穷根儿剜。"

1958 年小麦放高产卫星，河南省长葛县亩产 7000 斤，经验之一是深翻土地。9 月 2 日《人民日报》社论语："从今年秋种开始，要求各地做到冬小麦、油菜及其他越冬作物，都种在深翻地上。"于是深翻土地作为提高单位面积产量的重大措施，在全国农村迅速推广起来。正是秋收秋种大忙季节，精壮劳力被抽调大炼钢铁去了，这个任务便落到留守村中的妇女和老弱病残身上。"一人一把锨，吃住在田间，遍地红旗舞，哪管腰疼腿又酸。"可怜一双双织布绣花手，被锨把磨出了水泡，水泡又变成血泡，手掌上贴满了胶布，揭下胶布就露出了老茧。

长葛县的标准是土地要深翻一尺，各地又层层加码，增加到二尺、三尺。具体操作是，先在地畦挖出一个深沟，再把地表土层填到沟底，最后把翻出的新土铺在上面。这样算下来，一分地的工程量就是十几个土方。一位妇女，起早贪黑，使尽吃奶的力气，一天才能干完。深翻一亩地需要 10 天，就凭这些娘子军，两三个月也完不成。何况肚里没食、手上没劲，不能敞开肚皮吃，生产队食堂粮库已经空虚，饭碗里“瓜菜代”多起来，社员身体日渐虚弱，深翻进度放慢下来。干部们加紧督阵，搞评比、插白旗也无济于事，不少妇女哭天抹泪，也有的虱子多了不怕咬，豁出来“坐牛车”。生产队三天一评比，进度表上墙，快的坐飞机，中等的坐汽车，慢的坐老牛破车。社队干部怕上一级也如此评比自己，急得像热锅上的蚂蚁。

想不到形势出现了转机，妇女们深翻的积极性爆发起来。起因是邻居大嫂深翻地挖出了一个田鼠洞，发现了地下“粮库”。田鼠是农民的敌人，以偷窃庄稼为生。小者三五寸，大者尺把长。前掌外翻，“反巴掌”像一把铁耙子，嘴巴尖锐像一个钻头，多么坚硬的土层也能拱开。这个小小的“掘土机”，善于打洞，一个 50 厘米长的田鼠，一天能挖 20 米长的“地道”。并将挖出的泥土不断运送到地面上，每小时可以搬运 30 斤。由于长期在黑暗中生活，它们视力退化，眼睛细小，俗称“瞎劳”“瞎迷猪”。可是它们触觉敏锐，遇到异样情况可以迅速逃遁。田鼠又分鼹鼠和鼢鼠两种。前者活动在浅土层，拱地为了找蚯蚓吃，凡它经过的地面，有一条明显的隆痕。鼹鼠洞贮藏着很多蚯蚓，头被咬断，躯体还活着。鼢鼠又叫地羊，习惯垂直打洞，可以打两三尺深。地羊是“地道战”的高手，打出的洞粗粗细细，分枝分叉，时堵时通，真真假假，好像一个迷魂阵，不知那个“老将”躲在哪里。

这位大嫂找到了鼠洞，“老将”已经弃城逃跑，“粮仓”安然留下，大批“给养”整整齐齐地码放着，大嫂惊叫了一声，众人围观上来，收缴“战利品”，差不多有一篮花生、多半筐黄豆、一簸箕玉米。不知是什么先进的“保鲜”技术，洞里的粮食不霉不烂，新鲜如初。只有仓库边缘的豆粒因为接触潮湿泥土，生出了短芽。大家如获至宝，庆贺胜利。捡了一堆柴草，用火柴点着，上面铺一层花生，花生上面不断加柴草。烟缕火光下，香味缓缓溢出。最后明火熄灭，又用草木灰焖了一会儿，花生熟透了，大家迫不及待地动手剥吃起来，每人吃了一个黑嘴，用手一抹，又成了一个花脸，面面相觑，笑得前仰后合。烧花生吃完了，剩下的黄豆、玉米用衣裳襟兜着，交给了食堂。食堂磨了一盘豆腐，蒸了一锅窝头，生产队改善了一次生活。

鼠洞获粮一举，点燃了社员们的热情，不用动员，大家就掀起了一个深翻土地的高潮。尽管不是每人每天都有所斩获，整个村子三五天才能传出一个找到鼠仓的消息。但是一旦找到，消息就不胫而走，又煽动起大家心中的火焰。脚踩在铁锨上就更加有劲，锨刃碰到土层就更加锋利，眼瞅着深翻的进度加快。虽说是歪打正着，可是引起了公社领导的重视，在村里召开了加快深翻进度现场会，第一个挖鼠洞的大嫂的照片上了县报。省报的记者更是望风捕影，说是这个生产队社员提高阶级斗争警惕性，捉住了一个监守自盗的仓库保管员，从一个旧地道里搜出了大量粮食，调动了广大社员深翻土地的积极性。

村里深翻土地的任务完成了，全部种上了适时麦。入冬以后，大炼钢铁的男人们回来了，他们握着女人满是老茧的手流泪了，由衷地感激她们。但是令人没有想到，一场轰轰烈烈的深翻土地运动，动机和效果并没有统一。种在深翻地上的小麦，第二年非但没有丰收，反而减产了。县农业技术推广站的一位副站长，躲在家里打自己的耳光，说自己明明知道深翻不科学，把含有腐殖质的熟土埋在下面，麦根扎在营养贫瘠的新土上，庄稼自然长不好。可是一棵小草在大风面前无能为力。

一炮崩出个水库来

1958年“大跃进”，中国人的狂热也影响到了在华的苏联专家，他们把“定向爆破堆石坝”的技术介绍给中国，说用它修建水库最符合“多快好省”地建设社会主义总路线。

定向爆破堆石坝，就是利用炸药的爆炸能量，把山体岩石按预定方向抛掷，在设定的地点堆筑成水库大坝，以代替人力或机械的挖、运、填、轧实等工序，功效高，速度快，省劳力，投资少，工期短，技术设备简单，且不受地理条件和施工季节限制。中国水利部和省水利厅经过调查研究，把试点选在邢台县东川口。

东川口位于太行深山区和丘陵地的交界处，七里河由西向东流过，峡口背后有个小盆地，正好可以兴建一个中型水库。七里河发源于西部太行山的马跑泉，那里本来林密草盛，后来因为乱砍滥伐，植被破坏，水土流失，山成和尚头，坡是光屁股，满沟大石头。洪水来时一泻千里，激流滚滚。山洪过后，流水渗漏，暗暗流去。当地人管它叫“泻肚子河”，越泻沙越多，土越瘦，人越穷。一位民工说，他过去闹肠炎，吃了就拉稀，别的药不灵，吃“金霉素”就不闹肚子了。如果定向爆破能根治“泻肚子河”，那它就是“金霉素”。

1959年1月13日上午，一行38辆大汽车向太行山驶来，卷起一路飞尘。10点钟，到达东川口东边、黄店村南山的观炮台，一排新扎的席棚。他们当中有苏联专家，有37个中央部委的代表，25个全国省、市的代表，共计400余人。不知是寒风刺激还是过于兴奋，个个面部通红，眼睛放光，聚精会神地期待着那个神圣时刻的到来。方圆十里以外的山头上站满了人，他们是奉命撤到安全区的群众和闻讯赶来看热闹的人们，光秃秃的山岭上好像一下子长出了一排排小树。几万双眼睛盯着峡口南面一座山峰，紫褐色的山头在那里已经沉默了亿万年，没有人注意它，甚至连个名字也没有。如今它有幸被专家们选中，作为中国第一个定向爆破的试点，下部被开挖了若干药洞，埋进了204吨黄色炸药，只要一按电键，随着惊天动地的一声巨响，它便一鸣惊人天下知了。

11时55分，三声信号炮响，所有人都屏住呼吸，瞪大眼睛。12时整，总指挥按下电键，电流通过电线冲进药洞，触动雷管点燃炸药。说时迟，那时快，只觉得脚下松软了一下，山峰从西面骤然断裂，接着像海啸裹胁海水一样，把整个山头高高举起，飞过天空，重重抛下。此后才听见一阵沉雷，地动山摇，飞沙走石，浓烟滚滚，弥漫山谷。那连环炮声不仅在耳膜经久不息，还钻进人们的胸膛，跳动不止。20分钟后，烟雾渐渐散去，只见峡谷中平地呈现一座新的山头，堵住了峡口，一座庞然大物似的大坝眨眼间形成了。真神了，幼时读《封神演义》，仙人们移山倒海之法也不过如此吧。

经工程技术人员测量，爆破石方13.5万立方米，落到坝上7万立方米。这样的大坝如果用人工，至少需要70万人。而定向爆破只用清理坝基、开挖药洞等3万人，真的多快好省了。稍加修整后，高峡出平湖，赞歌鹊起。“一炮能造千米坝，一炮能移千丈山。一手提起七里河，霎时挂到高山尖。”“当年霸王力拔山，召集我们把山搬。要让五帝观新景，南天门上划彩船。”“大红旗下逞英豪，端起巢湖当水瓢。不怕老天不下雨，哪方干旱哪方浇。”

人们的头脑处于高度亢奋之中，便没有了深思熟虑，听不得不同意见，只图多快省，忽略了一个“好”字。一炮崩出个大坝，基础不牢，也没有层层夯实，表面上巍巍然、煌煌然，其实是一豆腐渣工程。东川口水库成为悬在坝下黄店村头上的一颗定时炸弹。

噩梦终于发生了，定向爆破堆石坝仅仅支撑了四年多。1963年8月初，邢台山区24小时降雨950毫米，被气象学界命名“63·8”特大暴雨。8月4日上午9时45分，洪峰漫过坝顶，2060万立方米蓄水超过204吨黄色炸药的能量，大坝根基不牢，一下子被推倒，在洪流中翻起了跟斗。百丈水头像一面墙一样颓倒下来，首当其冲的黄店村一个漩涡便没了踪影。灾难发生在夜间，令人猝不及防，黄店村103人葬身洪水，其中包括3名驻村县干部、5名水文站职工。一个社员抱根木头，一直冲到天津静海县。洪水肆虐势不可挡，所到之处，房倒屋塌，良田被毁，下游10个村庄被淹，50里以外的京广铁路被拧成了麻花，直接经济损失60亿元。四年之前一声炮响，四年之后一场浩劫，之间因果关系如何，令人想都不敢想。好在1963年之后定向爆破堆石坝这项技术在中国被封杀了。

除“四害”小记

传统京剧有一出《除三害》，把南山猛虎、长桥孽蛟和横行乡里的恶霸周处并列。20世纪50年代，“反胡风”、反右派的同时，在全国掀起了一场轰轰烈烈的“除四害”运动。《一九五六年到一九六七年全国农业发展纲要（草案）》里，号召在12年内，在一切可能的地方，基本上消灭老鼠、麻雀、苍蝇、蚊子。那时我正在上高中，每星期都要完成上交老鼠尾巴和麻雀爪子的任务，卫生室门前战利品堆积成山。

苍蝇、蚊子、老鼠，人人喊打，早已形成了习惯。但对麻雀宣战，不少人还心存疑虑。为了加强舆论宣传，报纸、电台连篇累牍地历数麻雀的罪状，耸人听闻地宣传麻雀一年要吃掉多少粮食。还动用民歌、快板等文艺形式对麻雀进行丑化。比如有一个相声，讲一个人进公园，从树丛中走过，冷不防头上掉下来“天粪”，落在脖领里，你说晦气不晦气。报刊“生活知识”专栏里介绍麻雀的吃法，红烧、干炸、香酥、糖醋等，清炖麻雀加上一点天麻可以防治高血压、心脏病。这一招儿更灵，因为调动起来6亿张嘴，比枪口厉害得多。

连中国科学院院长、大诗人郭沫若也发表了一首《咒麻雀》：“麻雀麻雀气太官，天垮下来你不管。麻雀麻雀气太阔，吃起米来如风刮。麻雀麻雀气太暮，光是偷懒没事做。麻雀麻雀气太傲，既怕红来又怕闹。麻雀麻雀气太娇，虽有翅膀飞不高。你真是个混蛋鸟，五气俱全到处跳。犯下罪恶几千年，今天和你总清算。毒打轰掏齐进攻，最后方使烈火烘。连同武器齐烧空，四害俱无天下同。”

一时间，全国上下同仇敌忾，天罗地网，杀声震天，打起了一场围剿麻雀的人民战争。除治麻雀的办法多：个人用鸟枪、弹弓打，筛子、盆子扣；集体敲锣打鼓，拉鞭放炮，挥舞红旗，摇动扫帚，齐声呐喊，追得它们疲于奔命。麻雀耐力差，飞一阵就体力不支落下喘息，不停地被轰赶，就会累死。晚上掏窝，树杈上、屋檐下、椽子缝里，用手电一照，麻雀就惊呆了，然后两手一捂，逮个正着。漏网的也会撞墙碰树，束手就擒，因为麻雀都是夜盲眼。最有效的战术是到屋檐下、椽子缝捣雀窝，杀仔灭卵，让它们断子绝孙。

果然战果辉煌，报纸电台天天公布战报，“人民首都不容麻雀生存，300万人总动员，一天歼敌八万三”“上海人民大战一天，灭麻雀捣雀蛋25万只……”河北省有些地方还扩大战场，开展打狗运动。那时大家都穷得叮当响，贫富差别小。无产阶级专政铁拳下，治安良好，路不拾遗，夜不闭户，到处是“玻璃村”“水晶户”，可以“走狗烹”了。村村杀狗吃肉，狗肉汤浇灌丰产方，还可以创高产，“放卫星”。群情激奋，大有“要消灭一切害虫，全无敌”的气概。

后来有生物学家冒死为麻雀请命，说它们只是在夏季啄食庄稼穗子，其余三季都以草籽和抛撒的谷粒为食，且生育期间大量捕捉害虫，功大于过。并举例18世纪普鲁士曾下令灭雀，结果生态失衡，害虫肆虐，大量果树绝收，得不偿失。有人还以鸟类学家的名义，用自己的生命为麻雀担保，请求收回成命。于是为麻雀划两个可以自由活动的特区。到了1960年又发出大赦令：“麻雀不打了，代之以臭虫。”至此，麻雀这一人类的朋友才得以幸存，没有绝种。

聚　会

算一算我们高中一个班的同学，在这座城市不下30名，可是聚不到一起，总有人算旧账，一提就翻脸，说什么“坐不同桌，行不同车，有他没我”。究竟有什么大不了的事情呢？

1958年正月开学，剩下最后一学期了。大家铆足劲儿备战高考，到了最后冲刺阶段，偏偏赶上“大跃进”。学校制定了一整套教改计划：山区植树，丘陵抗旱，平原修水库，加起来两个多月。这对苦读十年、立志上大学的同学们无异于当头一棒。发发牢骚，讲讲怪话，甚至上书校方，都是情理之中的。但有人告密，正好学校要在各班抓典型，杀鸡给猴看，班干部如临大敌，连夜开会，划分左、中、右，开展批判斗争，最后材料装入档案。一部分同学因此未被录取，或者限制专业。为首的马英才，不仅不让高考，还被戴上“帽子”，遣送回家。班干部、积极分子都录取一二类学校，还有的免试保送。相比起来，天上地下，于是便结成了死疙瘩。

今年学校搞50周年大庆，按历届班次召集，校长找到我们原班主任古老师。古老师深知其难，琢磨来琢磨去想到了我。原因是我一介文人，不官不民，亦官亦民。加上当时年龄最小，不大懂事，处于中间状态，便于从中协调。看已经退休的古老师的面子，我答应下来，查地址发通知。马英才不知去向，往他老家的政府发了一封信。一切就绪，期待着40年后同学相聚，“相逢一笑泯恩仇”。

12月1日上午9时，陆续来人了。先来的是班干部、积极分子，多数是中学教师，他们诚心诚意，有的还带来些花生瓜子、香烟白酒之类。当年的美术科代表韩喜，花半月工夫给每人写了一个斗大的“寿”字，并说有的瘦长、有的矮胖、有的削肩、有的驼背，尽量体现每人的形体和性格特点。当年的活宝王说，不尽然，看那个张某，统购统销减定量，最能抢稀粥喝，嘴不怕烫，别人才喝半碗，他都盛第三碗了，直喝到顶住嗓子眼，不能低头猫腰为止。还有那个李某，看见女同学眼便直了，目光像带着钩子，都没有表现出来。大家说说笑笑，亲亲热热，古老师的半边脸上也放晴了。

还有一些人迟迟未来，校办频频派人来问。他们当中有的当了领导，身份不同了，古老师一趟趟出门巴望，怕他们不来。将近11时才来，小汽车径直开到教室门口，没理会古老师的笑脸相迎，例行公事般握手、寒暄，对班干部伸来的手视而不见，那几位立刻背过脸去，给他们一排屁股，空气立刻紧张起来。幸好大喇叭响起来，招呼大家到礼堂去开会。

毕竟40年了，鸟枪换炮，席棚变成窗明几净的大礼堂，有头有脸的被邀请上主席台，但是校长致辞时他们显然没认真听，有的低头沉思，有的昂头看天花板，大概已经陷入痛苦的回忆。年轻的校长尚不知道历史背景，只想让他们为母校增光添彩，不知道他们曾经受过的委屈。话筒一一送到面前请他们表态，没人肯讲，有一位还说："不说了，说起来话长。"没提防麦克风把悄悄话传出去而且放大了，会场引起骚动。

举办校庆的目的，除了壮声威、扩大知名度以外，还有搞募捐、拉赞助的意思。几位领导干部不肯慷慨解囊，吃喝一顿，抹抹嘴走了，不是兜里没钱，而是心里算着另一本账。倒是那些普通的中学教师，三十五十、百八十的，掏出来交给古老师，加起来不够一顿宴会钱。那个美术科代表韩喜，把几张没发出去的"寿"字撕个粉碎，扬了一地。

聚会果真失败了，偌大的教室，只剩下古老师和我，相对无言。忽然门外轰隆隆摩托声响，风风火火进来一个人。哎呀，是马英才，简直是从天上掉下来的！他说"通知"今天上午才转到手，二话没说就赶来了。古老师觉得对不起这个学生，说话吞吞吐吐。马英才毫不计较，说话还和青年时期一样爽朗。他说 40 年了，无时无刻不想着这个集体，做梦也和大家在一起。回家以后，长期抬不起头来，后来盲流到青海，种过地喂过马，"文化大革命"开始一个村一个村地画毛主席像，一边画一边赎罪。"清理阶级队伍"时，又一次被遣送回家，30 多岁还没娶上媳妇。20 年痛苦经历当笑话说，听得我和古老师越发心里难受。

马英才结局还不错，改革开放以后，凭中学时期学到的一些知识，办起了一个化工厂，知识不足又上函授大学，本科毕业又读研究生，他上中学时就是高才生。搞工厂经营不错，有了上千万元的资产，这次要拿出 300 万元捐献母校，盖一座现代化的实验室，购买整套设备。他不计较过去，说 1958 年"教育改革"也是一种实验。所有科学实验的过程，都是先经过许许多多的错误，才能求得真理。在这个过程中先遇到错误比到最后结论时才发现错误要好多了。

古老师听得目瞪口呆，直到马英才把一张汇票交到他手中，才如梦初醒。他老泪纵横，泣不成声，说刚才那几个同学，如果有你这样的胸怀就好了，他们的思想像瞳孔，光线越强，收缩得越厉害。不会宽恕，生命就会被永无休止的仇恨和报复所控制，一个不肯原谅别人的人就是不给自己留余地，要知道，每个人都有犯错误而需要别人原谅的时候啊！

马英才眼圈发红，说道："40年了，我没忘记古老师课堂上的一句话，办大事的人，不忌受小怨。记得一个哲人说过，'上帝让我们挑着一副担子来到人间，前边筐里装的是别人的过失，后边筐里装的是自己的错误'。按常规来说，就是只看别人的过失，而看不到自己的错误。我想应该掉过头去，只看自己的错误，而不看别人的过失。"马英才走时，古老师和我送了很远，直到他的身影慢慢消失，才长长地出了一口气。

迎接检查团

1958年农业"大跃进"，"浮夸风"劲吹，不用说"高产田""卫星田"，就是一般庄稼，棉花、粮食的亩产指标，动辄都要定到成千上万斤。吹牛皮总要有个牛的样子，有肚有腿，有头有尾。这样高的产量，也必须有相应的人力、畜力、肥料、水利，否则制造出来的神话就不能让人信以为真。于是弄虚作假应运而生，常见的手法有"种地头""披大褂""打游击""上娃娃"等几种，其目的是为了开现场会，应付检查团，遮人耳目。

“种地头”就是置大田腹地于不顾，只耕作道边地头。间苗、锄地、浇水、施肥限于路边二三十步地段，精耕细作，任它长势良好，以貌唬人。反正检查团是走形式，一路走马观花，不会进入大田深处，深处让它荒芜去吧。这就叫驴粪蛋，外面光，有粉施在脸蛋上，把检查团都当作近视眼糊弄。

“披大褂”指积肥，为了表现肥多粮多的假象，公社的能人们想起了曹操布下虚粮冢的故事，把村里村外的土疙瘩、废砖窑，乃至祖宗们的坟头都利用起来，把有限的农肥、草木灰、沤青肥在外面薄薄地罩上一层，变成大大小小肥料的山丘。在那种形势下，一般人都会深信不疑，更不会去动手钻探，所以也露不了馅。检查团通常是惊呼一声，赞叹几句，顺利地通过。社员们拿这事开涮：“哪里飞来一群山，群山藏在社里边。今天看来屋样大，明天看来遮住山。不是山来不是山，俺村土窑穿大衫。”

“打游击”指一种物件多处使用，重复出现。上边让建设卫生村，可一般农民没有卫生习惯，洗脸时随便抹拉一把，一家人共用一块旧毛巾，从来也不刷牙。为了应付检查，公社买一批毛巾、脸盆、牙刷、牙粉，哪里检查送到哪去，用过收回，再送到另一个点上。检查团来之前，先把出了名的邋遢户街门锁上，以免妨碍观瞻。再布置好比较干净的人家，摆上送来的卫生用品，当作布景、道具。最后把检查团请进来，走一下过场。

小东西死物件搬来搬去，大牲口家畜也可以调动。公社从各村挑选一批精壮牛马猪羊集中起来，检查团走到哪里，就把它们提前调到哪里，牛马成队赶，猪羊用车拉。有时检查团一天跑几个村，这些哑巴牲口就会像剧团赶场一样，一天跑几个台口，骗人的把戏连续上演。有时检查团临时改变路线也有办法，向导是本地人，领着他们转个大转儿，半路上敬烟献茶，“游击队”地形熟悉，抄近路，总会赶到检查团前面。有一次，一个多事的检查团成员发觉某村一匹马似曾相识，因为它长相特殊，红马白脖，就悄悄地在缰绳上做了个记号，果然在下一个检查点上又见面了。正待说话时，身旁递来一支香烟，接着又塞过来两盒，一看是“大团结”牌的。那人知趣，会意笑笑了事。再到下一个参观点，那头白脖红马不见了。

“上娃娃”指劳动力不足时，借用在校学生。我表弟说，一次专署检查棉田管理，村里男女劳力去大炼钢铁了，就调来公社中学 300 名学生，每人发一条羊肚毛巾蒙在头上，安排在路边棉田干活。检查团车队路过，只见碧绿棉海上一片白花花毛巾，纵看成队横看成行，蔚为壮观。团长吩咐摄影记者拍照下来，想不到记者正是我的舅父，走近一看，自己的儿子正在装模作样，小脸晒得通红。正要叫他的名字时，紧随其后的当地干部大喊，机关有紧急事情，快到县里接长途电话。赶到县里，县委办公室主任正摆好一桌酒菜。可惜那时还没有“小糊涂仙”酒，上的是“安国大曲”，舅舅心领神会。第二天地区《先进报》在显著位置发表了一张大照片“碧海银花”。公社中学的孩子们看了，欢呼跳跃，大唱：“我们是社会主义接班人……”

村哄社，社哄县，一直糊弄到国务院。国务院一位副总理来县里视察商业，日程上有看百货公司一项。县委县政府马上召开紧急会议，县长坐镇指挥，把县城几家供销社、商店的精美包装的商品集中到县百货公司的货架上，所有售货员放假，换成县直机关年轻漂亮的党员团员，身着百货公司的工作服，面带微笑。副总理看到物资丰富，琳琅满目，兴高采烈。走到卖缝纫机的柜台前，问售货员：“这蜜、蜜蜂牌缝纫机是、是什么时候生产的？”那妇女同志脑袋一大，回答说：“春天，春天出槐花蜜。”副总理正要皱眉头，县长上来打岔，说：“她太紧张了，第一次见您这么大的官儿，晕了。”

公社食堂始末

1958年，千军万马搞农田水利，促进了小社并大社。河南省遂平县诞生了中国第一个人民公社——“嵖岈山卫星人民公社”。人民公社和公共食堂这一对双胞胎早产了，而且一个月内普及到全国。

放心不下家中母亲，国庆节我请假回家。进村就看见了“一大二公”。隆尧、柏乡、内丘、临城四县合成一个内丘县，原隆尧的二、三区三个乡合成一个花果公社。公社以下设大队核算，小队派工计分，40多户200多口人一个食堂。食堂设在过去的家庙里，敲钟开饭，热热闹闹如同过红白事，大锅蒸馍，大锅熬菜，敞开肚皮吃，直吃得胃饱肚圆顺嘴流油，还有人不知自爱，猪肉腰子满地扔。母亲心疼，说这不跟吃绝户一样嘛！年轻人不在乎，说要面库里取，要猪圈里捉，反正“共产主义”快到了，他老人家是个大财主，要啥有啥。报上登了，人家徐水县每个社员订一双皮鞋，咱们每人一双球鞋也行啊！

人无远虑必有近忧。寒假回来情况大变，细粮已经吃光，粗粮也实行定量，食堂的钟声好像也饿得少气无力。母亲让我去食堂打饭，每人只给一个窝窝头一瓢菜汤，窝头里掺着干菜，菜汤上漂着蚜虫。腊月天，打完饭都各回各家了，伙房里冷冷清清，没有了人气。那一年本来好年景，风调雨顺，插根筷子也发芽，各样庄稼长得都好，可是丰产不丰收。库里粮、圈里猪眼看所剩无几了，干部群众大眼瞪小眼。

春节一天天逼近，上级三令五申要让社员过好年，吃上一顿饺子，不然不光听不到喜庆的鞭炮，一准儿会听到一片骂娘声。可是几百口子吃一顿饺子不是一件容易事儿，肉嘛，杀一两头老牛，还可以省一份饲料，但是几千斤白面哪里去弄？大队一个老干部出了个馊主意，到各家各户去搜查粮食。根据他的判断，上年纪的社员们都会留一手，藏一些陈年余粮，眼下村里的碾磨都封了，户里的麦子也变不成面。腊月二十三小年突击行动，民兵排、团支部挨门挨户翻箱倒柜，果然小有斩获，一兜一罐的体己粮都提到了食堂，但是加起来也不够食堂吃一顿饺子。老干部把脑门一拍说有了，当年庄户人家对付日本鬼子，坚壁清野，把粮食装进瓮里埋在地下，今天也能挖地三尺找出来。于是针对一些殷实户，民兵、共青团员用火柱、铁锨、镢头把屋里院里刨了个遍，还真的挖出十几瓮麦子。尽管地下潮湿，麦子稍带霉味，但是晒干洗净磨出来依然白生生的。食堂包饺子、蒸馍馍，过了个好年，连正月十五也都有了。但是“掘”来之食能维持多久？十五过去食堂又没了指望，社员们都噘起嘴来。

从此公社食堂成为我的一块心病，因为相依为命的母亲住在农村。1960 年 11 月，中共中央发出纠正“五风”的指示，抽调大批干部、学生参加农村整风整社，我被派到霸县（今霸州市）堂二里，住在荣家大院。工作队任务的重中之重是捍卫公共食堂这块“社会主义阵地”。每人每天 4 两保命粮，干部还多吃多占，查问题就查茅坑。一般社员吃草根野菜，粪便是黑的，多吃多占的吃净面，拉出来是黄的。民以食为天，没吃的天就塌了。父子争食，夫妻分家，男人浮肿，女人绝经。村子里三年没添娃娃，地里倒增加了一些新坟。

两年多的公共食堂搞得天怒人怨，实在办不下去了。中央派人到各地调查，1961 年 5 月，中共中央在北京召开工作会议，决定公共食堂办不办由农民自行决定。全国公社食堂一哄而散，这个仅仅存在两年多的“怪胎”便夭折了。

学生食堂纪事

1958年我进入天津的河北大学，喜出望外的原因有二，一是中文系有顾随、詹锳、黄绮、裴学海、雷石榆、张弓等一批闻名全国的教授；二是学生食堂办得好。每月12元的伙食费，早餐牛奶、豆浆、油条，午晚一荤一素。荤者对虾、黄鱼、红烧肉；素者应时蔬菜，食堂的烧茄子名冠沽上。这对像我一样吃糠咽菜长大的农村学生，如同一步登天。所以一进饭厅便喜笑颜开，边吃边哼着小曲儿。

可惜好景不长，新中国成立十周年大庆之后，食堂饭菜就渐渐变味儿，一入冬就没了成色。学生实行定量，男34斤，女31斤，每月发饭卡，每天1斤1两，早3两、午4两、晚4两，划卡领饭。一碗米饭或者两个玉米饼子，三口两口吞下去，没有回声，一副肚子还空着半边儿。灌个汤饱呢，一走就叽里咕噜唱歌。有胆大的学生涂改饭卡，被捉住罚一天饭不要紧，主要是丢不起那个人。兄弟班的一位同学，好像是邯郸人，挺身而出，毅然放弃学籍，进食堂当了管理员，发誓为搞好学生食堂而献身。

新管理员上任三把火，要让大家吃饱，开动脑筋搞创新。2两面1个饼子，粮食不能增加，要做大就得多加水，掺水多了就成为面糊，团不成个儿。试着把面糊放进碗里，碗要大要浅，放进笼屉上蒸，蒸熟了倒扣过来就是大饼子，体积大了一两倍，吃到肚里有饱的感觉。玉米面成功之后就改造米饭，先把大米放在水里泡半天，米粒涨到豆来大再上锅蒸，蒸出来的米饭又松又软，可又不能说是粥，卖出去时，一碗就变成了两碗。尽管泡久的米失去了油性，可又不能亏待了学生，泡米水再加水烧开给大家喝，原汤化原食儿。这一套技术发明后来被命名为“增量法”，在高校推广。“增量法”也不尽完美，经过膨化的粮食更容易消化，刚才还打饱嗝儿，撒泡尿肚子就瘪了，饿得更快。

中国人聪明，善于发明创造，社会上兴起“小球藻”，食堂立刻引进过来。所谓“小球藻”，就是把食堂做饭的泔水收集起来，盛在大缸里，放进择菜放弃的下脚料，然后加上盖儿，闷上五六天，发酵之后水面漂起一层白膜，捞上来煮汤喝，据说富有高蛋白。一时天津菜市场上烂菜叶子成了宝贝，不少西装革履的先生和穿旗袍的女士都放下架子争抢起来。

三五个月后人们支撑不住了，走不动路，身上浮肿，一摁一个坑。此事引起了国家的注意，号召“书记抓食堂”，同时也配给一些保健品，论级别按月发放。行政 13 级以上者 1 斤猪肉 1 斤鸡蛋，17 级以上者 1 斤白糖 1 斤黄豆，一般干部 1 斤糠麸粉，教师按职称给以相应待遇。于是社会上便有了“肉蛋干部”“糖豆干部”“糠麸干部”之说。校党委书记是一位很优秀的干部，曾长期在冀西、雁北打游击，后来调任北京大学主持常务工作。他很爱护知识分子，组织精壮的武装干部到坝上打黄羊。说也奇怪，天无绝人之路，那年塞外黄羊出奇得多，直往枪口上撞。一个战役下来，整车整车的黄羊肉往回拉，全校每个职工分得一份，他自己一两也不多要。各个学生食堂也都分了一些，过新年让学生都解了一次馋。不幸的是我们班有个同学，本来有老胃病，多吃了一些消化不了，被送进医院再也没有回来。

大学，大家学

1958年“大跃进”是全方位的，不仅农业“大跃进”，教育也来了个“大跃进”。一场全民“大办”教育运动在全国轰轰烈烈开展起来。

6月河北省委作出《关于全党全民大办教育事业的决定》，要求打破过去办学的清规戒律，大量开办学校。各专区要把师范专科学校、医学专科学校和农业专科学校建立起来。增设一批新的高等学校，例如矿业学院、化工学院、机电学院、财经学院等。还要对现有的高等学校的学科加以必要的充实和调整，增强一些需求量较大或现在缺门的学科。此外，专、县、乡各级还可以“不受限制”地办学。暑假后，省教育厅备案的高等学校由1957年的9所猛增至94所。不久省人民委员会又发出通知，各市所属师专升格为师范学院。将河北文化艺术干部学校升格为河北文化学院，宣化地质学校改为河北地质学院，河北保定水利土木学校改为河北水利学院，河北石家庄公路工程学校升格为河北交通学院，承德石油专科学校改为河北石油学院，天津农业学校改为天津农学院，徐水农业专科学校改为徐水农学院。

那年我刚上大学。开学不久，陆续收到原来没被录取的高中同学的喜讯，几乎人人都上了大学。邢台眼科医院也办了邢台眼科大学，招收了不少学生。因为“不受限制”，许多院校都是仓促上马，校舍因陋就简，教师就地取材。其中还闹了一个笑话，本来有个石家庄工业专科学校（太行机械厂前身），又糊里糊涂新建了一个石家庄工业专科学校，名称一字不差，没办法只能把原来那个学校改名为“石家庄第一工业专科学校”。

在愈演愈烈的“大办”口号声中，有一部分县也办了大学。徐水县不仅有县办大学，各公社也办了大学。安国县办了农业大学，实际上招收的是没有考上初中的小学毕业生。大家都头脑发热，社会上流行一句:“大学就是大家学。”

大学教育革命，重点是教育与生产劳动相结合，与社会实践相结合。据我班李文喜同学日记记录，我们这个班第一学年劳动86天；第二学年劳动51天，参加工厂革新38天，共89天；第三学年劳动31天，参加整风整社5个月，共计182天；第四学年劳动25天。四年共计382天。教师也分配跟班劳动，我们12个人的小班，就有武占坤、程垂成跟班劳动，变成了“编外生”。

教育革命的另一个重要组成部分是学生参与编写教材。北京大学1955级38名同学，花几十天工夫编写了120万字的《中国文学史》，公开出版，打破了教育神话，全国高校争相效尤。在“敢想敢干”“打破框框”的口号下，我们中文系二三年级学生为四年级编写外国文学教材。之前，他们从来没听过这门功课。结果法国现代当代文学只突出阿拉贡、萨特等少数几个共产党员作家，对其他作家只是一带而过。至今我还记得一句话:“大学还没有毕业，就把教授当上了。”那是学校大型文艺晚会上集体诗朗诵的一个“警句”，议论时学生们眉飞色舞，可跟班劳动的两位教师一脸尴尬。

最让人哭笑不得的是体育课。学校要“大搞劳卫制”“体育放卫星”，要求百米、跳远、手榴弹、3000米竞走“人人达标”。可是学生们体质不同，当时每个班都有不少从工作岗位上选调的“调干生”，有的已经有了几个孩子，被叫作“大叔”“大婶”，速度、耐力相差甚远，就是枪子儿在后面追着也达不了标。后来有关方面出了个主意，同时也是“先进单位”的经验。体育教师把测验任务下放给班干部，干部们“八仙过海，各显其能”，一般是把测验时间改在晚上。跳远可以不踏板，只量落地脚印的前边。掷手榴弹双脚可以走出圆圈，想在哪投就在哪投。3000 米竞走，口头规定路线，出校门这条街那条街，可是没有人跟着，绕近道、少走两圈也没人管，不走而跑更是普遍现象，反正回来报个到就是成绩。最精彩的是百米，操场上的跑道灯光很暗，这头跑出起跑线几秒才放枪，那边人还没到就掐表，沿途有人敲锣打鼓地助阵。有位“调干生”穆大哥，30 多岁，细瘦如麻秆，一条腿还不利索，一向是“劳卫制”的“老大难”。但是那一晚上创造了两项“世界纪录”，3000 米竞走成绩记不清了，百米是 9.5 秒。当时中国百米王陈家全的最好成绩是 10.2 秒，“传为佳话”。

不久吹起来的肥皂泡一一破灭，1962 年 7 月 18 日国务院对《河北省高等学校调整方案》批复，河北省保留 19 所大学、2 所大专，共 21 所高校，其中还包括天津大学、南开大学，其余都先后下马了。

徐水“大跃进”神话的破灭

1958 年天津会议后，省长刘子厚率 70 人工作组进驻徐水。省委书记处会议指出了徐水在作风、政策、领导上的一些问题。11 月郑州会议上决定以后不宣传徐水了。

但是张国忠驾驶的特快列车已经刹不住车了，任凭惯性往前开。一个月后，县委一个领导仍在保定地区农业会上鼓吹：“没有千斤思想就没有千斤行动。今年以来全县召开大型田间辩论会 175 次，表扬 1.2 万人，批判辩论 1700 人。”1959 年全面开展“双五百”（亩产小麦、花生各 500 斤）、“千、百、万”（亩产粮食

1000 斤、皮棉 100 斤、干薯 1 万斤）增产运动。庐山会议后开展“反右倾”运动，徐水更觉得“左”得有理了，冬天又掀起一个改造洼地运动，60 万人参加（1958 年 9 月安新、容城并入徐水），继续搞大协作、大兵团作战，仿佛 1957 年冬天轰轰烈烈的水利建设战役又回来了。

然而，肥皂泡的张力毕竟熬不过时间的耐力，徐水这个天上掉下来的馅饼终于露馅了。老天爷给了大家足够的面子，1958 年风调雨顺，“插根筷子都发芽”。但是丰产没有丰收，秋收为炼钢让路，缺乏劳力，收红薯用犁耕，红薯烂在地里不少。加上实行公共食堂，吃饭不要钱，两个月就吃空粮库，囊中羞涩，社员吊起嘴来，人均口粮只有四五两，社员以树叶、野菜、山药蔓、玉米核充饥。1959 年 1 月 16 日，保定地委在《关于浮肿病防治情况向省委的报告》中说:“浮肿病人在我区逐年增多，发病地区以徐水、涿县为主。”刚刚还是“先进典型”的徐水县盲目外流 32208 人。顾及脸面，在漕河、徐水、固城设了三个劝阻站，派干部到一些城市做遣返工作。

情况逐渐恶化，张国忠等人已经回天无力。1960 年 3 月 29 日，老头河公社 26 个村发生社员吃苍耳稞中毒事件，550 人中毒，4 人死亡。10 月县灭病办公室根据实际情况，向地委汇报浮肿病人 1200 多名，张国忠知道后，大发雷霆，大批办公室，并追问各公社党委书记，某公社汇报 83 个浮肿病人，追逼到只剩下 3 人，并让办公室把浮肿病改为其他病才肯罢休。1960 年全县浮肿病人实际 2447 人，死亡 329 人。1961 年灾难达到高峰，全县死亡 1642 人。

至此，徐水轰轰烈烈的“大共产”陷入惨不忍睹的大饥荒，趾高气扬的“大跃进”跌入灰灰溜溜的“大滑坡”。1960 年全县粮食总产 9214.5 万公斤，比 1957 年的 12415.5 万公斤减少 3201 万公斤。财政收入减少 1862.3 万元，大牲口减少 5951 头，猪由

1957 年的 1.5 万口减少为 7826 口，损失大车 1130 辆、小农具 53 件。本来贫弱的徐水元气大伤。

1960 年 11 月 15 日，中共中央发布《关于彻底纠正“五风”问题的指示》，抽调大批干部和高校师生到农村整风整社。我所在的固安县与徐水仅一县之隔，所以很想知道徐水的结果。进驻徐水的工作团首先宣布停止张国忠和几名县委领导成员的工作。如果说 1958 年徐水“大跃进”是出闹剧，张国忠则是这出样板戏的头号人物。人物的命运与性格有着必然的关系，他的工作特点是“整天冥思苦想，琢磨新花样、新点子”，他的干部政策，一是年轻好看没麻子，二是所谓能干。他经常在大会喧嚷：“老干部是绊脚石，没好的，是无功受禄。”7 个公社党委第一书记平均年龄不到 30 岁，平均党龄 6 年。河北省文联副主席康濯说，《人民日报》向我约稿，写一篇发一篇。我写的数字低，见报时数字变得高了，这是报社给张国忠打电话往高里加的。我说：“亩产几万斤，能达到吗？”他说：“是达不到。”我说：“那你为什么这么喊？”他说：“这么喊就能喊出大家的干劲来，我们不能泄气，不喊几万斤连 600 斤也搞不到。”我说：“你得实事求是啊！”他说：“那不行，那样就泄气了，要紧跟形势，不跟形势就完蛋了。”他不知玩把戏就是玩火，早晚要完蛋。

红极一时的大寺各庄有个共产主义新农村，7 栋三四层红砖楼，300 多个居室，人称“一夜高楼”。当年边拆边建，资金、原料不够，有的楼板是用苇子秫秸扎成，外面刷了一层石灰，建起来就是危楼，给参观人看的。20 年前我来徐水，还看过它的尊容。这次来已经荡然无存了。我有些惋惜，应该保存一部分遗迹，留给后人参观、思考。因为 1958 年徐水“大跃进”也是一场人类的灾难。

如何对待这段荒唐的历史和个人的责任，对我这一代人是很大的伦理难题。是否反思和反思的程度，意味着多大程度上回归人性。把青年时的激情转化为深刻的反思，才能将亲历的人性灾难转变成一种更高的意义。

（本文参考《徐水县志》《徐水大事记》）

东 风 渠

1958 年好大喜功，处处追求“一大二公”。邯郸地区 14 个县和邢台地区 17 个县合并成一个大邯郸市，辖一市九县，我的家乡隆尧和内丘、临城、柏乡合成一个内丘县，曲周、肥乡、广平、鸡泽、邱县合成一个曲周县。

曲周汉高祖六年置县，鼎盛时期在明朝，万历天启年间，一县出了四个尚书，兵部王一鹗、户部陈千陛、工部刘革嗣、吏部路振飞，四品以上大员 30 多人，有“半朝官员出曲周”之誉。也许一出《玉堂春》唱坏了曲周风水，千年古县从此一蹶不振。境内漳、洺、滏三水多灾多难，《曲周县志》大事记载，民国六年“城内水深七八尺，数月未落，禾稼尽淹，冬麦未播”；民国九年“野无青草，通年无雨”。

同为河北，地分燕赵，“慷慨悲歌”之风北强南弱。不见义和团运动，廊坊起事后半年才波及威县，高蠡暴动两年后才有冀南暴动。1958 年“大跃进”也是如此，徐水一马当先，曲周的东风渠 1959 年 10 月才上马。

冀南追冀中，大搞水利，兵分两路。一路在太行山区修岳城水库，一路在平原开挖东风渠，两翼齐飞赶徐水。东风渠南起魏县北善村，在曲周穿漳入滏，全长 81.4 公里，宽 200 米，深 6 米，占地 2745 亩，动工 4152 万立方，投资 1100 万元。主要建筑物有：渠首进水闸、穿漳涵洞、曲周总枢纽、刘永固分水枢纽，共有节制闸17座、分水闸43座、退水闸40座、渡槽5座、水簸箕10座、水站1座、公路桥14座，设计年引水30亿立方米。当时口号是“引来黄河水，灌溉万顷田，南来运大米，北来运海盐，遍地种水稻，河北变江南”。一声口令，邯郸市一市九县，除两个山区县外，南宫、内丘、巨鹿、大名、永年、磁县、曲周倾巢出动30万人，曲周县为主战场，出民工116830人，机关干部、企业职工、中小学生停工停课，轮流“支前”。军事化组织，大兵团作战，社为团、村为营，划分任务，统一指挥，限期完成。指挥部专职干部300人，总指挥姓王，老百姓说，几百年后曲周又出了个王兵部。

东风渠于1959年10月21日开工，81.4公里，30万民工，摆开一字长蛇阵。白天红旗招展，夜晚灯笼火把，汇成一条张牙舞爪的火龙。密匝匝工棚，黑压压人群，诠释着什么叫“蚂蚁啃骨头”。此时已是“大跃进”尾声，穷相毕露。民工每天4两粮食，以山药蔓子、棉花落子撑肚子，还要被驱赶着去“树红旗，放卫星”。东风渠是冀南人民的一处伤心地，一条血泪河。时隔50年，年轻人不知道，老年人不忍提起，当时20岁的小伙子，活着的如今都年过古稀，采访十分困难。当时的新闻、文艺政策文过饰非，没有留下多少一手材料。值得欣慰的是一些方志工作者，没有忘记史家职责，战兢兢留下一些“后手”，虽然只言片语，却反映了当时一些真实情况，实属难能可贵。

《广平文史资料》第二辑上，留下当时工地上的一些狂热口号：“谁英雄，谁好汉，东风渠上比比看。”“抬大包，迈大步，追星赶月加速度。”“同志们，加劲冲，咱把卫星放天空。”“同志们，往上看，月亮不敢把咱见。”“铁姑娘，干得欢，抬起泥包一溜烟。”“娘子军，娘子连，胜过当年花木兰。”“手磨破，腿跑断，至死不能下软蛋。”“挖好东风渠，死了也愿意。”变态的口号是变态生活的反映，每个口号背后都包含着许多血泪故事。

湿地，流沙，手刨，肩扛，民工们赤身裸体地在泥水里劳动。具有讽刺意味的是，距东风渠不远的东边有一条鲧堤，这种原始的劳动方式，与5000年前没有什么不同。农民不怕劳动，劳动也会产生快乐。口号中不乏苦中取乐的内容：“西边哩，没干劲，拄着铁锨当拐棍。”“南边哩，真稀松，糊糊弄弄等收工。”“邱县哩，别走哩，你们土方还有哩。”“广平哩，你别喊，给你帮工壮壮胆。”“邱县哩，别装硬，给俺帮工俺不用。”“肥乡哩，往这儿看，保你吓得直打战。”

到了11月下旬，天寒地冻，雪花飘飘，工地上口号也有了变化。“小雪不停工，大雪放卫星。”“天寒地冻照样干，东风渠上过夏天。”“人大干，流大汗，拿着北风当电扇。”“劲一抖，心一横，跳进冰凌不怕冻。”“冻手冻脚不冻心，坚决学习解放军。”“刮大风，下碾盘，完不成任务不回连。”“天不怕，地不怕，十冬腊月光膀化。”“光膀化”是东风渠的创造。《广平文史资料》第二辑，有一篇原县委党校常务副校长和原县委组织部副部长写的《开挖东风渠见闻》，有这样的情节：“有一次县兵团召开工地现场评比，当检查团人员到了团指挥部时，见到团长首先脱下上衣，光着膀子说：‘今天检查团不比往日，今天一律光膀化。’在团长带领下，检查团人员都脱了衣服。刺骨的北风刮个不停，检查团人员个个被冻得打哆嗦。当某村一位民工问那位团长：‘你们检查团冷不冷？’那位团长说：‘不冷。’民工又问：‘不冷为啥打哆嗦？’他说：‘冻的。’”

邱县方志办杨凤奎同志，曲周方志办张泮池同志，都是当年东风渠的亲历者，给本文提供了宝贵的资料。老张黄村林校毕业，分配到邱县林业局工作，1959年应征上渠，推迟了婚期。按常理春节一定放假，让大家过年，结婚典礼定在除夕。偏偏工地过革命化春节，劳动不止。凌晨赶回家中，新婚妻子也被拉去上工，火炉上为他驱寒充饥的葱花疙瘩汤几乎熬干。碗里泪一半汤一半当酒喝下，吟诗一首："鸳衾绣枕暖如烟，眷意念心情满天。炉上粥锅飘热气，心中百感似油煎。"感人至深，是一首当代的《新婚别》。

诗人郭子玉差几岁没赶上东风渠施工，他父亲曾经是民工的一员，经常像祥林嫂一样给他磨叨当年的噩梦。民工们腹中无食，饿得皮包骨头，还要冰里泥里超负荷劳动，锨把折断，倒毙在工地上；有人开小差回家，不能"偷跑"而是爬，爬到家门口气绝身亡。郭子玉听了义愤至极，作诗一首："圹野往日阵云深，今见涸壕尚碎心。十万民工呵雪化，三千纻帐断粮屯。初来壮士多余骨，后去残丁半入坟。牧笛吹回追昔梦，牛牵结队进烟村。"这首诗收录在县志里。《广平文史资料》记载："据统计仅曲周县民工因冻、饿、病致伤死亡就数十人以上。"

喧嚣一时的东风渠，是1958年农业"大跃进"的又一肥皂泡，劳民伤财，而收效甚微。正像《广平文史资料》所说："由于该渠施工前缺乏科学论证，渠成后未达到预期的目的，在1963年救灾中仅起到一定排水泄洪作用。"之后命运多舛："张书记挖，王书记填，李书记修起大寨田。"这次我走访了曲周、广平、肥乡、邱县几县，凭吊东风渠故迹，除了几小段变成污水沟外，大部分被填平、堵死，没了踪影。但是仔细观察，似乎还有它的形迹，那就是长在昔日渠段上的禾苗显得黄弱、扭曲。我想它们的根须是扎在土地深处的血汗和泪水上了，扎在冀南大地的一条伤痕上了。今天由我来揭这块历史的伤疤，确实也有些于心不忍。

秋后算账

代 食 谱

1961 年 1 月我正在固安（当时属霸县）中公由大队开展整风整社运动，突然接到一纸调令，要我到分团报到。从中公由到分团所在地宫村公社不过四五里，我却足足走了三个小时。两个月的公共食堂已经把我 20 年的体力储备消耗殆尽，全身浮肿，一摁一个坑儿，半天缓不起来。

同时调来的还有高熙曾和浪波。高教授是中文系副主任，教词曲，浪波和我已是当时小有名气的学生诗人。名义上是让我们编印一本油印资料，实际上也有保护人才的意思。在分团食堂可以按自己的定量吃，每月 30 多斤，而不必按工作队的纪律每天跟社员一样吃 4 两指标。社员们是队里有大伙，家里开小伙，工作队员只有那 4 两。所以我们三人心存感激，工作起来特别卖力气。

具体任务是采访编印代食品的制作经验，在全地区推广。代食品针对农村粮食紧缺情况，号召大家平时吃稀，农忙吃干，杂以瓜、菜及其他代食品。三年困难时期，“瓜、菜、代”是一句常用词。那时瓜和菜已经变成和粮食一样金贵了，实际上“代”字是中心。这个“代”字包含了极大的无奈，也包含了中国农民无穷的智慧和创造，帮助饥寒交迫的人们度过了历史罕见的三年困难时期。说它历史罕见一点也不过分，后来搞“四清”、搞“文化大革命”甚至更长的时间内，每当开会忆苦思甜，总有一部分百姓包括贫下中农，一把鼻涕一把泪地讲述三年困难时期受的苦、遭的罪。

经过一个多月的蹲点跑面，我们搜集到野菜、树叶、旱草、水草、秸秆、秧蔓等10项共100多种代食品的制作方法，油印成册200多页。至今记忆犹新的，比如春天一般树叶都能吃，唯独杨树叶易中毒，苦涩不说，还易引起腹泻浮肿，加工时必须用温水浸泡三天，方可食用。秋天草根中蒲根、茅根最肥，铡碎晒干磨成面，烙饼擀面，光滑而甜。入冬将薯蔓粉碎晒干，磨面过箩，贴饼子蒸馒头，涩而微甜，咬在嘴里如嚼中药丸子。最后是玉米轴、棉花蒂，加工时还要用少量火碱腐蚀，再加水磨成糊状，晾干后成土黄色粉末，美其名曰"淀粉"，用来做主食。其实全是木质纤维，毫无营养可言，不过用来填填肚子，应付肠胃之告急。吃时需就咸汤或盐水，因为此物拔干，吃多了拉不出屎来，用棍儿掏，掏得鲜血淋漓。有的食堂还刻出点心模子，用"淀粉"做馅，包一层薄玉米面，轧出月饼、八件等花样，应付检查。资料编制过程中，起什么书名议论较多，最后还是教授有学问，引经据典，旁征博引，说李渔的《闲情偶寄》中叫"饮馔部"，袁枚全集中称为《随园食单》，我们叫《代食谱》，给粗俗的东西挂上个雅号。高教授躺在床上，眯缝着眼睛，露出得意的笑容，俨然完成了一部学术著作。大概他心里自己的人影儿，正上了酒楼，徜徉在山珍海味之中。万万没想到，时隔几年之后的"文化大革命"中，他主持编印的这本小册子被说成是大毒草，"丑化社会主义"，大受皮肉之苦。其实我们当初接受任务，本来是为挣扎在死亡线上的农民提供一根救命稻草，为了给丑陋的现实生活加一点"美化"。有位同学眼含热泪地告诉我，当时高教授为了不连累我们，自己承担了全部责任。听后，我非常痛苦，也许当时分担一些拳打脚踢，心里还会好受些。

氓 流

氓，朱骏声《说文通训定声》上说：“自彼来此之民曰氓，从民从亡会意。”氓流则是二十世纪五六十年代形成的一个专用名词，指盲目流亡的大批农民，与现在的“打工族”有相似之处，现多作“盲流”。不同的那时是为了逃荒活命，现在是为了出门赚钱。

我曾撰文提及，三年困难时期，农民吃不饱肚子，外出当氓流，其中包括我一个堂弟大林。冀南的氓流去向有二，一是上山，上太行山；二是出关，出山海关。大林长到16岁没出过远门，经人指点，沿着白马河一直向西走。渴了捧饮河水，饿了捋几把树叶，晚上怕狼，爬上树杈子睡觉。这样经过西青山、皇寺、张安北，到宋家庄，走到河水的尽头，才停下脚步。

有个起早的社员，远看村口大柿树上多了一个老鸹窝，近看是一个半大小子在睡觉。生产队钟声紧急敲响，社员们把大柿树团团围住。根据公社的命令，他们像防范土匪一样防范氓流。山里人瞧不起平原人，人均二三亩地，平常年份吃光喝净，不留后手。一遇灾荒就往山里跑，靠门框，吃伸手饭。山区人均三五分地，粮食打得少，掺糠拌菜才积攒下来一些口粮，以防歉年。省吃俭用可不是为了便宜他们。

但是，逃荒者中也有两种人受欢迎。一是女人。山区光棍汉子多，灾荒年是个机会，大闺女、小媳妇、老太太，送上门来。山里人实诚，容易上当。平原有些男人打发自己的老婆上山，谎称独身，给人结婚生子。灾荒年过去，再跑回来，破镜重圆。农村管这种恶俗叫作“放鹰”。隆尧秧歌有出戏《贾金莲拐马》，又叫《山东歉》，演的就是这类故事。

二是男孩。有些人婚而不育，有些人有女无子，还有些人压根儿就没结过婚，希望从氓流中认个义子，养大再娶个媳妇，媳妇给生个孩子，顶门立户。正是出于这个原因，一位老中农看上了大林，领回家去，换了衣服，好吃好喝。这样大林才真正过了几天好日子。

从前称义子为“螟蛉之子”。《诗经·小雅·小宛》上说：“螟蛉有子，蜾蠃负之。”螟蛉是一种绿色小虫，蜾蠃是一种寄生蜂。蜾蠃常捕捉螟蛉存放在窝里，产卵在它们身体里，卵孵化后就以螟蛉为食。古人误认为蜾蠃不产子，喂养螟蛉为子，因此借用螟蛉比喻义子。螟蛉之子这碗饭也是不好吃的，需要签订契约，宴请族人作证。契约有固定的文字，开头是“小子无能，更名改姓……”

大林睡不着，想起家中的母亲。他也是独生子，过继给人，岂不绝了自家。男人把与生俱来的姓氏看得比什么都重要。最后，大林下决心夜里溜之乎也，他又沿着白马河继续东行。

大林到了官庄东站，没有回家，向东给娘磕了三个响头，跟着几个年轻人扒上火车。傍晚扒上，黎明跳下，晓伏夜行，三天到了山海关。河里无鱼市上看，出了关，缕缕行行的氓流队伍像一条条小河，向东北方向汇流。东北人不歧视氓流，因为他们的祖先也都是为生活所迫，从河北、山东闯关东过去的。

1958年大炼钢铁，东北是重要工业基地，正需要劳力，不管有没有户口，睁一只眼闭一只眼地招人。大林先到辽宁鞍山，嫌他炉前拿不动钢钎。又到吉林辽源，嫌他巷道里背不动煤筐。最后到黑龙江铁力，朗乡林业局看他可怜兮兮，接纳下来。大林很高兴，看小兴安岭郁郁葱葱，比家乡的青纱帐壮观多了。伐木不像砍高粱，不用镰刀用斧头，那时林区电锯还很少见。伐木工人经常唱一首歌：“手里拿把开山斧噢，不怕虎豹和豺狼。”

林区管饭，不管是高粱饼子，还是玉米碴子，总可以吃饱。没几天，大林包着骨头的蔫皮气儿吹似的鼓胀起来，蜡黄的脸色变成红晕，身上的力气也增长起来，手里十几斤的斧头也变轻了。天天早起晚归，伐木丁丁，他所在的班组七八个人，都是氓流，由一个老林工领着。伐木技术含量不高，只要卖力气就行。他们年轻气盛，出勤和劳动效率高，被称作“小老虎班”。

上工当月就发工资，试用期每月28元，三个月转正，增到31元。大林除了买牙刷、毛巾，全部寄给家中的老娘。休息日或大雪封山，他就每顿省一个窝窝头或者馒头，在火炉上烤干，积攒起来寄回老家。老林工看出大林是个孝子，不断周济他一些粮票。

转眼三年过去，大林当了班组长。林业局准备给这些临时工转正，一个个联系，从老家迁户口，但是办成的不多。正值解散公共食堂，分自留地等好消息不断传来。河北人恋家，三四十元的工资和猪肉炖粉条留不住他们了。于是，大批氓流开始回潮，一行行一缕缕，像小河一样流回山海关，其中也包括大林。

三年氓流生活对大林来说并不白过，历练了性格，学了本事，不久就当了生产队长。遇到困难或者领到任务，经常听到他说：“想当年当氓流……”

吃　青

民谚说：“二八月响雷，遍地起贼。”曾经有一个时期，农村遍地是“贼”。不过不是因为天上响雷，而是因为人人饥肠辘辘。正如苏轼所说：“饥火烧肠作牛吼，不知待得秋成否？”

20世纪60年代初，三年困难时期，每人每天仅有四五两口粮，树皮草根都吃光了，社员们开始打地里庄稼的主意。于是，人类本能的欲望，便与一个极不光彩的字眼联系在一起。这个“偷”字与传统美德相离，与千年祖训相悖，一向为人所不齿，更为50年代形成的“路不拾遗，夜不闭户”的民风所不容。但是，“民以食为天”。多数人劳而不得食，也就“无法无天”了，那个特殊时期的小偷小摸，虽不光彩，但也可以理解，有一点“梁上君子”的意思。

社员们偷吃的行为，一年四季屡见不鲜。春天里吃种子，点种玉米花生时，先抓一把点进自己嘴里；耩谷子豆子，先抓一把耩在自己肚里，让它们在里面遇热发芽才好呢！那时山药种得多，高产。种山药不是下籽，而是栽秧。先把山药种块（叫“山药母子”）放进温床，发芽成秧后移栽至大田。育秧前，也有人先拣大块的山药母子吃个饱，让它们断子绝孙。上级发现这个严重问题，命令种子出库后，得用农药拌了，说是防虫，实际上是防人。但是还有人不怕，饿急了也敢以身试药。反正药死虫子的那点剂量药不死人，顶多肚子折腾一番吐出来。

更为普遍的是吃青，就是在农作物果实将熟未熟时，取而食之。农民熟知庄稼成熟的过程，也会把握时机。南风吹，麦子黄，掐下几穗，在手掌里揉搓一阵，吹去颖壳，留下一手心半青半黄的麦粒，晶莹如碎玉，捧进嘴里，嚼起来一股清香，满口白浆。玉米生熟看须子，何时红须变黑，表示籽粒圆满。掰下棒子，剥光苞皮，生啃起来，有滋有味，有人戏称为“吹横笛”。山药看棵下地皮，地皮裂了，山药块就长大了。挖出来几块放在柴草堆里，点火烧上半个钟头，直烧得吱吱冒气，香味溢出，再用草木灰焖几分钟，便成了烤山药。吃饱了要用袖子擦擦嘴，不然会留下证据。上述行为，如孩子淘气，不必避人，碰上人一笑了之。

成心偷者，乘人不备顺手牵羊，藏在粪筐或者拾棉花的包袱里，带回家中充饥。偷盗成风时，生产队会派一些“二百五”把守村口，对下工社员一一盘查，甚至搜身。搜查对象多是中老年妇女，不少大嫂大娘当众受辱，从怀里、裤里掏出些棉花、谷穗。惹恼她们的儿子丈夫，一不做二不休，天黑风高夜摸进庄稼地，扛回一两口袋收获。情况紧急时，生产队会派民兵为庄稼站岗放哨，叫作护青。但是效果并不好，往往民兵出勤越多，庄稼丢得越多。原因是半大小子吃煞老子，吃得多饿得快，经不住诱惑，更容易下手。

局面难以控制时，队长们会杀一儆百。通常是派一两个“四类分子”去看护一块庄稼，其实这块地早已被人偷过。一两天后检查，说他们监守自盗，当众宣布处分决定，罚若干粮食，从应分口粮中扣出。

那年月撑死胆大的，饿死胆小的，多数人手脚不干净，但是也有例外。有位土地革命时期的老党员，从抗日战争时期就当村治保主任。他有一句名言，开会必讲：“冻死不烤灯头火，饿死不吃偷来粮。”开始他每天吃三顿代食品窝窝下地，慢慢支撑不住，趴在炕上起不来了。孙子不忍心看他饿死，把队里山药地看成爷爷的救命药。从山药出茎就开始偷，一天挖两块给爷爷吃。爷爷说那是赃物，别说吃，看都不看，还破口大骂，让他送回生产队去。慢慢地，老人家连骂人的力气都没有了，咽气的时候，炕沿上摆了一溜儿山药，手指头粗的，棉花布节粗的，纺花穗子大小的，蔓菁大小的，窝头大小的，拳头大小的，碗口粗的。时间长山药都抽抽了，像爷爷干巴的脸，只剩下一层皮。最后还是孙子妥协了，把它们装了一筐，埋在爷爷的坟前，供奉这位有骨气又倔强的老人。第二天便一跺脚，下关东当了氓流。

黑 牡 丹

每年芒种过后，母亲都要选一只落窝鸡，十几枚鸡蛋。鸡蛋排在席篓里，母鸡静卧其上，用自己的体温孵育一批新的生命。经过三七二十一天，第一个鸡蛋破裂，露出一团绒毛来。刚出壳的小鸡，蛋壳一样大小，乍接触空气，冷得微微颤抖。母亲心疼地把它抱在怀里，以手轻轻擦干羽毛，放在掌心里欣赏。接着一个个小生命争先恐后地出世，小嘴尖尖，小眼黑黑，小腿火柴棍一样纤细，摇摇晃晃，步履蹒跚，像一团团绒球在地上滚动。慢慢地在母鸡的保护下点头觅食，小绒球一天天滚大。

起初雏鸡难分公母，一个月后有的额头上先长肉芽，身后生尾羽，这就是小公鸡。小公鸡发育较快，个儿稍大，渐渐显出强悍，身上的羽毛越来越艳丽。小母鸡则是秃头秃尾，身材略小，本能地跟在小公鸡后面。带小鸡的母鸡变得粗野，不可侵犯，对来犯者扇翅伸喙，毫不客气。小公鸡较早走出卵翼，渐渐成熟，金距花冠，一身锦绣，雄赳赳一副英雄气概。学打鸣时，嘶哑而变声，但是足以使异性低头臣服，小公鸡趾高气扬地长大，厄运也尾随而来。买鸡人手持丈二长竿，顶部一个圆网，在养鸡人指点下，紧追几步，像捞鱼一样把它兜住，回去就变成了闻名遐迩的“魏庄熏鸡”。留下的小母鸡照常生活下去，第二年春天开裆下蛋。母亲攒下鸡蛋换油盐酱醋，换我的学费，“鸡屁股是银行”。

话说到了 1959 年，母亲照例孵了一窝小鸡，可是这批小鸡生不逢时，正赶上人民公社大食堂，人尚无处觅食何况鸡乎。母亲每逢下工回来，捎一筐青草野菜，作为鸡的代食品，人和鸡都腹内空空，勉强活着。这年冬天，县革委会派来一个姓黄的驻村干部，食堂里没油水，他开始打鸡的主意。不是时迁偷鸡，而是公开地索要，说养鸡是资本主义尾巴，吃了一只又一只，村里的鸡快被他吃光了。此人姓黄，社员们管他叫黄鼬，见了鸡飞狗跳。母亲也害怕黄鼬，把鸡们关在家里。一次一只小黑鸡从街门钻出去，被黄鼬盯上了，在后面紧追。黑鸡从街门挤进来，随后有人敲门，母亲隔着门缝看是黄鼬，镇静了一下，开门论理。刚刚下过小雪，雪地上一行鸡爪子印。黄鼬指着鸡爪子印说:“看！一步一个脚印，都是‘个’字，个人主义，就是资本主义。”黄鼬进村几个月，村里变得死一样寂静，公鸡不敢打鸣，母鸡不敢咯咯。

母亲的一窝子小母鸡被黄鼬“叼”走，只剩下那只黑母鸡，黑缎子一般的羽毛漂亮极了，母亲叫它黑牡丹。害怕最后一只鸡也被黄鼬“叼”去，母亲决定把黑牡丹送到邢台，北长街一个堂姐刚刚坐完月子，吃不饱，没有奶水，杀了鸡让她下奶。姐夫磨刀霍霍，伯母抱起黑牡丹一摸，蛋都顶在屁股门上了。鸡受惊吓早产，下了个软蛋，顺便叫堂姐吃了。伯母改变主意，刀下留人，让黑牡丹下蛋给孩子吃。黑牡丹大难不死，知恩图报，一天下一个蛋，救了小外甥的命。伯母说这黑牡丹就是孩子的奶妈，捉住孩子两只小手拜，认个“老姐”吧！我们那一带认干亲，干爹干妈称“老伯”“老姐”。姐夫说这小子命大，生下来就地委书记的待遇。当时很多人营养不良，闹浮肿，高级干部每人每月补二斤肉二斤蛋，县级干部补二斤糖二斤豆。

姐夫是城市职工，堂姐是农村户口，生儿随母，一个人口粮三人吃，街道上不长草不长菜，拿什么喂鸡呢？原来姐夫在煤厂上班，天天推着独轮车往各家各户送煤，煤筐里总留下一点煤渣煤面，回家一敲，落在地上，黑牡丹就跑过去，不抬头地啄食，煤成为它的主食，吃进肚里化成蛋。大概煤里面有一定的养分，后来唐山地震，有位工人埋在井下 12 天，救上来还活了，全凭在井下以煤充饥。黑牡丹吃煤下蛋，蛋壳的颜色慢慢加重，浅灰、灰色、深灰，最后完全变黑，黑得发亮，像晋城砟子。

1962年我大学毕业，申请下乡，王永淮县长把我安排在邢台县文化馆。文化馆正在北长街，对门就是堂姐家，于是经常去看这只神话般的母鸡。眼前的这只黑牡丹与普通鸡没什么不同，更没有居功自傲的样子。北墙根下的鸡窝，垒得很整齐，砖缝抹了白灰，有门有窗，精致得像座小庙。有时碰见黑牡丹卧在里面下蛋，脸憋得通红，眯缝着眼睛，身子微微一动，从窝里走出来，也不像别的母鸡“咯咯哒，咯咯哒”地宣扬，而是低头觅食去了。小外甥已经3岁多了，经常与黑牡丹偎在一起，搂抱着亲昵。黑牡丹眼神慈祥，有时还用翅膀扇去小外甥身上的尘土，用喙啄去小外甥身上的饭痂，名副其实的“老姐”一样。

熬过三年困难，农民吃饱，城里人不挨饿了，黑牡丹也有饲料了，堂姐甚至拿出点定量里的大米犒劳它，弥补过去的亏待。吃煤少了，黑牡丹的蛋颜色越来越淡，由黑而深灰、灰色、浅灰。下了白蛋的第二天，黑牡丹再没有出窝，寿终正寝，无疾而终。小外甥5岁了，从幼儿园回来，哭得泪人一样，此后，两三年内不再吃鸡蛋。墙根下的鸡窝，天天有人打扫，真的像个小庙了。姐夫在里面写了一个牌位：黑牡丹，享年6岁零5个月，来家5年，产蛋1799个。

精简下放

1958年以来“大跃进”、大炼钢铁，三年内全国招收了2500多万工人，使城市人口从9900万增加到1.3亿，而粮食连续大幅度减产。动员城市人口下乡、压缩城市人口，成为解决经济困难问题的一项重大决策。1961 年 6 月中共中央在北京召开工作会议，在周恩来主持下，制定了《关于减少城镇人口和压缩城镇粮食销量的九条办法》，规定三年内减少城镇人口 2000 万以上，本年内减少 1000 万。

动员 15% 的人口放弃公职、工资和城市户口，回农村重过脸朝黄土背朝天的日子，在今天是不可想象的，在当时也给各级领导出了个大难题。层层动员，要党员团员带头，为国家担担子。没有想到，执行起来并没有太大阻力。主要原因，一是那时人民组织纪律性强，正如一首歌唱得那样："毛主席的战士最听党的话，哪里需要到哪里去，哪里艰苦哪儿安家。祖国要我守边卡，扛起枪杆我就走，打起背包就出发。"二是那时城乡差别并不大，都过集体生活，粗细粮比例也差不多。说到吃上，农村还有一定的优越性。城市里干啃那些粮食定量，农村还有瓜菜代。特别是农村整风整社以后，解散公共食堂，允许开小片荒，分自留地。农民解决了肚子问题，拿剩余的农产品进入自由市场，一斤胡萝卜、红薯一块钱。城市一级工每月工资 31 元，一天只能吃一斤胡萝卜。比较起来，农村也就有了一定的诱惑力。

1961 年年底，正是精简下放高潮。春节回家，不少初中同学的身份已经变化了。一名天津医科大学四年级的学生，已经结婚了，上有老下有小，几口人张着嘴要饭吃，新分的一亩半自留地需要耕种。没办法，办了退学手续，回村当了赤脚医生。五六个在地质队工作的同学，正在加紧磋商，协同步调，就要与原单位不辞而别了。回想在隆尧一中上学时，一曲《勘探队员之歌》成为最热门的流行歌曲："是那山谷的风，吹动了我们的红旗，是那狂暴的雨，洗刷了我们的帐篷……"优美的旋律吹得许多人心旌摇荡，向往着浩瀚的大西北，向往浪漫的勘探队生活。毕业时填写志愿，全班竟有五分之一的人选择宣化地质学校或长春地质学校。

兴冲冲工作了几年，审美感觉疲劳，诗情画意尽被沙打风吹去。加上远在天边，越吃不饱越想家，不约而同地想起陶渊明的“归去来兮辞”。他们之中，有的沉迷于老婆孩子热炕头，逾假不归，时间久了便成为自动离职；有的乖巧一些，找个理由申请纳入精简指标，落得个光荣下放。

过完寒假回到天津，我有事去省文联，正听到大家称赞李满天动员妻子下放的事。李满天 1938 年参加革命，曾是延安鲁艺二期的班长，是白毛女故事的第一个作者。他的长篇小说《水向东流》三部曲，是早于《创业史》的农业合作化题材的力作，曾经轰动全国。省文联机关精简下放有一个指标没人报名，作为副主席的李满天，只有动员自己妻子。他爱人也是抗战时期参加工作的老同志，已经是科级干部了，通情达理地报名下放。于是停了公职，放弃天津市的户口，带着三个孩子举家落户到昌黎县农村，变成一位劳动妇女。李满天走延安文艺座谈会讲话的道路，长期无条件地深入农村，写出了《力原》《穆桂英当干部》等一批中短篇小说，受到茅盾、周扬、邵荃麟、赵树理的高度评价，成为一代作家的榜样。

可是好景不长，“文化大革命”开始，李满天首当其冲地被揪出来，当“黑帮”、住牛棚、进学习班劳动改造，四五年有家难归。可怜他的妻子，领着三个孩子，孤苦伶仃，举目无亲，吃尽了苦头。难免有时后悔当初轻易下放，吃苦受累耽误孩子不说，一家人天各一方，彼此提心吊胆，还不能相依为命。

好容易盼到粉碎“四人帮”，落实政策，李满天的妻子儿女才结束了十几年“寒窑”生活，回到了省会。但是问题没有得到彻底解决，还留了个尾巴，没有恢复他妻子的公职。像她这种情况，在别的单位大都解决了，而且毫无疑问属于离休干部。但是她没有，因为是个家庭妇女，意见不统一。李满天好说好笑，性情豁达，没放在心上。后来李满天病危，把我们几个要好的叫到床前。

这个乐天派老泪纵横，说：“此生无怨无悔，唯一对不住的就是妻子。当初动员她下放，一个老革命变成了家庭妇女。有我在还好说，一个人工资俩人花也够了。我走了，没了工资，没有公费医疗，叫她怎么活呀。”

此时的李满天，这个曾经在战场上叱咤风云、文坛上纵横捭阖的硬汉子，已经没有捶胸顿足的力气，只能用涌泉般的泪水表白自己的心迹，只能把一块心病带到另一个世界去了。

整风整社

1958 年“大跃进”和人民公社出现的错误概括为“五风”，即共产风、浮夸风、干部特殊风、强迫命令风和生产瞎指挥风。“五风”造成的损失是惨重的，1960 年粮食产量比 1957 年减少了 21.2%，农村饿、病、逃荒、死人的现象大量出现，危机迫在眉睫，必须采取紧急措施加以纠正。中共中央委托周恩来起草了《关于农村人民公社当前政策问题的紧急指示信》，简称《十二条》，决定抽调大批干部到农村整风整社，纠正“五风”。省里闻风而动，迅速在全省铺开。那时干部少，省地县干部数量约为现在的十分之一，便抽调高校师生，以解燃眉之急。

1960 年冬我正上大三，立即扔下书本，打起背包，乘大卡车，在猎猎北风中奔赴霸县。那时，“一大二公”，什么都大，霸县、永清、固安三个县合为一个霸县，下边四五个乡并为一个公社，公社动辄就开万人大会。

霸县工作团在堂二里荣家大院扎营，省委副书记闫达开传达中央对形势的分析，认为全国县、社、队 30% 是好的，50% 是中的，20% 是坏的。在坏的中间，有若干单位的领导权被人家拿去了。干部分六类：第一类，“五类分子”，地主阶级复辟的，就是反革命；第二类，本来是好的，变坏了，被人家拉过去了，也是反革命；第三类，死官僚主义分子，死也不改，“共产风”一直刮，党的话听不进去，不能说是我们的人，是敌人；第四类，情况不明，头脑不清，不知道什么是社会主义与共产主义，总之是糊涂人；第五类，知道一些，不甚清楚；第六类，事情办得好，“共产风”很少或者没有。前三类属于敌我矛盾，后三类是好人。给大家的感觉，黑暗面这么大，怎么谈前途是光明的？

经过几天进村了解情况，懂得了一些农村工作方法后，天津一批干部和部分高校师生组成一个分团，进驻宫村公社（原固安县）。入村前，全体队员在一个荒天野地的砖场封闭集训，住地窝子，睡通铺。那时流行宁“左”勿右，分团领导介绍社、队情况，一团漆黑，好像是敌占区，政策学习变成了分析敌情。为了提高战斗力，必然先整肃内部，严明纪律，杀一儆百。通报两份案例：外面的，省直一名处长，生产队死了一头驴，分给他一块肉，没拒绝，揪回原单位批判；本团的，天津市一位副局长，在生产队食堂多吃了几块山药，“双开”。工作团上上下下空气紧张，意在“哀兵必胜”。

我和梁志义同学分到一个大队，工作队组长是霸县一位干部。那时我们乳臭未干，不谙世事，又异常天真，阶级斗争的弦绷得很紧。开座谈会，见组长端个旱烟笸箩，逢人便敬，也包括队干部，担心他敌我不分。他自己烟笸箩干了，也伸手去抓别人的，这不是多吃多占吗？我俩住在一个单身汉家里，成分是下中农。一明两暗的土房，他和我们各占一头。因为口音差别，彼此听不大懂。这个倔老头，40 多岁就罗锅着腰，出来进去牵扯一只母羊，背一个筐。趁我不在时，常常自己卡察（熬）粥，疑惑他从哪儿弄来的棒子面。我们私下说，这人与集体两条心，可能蜕化变质。

想提出搬出去，换个可靠的贫下中农家去住。

工作队组长很能干，进村不久，就侦察出大队主要干部有严重问题。队部的房屋倒塌了，他把落架的大梁解成板，做成家具到天津去卖，侵吞公物又投机倒把，应该报请重点打击。我和梁志义抓公共食堂，那时公共食堂是社会主义主要阵地。有人反映食堂炊管人员手脚不干净，打饭时仨亲俩厚的，有的多给有的少给。我们平时老到食堂转悠，开饭时钻在锅边，瞪大眼睛盯着，盯得炊事员心慌了，拿饭勺的手哆嗦起来，勺里的稀饭洒了一些。积极分子就嚷，乘机夺下了勺把子。有人反映保管员偷粮食，并且出主意查他家的茅坑。一般人吃代食品，拉出来屎是黑的。他家吃净面，茅坑是黄的。

工作队严格要求队员，像防止牲畜偷吃一样，把嚼子勒得很紧。当时口号是“少吃一口，救人一命；多吃一口，害人一命”。我们与社员一样，一天 4 两粮食的稀粥。社员们打回去，加糠掺草，还可以填肚子。我们没的可填，整天饥肠辘辘，一个月下来脸膀腿肿，从大队到公社，三里地要走两个多小时。

直到 1961 年 5 月，中央公布了《农村人民公社工作条例（修正草案）》，简称《农业六十条》，政策才有了较大的变化。一是取消供给制，二是规定办不办食堂完全由社员讨论决定。不久，三夏（夏收、夏种、夏管）大忙，工作队收兵，整风整社告一段落。回校检查身体，我便因为过于虚弱，住进了医院。

一次出诊

1958 年农业“大跃进”，效果适得其反，第二年粮食大幅度减产，生产队的仓库空虚。公共食堂“低指标，瓜菜代”，农民的家底挖尽。到 1960 年春天，不少社员营养不良，出现浮肿。整风整社工作队按行政级别补助肉蛋、糖豆和糠麸，对农民群众也施行救济。但是当时“三面红旗高高飘扬”，不能大张旗鼓地搞赈灾。同时还有另一个原因，一些基层干部多吃多占，恐怕发不到社员手里。应急措施是派工作队微服私访，找出真正的困难户，发放一定数量的救命粮油。固安县一位局长带领我和另一名女同学深入两个大队查访，一个一类队，一个三类队。

依照兄弟分团的经验，一人扮作医生，以普查身体的名义，挨门挨户检查，然后再把救济物资送来，凭工作队的诊断结果领取。局长是本县人，难免被人认出，就由我扮作医生，穿上白大褂，拿着听诊器，带着诊断处方笺，局长充当跑腿带路的角色。局长是个戏迷，边走边说，身份颠倒，像齐花坦的《春草闯堂》，你这个丫鬟当了小姐。我还是票友呢，说这是马连良的《春秋笔》，仆人变成主人，情愿替你去死。那女同学不懂戏，听得一头雾水，她的任务是调查妇女闭经问题。接近村庄时，路边出现了不少新坟，像一座座山头一样压在心上，脚步沉重起来。

走进村里，谷雨已过，往年早已满眼新绿，杨柳依依了。可是眼前所有树枝都是光秃秃的，好像还停留在冬天，树叶都被社员们捋去吃了。北墙根下，老人们排着队晒太阳，个个皮肤蜡黄，两颊塌陷，颧骨突出。局长招呼各回各家，县医院上门看病来了。

第一家老两口，原来日子和美，自从进了公共食堂，打饭定量，常为你多吃一口我少叨一嘴吵得不可开交。经生产队长调解，一家分两户，各吃各的。老婆饭量小，勉强够吃。老头肚量大，亏空太多，上下眼皮都膀着，水肿得发亮，眼睛只留下一道缝儿，腿上一摁一个坑，半天泛不起来。我拿出诊断处方笺，写上：营养性浮肿。告诉他明天送药上门，凭处方领取。

第二家，老母亲守着一个独生子，还没娶上媳妇。每次打饭回来，娘先把汤喝了，稠的留给儿子，说在食堂吃过了。开始儿子信以为真，狼吞虎咽地吃了。过了几天，儿子觉着不对头，悄悄跟在母亲后面，走了一趟发现了秘密，说什么也不吃了。娘儿俩推来让去，谁也不肯吃，桌上的饭凉了也没人动，半夜便宜了一只野猫。娘儿俩都躺在炕上，爬不起来了。我含着泪水开了处方：营养性浮肿。

第三家是生产队长，刚才还带着几个社员去地里下山药母子育秧，走到半路上晕倒了。人们卸下山药母子，用排子车把他送回家里，眼下正在床上喘气。媳妇一边拉风箱，一边责怪，说他一根筋，给个棒槌当针纫，一年收成交够公粮才分给社员，害得大家伙儿饿肚子。我走过去揭开锅盖，半锅杨树叶冒出怪味，手颤抖着写上：营养性浮肿。

也有几户没有浮肿，都是沾了孩子多的光。人民公社大锅饭，按人分配，食堂打饭也论人口，有一人算一份，哪怕是小月孩儿。多子女户，大人孩子背拉着，差不多能吃饱。看见几个比较健康的人，我们的心情也安定了一点儿。局长腾出空儿来问，开了多少浮肿了，我说 20 多户了。局长说不能再这样开了，开多了给人民公社脸上抹黑，再开就写“器质性浮肿”，先天造成的，不是人为因素。

我正佩服局长高明，忽然街上闹闹哄哄。原来几位育山药秧的社员趁队长不在，逮住山药母子吃了不少。他们只顾解饥，忘了事先已经拌了农药，毒性还不小。一个小时后发作起来，个个上吐下泻，肠子绞着疼。赶忙拖回来，找我这“县医院的医生”救命。要露馅儿了，我急得头上冒汗。亏得局长有经验，趴在我耳边说了几句。我镇静下来，指挥说，不要惊慌，快去食堂打一盆温水，下半斤小苏打，灌下去，涮一下肠子就妥了。

从一类队出来，局长让我算算，共开出多少处方。一算糟了，带来的份额，已经开出 80%，只剩下 20% 了，可是还有整整一个生产大队，而且又是个三类队，等待救治的群众一定会更多。我吓傻了，两条腿迈不开步，也像是得了浮肿病一样，一阵虚汗把衣服都打湿了，风一吹透心凉。那个女同学汇报的情况更令人心忧，全村育龄妇女，90% 闭经，已经两年没有添人进口了。

硬着头皮进村，没想到情况比预料好得多，没有什么浮肿的，妇女照样生孩子，大队支书的儿媳妇还生了双胞胎。我兜里的处方笺也不必往外拿了，轻松地走遍全村。只有一户说了实话，村支书胆子大，瞒产私分。上级规定四斤山药顶一斤粮食，他做主八斤顶一斤。所有的小粮食，黍子、荞麦、红白小豆都不计入征购。这个人手脚不干净，可是他自己吃肉，也给大伙儿喝汤，所以没人告发他。至于这个人为什么告密，他说是因为对分配政策不满。他一家五口，四个半劳动力，多劳也不多吃。

穿了一天白大褂，我自己好像真的成为了一名医生，想来想去，也弄不明白这一切究竟是什么病，莫非也是元曲中的赛卢医，糊涂煞也么哥。

华庄借地

1958 年农业“大跃进”，共产风、浮夸风吹得人晕头转向。但是，人哄地皮，地哄肚皮，到头来吃苦受罪的还是老百姓。

1961 年麦收，河北邢台县东汪公社华庄大队，每口人分到的麦子，一簸箕就端回来了。公共食堂解散不久，社员们没有家底儿，分到的那点儿口粮支撑不了几天，多数人家吊起嘴来了，不少人正准备进山讨饭，驻村的公社副社长睢常太一筹莫展。

睢常太是位好干部，常年深入基层，与社员同吃同住同劳动，对农村情况十分熟悉，是全省闻名的“老蹲点”。他把紧急情况反映给县委书记何耀明，并且出了个主意，想把集体的土地暂时借给社员一点，种一季萝卜救命，秋后收了萝卜就收回土地，保证不耽误集体种麦。民谚说：“头伏萝卜二伏菜，三伏还能种荞麦。”从说话到种麦，有两个多月空子可钻，机不可失，时不再来。

把集体耕地借给各家各户种是犯天条的事，无异会把人民公社的天捅个窟窿，借地只不过是借口而已。不久前中共中央批转贵州省委《关于目前农村公共食堂情况的报告》的红头文件，白纸黑字还在办公桌上摆着。何耀明这个小八路出身的县委书记，愁眉紧锁，像伍子胥过昭关一样，在办公室踱来踱去，脚下的路好像 14 年抗战一样长。走到天明，终于下定决心，握着睢常太的手说，救命要紧，干吧！为了稳妥，事后又叫人给东汪公社打电话，借地之事仅此一家，下不为例，并对外封锁了消息。

华庄借地，借出意想不到的结果。一人一分地，秋后家家院里萝卜堆成山，一冬一春肚皮有了保证。人心稳了，村里安定了。何耀明把这件事悄悄地告诉了代理省委书记刘子厚。刘子厚又悄悄地告诉给周总理。也许华庄借地只是众多信息来源之一，但是它们加在一起促使中央下定决心，给农民下放自留地。

按照规定，自留地占当地人均土地的 5%，长期归社员使用，用来种瓜种菜，作为农民的副业和收入的辅助来源。这样一来，一个四五口之家，就有了自己的二三分地，有了保命田。可是自留地到手，农民并不种瓜菜，只种粮食作物，因为三年困难，一天几两粮食，把大家饿怕了。

自留地作为“三自一包”的主角，以往是关在笼子里的老虎，一旦放出来就管不住，甚至养虎为“患”了。农民把主要精力放在自留地上，对集体就难免“离心离德”，很快自留地就成为集体生产的对立面。“队长敲了钟，社员大呼隆，男的说笑话，女的针线活。喊叫‘大跃进’，就是打扑克。”“生产队里一条虫，自留地里一条龙。”末了，集体的苗儿黄巴巴，自留地的庄稼黑黝黝。中国农民一向勤劳勇敢，造成这种局面，有人心向背，也有制度的原因。人民公社“一大二公”，基本上以人分配，好一点的劳二人八（分配时，劳动占 2/10，人头占 8/10），劳三人七。不少妇女是人家下地劳动，她在家里生产，生一个孩子多一份口粮，多多益善。劳动力觉得多干也不多分，白给人家“扛长活”。结果是集体地里养懒汉，自留地里出英雄。逢秋过麦，集体的粮堆越来越小，自留地的粮堆越来越大，主业副业颠倒过来了。

自留地与生产队的矛盾日益尖锐起来，慢慢升温到阶级斗争和两条道路斗争的高度了，社队干部开始想法制约它。庄稼一枝花，全靠肥当家，要控制自留地，就要从肥料下手。那时还没多少化肥，主要靠牲口粪、人粪尿和沤青肥。公社和大队决定取消一家一户的茅坑，改为公共厕所，统一管理。社员们自有办法，家里填了茅坑，就改用尿缸。白天攒着，黎明挑到自留地里。一时天天黎明挑尿缸的人排成队，像赶集赶会一样。卡厕所这一招不但没断了自留地的肥源，反而激起人们闻鸡起舞的积极性。

社队干部一计不成，又生二计，规定每个劳动力一季向集体交两方沤青肥，交不够扣口粮。道高一尺魔高一丈，社员也有办法，平时把扫院扫街的浮土堆在当街，不断加些柴柴草草，下雨天往上撩点水，最后盖一层草木灰和泥巴。干部验收时，刨开一看，不过是土和草的混合物，连一点臭味也闻不到。干部们发火，社员们也有词儿：“当初你们领导我们锄地头，披大褂，应付检查团，就是这么干的，有什么师傅就有什么徒弟。”

寻觅金山

大学期间读《元史》，对刘秉忠佩服得五体投地。他博览儒、释、道，“凿开三室，混为一家”。他辅佐忽必烈，振兴一个朝代还在其次，而创办紫金山书院，振兴了一个民族的科学，则前无古人。紫金山书院以研究自然科学为主，培养了张文谦、王恂、张易、郭守敬等一批世界顶级的数学、天文、水利专家，仅此一点就比后来讲授经史的江南四大书院不知高明多少倍。从人类文明的角度衡量，刘秉忠的贡献远远超过了朱熹。只不过后世的狭隘，认定他为“异族”当差，有“汉奸”的嫌疑，便打入另册，至今少为人知，令我愤愤不平。1962 年大学毕业，毅然离开大城市，投奔邢台县，寻找紫金山，这也是原因之一。

邢台县志上说，紫金山在府城西南深山，并无具体地名方位。趁在山区工作之便，每逢假日，便带了干粮，请当地一位业余作者带路，在崇山峻岭苦苦寻觅，十几次毫无结果。山穷水尽时，却获得一个意外收获：在冀晋两省分水岭，大山半掩的断崖下，发现了一个山洞、一个“野人”。这人花白胡须过胸，乱草样的头发里长出了草芽，衣服碎成了布条，一只脚胶鞋一只脚布鞋，都露着趾头。可是他很富有，周围高高低低的山坡、石窝里，凡有土的地方都长着黑油油的玉米，正吐出红线线，像是刀枪林立。往年的陈玉米棒，在洞口垛起了黄金塔，在洞内码成了黄金墙，足有八九千斤，顶得上一个生产队的粮库。不是做梦吧，我揉了几次眼睛，打量眼前的这座金山，尽管它还不是紫金山。

此情此景，令人想起陶渊明的《桃花源记》。可是这位遗民似的老人，并没有世外桃源的怡然自得，有的只是与世隔绝的孤独和苦闷。他神情紧张，说话含混不清，好像一些语言都忘记了。后来看我没有什么恶意，才敢试探着打问，公共食堂正在吃什么？还挨家挨户翻粮食么？我告诉他，经过整风整社、反“五风”，食堂已经解散了。他又重复地问了几句，看样子还不大相信。

原来他是山下大队的社员，年轻时上山攀岩掏五灵脂（鼯鼠科动物的干燥粪便，是一味药材）。三年前因为饿怕了，只身逃往人迹罕至的深山老峪。开始采野果，挖杜仲、何首乌充饥。后来看山上有土有水，虽然巴掌大的地块挂在坡上，加在一起也有八九亩。便偷偷下山，夜里摸进村子，带来几升玉米种子、一把镐头，过起刀耕火种的生活。

一位“野人”，一个山洞，让我隐隐约约看到穷困农村的一条生路。眼前这个蓬头垢面的老人，好像科学家一样伟大，分别时他和我都泪流满面。按照他的指点，下山时找到一条捷径，是他当年攀岩采五灵脂的小路。小路几乎是垂直的，需要抓着树枝、扒着山岩，好像一块石头从山上滚下来。站在山下回头看，山顶那处云片一样的开荒地，好像一只在风中飘摇的风筝甩下来的一条细线，断断续续，在有无之中。

回到山下，我把这个发现告诉了公社书记。书记把大腿一拍，兴奋地说，这个老家伙，我一直当他去东三省当了氓流，闹了半天在我眼皮底下捉迷藏呢。他悄悄告诉我，安徽宿县也有这样的老头儿，带着生病的儿子到山区开荒自救，开了 16 亩荒地，引起了省委书记曾希圣的注意。他受到启发，在部分地区实行了“包工包产责任制”，我就势问他敢不敢也试一试。他说：“我是土地革命时期的党员，脑袋掖在腰里干革命，看准了还有什么不敢的。”他晃着膀子跟我爬山，左边的袖管空空的，响堂铺战役丢掉了一只胳膊，还开玩笑地说，他是形“左”实右。老人被公社书记从山上请下来，摘了氓流的帽子，自愿把积攒的万把斤玉米交给公社。书记把一半分给社员当口粮，一半留下当明年的种子，并不声不响地在几个大队搞“包产到户”，小家叫农民自己当。

果然一包就灵，改变了“一窝蜂”“大呼隆”，农民又恢复摸黑下地了，荒地变成熟地了，病人变成劳力了，大田和自留地的庄稼一样好，妇女开始怀孕了。来公社调查研究的团地委书记说，在共青团三届七中全会上，邓小平主张包产到户合法化，还说不管白猫黑猫，只要抓住老鼠就是好猫。

两年后，我在任县搞细线条“四清”，碰到“责任田”的问题，请教同在一个工作队的中央调查部的某领导同志。他说这个问题中央高层分歧严重。我睡不着觉了，担心那次紫金山之行的后果。不久坏消息传来，说是搞粗线条“四清”，那位老汉和老书记都当作修正主义路线的典型，被揪出来批斗了。记忆里那只空中飘摇的风筝，终于被暴风雨打湿，跌落在地上，我的心也被狠狠地摔疼了。

粗 线 条

1963年9月，我正在抗洪救灾前线，突然接到一纸命令，去邢台县会宁公社北尚汪大队报到。县直干部常年在下边做中心工作，县城里连个窝儿都没有，单位就是自行车，行李卸到哪儿，哪儿就是家。

报到后方知是搞社会主义教育试点。1962年9月中共八届十中全会后，“反修防修”作为一个基本战略成了全党一个重要指导思想，要在全国开展社会主义教育运动。1963年4月，保定地委提出“四清”，即“清账目、清仓库、清工分、清财物”。我估计县委选择北尚汪作为试点，是因为这个大队村大地主多。

北尚汪位于邢台西北25里，太行山东麓旱圪梁上。土地改革时，全村108户划出12户地主、富农，还有几户大地主，“北头田家半边天，东头赵家占得宽，西头张家没有边”。田家大院占地40亩，是一座巨大的庄园。正面高大门楼上，枪口环列，俯视全村，四面一丈多高青石围墙。山谷似的过道两侧，两座对称的深宅大院，都是九门相照，庭院连环，一色青石到顶，每一块条石都是一寸三钻，精细打磨，墙不见缝。几百间房屋都是飞檐起脊，雕梁画栋。从规模到质量，山西的王家大院、乔家大院，乃至皇城相府，都无法与之相比。山西的大院都是砖木结构，像这样巨大的花岗岩城堡，只有欧洲才能见到。

石头城堡的创建者田金，外号“麻养”，是顺德府知名巨商，经销美孚石油公司煤油发迹，而后“通商六国”，商铺遍及华北。新中国成立时家人早已移居外地，庄园只剩下一个空壳，分给几十户贫下中农。对于搞运动，它已经是“死老虎”了，但是进行阶级斗争教育，却又是个“活靶子”。当时四川省大邑县刘文彩的收租院，是全国的典型。田麻养的庄园是河北省的典型。成立村史展览馆，要我写解说词，对其中的实物写了一些标签诗。比如《催租锣》:“半个大锣，铜锈、血色，当年听到锣声响，多少穷人胆震破。交租、交税，声声催命命难活。”《长工衣》:“长工曹巨东，一件老羊皮，挡了四十年风，遮了四十年雨，鞭痕叠着鞭痕，血迹压着血迹。同志！扯过衣襟比一比，也把新旧社会比一比。”《留声机》:“出租田是唱盘，高利贷是发条，地主握把紧紧摇，声声是穷人惨叫……”现在翻出来脸上发烧，当时大学毕业刚一年，思想幼稚得很，是“真情实感”，受一种情绪煽动，又去煽动别人。

工作队进村，扎根串联，组织阶级队伍成立贫农协会，开展对“敌”斗争。经过群众讨论，认为阶级斗争有几种表现：地富分子向子孙指认旧时房产、地界，叫“变天账”；地富家孩子与贫下中农孩子打架，叫“阶级报复”；地富分子请工作队吃派饭，是“拉干部下水”；地富分子使用土地改革前属于自己的牲口、农具，是“反攻倒算”；地富子女与贫下中农结婚，是“糖衣炮弹”；地富家离异女子嫁给贫下中农，叫“和平演变”；地富家逢年过节聚会、说年龄论辈分，叫“续反动家谱”。一经揭发，就是“现行”反革命活动，要召开批斗大会。

村俱乐部演新戏，《审椅子》和《夺印》。前者是一出小戏，写地主家一把红木椅子，土地改革归了农会，放在大队部里使用。椅子夹层里藏着地主的家谱，地主时刻想偷回来。蒋介石叫嚣反攻大陆时，风高月黑夜，地主乘机偷出椅子，被巡夜民兵发现，好一场打斗。《夺印》是一出多幕戏，说一个村庄被地主分子瘸爹爹篡权，上级派何文进来村当支部书记，意在夺权。瘸爹爹步步为营，做圈套挖陷阱，且战且退，以守为攻。他老婆“烂菜花”极尽拉拢腐蚀之能事，端着饭碗满台子喊叫：“何支书，吃元宵来……”俱乐部演员们觉着不过瘾，要把本村的阶级斗争搬上舞台，由我执笔写了一出丝弦剧《倒算》。时隔40多年，剧情记不清了，因为真人真事作蓝本，以我当时的认识水平，难免有夸张、丑化之词。

因为是搞群众运动，阶级斗争的弦越绷越紧，风声鹤唳，草木皆兵。一天晚上贫农协会报告，有一个地主分子不见了，可能是畏罪潜逃。领导把积极分子和工作队队员从被窝里叫起来，分兵六路，连夜追赶。我和一个社员骑着自行车，乘着月光，沿岗坡小道，高高低低，跌跌撞撞，一路向南，不知摔了多少跟头，天明赶到沙河车站。一人在候车室，一人在站台外，死死蹲守着，不错眼珠地看，连吃饭的工夫都没有。蹲了多半天也不见人影，晚上赶回村，听说那家伙早回来了，不过溜达着到邻村串了个亲戚，把我们大家都涮了。

细 线 条

1964 年 12 月，我奉命到任县张寨大队搞“四清”。一个 400 多户的村子，突然进驻几十名工作队员，而且来头不小。其中包括一名中央调查部副部长和他带来的二三十名局长、处长（他们的名字后来在驻外大使名单中陆续出现过），尽管都换成破旧衣服，但是言行举止毕竟与众不同。那时多次强调各级领导干部一定要下去蹲点，如果不去取得这种直接的经验，那就不能做领导工作了。

全国出现一种新的组织形式，由中央单位和省、地、县数千名干部在每个地区组织成强大的工作团，集中于一个县，用打歼灭战的方式组织运动，并包揽了这个县的党政大权。华北局第一书记李雪峰在永年县施庄蹲点，河北省省长刘子厚在任县永福庄蹲点，一个县委包一个公社。重点县“四清”全过程需要八九个月，叫细线条“四清”。非重点县先搞一冬一春，叫粗线条“四清”。

“四清”工作团浩浩荡荡进驻任县。进村宣讲“双十条”。1963 年中共中央制定《关于目前农村工作中若干问题的决定（草案）》，叫“前十条”，之后《关于农村社会主义教育运动中一些具体政策的规定（草案）》叫“后十条”。后者对农村阶级斗争形势做了更加严重的估计，对基层政权的问题看得更加严重，提出了“反革命两面政权”的概念。工作队进村后，中央又公布了《农村社会主义教育运动中目前提出的一些问题》，即“二十三条”，不过“四清”的内容已不是原来保定地委提的“清账目、清仓库、清工分、清财物”，而是变成了“清政治、清经济、清组织、清思想”，斗争矛头越来越明确为“走资本主义道路的当权派”。

工作队进村好像跨入“敌占区”，小心翼翼，神秘兮兮，好像还是《暴风骤雨》中土地改革运动那一套路数，访贫问苦，扎根串联。工作队越强大、越神秘，村干部越发毛，像坐上没底的轿。最早找上门来反映问题的往往是“勇敢分子”，自身有这样那样的问题，不能依靠。“苦大仇深”的贫下中农，怕工作队兔子尾巴长不了，受打击报复，持观望态度，经过启发教育，看准了才敢站出来，叫作选“根子”。“根子”需要上查三代，横查三亲六故，舅舅、姑姑、姨姨的家庭，全身上下没一点“渣儿”，才能成为依靠的力量。这样一来，能让工作队“同吃同住同劳动”的贫下中农就没有多少户了。工作队在有数的“根子”家吃派饭，他们一般都很苦，跟着吃糠咽菜。调查部一位干部过去经常出国吃洋餐，糠糠菜菜咽不下去，经过思想改造，慢慢习惯了，写了一首诗：“山药萝卜糠，越吃越觉香。吃上百家饭，身体更健康。昨日吃饱了肚肠，今日吃饱了思想。山珍海味不再想，此物最富营养。”不久过春节，工作队不放假，过革命化春节，吃了窝头搞斗争，别是一番热闹。

工作队认为村政权烂掉了，需要揭盖子、夺权，把大小队五六十名干部统统“挂起来”，叫作“四不清”干部。同时发动群众背对背揭发问题，诉苦会上声泪俱下。现在回想起来，并没有什么大不了的问题，诸如多吃多占几十斤、上百斤粮食，1963 年发放救灾物资厚此薄彼，砍生产队的小树盖房做檩条，赶集“投机倒把”贩小猪，用麦秸做草纸搞“资本主义”，阶级界限不清，男女作风问题，等等。最犯众怒的是打骂群众，护青时发现小偷小摸，偷一罚十，让人倾家荡产。现在看起来都是些芝麻问题、鸡毛蒜皮的小事，可是当时群众普遍生活困难，社会又清白，眼里容不下沙子，就会抓住不放。有个干部发现一个社员放羊，硬说羊吃了生产队的谷子，牵起来就走。那位社员跟到大队，眼看着干部把自己的羊杀了，结果翻遍肠子、肚子也找不到一粒谷子。那社员气红了眼，夺过刀子就要杀干部。

工作队和贫农协会不断把揭发出来的问题立案整理，当时叫“梳辫子”。然后根据“辫子”的粗细，把干部分类排队。问题较轻的，进行面对面斗争，让他们当众坦白交代，叫“洗手洗澡”，心平气和的斗争叫“温水澡”，雷鸣电闪的斗争叫“冷水澡”，洗一次“澡”，叫人脱一层皮。鼓动干部之间互相揭发叫“狗咬狗”，随从揭发主要领导叫“起义”，戴罪立功好的可以“赦免”。问题严重又久攻不下的叫“反动堡垒”，就要拉到公社，开万人大会批斗。

任县是平原地区，距邢台市仅20公里，人们有见识，“四不清”干部自杀的不多。邢台西部山区消息闭塞，人性耿直，许多村干部都是红脸汉，多年当干部，一帆风顺。粗线条来了，没见过这阵势，突然成了革命对象，经不住羞辱，想不通就寻了短见。一位新上任的县委书记，一身清白，也自尽了，满城人都喊冤叫屈。工作队也知道，凡自杀的都是没什么问题的，咽不下这口气。一口气憋住，就不想活了。

粗粮细做

中国传统粮食为麦、稻、黍、菽、稷，俗称五谷。五谷没有包括玉米。玉米的故乡是拉丁美洲，16世纪才传入中国。可是它后来居上，早已遍及长城内外、大江南北，与麦、稻一起三分天下。玉米生性泼实，耐寒耐旱，不论沙荒薄地、山坡瘠壤，甚至石头缝里都能立地生根，且易高产，所以深受农民喜爱。只是不似麦稻精细，颜色发黄，口感稍差，习称粗粮。

玉米身价低，与下里巴人门当户对，越是旱涝灾年，越是困难时期，越是行时。我是吃玉米面长大的，少年时就写诗赞颂它："金皇后怀抱胖娃娃，笑开了一地白马牙。""金皇后"与"白马牙"，曾是玉米的优良品种。

1953 年开始实行统购统销，粗细粮搭配供应，七三开，八二开。随着农业合作化和人民公社深入发展，大米白面越来越少，几乎在北方餐桌上销声匿迹，逢年过节才出现于粮店的黑板上。一露面，人们惊喜万分，奔走相告，手擎粮本，排起长队。让人想起杨白劳，"集上称回二斤面，带回家去包饺子，欢欢喜喜过个年"。

我与老伴谈恋爱时，正是玉米面年代，我们相约回到保定北部的一个县城。岳父一家盼星星盼月亮一样迎进家中，人来了却犯了大难。家中全是粗粮，大米、白面无处借也无处买。想不到我没过门的媳妇露了一手，粗粮细做，一连几天饭不重样。虽非脍不厌细，但可以说达到了艺术的境界。我出生在冀南，吃饭不讲究，这一次在保定可吃出了门道，做了玉米面的俘虏，至今记忆犹新，回味无穷。主要吃法如下：

贴饼子。柴灶，旺火开锅备用。粗玉米面，温水和面，水适量（玉米面不大吃水），和到偏软程度，团在手中，两手折成五六分厚圆饼，贴至水面以上锅沿，然后将水舀出一些，防止水沸煮饼。盖锅，文火烧一刻钟，香味随蒸气溢出。掀锅，将饼子一个个铲下，贴锅一面一层焦黄锅巴，趁热吃，香脆可口。

蒸傀儡。以树叶野菜为主，春天用榆钱儿、榆叶、扫帚苗儿，夏天用山药叶，秋天还可用菜豆角。将树叶野菜洗净切成七八分长，放在盆里，边撒玉米面边搅拌，面不可多。旺火烧锅，架箅子，铺屉布，将拌匀的菜面撒在上面。蒸 20 分钟即熟。蔬菜上裹一层薄薄面皮，而不掩其本色。吃起来松软筋道，菜味面香兼而有之。不忌口者，佐以醋蒜更佳。文人称为傀儡，意为代食品；农民叫作苦累，指受苦人吃的。

摇格格。用细箩筛玉米面，箩上粗面留作生面用，箩下细面用沸水烫，边浇边搅成碎疙瘩状，切记莫稀。手沾凉水边揉边团，擀成薄饼，纵横切割成指甲盖大小的菱形小块，放在铺有生面的簸箕里，两手摇动，使之互不粘连。下在滚开的锅里，用勺子轻轻推转，5 分钟即熟，捞在碗里，状似碎金。打卤炸酱均可，筋道肉头，清香爽口，胜似老北京炸酱面。

打焖饼。将白菜、大葱、山药叶等剁碎，放进粗玉米面内，用温水和匀，糊在锅底上约一公分厚，用手将表面拍平光滑。盖上锅，文火烧 10 分钟，闻到香味用铲子轻轻转动，避免粘锅，熟后起出，状似锅盖，下面一层焦黄锅巴，掰而食之，香酥可口。

打缸炉。开水烫玉米面，包以各种菜馅，然后沾凉水，边团边包，最后拍成巴掌大半寸厚的馅饼。火炉上架一个没底的破脸盆，火口上盖一个多孔铁片，防止炉火太旺。脸盆上架饼铛，倒油，放上做好的馅饼，加盖。注意要不时用铲子转动，待七八成熟时铲起，靠在脸盆壁上烤，铛上放第二批。三两分钟翻过烤好背面，即食。

把儿条。细玉米面加少许山药面，为了增加粘连性，再加些榆皮面，开水烫面，揉透和匀，擀成薄片，切成三寸宽，再叠起来，中间撒生面，切成一把长的面条。煮熟，打卤炸酱即可。

雨果说，上帝用最柔和的泥土和最纯洁的色彩制成了女人的手指，我深信不疑。困难时期的保北几日，我的牙齿、舌头和心灵都获得了一次高级享受，为后来无数次的鸡鸭鱼肉、山珍海味所无法比拟。吃饭时，好像每一根面条都是她的手指，传递着聪慧；每一块干粮都是她的红唇，轻透着温情。

小人谋食，君子谋道。她每做一顿饭，好像在讲一个道理；

我每吃一顿饭，都好像在读一篇文章。几天饭吃下去，我们的婚姻就拍定了。当时我想，我选择的道路必然是终生的穷困，永远的玉米面，正需要一个女人来粗粮细做，制造出生活的味道，创造出一个好丈夫，创造出好儿女。后来事实证明，果然。

补丁的故事

“新三年，旧三年，缝缝补补又三年。”这是过去居家过日子，特别是衣服被褥的使用原则。从古代到近代，乃至改革开放之前，丝绸、棉布成本和售价较高，衣被成为人们生活的主要开支之一。上层人物长袍马褂自不必说，劳动人民短衣短裤，被讥为“鹑衣”，就是秃尾巴鹌鹑的样子，也常破破烂烂，需要缝补。以碎布补缝破烂之处，叫作补丁。一件衣服补丁多了，叫百衲衣。如今的年轻人看京剧《红灯记》，见到李玉和与铁梅崭新的戏装上，加了几处不规则的布块，莫名其妙，不知道那叫补丁，是当时生活的真实写照。

1956年以后，中国的补丁骤然增多起来，好像一种流行的皮肤病。统购统销之后，吃饭凭粮票，穿衣要布票，不分老幼高矮，每人每年1丈2尺。以中等身材计算，做一件制服上衣需布7尺，一条裤子需布6尺。做一条棉被，里1丈4尺，表1丈2尺。如果家有积蓄，老人小孩背拉着，尚能将就。若是单身职工，独立生活，那就惨了，有穿的没盖的，有盖的没穿的。对于上班族来说，无疑是攘外重于安内，花钱买一床被套。内容不是农村的“落弓棉”，就是城里的再生品，连不成块儿，抱不成团儿，需要外加一个网套。晚上和衣钻进去，第二天沾一身棉絮，好像长了一层白毛。

当时部队比地方情况稍好一些，不实行布票，照常定时发衣发被。干部战士受社会环境影响，懂得了节约，省下一部分旧衣旧被转送亲友。于是军装时髦起来，军衣军大衣、绒衣绒裤满天飞。许多姑娘也冲这一优越性，希望找个军人成婚。地方女人穿上绿军装，就意味着成了军人家属，或者准军人家属，连本人也被称为“军用品”。

另一个特殊的部门是供销社。不知他们当中哪一位智者，发现日本进口的化肥袋可以洗净染色当布用，做成衣服软绵绵轻飘飘的。于是很多地方的袋装化肥改成散装卖，省下包装皮发给职工。一时供销社成为热门单位，四面八方的人都来套近乎，以踅摸到一两个化肥袋为荣。只是这种日本化肥袋不好染色，洗两水就掉色。社会上流传这样一首民谣:“晋县小干部，身穿哆嗦裤，前看日本产，后看是尿素。”

我们家既没人当兵，又跟供销社不沾边。但是大人孩子衣着有模有样，不失体面。为什么？全靠我爱人一双巧手，为全家拮据的生活“打补丁”。同样是那几丈布票，在她手里就得心应手、经久耐用，充分表现了她聪明过人之处。应对变化，又全在手与心。首先是布料的选择，因用使材。被面单衣用浅色细布，柔软清爽。秋冬衣服用哔叽、咔叽，都是斜纹布，薄厚不同，必要时用双面咔叽，过春节还要用条绒。尽管每尺多花一两角钱，算总账还是物美价廉。二是自己染色。当时外国经济封锁，国内织染技术落后，市场上只有蓝黑灰几种布料，颜色单调。为了孩子穿得鲜艳一些，她自己买颜料，煮染出桃红、枣红、柳绿、湖蓝等颜色。再是自己剪裁。街上看到新鲜式样，书上找出美的图案，自己动手学着剪裁。为了省布，常常是两三件衣服套在一起裁。这些都要把学过的几何代数用上。尤其女儿的衣裙，力争新颖美丽，先在白纸上画小样，反复修改，确定后再在报纸上放大样。

从小到大，经她的巧手缝制出来的衣服，没有重样的。

特别值得称道的，是我爱人打补丁的艺术。孩子好动，上树爬墙，膝盖、肘部、臀部容易磨破，选用适当的碎布，剪成虎头猫脸等图案，对称地补上去，好像是装饰品。衣服上挂了个小口子，缝好再绣朵花，天衣无缝。我的小女儿，在那个以灰暗色彩为主调的时代，显得花枝招展，好像一个小模特儿。

至今，我箱子底下还保存着二十世纪六七十年代的几件衣服，阖起眼来，那些大大小小的补丁，好像天上的星星。

吃派饭

读高中时，语文课本上有秦兆阳一篇《王永淮》，主人公扎根农村、艰苦创业的精神深深感动了我。几年后大学毕业，我申请到邢台山区工作，已经是邢台县县长的王永淮，推荐我到县文化馆，并建议我去全国植树造林先进单位石槽大队蹲点。报到第三天，我步行百里到达石槽。

一个刚刚走出家门、校门、机关门的“三门”干部，进山后困难重重。首先是不会吃饭了。过去吃食堂，用粮票买饭票，用饭票换饭吃，一个馒头二两，一碗粥一两。下乡吃派饭，一天交一斤二两粮票、四角钱。可是农村饭食品种繁多，质量不等，个儿大个儿小，小碗大碗，难以掌握。

第二天，太阳一竿子高，一个小闺女来叫：“工作员！今儿个到俺家吃饭去。”沿着石板路拐弯抹角，走进一团石头院，来到一座石头屋，在一张石头桌旁坐下。主人先端上来一碗稀的，黑瓷碗大如小盆，碗中物介于豆浆与面粥之间，乱着菜叶，黄中泛绿。

他说这叫豆沫，现磨现煮的。禁不住豆香引诱，抿了一口，果然是美味。接着又端上来一盘窝头，谷子面做的（谷子碾去糠皮才叫小米），拳头大小。主人倒过来“黄金塔”，塞上一个软柿子，像黄云托出半轮红日。我激动了，但是拿起又放下。因为那碗豆沫已经尝了一口，就得喝完，一大碗豆沫该有三两的样子，再吞进那金塔红日，显然要超过指标了。这时脑子里立即出现一个镜头，1960年在固安县搞整风整社，天津市一位副局级干部，就因为在生产队食堂多吃了两块红薯，被工作团大会批判，当场“双开”。从此我吃饭划了一个底线，慎莫多吃多占。

吃了饭上山劳动，刨坑栽树，与石头打交道很费力气，撒了两泡尿，一大碗豆沫就消耗殆尽，饿得我心慌腿软。午饭是红薯面饸饹，山韭菜炒蘑菇做卤，香味扑鼻，狼吞虎咽吃下去。吃完一拍脑袋，糟了！早饭一大碗豆沫，中午一大碗饸饹，一斤二两的定量，一不留神差不多吃完了，晚上小闺女再叫吃饭不敢去了。这一来更糟了，老乡以为我病了，特意做了一碗白面条，打了两个荷包蛋，叫小闺女送到我的住处。尽管饥肠辘辘，面对饭碗不敢动一下筷子，守到半夜又送回去。

几天之后，王县长上山，发现我瘦了，走访我吃过饭的人家以后，笑着对我说：“你是三年困难饿怕了，把吃派饭当成考验，一天过三关。其实吃派饭是群众路线的工作方法，通过深入群众，访贫问苦，了解情况，不是去当客人，不能把自己当外人，该吃就吃，吃饱好工作。”从此我吃派饭才吃出了味道。后来搞“四清”试点，有几个社员跳起来揭发一个生产队长多吃多占，作风霸道，工作队就把他挂起来。我吃派饭时反复了解，原来这几个人小偷小摸，被队长逮住批评处罚过，是“勇敢分子”。经过群众评议，给队长恢复了工作。吃派饭正像马玉涛在《看见你们格外亲》中唱的：“吃的是一锅饭，点的是一灯油。”无形中拉近了和农民的距离，听到了掏心窝子的话，了解到许多生动的故事。

一次在老乡家里吃饭，听说一户人家与生产队牲口棚为邻，中间隔一道墙，墙根有一个小水道。这户人家故意把自己的鸡通过水道赶到牲口棚里找食吃。我觉得新鲜，换一户吃饭又做了印证，觉得小事情可以做大文章，乘兴写了剧本《轰鸡》，在河北省戏剧会演拿了头奖。

吃派饭，吃百家饭。参加工作以后，经常下乡蹲点，一蹲就是几个月。吃了四年派饭，够千家饭了。群众对管饭的态度也不尽相同，多数是乐意的，改着样儿让你吃，说长期离家在外不容易。阶级成分高的不敢给做好的，怕说是拉拢、腐蚀干部。光棍汉子条件差，不大会做，就要自己动手，烧火擀面。还有邋遢、笨拙出了名的户，大队干部不给你派，也不要错过，这些人家往往有困难，需要解决，千万不可嫌弃，隔门而过，那样会打击他们。有一次，一个半傻不俏的女人管饭，我在下边拉风箱，她抱着孩子燎窝窝头。突然孩子拉屎了，拉在锅台上，她慌忙拿了一只碗扣上，以为我没有看见，我也就装着没看见，该怎么吃还怎么吃。心里并不怪她，发放救济时，还第一个想到了她。

老实巴交的农民有时也会看人下菜碟。他们看人，不是看职务的高低、职业的长短，而是看人品的好坏。有一次，造反派押送县委书记何耀明全县游斗，在山区一个大队搞批判大会，会后派饭到一户农家。这位老大爷表面嘻嘻哈哈，可是心里有数。开饭吃面条儿，他把造反派让到上房坐下，每只碗里加了一撮盐，齁得他们直咧嘴；而把何耀明推到门外，说走资派靠边儿站，端碗到院里吃去。何耀明一挑筷子，下边儿卧着四个荷包蛋，他眼泪唰地流下来了。

如今，“蹲点”“派饭”一类的词儿，已经从生活中消失了。我下乡采访，包括公务，都是乡政府村委会“安排”，到饭馆酒楼，不落忍，只有自带吃的。但是都吃不到过去那种味道了。对于以往吃派饭的香甜，只有眯缝着眼去回味了。

肚量问题

农村整风整社以后，城市开展“五反”运动，反对贪污盗窃、反对投机倒把、反对铺张浪费、反对分散主义、反对官僚主义。1963年省委书记处生活会上，有人给刘子厚提意见，说他下乡工作时，在某地吃了一头猪，又在某地吃了一头驴。当时普通干部职工，每人每月供应半斤肉，一头猪、一头驴显然是个重大问题。意见是从下边提上来的，大家抓住不放，上纲上线。

当时省委书记林铁养病，刘子厚省长兼省委书记处书记主持全面工作。那时全党上下过着严格的民主生活，批评与自我批评，不讲情面，知无不言，言无不尽，主要领导不仅毫无例外，还要以身作则。这个1929年入党，1935年领导冀南暴动，枪林弹雨中走过来的新四军师长，众目睽睽之下，发蒙、难堪，下来查问贴身警卫小杨子:“你好好想想，有这回事吗？”小杨子扳着指头数这几年的下乡经历，末了一跺脚，“咳！有。那一次在南和县工作，县招待所吃过一顿猪肉饺子。又一次在临洺关（属永年县）工作，县委招待所吃过一盘驴灌肠，合着那就是一头猪、一头驴，都记在你的名下了。那你的肚子也太大了。”

问题找出来，刘子厚还是在书记处生活会上做了深刻检查，讲了些因小失大、防微杜渐的道理。虽然吃饭肚子没那么大，听取意见却需要有大肚量。以此为训，他反复叮嘱家属和身边工作人员，凡事要有群众观点，严格把好吃饭这一关，给自己戴上笼头、嚼子（防止偷吃庄稼，戴在牲口嘴上的一种铁制工具），发现有什么不对头，你们就勒一下缰绳。

有一次刘子厚和小杨子风尘仆仆下乡回来，发现办公室有一箱橘子。刘子厚有糖尿病容易口渴，顺手拿过一只掰开就吃，一瓣橘子还没咽下去，就把剩下的多半只放下，不好意思地对小杨子说："你怎么没勒住缰绳，快去问问是怎么回事。"一会儿小杨子回来说是湖北省委送来的，每个书记一箱。子厚说箱子打开了，又吃了一口，没法退了，问问市场价格，如数给钱。市场上每斤橘子三角钱，那时半斤一个的馒头四分钱，橘子价格不低了，刘子厚按四角一斤给了钱，一颗吊着的心才放下来。

又一次下乡回来，大光明影院第一次上演宽银幕影片《魔术师的奇遇》，孩子们嚷着要看，子厚自己出钱，让小杨子买票。电影开演了，觉着不对劲，影院只有自己一家和身边的工作人员，心里忐忑不安，宽银幕电影也没看好。灯一亮就喊小杨子过来，追问是怎么回事。小杨子说，买电影票时正碰上影院经理，认识他。听说是省长看，说什么也不收钱。子厚一听，火冒三丈，说你这个关是怎么把的，这可是真的一顿吃一头驴了。命令他赶快送钱去，还要加倍地交。

我的家乡南汪店是隆尧县最南边一个村，刘子厚的家乡刘家屯是任县最北边一个村，相距不过二里，因此我对他家的情况了解一些。刘子厚从湖北省省长调任河北省省长。这期间，他的老爹一直在老家受苦（当地把种地叫受苦），住房破瓦寒窑一般。当地公社领导做主，在院里盖了五间砖房，给他老爹住。刘子厚听到后捶胸顿足，说这是搞特殊，叫他怎么有脸回家。果然从此就不敢明着回村了，想老爹时就晚上偷偷回去看一眼，天明前就走。地区领导知道了，想法给个台阶下。砖房不能拆，由唐庄农场买下，产权、使用权归农场。唐庄就在刘家屯村西二三里。刘子厚办事认真，让老爹搬回老屋，并在新房和老屋中间垒了一道高墙，变成另一处宅院，把自家的宅基地也白白割让出一部分。

也许是受到公社干部给老爹盖房的警示，刘子厚把全省"四清”运动的试点选择在自己的家乡任县，并且亲自在与刘家屯三里之遥的永福庄大队蹲点。明摆着“四清”运动就是整人运动，全县大大小小的干部过了筛子又过箩地整治一遍，其中也少不了沾亲带故的，搞起来就得六亲不认，说不定还要“铡包勉”。这种事换作别的领导，总会躲着走的。这说明刘子厚为人正直、胸怀坦荡，也表明他把“四清”搞彻底的决心。乡亲们议论，有的说“刘月子”（刘子厚的乳名）犯傻，有的说这才是怀抱驴圣上金殿，忠心耿耿。

小小的任县，上万名“四清”工作队员，其中也不乏中央部级领导，为了工作方便，他们都以化名出现。刘子厚是当地人，不少人都认识他，瞒不了人。一天三顿吃派饭，他事先不让告诉姓名，只说是普通工作队员。饭端上来，糠菜饼子、红薯把子，一老一少吃得很香。刘子厚对小杨子说：“我小的时候，连这还吃不上呢。吃这个好，大概不会有人说，我刘子厚一顿吃了一亩庄稼。”

逝水流年

村剧团

土地改革以后，合作化之前，那几年是农村的黄金时期。平分土地，调动了农民的积极性。经济政策对头，“要发家，种棉花”，乡亲们手里有了钱，文化娱乐热火朝天。那时没有电影，更没有电视，却村村有剧团，县文化馆成了最重要的部门。我们那个县20多万人，120个村就有120个剧团，有秧歌、丝弦、乱弹、梆子、京剧等20多个剧种，没有剧团的村庄由文化馆重点扶持，排演《白毛女》《刘胡兰》等新歌剧。

我们村200多户，有个秧歌剧团。秋后一挂锄，大家就都到村公所排戏，有人教有人学，自娱自乐。城里人视戏子为下九流，农村人可不那么看，谁家人登台亮相，那是一种身份和荣耀。出门在外，只要说是剧团的，就有人递水管饭。我的两位堂叔，一生一旦，是剧团的台柱子。有位阴阳先生路过我家坟地，连连摇头说，按风水该出娘娘、大官，可惜让两个唱戏的预支了。没人听他的，大官和娘娘离农村还远着哪！我从小爱在戏班里掺和，让人勾个红脸，招摇过市。后来跑龙套，扮个《秦香莲》里的冬哥、春妹什么的。

农村没有戏院，土台子戏棚子。不卖票，挨家挨户敛粮食，够演员吃米面、卷子、大锅菜就行。农闲一天两开厢，老百姓吃饭没时晌，等人打三通鼓，人不齐出来一个定台师，老生扮相，坐在那里没完没了地唱，内容与正戏无关：“胡说话，话说胡，高粱地里耪两锄，一耪耪在枣树上，葚子落地黑乎乎，捧回家去煮红薯，蒸出一锅老豆腐。”村长说，与其让你胡说不如我来宣传，戴上髯，开口就唱：“今冬上级要征兵，对象就是贫雇农，年龄十七到十九，眼不花来耳不聋。要是报名还罢了，不来报名上绑绳，一不打来二不骂，喝凉水来吃冰凌，饿得小脸黄又瘦，说好的媳妇吹了灯。”

开戏了，勾人掉泪的是青衣，逗人发笑的是小丑，村剧团往往以小丑为中心，说拉逗唱，插科打诨。戏无定词儿，要能把三里五乡奇闻趣事、四邻八家故事笑话，脱口出秀。丑角高桃子出场忘了词儿，一眼瞟见他大嫂，顺口便唱：“懒老婆，没事干，抱着孩子把门串。男人下地回家转，掀开锅盖没有饭。案板上鸡粪攒成堆，屋地下蚂蚁滚了蛋。清水缸里蛤蟆叫，针线笸箩鸡下蛋。鞋儿破，帮儿烂，十个脚趾露一半，骂声贱人哪儿去了？台子底下把戏看。”台下大嫂听了心虚，跳起来就骂：“王八羔子糟蹋人，谁不做饭？那天你大哥不在俺摊闲食，不是叫你见了伸手就抓。那闲食喂狗来！”桃子说，吃了人嘴短，不说你了。那边看见马六奶奶拄着一根枣木棍颤巍巍走来了，他便大声呼喊，借马六奶奶枣木棍一用，唱道：“枣木棍儿弯弯多，大婶拿它打婆婆，‘光吃饭，不做活，叫你活着干什么’。新过门的儿媳妇，伸手就把棍儿夺，包又包，裹又裹，就往板柜底下搁。大婶问她干什么，媳妇说：‘等你活到奶奶这年纪，我也用它打婆婆。’”大家都知道这是不久前在马家发生的一桩真人真事，羞得那大婶无地自容。别看指桑骂槐，当事人并不恼怪，因为是小花脸，丑事当作笑话说，劝人行善学好的。

就这样，村剧团好比农民饭桌上的包饺子、大锅菜，平时不常吃，节日少不了，既吊胃口，又是一种精神享受。逢年过节，赶集上庙，如果看不上村剧团就扫兴，吃饭没滋味。有了村剧团，农民便有了节日，红火热闹，群情激奋。老人们酒足饭饱，陶醉在剧情里。年轻人花枝招展，往往魂不守舍，挤来挤去，眉来眼去，戏台底下成就了不少美满婚姻。舞台上的小生小旦往往是更多目光的焦点、青年人追逐的对象，不时地传来绯闻，某村的闺女被村剧团拐跑了。谈论起来，人们往往不以为耻，反而称赞村剧团的魅力。

半个多世纪了，我动不动就下意识地哼哼几句从村剧团学来的秧歌，从嘴到心美滋滋的，那是我一生的生活佐料儿。

马　三

有人问，是谁引你走上文学之路？想了又想是马三，一个农村剧团的班主。

我寄居长大的魏家庄，有“冀南第一集”之称。500 户人家，十字大街，路南一处戏院，土台子，席棚子，没座位，全是站票。这样的戏院与马三的剧团门当户对。

见到马三是在日本投降后，他已经是 60 多岁的老头子。夏天紫花布褂子，冬天撅肚小袄，青帽盔下齐耳短辫，皱巴巴脸上一双溜溜转的小眼，与普通老农没什么不同。旗下的演员大都衣帽不整，土里土气。乡亲们说怪话：“马三的戏，甭个提。老的老，小的小，吃不饱，喝不好。打开箱，破衣裳，茅草缨胡子，秫秸棍枪。”传到马三耳边他嘿嘿一笑，说咱就是穷，穷不丢人。

马三清光绪八年生于南和县段村，草房两间，地无一垄，穷得连大名也没有，排行老三就叫马三。父母早亡，长兄夭折，二哥和他从小租地糊口，没钱上学，戏班里混口饭吃。农忙下地，冬闲学戏，嗓子不好，记性好，攻小花脸。说戏走场锣鼓经，无所不能，人称“戏篓子”，顺理成章地被推为班主。旧社会戏子属下九流，戏班里都是穷人。马三戏班白手起家，戏箱道具或者廉价租的，或者东拼西凑自己制作。转场移台，肩背人扛。每到一处，场屋破庙，担水盘灶，汤汤水水，高粱窝窝、小米干饭算是改善。冀南一带大人数落孩子，常说:“不打你，不骂你，送到马三戏班饿死你。”

马三剧团是穷人的艺术，棒打不散，一旦沾上撵都撵不走。因为他人好，视演员如亲生子女，关心他们生活起居，包括娶妻生子，养老送终。戏班里子女徒弟占了半数，他不欺生，外来演员优先安排角色，人尽其才。所以许多人慕名而来，著名青衣安随琴、杨美莲，花旦王艾芝，武生马老五，小生马老立，花脸段连波，老生马建其，可谓人才济济、兵强马壮，唱红了冀南。马三晚年接触到毛泽东文艺思想，请了些京剧演员，排练延安名剧《逼上梁山》和《三打祝家庄》，率先在全区搞京剧、梆子“两下锅”。

马三农民出身，知道不与农争时，“三夏”（夏收、夏种、夏管）和“两秋”（秋收、秋种）时期停止演出，撤回魏家庄关门排戏。魏家庄是马三剧团的后台和根据地。

我从小就是戏迷，乡里优待革命烈士家属，发个木牌，看戏不必买票。学校、家里不忙，我经常泡在院子里看戏，有了特别想看的剧目，不惜逃学。从戏台上学来许多有声有色的历史、文学知识，掌握了不少形象生动的语言，作文大有长进。时间久了，马三认识我了，经常逗我玩。一次戏报贴出来，我说又是倒粪。马三正好路过，拉住我低下头问:“你都看过我什么戏？”我心中有数，张口就来:“蝴蝶杯大登殿，三娘教子牧羊圈（青衣戏）；乌盆记借东风，击鼓骂曹七星灯（老生戏）；三岔口挑滑车，武松打店长坂坡（武生）；金玉奴西厢记，红楼二尤辛安驿（花旦）；铡美案锁五龙，李逵下山探皇陵（花脸）；钓金龟赵州桥，岳母刺字打龙袍（老旦）；花打朝打面缸，马前泼水大溪黄庄（彩旦）；白门楼柜中缘，辕门射戟连升店（小生）……”马三惊叫一声，抱起来亲我，胡茬扎得我脸蛋生疼，连声说：“你小子才是小戏篓子。”那年我整10岁，与马三成了忘年交。

马三拉我到后台，说排新戏，你喜欢什么？我说正在看小说《绿牡丹》，有这方面的戏吗？马三说有，《刺巴杰》《宏碧缘》，都是武戏、过场戏，按套路设计武打就是了。魏家庄二七集，头集《宏碧缘》，二集《刺巴杰》，海报一贴，场场爆满。

下一个演出淡季，马三问我还想看什么？我说正看《响马传》，有没有我们老秦家的戏？马三说有，《秦琼卖马》《三家店》《打登州》，都是秦琼的戏，唱工戏，谭老板和杨宝森的代表作，按百代唱片学。三出戏排了一个月，火了一冬天。文武代打，懂戏的看门道，不懂的看热闹，各得其乐。

戏唱红了，马三换了“行头”，又是紫花布褂子、撅肚小袄，帽盔下的小辫甩得像拨浪鼓。马三在魏家庄待久了，老百姓掌握了他的规律：钱包越鼓，穿得越破。这样可以带动全团艰苦朴素，戒骄戒躁，防止营业滑坡。相反，如果看到马团长衣着讲究起来，头上帽盔换成礼帽，说明戏班困难，手头拮据。当团长的架子倒了，就会动摇军心。马三挺起腰板，架子不倒，大家也会振作起来，共渡难关。慢慢整个冀南都知道了，越传越神。什么时候看到马三骑上毛驴，耷拉着脑袋，破衣烂衫，不用问，他发财了。什么时候换上高头大马，趾高气扬，衣帽整齐，也不用问，陷入困境了。

新中国成立初那几年，国民经济迅速恢复，马三剧团与魏家庄大集一同火爆着。戏院挂满了锦旗，舞台上最耀眼的一条横幅上八个大字：年迈苍苍，治团有方。是邢台专署文教局奖给的。

1957年马三鞠躬尽瘁倒在戏台上再没起来。我正在邢台上高三，向着东北深深地三鞠躬。

古城正定

正定是国务院命名的中国历史文化名城，因大量非凡的古代建筑而闻名。不光闻名全国，外国人也早就知道了。元朝时意大利人马可·波罗专程来此游历，称其为“贵城”。1901年法国人巴饶拍了最早的“正定旧影”，德国人莫理逊的照片保存在哈佛大学图书馆里，日本人伊东忠太偷偷摸摸赶来，狂称调研中国古建筑应当由日本来完成。这才激起“中国营造学社”的创立，梁思成于1933年不顾兵荒马乱来到正定，历时10天，考查了精粹18处，写出《正定古建筑调查纪略》。

正定始于秦汉，曾名真定、常山，刘邦取“真正安定”之意。宋代史学家宋祁说：“河朔天下根本，而真定又河朔之根本。”地处燕南赵北，向为郡、府治所，唐时城周已达20里，金元时人口超过10万，与保定、北京并称“北方三雄镇”。登上现存的南城楼，北望太行逶迤，历经2000年风雨，古城轮廓依旧，城关城垛历历在目。南临滹沱曾是一条大河，文天祥有诗云：“过了长江与大河，横流数仞绝滹沱。”城郭方正，唯南城墙因为防洪原因，西南收斜，东南凹进，俗称“官帽”城，符合古人“前带河，后背山”“天满西北，地缺东南”的理念。

古城面积8.9平方公里，绿荫洋溢，好似一池春水。沈括《梦溪笔谈》说：“清波弥漫数里，颇类江乡矣。”地下水丰富，城外三条河，城内九眼泉，入夏积水为潭，古城便亮了许多“眼睛”。欧阳修任知府，写了《留题镇阳潭园》：“春风无先后，烂漫争红白。一花聊一醉，尽醉犹须百。”

一城四关，东西相照，南北错位，便形成了双十字街，给古城画了两个“十”号。浮屠林立，寺宇棋布，当地人习惯叫“九楼四塔八大寺，二十四座金牌坊”。按现在的标准，计有国家级文物保护单位 8 处，省级文物保护单位 6 处，县级文物保护单位 24 处，在全国也属罕见。早者建于隋唐，之后五代、宋、金、元、明、清至民国，九世同堂，呈现一条清晰的脉络。

佛教于汉代传入中国，早期寺院以塔为中心。正定四塔均为唐代建筑，各具特色。开元寺须弥塔早，可能建于贞观十年，先于西安雁塔，密檐实心，造型简洁，端庄稳重。临济寺澄灵塔秀，密檐空心，砖仿木构，小巧玲珑，单双层斗拱细节变化不同。梁思成说:“清晰秀丽，可算塔中上品。”广惠寺华塔美，主塔四角外连四小塔，主次相依，高低错落，主塔雕塑狮像莲花远看像一束花，雍容华贵。梁思成称为“海内孤例”。天宁寺凌霄塔高，八角楼阁式，一至三层砖仿木，四层以上斗拱和飞檐全木质，塔心一柱贯穿全身，周围四根抱柱，稳如泰山，大气磅礴。县文保所老所长围着它们转了几十年，无限迷恋，把他们比作中国古代四大美人：王昭君、西施、貂蝉、杨玉环。

佛教建筑有个以塔为中心到以殿阁为主题的演进，正定隆兴寺是典型。隆兴寺被梁思成誉为“京外名刹之首”，是我国最大的宋代建筑群，面积 8.2 万平方米。摩尼殿始建于北宋皇祐四年（1052 年），面阔和进深均为 7 间，中央向四方伸出山花向前的歇山顶抱厦，呈十字形。人字形重檐歇山顶，上覆青瓦，琉璃剪边。斗拱宏大，分布疏朗。大柱内倾，半嵌于墙，呈环抱之势。梁思成认为这种布局除北平故宫角楼外，只在宋画里见过。“那种画意的潇洒，古劲的庄严，的确令人有一种不可言喻的感觉……可以算是艺臻极品，而在中国建筑物里也是别开生面。”内墙北侧五彩悬山，正中倒坐观音塑像，微微侧身前倾，左手绕膝，足踏莲花，优雅恬静，被鲁迅先生誉为“东方美神”。大悲阁千手千眼观音，世界之最。阁前左首慈氏阁，有高 7 米多的独木弥勒佛。右首转轮藏阁，一座直径 7 米的双层木亭，上檐圆形下檐八角，中有 10 米长贯穿上下的木轴，又叫藏针。藏针下端是一个大铁球，置于巨大陶制碗上，形成一个巨大轴承。稍微用力，木阁便轻快转动起来，梁思成说它是一个“能转动的藏书架，木构建筑的一个精巧杰作”。

正定是东方佛城，其余官方、民用建筑也不乏经典，国家级保护、省级保护建筑占了半壁江山。府文庙现存前殿和东西便门，梁思成认为是元代原构，“真的单下昂，和别致的梁头，都足令人注意”。县文庙大成殿，瓦顶单檐歇山顶式，坡度平缓，翼翼出檐，雄伟斗拱，“一望即令人惊喜，别处还未曾见过”。“以此殿外表与敦煌壁画中建筑物相比较，我很疑心它是唐末五代遗物。”古城中轴线上的阳和楼，始建于金末元初，台基高如城墙，双门洞，740 年前城市交通就有了上下道规范。七间阁楼，碧瓦飞檐。梁思成惊叹其“庄严尤过于罗马君士坦丁的凯旋门”。正定多树，浓浓槐荫显街道整齐。通衢大道，商贾店铺，鳞次栉比，抱厦明柱，高阶格窗。小街宽巷，富贵人家深宅大院；一般百姓，平顶土房，好晒粮食。明代兵部尚书梁梦龙宗祠，坐东向西，砖木结构，单檐硬山顶。王氏双节祠，坐南朝北，青瓦硬山顶，设正脊、博脊，石券大门，院中一座贞节牌坊，四柱三间，气宇轩昂，为其母所建。

与古建筑相互辉映的是正定众多杰出的历史人物，一者扎根大地，一者照耀天空，共同组成了正定文化，涵养了正定精神：大忠大勇，坚毅智慧，为国为民的事不干则已，要干就干得最好，惊天动地。历代杰出人物灿若星河。西汉赵佗开拓南粤，把中原先进文化技术带到岭南，毛主席称之“南下干部第一人”。常山赵云，南征北战，屡建奇功，长坂坡救阿斗，杀得曹兵个个愁，刘备说：“子龙一身是胆。”义玄禅师在这里创建了临济宗，棒喝兼施接引学人，独树一帜，传遍日本、东南亚，“临济儿孙遍天下”。颜杲卿守正定，反抗安禄山叛乱，宁死不屈，一家三十口慷慨就义，便有了颜真卿《祭侄文稿》，被誉为“天下行书第二”。史天泽政开新府，商业兴市，惠民农桑，把饱受战乱的荒芜之地变成了北国江南、元朝的文化中心。白朴创作了《梧桐雨》《墙头马上》，成为元曲四大家之一。李东垣，金元四大名医之一，开创了中医“补土派”，提出“内伤脾胃，百病由生”和“扶正祛邪”理论，中医界“外感法仲景，内伤法东垣”，至今还在沿用。梁清标，清康熙六年（1667 年）在家乡建立“蕉林书屋”，与宁波天一阁齐名，藏书数十万卷，公认的中国古代十大名画中，有六幅为他收藏，包括东晋顾恺之的《洛神赋图》，隋代展子虔的《游春图》，唐代阎立本的《步辇图》，顾闳中的《韩熙载夜宴图》，周昉的《簪花仕女图》。王羲之的《兰亭序》临本、陆机的《平复帖》、李白的《上阳台帖》等旷世书法珍品也在其中。“蕉林书屋”“棠林品鉴”成为艺术史上备受仰慕的标志。

今天走在正定大街上，如游历历史长河，一步一景一故事。看街上人们，体魄健美，文质彬彬，浩浩然带古风。正定人以文化遗产富甲天下而自豪，同时也肩负了继承发展的责任，近半个世纪以来，正定是中国北方第一个粮食“过江”县，跻身全国第一批经济百强县，创造了国内旅游“正定”模式，国家乒乓球训练基地产生了数不清的世界冠军。进入新时代，正定新区高楼林立，日新月异。往者的辉煌与今日的灿烂交织在一起，常山战鼓动辄响彻京城，那就是古城正定的心声，那就是正定人永不停止的脚步。

扫盲班

新中国成立初，农村识字人少，小学生就称作秀才。自给自足，以物易物，出门看皇历，盖房讲风水，婚姻批八字。村里的工作，派工抓阄儿，分救济抽轴儿，选干部投豆儿。抓阄儿不必说了，抽轴儿是发放救济的法儿。把救济物品分成三等若干份，然后取与份数相等的树枝或草棍儿，折成长、中、短三等，主持人攥在虎口里，齐头朝外，让大家随便抽，按抽到轴的长短去领相应的东西。选举时，候选人坐一排，蒙上眼睛，然后背后放一只碗，选举人领下豆子，选几个人发几粒。然后排队从候选人身后走过，想选谁就把豆子投进他背后的碗里，最后计算豆粒，多数当选。盲人聋人也有选举权，不许交头接耳，聋人有眼好办，盲人要聋人帮助，聋人抓着盲人的胳膊一用劲他就投。聋人捣鬼，盲人本想投张三，往往把豆子投进李四碗里。

1950年12月14日，中央人民政府政务院发布指示，举办工农速成中学和开展农民业余教育，后者任务是扫除文盲，简称“扫盲”。《夫妻识字》成为流行歌曲：“黑咕隆咚天上，出呀出星星，黑板上写字，放呀么放光明……”县教育科办短训班，培训扫盲骨干，学习汉语拼音。

汉语以往没有拼音，只有反切。用两个汉字注另一个字的音，例如：塑，桑故切。切字声母与反切上字相同，切字韵母和声调跟切字下字同。中国近代语言学家学习西方，尝试制定声母、韵母符号。1913年，章太炎研制了注音字母，后来黎锦熙等制定了国语罗马字母，我上学时老师教的是罗马字母，用同音汉字标注是："伯婆没福喔，得忒讷了，各渴俄喝，饥凄尼兮，只吃十日，兹此死，亦无余，啊奥哦也，哀恩吭鞥耳。"速成老师多是半文盲，记不住，常常以讹传讹。比如讲"民"字的拼音，说成"莫疑恩，莫疑恩，人民的人"。

乡政府信不过速成教师，就请在校学生代劳。我初中一年级就给乡扫盲班上课。在小学教室，屋顶吊着明晃晃的汽灯，下边是白花花羊肚毛巾。我讲了几分钟，台下就响起鼾声，此起彼伏。也许大家劳动一天都累了，也许我的奶声奶气送不进他们耳朵。气得我哭了一鼻子，找乡长辞职不干了。乡长说别急别急，我也看在眼里了，咱们开个座谈会，启发大家的积极性，保你满意。

第二天晚上人到齐了，乡长主持，让大家讲没文化的难处，谁都有一肚子话要说。

农会主任说："那年麦子长得好，地主卢二歪雇我打短工，说好场光地净，给我一吊八。等我把活儿干完找他要钱，卢二歪说手里没现钱，写二指纸条找他弟，他弟弟三歪当乡长，一准照办。我拿过纸条，看看也不认识，就交给他弟弟，三歪接过条子笑笑，叫乡丁把我吊起来就打。我喊，为什么？三歪举着条子叫我看，念道：'此等刁民，吊起来打八皮鞭，照办。'我长叹了一声。八路军过来，不断派我送粮送担架。出一次工，我就在墙上划一道，出工两三年，划了多半墙道道儿。还没来得及数，下了一场大雨，屋子漏了，墙上道道都冲没了。好在是新政权，估计一下，付给了我报酬。"

治保主任说："春天建户口册子，发表让大家填，多数女人没名字，都是张刘氏、李王氏，岁数大的就是二小娘、狗蛋奶奶。还有的名字只有音找不到字，比如李瓦渣儿、徐老蔫儿，就得写成李瓦扎、徐老年。更可笑的是秧歌剧团一位女演员，斗大的字不识一口袋，就找个小学生，一边琢磨一边写，交回来一看是这样：姓名弹簧丝，曾用名秦香莲，出身青衣，文化程度流氓，特长叼铡刀。唱《跑沙滩》，能嘴叼真铡刀，跑三个圆场。”

妇女主任说：“俺大伯子上供销社，新来的售货员是个洋学生。大伯子：‘买条搔子。’售货员：‘挠痒痒吗？’大伯子：‘给驴挠痒痒。’他看售货员不懂，自己用眼踅摸一下，用手一指。售货员：‘噢，鞭子，要多长？’大伯子：‘一庹零六拃。’售货员听不懂，大伯子比画。伸开双臂，两个中指尖之间的长度叫一庹。又伸开五指，拇指尖与合谷间距离叫一拃。售货员目瞪口呆。”

一个白胡子老头说：“革命胜利了，儿子升到保定府当差，非要叫俺去住两天。住到省委招待处，可开眼了，电灯明晃晃，电扇忽悠悠。管理员临走说，注意节约，这电比油还贵。夜深人静，俺瞌睡了，那电灯使劲儿吹也吹不灭，实在没办法，用笤帚把灯泡打碎才灭了。再去打那电扇，木把都被咬断了，还停不住。后半夜那电扇生了气，越转风越大，把俺冻着了，直流鼻涕。管理员给找了一盒大药丸，孩子玩的乒乓球那么大。俺塞到嘴里，嚼巴嚼巴咽了。管理员指另一丸的白皮问：‘辣不辣？’俺还说：‘不辣不辣，面乎乎的。’”

七嘴八舌，争先恐后，泪水不断，笑声也不断。泪水和笑声点起了一把火，大家学文化的热情高涨起来了。

西 洋 景

童年赶集上庙，除了戏台，最吸引孩子们眼球的是西洋景。一只很大的箱柜，油漆得花花绿绿，画上种种图案。箱柜前面开四五个八棱小窗，茶碗大小。观众坐在板凳上，扒着窗孔看，窗上装着凸透镜，能把图片放大。艺人站在箱柜一侧，手拉绳子，扯动柜里的转轮，带动画片，顺序呈现在镜里。画片多是风景名胜、民间故事。调节转轮速度，可快可慢，形成动画的效果，形象逼真，如身临其境。因为用手拉动西洋图片，又叫拉洋片。

箱柜侧面附带一个立体木架，上面固定着鼓、锣、镲三种打击乐器，也是通过一根绳子掌控。艺人一手拉洋片，一手用乐器伴奏，有念白，也有唱词:“嗨！往里边瞧起来往里边观，您老看一看上海滩，十里洋楼高入云，亚赛咱们的太行山。高楼大厦尖尖的顶，上下看不见一块砖。个个窗户不糊纸，一色玻璃亮闪闪。透过玻璃往里看，外国娘儿们可不一般，红嘴唇叼着洋烟卷，卷毛金发眼珠儿蓝……”

看一次西洋景五分钱，一斤鸡蛋的价格。孩子们没钱，只能围观看热闹。看过的人恋恋不舍，眉飞色舞，更加逗起孩子们心里的痒痒虫儿。艺人看孩子们眼馋，说回去拿废铜烂铁，也可以看一次。我到家拿了一把废锄头交给他，坐在板凳上够不着，只能站着把眼睛对准那神秘的小窗。至今还记得，看的是《西湖八景》，苏堤春晓、三潭印月、花港观鱼和断桥残雪，只有水和树，看不到白蛇和许仙。艺人说，看那个你的钱不够。虽说不大过瘾，毕竟是我儿时的一次“大片”。

拉洋片的艺人叫老高，每集必到，天晚了就住在戏院旁边的小破屋里。我们去看他时，老高正对着一幅画上的两个老头儿行三拜九叩之礼。老高说这二位叫袁天罡、李淳风，是拉洋片的祖师爷。唐朝时，西域进一美女入贡，被纳入后宫，备受宠爱。可是美人经常愁眉不展，郁郁寡欢。皇上束手无策，请来袁、李二位国师。二人掐指一算，说美女不是患病，而是想家。给皇上出了个主意，在御书房请美人吃酒，引导她讲述自己家乡的山川美景、风俗人情。美人讲起故乡滔滔不绝，绘声绘色。藏在侧室的袁、李二人一一记下，然后把它们描绘出来，共计八张。时称西域八景，装入木匣，匣上开孔，装放大镜。美人看后惊喜万分，仿佛回到故乡，开怀大笑，倾国倾城，这便是西洋景的由来。后来这种技艺传到民间，流入丐帮，形成一门手艺，属于江湖“金批彩挂”中的“挂”行，官方准许他们卖艺糊口。后来有人出资向丐帮买下这门技艺，出现了一批专业的拉片人。直到新中国成立后，还有一套不成文的规矩，乞丐不向拉片人讨要，因为他们是向丐帮学来的。官方也不向拉片人征税，因为这门技艺最早是宫中传出的。

后来老高去了一趟北京，回来本事大多了，幌子上写着：天桥大金牙真传。“大金牙”真名焦金池，是拉洋片的高人。他把民间艺术“大画”加以改变，长宽都在一米以上，装进景箱。唱词念白，通俗易懂，口齿清楚，声音洪亮。还会西河大鼓，用三弦伴奏，属于“天桥八大怪”之一。徒弟小金牙，也有一手绝活儿。轮流上演的节目有《双推磨》《大花鞋》《武松打虎》《水漫金山》等。《大花鞋》唱词开篇是:“往里头瞧来，又一张，南方有个二姑娘，二姑娘得了冤孽的病，要到庙里去烧香。浑身衣裳做完毕，就差绣花鞋一双。红缎子买了八匹整，钢针买下两抬筐。啊……唉!”

老高的新洋片在集市庙会上观众迅速增加，时常排起长队，甚至夺了戏台的彩。有些年轻人丢下地里农活不干，追着看他的西洋景。老高发了财，定做了新箱柜，印着美女头像；自己也更换了行头，长袍马褂，金丝眼镜，留了大分头。晚上也不住戏院小破屋了，改住客栈。同时票价也不断提高，更不收废铜烂铁，冷淡了我们这帮热心的孩子。

突然有一天，区公所的民兵抄了老高的住处。有人举报他搞精神鸦片，低级下流，蛊惑群众，扰乱社会。从他的箱柜里抄出了《大劈棺》《小上坟》《马寡妇开店》等淫秽片子，挂在他脖子上，拉到十字街开批斗会，大字标语是“拆穿西洋景”。老高吓得浑身筛糠，鼻涕眼泪往下掉。孩子们庆幸没有钱，也没有上当受骗。从此没了老高的西洋景，集市庙会安静了许多。

再见老高上集，是半年以后了。经过县文化馆教育改造，老高重新做人，剃了光头，穿一身紫花布衣裳，在十字街打开场子。不过锣鼓响后，唱的依然是拉洋片调，内容是宣传婚姻法，义务宣传，不收钱了。毕竟是老相识，孩子们又都来捧他的场了。

打 戏 班

孩童时期，当我淘气时，母亲就拉下脸吓唬：“再不听话，就把你送给马三！”那个马三，既非吃人的老虎，也不是夺命的阎王，只是一个戏班的班主。按说戏班吹吹打打，花花绿绿，蹦蹦跳跳，够吸引孩子们的。但是马三戏班太穷，演员参差不齐，行头破破烂烂，卖不上座。台下冷冷清清，锅里清汤寡水，吃了上顿愁下顿。好一点的角儿跳槽走了，剩下的歪瓜裂枣开不了场。这位马三不服输，招了一批孩子，把翻身的希望寄托到娃娃们身上。没有钱东挪西借，甚至挨门挨户向商家磕头作揖，有点儿武训行乞办学的样子。这马三是南和县人，与武训的家乡堂邑不远，也许是受了武训的感染。

那时演出单位不叫剧团叫戏班，唱戏的不叫演员叫戏子。戏子与乞丐、吹鼓手、剃头匠一样属于下九流，不光本人下贱，孩子大了也不许进考场。只有穷人家孩子养活不起，才送进戏班混碗饭吃。不像现在，家长死乞白赖让孩子学钢琴、练吉他，盼望孩子将来成为明星大腕。

孩子们进戏班就要挨打，天经地义，不打不成才，俗称打戏班。邻居一个孩子叫小物件，才 6 岁，少爹没娘，饿得皮包骨头。村长送交马三说，救一条小命吧。马三收下，照戏班规矩立下文书（契约），言明自即日起身属戏班，任打任罚，骂死不还口，打死不偿命。三年学徒，分文不取。出徒三年，分文不收。又三年才能分红，再三年方可跳班。十二年的卖身契，小物件不懂，按了手印，村长担保，盖下手章。

马三的娃娃班十分寒酸，居无定所，好时候住戏院，睡通铺。差时候进破庙，露宿檐下。衣不遮体，食不果腹，吃了上顿没下顿，可是娃娃班教学风雨无阻。

每天天不亮，师傅就把孩子们拽出被窝练武功，排队打场子，踢腿、下腰、劈叉、拿顶、小翻、筋斗，稍有怠慢，张口就骂，抬手就打。轻者拳打脚踢，重者罚倒立半炷香，筋斗 50 个。我看见小物件时，他经常伤痕累累，眼含泪水，羞于抬头。娃娃班的第二门主课是喊嗓子，跑到野外，咿咿呀呀，呜呜哇哇，扯着嗓子喊，越是冬天越是迎着北风喊，对着冰窟窿吼，直喊到嗓子说不出话来。行话说，冬练三九，夏练三伏。

也有苦怕了、打怕了，中途开小差的。但是小物件硬是挺过来了，一是无家可归，二是要苦练成才。一次娃娃班出早功，不见了小物件，有个孩子小声说，他被师傅打趴下了。去看他时，鼻青脸肿，不见了眉眼，嘴唇肿成了开花馒头。小物件并不怨恨师傅，只怪自己笨拙，说再苦再累也要练下去，成不了七岁红，也得九岁红、十岁红。马三的戏班是梆子搅皮黄，而七岁红是丝弦的名角儿，九岁红是乱弹的台柱子，都是 7 岁、9 岁上唱出了名堂，成为红极一时的童星，也自然成为马三戏班孩子们心中的偶像。

班主马三事业心极强，对孩子们也打也骂，绷起脸来像活阎王，但是该心疼还心疼，笑起来就是慈眉善目的老奶奶。每天夜场后半截儿，都见他提一篮子烧饼到后台，一个一个分发给孩子们，怕他们饿坏了身子。隔三岔五熬一顿大锅菜，让孩子们解解馋。功夫不负有心人，这个娃娃班果然成了气候，生旦净丑、文戏武场、长靠短打，都有了模样，唱到哪里红到哪里，票价不断上升，各个台口高接远送，看戏的排成队。一出《三打祝家庄》唱遍邢台地区十五六个县。娃娃班台上换了新箱，台下换了衣裳，出门身后的戏迷排成了队，用现在的话就是到处有追星族。小物件姓李，工老生，冰窟窿里喊出来的嗓子高亢洪亮，夜场戏顺风传三里，马三给他起了个艺名“李小叫天”。唱《坐宫》，一声“站立宫门叫小番”，能拔两个高八度。难得的是十几岁上不倒仓，前途无量。让人气愤的是同行使坏，给他茶水里下了耳碎（耳屎），从此失声，丢掉了一个演员的命根子。小物件极度悲痛后，离开了马三剧团。再见他时，小物件正在一个乐器作坊打造铜锣。小物件打出的锣音色极好，和他当年的嗓音一样洪亮，也能顺风传三里，人称“叫天锣”。

放鞭炮

“新年到，新年到，闺女要花，小子要炮。”鞭炮是春节的吉祥物，必不可少。“爆竹声中一岁除，春风送暖入屠苏。千门万户曈曈日，总把新桃换旧符。”子丑初交时，农民用鞭炮声迎春节、接财神，乒乓之声不绝于耳，大红纸屑纷纷扬扬如雪片散落，空气中弥漫着淡淡的硫黄香味儿。有人摸着黑把马车赶上官道，点燃车后的鞭炮，牲口闻声惊跑，驭手坦然“放车”，一年交好运。

“新历才将半纸开，小庭犹聚爆竿灰。”爆竿是古老的鞭炮，据说火神祝融受封衡山，为驱赶山魈，把竹竿截成两头有节的竹筒，中间不透气。火烧竹筒，里边空气膨胀，爆破成声，噼里啪啦，所以又叫爆竹。到了宋代才出现卷纸裹火药的鞭炮。明朝有一首写爆竹的诗:“自怜结束小身材，一点芳心不肯灰。时节到来寒焰发，万人头上一声雷。”

爆竹分鞭和炮两种。炮又称炮仗、高升、二踢脚，点燃后腾空炸响，其声如雷。鞭炮是用药捻把小炮编织在一起，有100头、500头、1000头不等，挂在树上，或用棍儿挑起点燃，噼噼啪啪，声如炒豆。大人们喜欢放炮拉鞭，听到响声便忘记年关之愁，仰望空中的亮点，期望碎碎（岁岁）平安。孩子们不知愁滋味，兴高采烈，把积攒已久的喜悦爆发出来。胆小的，捂着耳朵看，或者把长鞭拆成一个个小炮，装在兜里。守岁之后跑到院里、街上，提着小红灯笼，三五成群，比赛谁的炮多，谁的炮响。

我幼时孤儿寡母，没钱买炮，年年旁观，看别人放，手痒心动。或者举起灯笼，低头捡别人漏响散落的小炮，点响了过一下瘾。越是如此，人家越是馋你，把兜里的小炮数来数去，或者把手中的小炮在你眼前晃来晃去。馋涎欲滴，可滴下来的不是口水而是泪水，为此，每逢春节五更，母亲便常常把我关在家里。

一进腊月，炮市便在年集上出现。炮市在十字街，天不明卖炮的便赶来了，熙熙攘攘，人头攒动。卖炮的摆地摊，为了抢占地盘，你放一块砖，他搁一根棍儿，你先他后，各不相让，争吵不休，有时还动起手来，突显了地皮的金贵。

有一天，我在炮市上围观，忽然灵机一动，如果利用地利之便，提前为炮摊占块地盘，创造先机，说不定会送给我一挂鞭呢！我把想法给几个穷孩子说了，大家都同意，纷纷表示要说服各自家里的大人，头天晚上把自己家里的桌子、木床抬过来，摆到炮市最好的位置。为了防止丢失，大家都多套上几件衣服，或拿床被子披着，等天亮，一边等一边讲故事。后来听着听着都睡着了，到早晨个个鼻涕哈喇的。这一招还真灵，卖炮的占用了桌、床，有了“柜台”高人一等，鞭炮也卖得快。散集时为了感谢我们，果然每人奉送两三挂鞭。几个集市过去，我们每个人都攒了十几挂鞭，除了送人还足够自己海放的。那年春节，我们几个穷小子摆开阵势，与从前用鞭炮馋我们的几个富家子弟，一个比一个地放，最后比得他们弹尽粮绝、低头认输。这一来，我有了威信，当了孩子头。吃过苦的孩子有同情心，我说从此共享了，个人的鞭炮拿出来一块放，谁也不许馋谁。

就在我们共享的第二年，腊月二十三年集上，一大早十字街的炮市炸了。至今也说不清什么原因，中间的一家炮摊腾地跳起一团火，鞭炮骤然响起来，几捆二踢脚变成发射台，嗖嗖地飞上天空，叭叭地在半空炸开。紧接着相邻的摊位也被传燃，一时间鞭炮左右横飞。有的炮商赶紧扯起包袱皮、脱下棉袄左捂右盖，可鞭炮却摁不住地在包袱皮下、棉袄下响起来。整个炮市就像战场上的机关枪、手榴弹，一片火海，硝烟滚滚，响声震天。说也奇怪，有晚来的炮商，还没进村，听到炸市扭头就跑，手推车上的鞭炮却有感应似的，一阵乱响。几十分钟后，整个炮市连一个小炮也没剩下，十字街一片狼藉，就像战争过后。一地碎纸一片乌黑，连我们抬来的桌子、木床也烧成了焦炭。所幸时间尚早，赶集者不多，没有死人。从此过春节我也不大想鞭炮了，心有余悸。

集市和庙会

在农村，定期大规模聚会有集市和庙会两种。集市一般设在交通方便、人口众多的村镇，以农历旬期为计，十天俩集仨集，或一、六，或二、七，或三、八，或二、五、八，或三、六、九，各自约定俗成。届时三里五乡、成千上万的人蜂拥而来。有固定的粮食、牲口、布匹、木器、缸瓦、杂货等专业市场，有坐商店铺，也有流动摊贩。自由贸易，现金买卖，以物易物，互通有无，物资交流。牲口市、大型农具还有牙行、经纪人，从中说合。慎重起见，一般不开口，袖子里摸指头："少了这数不沾。"

庙会以年为期，每年固定一两个日子，多以寺庙为中心。会期少则一天，多则十天半月，最长的北山大会超过一个月。幼时母亲领我赶过北山会。北山是尧山北峰宣务山的俗称。尧山在广袤的冀南平原突兀而起，绵延十几里，相对高度百米以上，上有帝尧庙。《城冢记》上说："尧登此山，东瞻洪水，务访贤人。"《山海经》中的"邢国有虚无山"，即指尧山。《帝王世纪》《大明一统志》都有"柏人城，尧所都也""尧封唐侯所都之地"之说。山巅有元魏武定三年"陶唐采封"石碑，是方圆几十里的坐标。古诗文中多有王子乔升仙的故事，也发生在这里。山间有一低谷叫山口，曾是军事重镇。周围有隋代彦琮法师墓，还有同声谷石室、千佛殿、卧佛殿、准提塔、隆胜寺等，摩崖造像，碑塔如林，是一座文物宝库，一向是香火盛地，也是尧山庙会的主会场。

北山大会远近闻名，主会农历四月初一，提前半月，冀南二三十县的香客蜂拥而至。清乾隆年间《万古流芳碑》记载："至四月上旬，庙门洞开，则四方远近，百里内外，举家或乘车骑以奔驰，或携男女而徒行，或推车挑担而来，或千百人蜿蜒聚集峰顶，或五步十步历历叩首以谢神，逦迤而来，络绎不绝。"主要活动是烧香磕头、扇鼓跑宫、拴娃娃、上蜜供等。蜜供用白面和糖制成，或方或圆，点红画彩。条状蜜供纵横摞起，高六七尺，像座小房子，对我来说它比佛事更为诱人。庙会还是乞丐们的福地，好像天下的盲人、瘸子都云集于此，在香路两厢排起了长龙。为求一点施舍，有的用砖头拍得胸膛啪啪响，有的用刀子把额头划得血里呼啦，吓得我不敢睁眼看，拉着母亲的衣角说，那些行好的都把蜜供给了神仙，怎么舍不得分给他们一点点。话没说完，自己手里的馍馍被一个小要饭的抢跑了。

尧山会期长，赶会的香客都住在“茶棚”里。茶棚用苇席或布帐扎成，一般是四合院，有神坛、卧室、水井、伙房，好像现在的临时招待所。一大片茶棚纵横成排，有街有巷，彻夜灯火，烟雾弥漫。我姥姥家魏家庄每年四月初四“茶棚会”，就搭建在村北沙滩树林中，一片连营，三里长街。它西北距尧山 30 里，正是东南茶棚道上歇脚的地方，也十分红火热闹。学校照例放假一天，玩得格外痛快。一是看茶棚供桌上一双双绣花精美的小红鞋。二是买小摊上的“冰凌虎”，据说把冬天的冰放在地窖的草堆里，可以一直保存到初夏。

新中国成立以后，破除封建迷信，庙会的功能只剩下物资交流和走亲访友了，降为一般集市的意义，逐渐冷落下来。直到改革开放，发展商品经济才又复兴起来，冬春两季几乎天天有集有会。不知从何时起，农村形成了一支商贸野战军，他们开着三马子、拖拉机，拉着各种各样的商品，发动机一停就支起帐子、摆开货柜，刹那间便形成一条或几条花花绿绿的街市。他们走到哪村，便给哪村带来一片繁荣，给哪村的群众带来福气。使不少农民变成了商户，俗话说得好，要想发得快，庄稼搅买卖。

没集没会的村子眼红起来，纷纷商议立集立会。立集立会需要很大的付出，不光修街面、唱大戏、请亲邀友、管吃管喝，还要向“野战军”们一一下帖子，提供优惠条件，少征或不征税，甚至家家户户送水送饭。更重要的是三五年内要忍气吞声，不能欺侮外乡人，事事吃亏理让，使人家处处感到温暖，感到村风好、环境好。否则他们一串通，集体罢市不来，就让你晾了台、吹了灯，成集立会的美梦就会破灭。要知道一旦会集得成，便捧起了“聚宝盆”，受益无穷。

我的“舞台生涯”

经常有人问：“你是怎样走上文坛的？”我总是笑而不答。因为说了怕人不相信，我是从舞台跳班到文坛的。

我生长在穷乡僻壤，过春节一个村子也出不来个能写对联的人，往往是带着年货跑几里到外村请人代写。后来我寄养到舅舅家里。舅舅的村子虽然也算个小集镇，有几家铺面，但是村子里头面人物也是只认算盘、不识书本，连小学校里的先生们也从来没有听说过李白、杜甫、《红楼梦》，更不用说鲁迅、郭沫若了。除了皇历以外，从来没见什么书。

我 8 岁上小学，上语文课，先生只会领着学生摇头晃脑，扯着嗓子念，喊了半天也不大明白什么意思，枯燥无味。我的兴趣很快从课堂溜出来，摸到戏园子里。对戏台我不陌生，两岁就坐在大人们腿上看野台子，有时还被抱上台，求人给画个花脸，多是关公、秦琼一类的红脸，象征吉利，然后招摇过市、引人哄笑。两三岁的孩子，除了对大鼓、唢呐感兴趣外，眼睛总是盯着旁边卖零食的。

新中国成立以后，野台子逐渐改为戏园子。农村戏园子不比城市，一个土库伦，上边罩个席棚子，前边垒个土台子，观众在下边仰脖子。两厢是女的，中间是男的。一些身强力壮的小伙子挤在前边，力气大的扒台板。舞台演出稍一平淡，好事的小伙子们便躁动起来，以兴风作浪为乐，人群出现旋涡，等管事的站出来骂几句，才逐渐平静下来。

新中国成立初期，要发家，种棉花。农村经济繁荣，好戏一台接着一台。我家是优抚户，村里发给一块长期免费使用的小木牌子，我常年把在手里，除了农忙以外，天天晚上泡在戏园子里。记得有个三九天，临清京剧团小武仲主演《欧阳德》，那天下着大雪，奇冷无比，台上的欧阳德反穿着皮袄，端着马勺一样的大烟袋锅子，手冻得直发抖，台下冷得乱跺脚，最后只剩下不到 20 个人，其中就有我，散戏腿都冻僵了。我成了村里出名的小戏迷，迷到晚上看戏，白天画戏剧人物。小朋友们玩也离不开戏，用秫秸篾子扎成各种式样的头盔，用木棍削成刀枪，比比画画，咿咿呀呀。看得多了，戏里的情节、人物、场次乃至唱词也记住了一些。最容易记的是地方戏中粗野而生动的唱词，像程咬金的“瓦岗寨上坐皇帝，水土不服光蹿稀”“罗八弟你挑好的，糠窝窝菜团子是我的”。后来也记住了一些比较文雅的唱段，像杨玉环的“海岛冰轮初转腾，见玉兔，玉兔又早东升。那冰轮离海岛，乾坤分外明”。记住唱词又学唱腔，高粱地里喊嗓子，到了初中终于由小票友而“下海”了。

班里有个李大个子，几乎比我高一倍，老婆孩子都有了，也是个戏迷。我们商量排戏，开始演了一出话剧，我扮演一个农村小媳妇，觉得不带劲。后来排演京剧，我也没演红净而攻旦角。《打渔杀家》我扮桂英，不仅扮相好，还有一副天生的好嗓子，只是唱腔没经过调教，高粱地里的功夫，只能大体上有个板眼，就这样也足以把全校轰动了。后来排演《霸王别姬》，我不会舞剑，一路乱耍。为了学剑，我跟随一个剧团到了几个台口扒台板，记下路数，终于把一套剑舞从头到尾比画下来了。那时毕竟只有十三四岁，还不知道害臊。

我唱京剧的瘾头一直保持到高中毕业。在邢台一中也组织了一个业余京剧团，上演过《宇宙锋》《玉堂春》等梅派剧目。不仅唱青衣，也反串过王金龙、崇公道。十六七岁的我既是主演，又是导演。梅兰芳来邢台演出，我像着了魔一样，节省一星期的菜钱看一场戏，连看了三场。看了中国最伟大的京剧表演艺术家的表演，我发呆了，想起太史公引以赞美孔子的一句话："高山仰止，景行行之。虽不能至，然心向往之。"至此，我才懂了京剧的高深，需要天才和修养，不是儿戏、玩票能达到的。从此，我对京剧的爱好由狂热而变得冷静起来。但是中学六年的舞台生活，比我从语文课上学到得多。戏曲舞台是形象生动、色彩斑斓的语文课，我从中学到了大量历史知识、风俗人情以及修辞、音韵知识。后来偶然看到一本《京剧剧目初探》，发现1300多个剧目中，大部分我在儿童少年时代看过，戏路子、台词比较熟悉的也有上百个，这大概就是我文学爱好的基础了。

年 俗

春节是农耕文化最大的亮点。庆丰收、大团圆，尽情享受，是中国的狂欢节。随着现代化进程的加快，年节的气氛已经今非昔比，几乎只剩下中央电视台的"春晚"和孩子们的鞭炮声了。作为从农村走出的第一代城市人，我特别怀念新中国成立初期的春节。穷人分到土地翻了身，不用像杨白劳那样"躲年关"了，一般人家也不再是"王小二过年，一年不如一年了"，经济繁荣，农民心气旺，年过得红火热闹。

农村大年并非从腊八开始，但是初八过后就开始准备了。男人杀猪宰羊，赶集买年货；女人赶缝新衣，碾米磨面。年轻人排练文艺节目，走场背词儿；孩子们敲腊鼓，放小炮。一时间，耳鼻口眼都激活了，等待着愉悦和享受。

腊月二十三是年门，灶王爷上天，向玉帝汇报分管家庭的年终评估。家家扫房扫除送行，"糖瓜祭灶"，黏住他的嘴；瓦罐里放几张新票，连土地神神龛前都撒上草料，讨好他的坐骑和随从。这一切“表示”都是为了让他“上天言好事”，瞒报一些劣迹和缺点。此后紧锣密鼓起来，男人做豆腐、浆粉条，煮肉、剁馅，烫猪头、洗下水。女人煮豆煮枣做年糕，发面蒸馍蒸供品，捏成猪牛羊鸡状，还要点上两排红点。除夕前几天的年节主要体现在味儿上，满村炊烟缭绕、香气弥漫。小孩子跟在一边，东一嘴西一块尝鲜解馋，塞得肠饱肚圆，真正到过年那天，便没有胃口只去贪玩了。

除夕这天，村里突然寂静下来，一切就绪，开始敬神。农民是多神论者，迷信模糊，或者是走形式。玉皇之外，灶王爷这一天也“回宫降吉祥”了；财神是比干、范蠡、赵公明、关帝爷；门神因地制宜，多数是神荼郁垒，山东是敬德秦琼，河北是贾甫邳仝（安国人）；木神是鲁班；还有井神、床神、马神、厕神、碾子磨神、犁耙锄神。老人供彭祖，青年男女供“和合二仙”，小孩要供哪吒，驱虫害供刘猛，祛邪供钟馗。图省事的供“全神”，儒释道和历代忠臣义士一包在内。最近的是祖先，家谱写着列祖列宗的名字。太阳一落，各神位贴上红帖，摆上供品，点起香火，就放了他们的长假了，有些规矩也就开始执行了，不能打水，不许动刀动剪，也不许拉风箱，煮饺子只能用芝麻秸。

除夕之夜，出门在外的不管千里万里，一定要赶回来，围炉守岁。直到子时，鞭炮四面八方响起，街上的“社火”抬着神牌，一边敲锣打鼓，一边散放路灯（用黏米面捏的灯碗）。走三五家就有人点起火堆截留，便停下演奏一番。还有一班吹鼓手，从20里外的任县杨固村赶来，跟在“社火”后面吹吹打打。据说早在清朝年间就与我村结成友好单位，年年送来一份喜庆。

唢呐一停，“走乡亲”开始，就是磕头拜年，先自家后本族，最后成群结队，挨门磕头，说“彩话”。各家都敞开大门，明灯亮路，老年人在上房坐等“收头”。两拨或几拨人碰在街上，就起哄呼喊，分外热闹。

我工作以后，四五十岁了还要年年回家“走乡亲”。村子大，拜四条街，从五更拜到前半晌，膝盖都磕疼了。过年讲祥和团结，平时有意见闹矛盾，碰个头说句话便尽释前嫌，言归于好。还有个特殊现象，至今我也弄不明白。走乡亲不隔门，就算四类分子平时阶级界限划得倍儿清，这一刻什么也不论，只论辈分，该叫什么叫什么，该磕头就磕头。就连搞“四清”、闹“文化大革命”时也不例外。大年初一，阶级斗争论就熄灭一天。

过罢初一，便开始走亲戚拜年。初二姥姥、舅舅，初三姑姑，初四丈人，初五不出门，初六姨姨，初七姐姐，一直拜下去。家门大、亲戚多的，从初二一直拜到十五。远路的赶车，近路的步行。拜年要带礼，新女婿拜丈人要送食盒，笼屉状一层摞一层，分别装上荤素美食。一般亲戚要挎着篮子，装24个大馍馍。礼品一般不全收，象征性地留一两个。

初一后的大年，主要体现在声音和色彩上。除了鞭炮锣鼓之外，主要是娱乐活动，踩高跷、跑驴、跑旱船、跑竹马。我村有两种特殊形式，一个叫拉碌碡，一个花旦前边拉，两个丑角在旁边逗，后面的壮汉一手牵纸糊的碌碡，一手执麻编的丈八长鞭，前后左右甩着鞭花打场子，鞭声在人们鼻尖眉梢炸开，而绝不会伤着人。还有一种扇鼓，铁圈上绷牛皮，形似团扇，扇架上缀满铁环，边摇扇边打鼓，哗啦啦、嘣嘣嘣，嘴里还唱着小曲儿:“有心去上庙，无人看守家，二八佳人心里乱如麻……”下面的内容过去是封建迷信，后来改成说唱现实、宣传政策。各村“社火”互相邀请，串村表演。演到饭时有人来叫，吃个馍馍、喝碗大锅菜，抹抹嘴角接着上场。正月初十，乡政府把各村“社火”集中起来会演比赛，评选一二三等奖。有的演员常年下地劳动，好容易等到春节，凭一身技艺出人头地，回家也不卸妆，过足了瘾才洗去脸上的油彩。

赵树理在邢台

1956年春天，我正在邢台读高中一年级。一天，团地委学生部部长董振国派人通知，著名作家赵树理来邢台，与文学爱好者开见面会。董振国是新河县李家庄人，是革命先烈董振堂本家兄弟，曾在隆尧县任团县委书记，知道我从小喜欢文学。

听到消息，我激动得半夜睡不着，第二天提前一个小时赶到会场。我是读着《小二黑结婚》《李有才板话》《李家庄的变迁》长大的，赵树理早就成为心中的偶像。当时他的长篇小说《三里湾》出版不久，正是街头巷尾说赵树理的时候。

高年级一位同学是武安县赵庄村人，说赵树理在他们村工作过，写过《民主整党在赵庄》，说赵树理留着分头，经常不梳，乱蓬蓬的，身穿粗布对襟褂子，戴一顶旧毡帽，趿拉着旧布鞋，端一个大烟袋锅子。赵树理经常出现在田间、饭场、老百姓炕头上，也去巫婆神汉家中，好像一个“和事佬”。夜里在一盏棉油灯下写作，写累了到合作社买一小碗白酒，也不就菜，一饮而尽，喝罢乐悠悠回住处，逢人就问好，群众说老赵像个活济公。有一次去冶陶出席晋冀鲁豫边区群英会，他还被门岗拒之门外。赵树理说话幽默，开妇女会没人发言，他说：“过去妇女在茅房顶个人，出来到街上就不顶了。现在解放了，快快发言。”

赵树理来邢台，一是邢台山区和他的家乡晋东南在抗日战争和解放战争中同属太行区，二是他长治师范的老师王量宏此时正任邢台市副市长。

会场设在西街地委礼堂，过去的天主堂内。长条木凳上坐满了人，多数是邢台师范和一中的学生。赵树理在一片热烈的掌声中走出来，与想象中的不同，他已经戴上前进帽，穿起中山服。也许是因为进了北京，担任中国曲艺家协会主席、中国作家协会理事、《人民文学》副主编，需要讲究一些。但是坐下来，帽子一摘，扣子一解，一口地道的晋东南话，不时加些笑话、顺口溜，逗得大家哄堂大笑。这时的赵树理正好 50 岁，看上去已经是个老汉，瘦长的脸上千沟万壑，但是充满精明机智，不像今天电视剧里的形象，憨厚有余而睿智不足，少了些神韵。

尽管会议的主题是《三里湾》，但是大家开始的兴奋点还是《小二黑结婚》，提出了好多问题，他都一一回答。小说中的二诸葛原型是他的父亲，平时掐掐算算，还搞个小买卖。三仙姑是山西省襄垣县五道渠村的一位神婆的模样，小芹是神婆的女儿。金旺、兴旺是涉县刘庄两个民兵的形象。这些人物都是他跑南走北写出来的。

《三里湾》是描写农业合作化运动的第一部长篇小说，成功地塑造了几十个有血有肉的人物。如何理解小说中英雄人物与普通人呢？赵树理说他写的先进人物，事事要站在群众前头，又置身于群众中间，既是工作的带头人，又是群众的一员。书中的王金生通过带领群众秋收，解决马家院问题，党内整风，扩社开渠，表现他的领导才能，同时又不掩饰他文化水平低的缺点。赵树理说他笔下的男性多是小私有者的典型，如“糊涂涂”马多寿等。所有人物都在探索一个命题——对农民性格弱点的改进。

关于作品的叙述方式，他说学习中国古典小说传统手法——讲故事，按时间顺序和空间移位叙述事件，回答“以后怎么了”的问题。他戏称自己是卖盆的，大盆套小盆，大故事是“旗杆院”的兴衰，小故事有王玉生离婚、陈菊英分家、范灵芝择婿、马有翼革命、“糊涂涂”入社、范登高转变，有头有尾，循序渐进，环环相扣，没有大幅度跳跃。这样符合中国农民的欣赏习惯。

赵树理最令人叫绝的是鲜活的农民口头语言。写书呆子马有翼在夜校，想帮王玉梅换桌子，又怕磕着碰着，玉梅讥讽“你还是哥渴我喝（戏称汉语拼音 g、k、e、h）吧”；写“能不够”，不说她刁蛮泼野，只说“骂死公公缠死婆，拉着丈夫跳大河”；表现王满喜见义勇为，“在自己的利益上不算细账，在别人认为不值得贴上整工夫去闹的事，在满喜看来，为了气不平可以不收秋也可以不过年”。正是这样的语言方式，给赵树理的小说带来一股浓郁的生活气息。问他怎么学习语言？他说处处留心，用心记，也用本子记，记下来就是法宝，用出去就出彩。

问他为什么只写农村题材？俗和雅的关系？赵树理说，十几年前他就说过：“我不想上文坛，不想做文坛文学家，我只想上‘文摊’，写些小本子夹在小唱本的摊子里去赶庙会，三两个铜板可以买一本，这样一步一步地夺取那些封建小唱本的阵地。做这样一个文摊文学家，就是我的志愿。至今不改初衷，为农民写作。”同时他又强调，为农民写的作品也要讲品位，什么品位的东西摆在什么位置上，茶壶摆在茶几上，夜壶就不能摆在茶几上。这些话我牢牢记在心上 50 年了。

1968 年我去太原出差时拜访了困居牛棚的赵树理，提起邢台一事他还记忆犹新。可惜失去自由和农村的血脉，他已经蔫头耷脑，风靡一个时代的语言大师木讷起来，1970 年 9 月，赵树理含冤去世，从此中国文坛便永远地失去了一位写农村生活的“铁笔圣手”，永远地失去了一种特别的幽默和笑声。

洪水漂天

1963 年我正在邢台县工作。8 月 2 日我吃罢早饭，推出自行车，后尾架上绑好行李，准备回到包村点上去。突然头顶一声炸雷，大雨点子鞭炮一样响起来，雨帘白帐子似的封住了门窗。到第三天县委召开紧急会议，通报东川口水库垮坝，洪水闯进市区，不少街道水流成河，城外农村情况不明，肯定处在水深火热之中，县委马上组织抗洪抢险队，开赴城东几个公社。

那时我大学毕业，试用期刚满，不识水性，又血气方刚，乘兴报了名，没回机关，拿了根竹竿就随队出发了。出了邢台市，头上瓢泼大雨，眼前白茫茫洪水，高粱、玉米顶部的叶子漂在水上，随风跳动。公路上齐腰深的水，人被浪头打得跟斗趔趄，还得两眼紧盯眼前的两行树，不敢偏离中线，稍不留神就会滑进路旁的深沟。两个小时急行军到东汪公社，我被分派到黄家屯，一片房倒屋塌，只剩下几座卧砖房子孤零零挺立水中，几个不知愁的半大小子还坐在房檐上涮脚丫呢！我们把老弱病残安置在高房上，组织青壮年在水溜上拉了几道绳索，扯着它们下水捞东西。大到梁檩、箱柜，小到被褥、脸盆，花花绿绿，形形色色，还有不少活的鸡鸭猪羊。我负责登记造册，上缴公社，等人认领。

三天后洪水泻下，社员们眼睛都瞪直了，好好的稻田压上一层厚厚的沙子，起伏的沙丘像一座座坟头。号称北国江南、鱼米之乡的东汪，一下子变成了沙漠。沮丧的社员们顾不上挖掘瓦砾下的粮食，守着“坟头”呜呜哭叫起来。我和社员们一样三天水米没打牙，可面对空投下来的大饼却没有一点胃口。

又过几天我奉调去写抗洪报道，看了些简报、资料，才对这次洪水有了了解。1963 年的暴雨，是 20 世纪以来中国最大的暴雨。8 月 2 日至 7 日，内丘县獐么水文点测量，降雨 2050 毫米。2050 毫米是一个什么概念？当时当地平均年降雨量是 500 毫米，就是说四年的雨水集中在五天一下子倒下来了。河北省保定、石家庄、邢台、邯郸四个地区的本部山区，老天爷一个命令，银河放水，雨大而急，来不及渗漏，产生 301 亿立方米的洪水，整个八百里太行连成一个特大的瀑布。洪水横冲直撞，5座中型水库、100座小型水库同时垮坝，1000处河道决口。子牙河洪水流量每秒7.8万立方米，这又是一个什么概念？1954年震惊中国的长江特大洪水，汉口的流量才是每秒5.6万立方米；1938年蒋介石炸开黄河，花园口的流量是每秒2.33万立方米。一夜间，河北省的海河水系一跃成为中国的第一大河了。而长江和黄河都有5000公里的流程，我们的海河全长仅为73公里，它的流域是个扇面，南运河、子牙河、大清河、永定河和北三河五大支流，最长也不过1031公里。坡陡水急，倾泻而下，所以汛情万分紧急。

1963年的抗洪可以与抗日战争相比，是一场惊天动地的人民战争。抗日战争打了14年，而抗洪斗争必须在两个月内取得胜利。河北人民全体动员起来了。在滏阳河中上游的隆尧县大张庄支部书记张墨林领导群众打了三道护村埝，冲了一道打一道。供销社仓库被淹，他高喊："先抢救国家的，后抢救自家的。"发动百十名劳力投入战斗。有人传话，他家的房子要倒，他不为所动。再传妻子要生小孩，他回去搭了个席棚又急忙赶回，一直干了三天三夜。供销社贵重商品都抢救出来了，家里妻子断了气。他抹了一把泪，又组织人抢救粮站去了。

衡水在冀南腹地，承受着漳卫河、滏阳河两大股洪水的巨大威胁。漫天遍野的洪水呼啸而至，10公里宽的洪峰把石德铁路一拳掀翻。地委书记赵曙光外号"大头"，抗日战争时期当过游击队长。洪水闯进地委大院，漫到脚腕，漫到膝盖，他搬把椅子坐在廊下，一面看水涨，一面坚持办公。洪水齐腰深了，他拿着竹竿蹚着水到处查看。水漫到脖颈了，他登上一条小船，怀抱一台无线电发报机指挥全区抗洪。人们风里雨里看到船上红灯还亮着，心里就踏实了。

乘小汽艇沿子牙河顺流而下，子牙河堤西边一片汪洋，东面高粱玉米正在抽穗晒米，丰收在望。大城县小张庄干部张广瑞、张广和却正在准备炸药，一旦需要炸堤分洪，他们说淹庄稼只一季，保天津百年大计。大城以下，文安洼、贾口洼、东淀、团泊洼已经连在一起，形成一片浩渺无边的大海。100多亿立方米的洪水兵临天津城下，西河闸水位高出百货大楼楼顶6米，整个天津面临灭顶之灾。河北省委提出“保卫天津、保卫津浦路”的口号，下令关闭五大水系上游所有水库闸门，子牙河炸堤分洪，最后决心在独流镇铁路桥下挖开25孔桥，以每秒5400立方米的流量把洪水导入独流减河排入大海。这座闸桥是1939年日本侵略军修建的，那年洪水只有1963年的1/3，可是冲垮津浦路100多公里，水淹天津，13300人死亡。日本人害怕了，修了这座闸桥埋在地下备用，想不到24年后派上了用场。

被困两个月的天津安然无恙，风雨飘摇的津浦路岿然不动，可是河北人民承受了巨大的牺牲。6600万亩耕地被淹，2200万人口受灾，死亡5000多人，直接损失59亿元，间接损失13亿元，总计72亿元，是当时全省工农业总值的1.2倍。燕赵大地上演了一出惊天地泣鬼神的威武活剧，这就是电影和话剧《战洪图》的真实背景。

疾风知劲草，国难见忠臣。这是生活的主流，但是也不能排除不协调的杂音，也有些地区地方主义、本位主义作祟，闹出以邻为壑的水利纠纷，甚至械斗、开枪。周总理亲自召集冀鲁两省省长研究，以四女寺减河、漳卫河为界重新划分省界，原属河北的宁津、庆云两县划归山东。山东临清县河西部分划归河北，成立临西县。这一划，山东得到了一位《大刀记》的作者郭澄清，河北得到了一位全国劳模吕玉兰，两个人先后都成了我的好朋友。

千军万马战海河

1963年，特大洪水惊动了中央，毛泽东指示：“一定要根治海河。”

一声令下，又一场惊天动地的人民战争打响了。河北省制定了作战方案，以根治为核心，以排洪为主，以天津市的安全为出发点，当时天津是河北省的省会。有史以来，天津就是九河下梢，五大水系汇于海河，“上边知了尿，下边大水泡”。新方案五大水系躲开天津，分流入海。漳卫新河走四女寺枢纽，设计流量每秒3500立方米；子牙新河走马棚口，每秒6000立方米；大清河走独流减河，每秒1200立方米；永定河经造甲城从北塘入海，每秒1500立方米；北三河走潮白新河，每秒3200立方米。总计设计流量每秒15400立方米，百年一遇的标准，再碰上1963年那样的洪水，天津不必惊慌，稳如泰山了。每条排河的设计，都是保留老河，修建新堤。挖新河的土筑左堤，挖排河的土筑右堤，两堤间两公里宽的滩地，大汛行洪，平时种粮，这个方案可以说是达到国际先进水平的。

1965年根治海河战斗开始，先后顺序为子牙新河、滏阳新河、独流减河、永定新河、漳卫新河、潮白新河。调动全省人力物力，大兵团作战。省、地设指挥部，县、公社、生产大队设团、营、连，支部建在连上。每年10月初进场，干到春节。正月十六上工，干到麦熟。我去过子牙新河工地采访，8个工地，48个县团，30多万民工，到处红旗招展，干活的人黑压压一片，真个是蚂蚁啃骨头。

民工住的一窝龙，挖地二尺，铲平做炕，铺以干草。地上木棍子搭架，竹篾做弓，盖以苇席、草帘。每个工棚少则五六十人，多则百八十人，夜里满棚鼾声刮风一般。民工喝苦水，要用明矾沉淀。吃的是玉米、高粱面饼子、窝头，大锅熬萝卜、白菜。粮食蔬菜由生产大队带来，不足部分由国家补贴。农民口粮定量，一般是每天一斤。工地活重吃得多，改善生活吃白面馒头，放开肚皮，不少人吃一胳膊，就是伸展手臂，一个挨一个地摆满，一下子吃到肚里，所以每人每天要补助二斤粮食、三角钱。民工们吃个肚儿圆，家里还记 10 分工，所以军心稳定。干活的工具是铁锨、独轮车和车笆，推土上坡。两个车把间挂上车绊，搭在肩上可以加力。为了减轻车绊摩擦肌肉，脖子上加戴垫肩。

工地上突出政治，进场先进校，开工先开课。学“老三篇”，活学活用，鼓足干劲，劳动竞赛。到处红旗飘扬、热火朝天，涌现了许多“大车王”“小老虎班”“铁姑娘排”等先进个人和先进集体。黄骅县民工由公安局局长带队，他们来自苦海沿边，有挖泥筑堤经验，又特别能吃苦，工程又快又好，年年被评为全省的先进。当时我在工地写了一首诗《大车王》，表达了那时的气氛：“特别的辕，特制的笆，更有特殊材料——共产党员的骨架，不怕压！你看我，气攻骨节嘎巴响，劲头憋成肉疙瘩。伙计们：放手装吧！轻载怎配烈性马，箱上接箱，笆上接笆，车不吱声，人不咬牙，你装上一座大山，我倒下来一条大坝。小小土车，装得下，沧州狮子景州塔。装得下，三十六泊七十二洼。毛主席一声令下，千年灾害，万年贫困，都得归咱押送——搬家。”

工地集中在黑龙港流域，洼大村稀，远离城镇，文艺活动成为政治工作的重要组成部分。每个地区指挥部都成立毛泽东思想文艺宣传队，编制 30 人左右。主要演出形式是大鼓、坠子、单弦、时调、相声、表演唱和小戏等。内容多是就地取材、好人好事，白天排练，晚上演出。临时搭成的戏台，扯上电灯，锣鼓一响就开戏，台上红火热闹，台下山呼海啸，每场演出都要延长到三四个小时还谢不了幕。各地区的文艺宣传队以沧州水平最高，自编自演的西河大鼓《王老贵上河》、山东快书《赔茶壶》成为传唱一时的保留节目。

没有文艺宣传队的日子，工棚里也不寂寞。一窝龙里是男人的天下，讲故事、说笑话、诗歌比赛，谈笑中也会有佳作问世，其中一首民歌是这样的："海河民工笑嘻嘻，冬天穿着夏天的衣，一年吃了三年的饭，三年会了一年的妻。"因为来自生活，形象生动，很快不胫而走，传遍了整个工地。调侃也好，玩笑也罢，个中包含着一个伟大的主题，那就是河北农民战天斗地的气魄和公而忘私的精神。以子牙新河为例，共计完成土方 1.66 亿立方米，用工 6600 万个。这个工程总量远远超过了一道万里长城。

滏阳河

三、六、九在汉语里是多数的意思，九十九则极言其多。"天下黄河九十九道湾""漳河水，九十九道湾，层层树，重重山""浏阳河，弯过了九道湾，五十里水路到湘江。"江曲、河湾是江河的特色，江河的妙处、风景都集中在河湾里。

家乡的滏阳河发源于太行磁山黑龙洞，河水涌沸如汤，滚滚有声，故曰滏。槽窄而多弯。纳洺、沙、澧、马、泜诸水，羽翼渐丰。东北行于献县与滹沱河汇为子牙河，又在天津汇大清河，成为海河水系的五大支流之一。

冀南平原由海河水系和黄河冲击而成，地势西南向东北倾斜。公元 10 世纪之前黄河故道一直在河北入海，河道翻滚、淤积，形成缓岗、洼地和微斜平地，"大平小不平"，决定了流向和走势。弯度形成了动力，河道弯如弓，才“水流如激箭”（涪翁语）。蛇与蚯蚓的行走都是这个道理。

小时候站在河堤，看滏阳河逶迤而来，摇头摆尾如一条小龙，水面波光闪闪如同银鳞，水雾中活灵活现。更多的时候，它像一条美丽的罗带，随风飘来，多姿多彩，黎明绛紫，上午碧绿，中午翠蓝，傍晚橘红，晚上银灰。风起浪涌时，水花绽放，如紫薇、白莲、杜鹃、月季，一年四季花开不败。

河水拐弯的地方常常旋出一处小潭，澄清碧透，如一坛新醅，让人心醉。小潭水平如镜，映出我们的喜眉笑脸和身后的岸柳成行，甚至还有树上清晰的鸟巢。柳丝如帘，垂到水面，戏耍着游鱼，鱼尾摇起微微涟漪。水下的草叶顺流起伏，如同少女的青丝抖搂开来。不知谁投下一块坷垃，水里的青天破碎，鱼群和水草一阵慌乱，水面变成哈哈镜，我们都变成了三头六臂、牛头马面。

滏阳河是一条生命线，养育了一方水土一方人。一年四季都有鱼，小满过后，一阵雨点就是一层小鱼，细如麦糠。于是大街小巷都传来“穌鱼嘞穌鱼”的吆喝。秋分过后，鲫鱼排队，鲤鱼欢跳，农民都变成了渔民，张网下罩，家家灶台飘出馋人的鱼香。滏阳河儿女不怕洪水，习惯了十年九涝，村庄建筑在高台上。洪水漂天时，驾一叶小舟，水面上剪高粱穗，玉米垄里逮鱼。转眼洪水落去留下一层淤泥，长一季好麦子。

“水乡的路，水云铺，进庄出庄，一把橹。”光屁股孩头顶着花书包，踩水过河上学。老头们把汹涌的河水驯服成毛驴，摇着小船下地。大闺女小媳妇花枝招展，架着小船赶集上庙。半大小子割草拾柴，在上水头装上筏子，慢悠悠在堤上往回走，正好在村口接“货”上岸。

自古以来，滏阳河就是一条重要航线，船只川流不息，两岸栈店比邻，天津的小火轮一直溯行邯郸，把日用百货分发千家万户。走京上卫的人，家门口上船，一帆风顺，看尽了两岸的风光。

这种悠哉悠哉的自然形态到了1958年开始发生变化，滏阳河上游自南而北修起了一溜大小水库，岳城、东武仕、朱庄、南沟门、马河、三岐，滏阳河釜底抽水，河水断流，逐渐变成季节河、干河。往日的灵蛇只落下一个蛇皮，河床里种起了庄稼。

人与自然的关系是微妙的，和谐共处，天人合一，基本相安无事。如果非要“人定胜天”，破坏环境，“敌退我进”，失去平衡，就会出乱子。1963年发生特大洪水，降水577亿立方米，淹地六七千万亩，河北平原一片汪洋，省会天津成为一个孤岛。人们害怕了，领略到大自然的威力，但是结果不是“和平谈判”，而是战争升级。治水政策由“一定要把淮河修好”“要把黄河的事情办好”，提高到“一定要根治海河”。

根治的措施之一是开挖疏浚河道，包括滏阳河共50条骨干河道，新辟漳卫新河、子牙新河、永定新河、潮白新河等入海河道。开挖疏浚的方法是裁弯取直、加筑新堤。改造的结果，这些古老的河道再没有“九十九道湾”了，变成了一条直线，一泻千里，一泻无余。

我不是水利专家，不懂得一些治河新理念。但是相信“人有人道，水有水道”“天下黄河九十九道湾”自有它的道理。好像人肚里的肠子，聚而一捆，展开7米长。“九曲回肠”不是累赘，可有可无，而是必需的消化道，食物、水分的润滑吸收都要在若干弯道里缓缓进行，全过程24个小时。弯弯的肠道才能产生动力，就是蠕动，帮助润滑、吸收。如果为了简便痛快，动一次手术，把所有的肠道都裁弯取直，变成一条直肠，人就不可想象了。

每次回到故乡，都要爬上滏阳河堤，堤不高，觉得漫长，漫长得足以使我腿软、心跳、出汗。放眼望去，是永远失去了的风景，河床里不再是清凌凌的水，而是白茫茫的沙。害怕这白沙有朝一日也会泛滥，两岸变成一片沙漠。

《轰鸡》出笼记

中南区文艺会演，涌现了《打铜锣》《补锅》等几出好戏。华北区文艺调演，河北出了话剧《战洪图》、歌剧《园林好》，获得好评。河北省准备中小戏会演，我从“四清”前线被抽回，为邢台县丝弦剧团写剧本。在北尚汪和南和县搞“四清”时，我曾配合形势写过剧本和文艺节目，给领导留下了印象。

剧本写作顺利。1963 年我在北尚汪搞社会主义教育试点时，发现了一个题材，正好反映公私矛盾。一户中农，与生产队饲养棚为邻，中间隔一堵墙，墙根有一个小水道，这家的鸡们经常钻过去，吃牲口槽的饲料，据此虚构出一个故事。中农老婆养了一群鸡，故意通过这个水道把它轰过去，糟害集体。老头当饲养员，发现自己老婆的秘密，针锋相对地作斗争，容易结构故事和冲突。舞台中间一堵虚拟的墙，矛盾双方占两边，各自表演，又互相交流，发生冲突。

我掌握了一些群众语言，又在 1958 年新民歌运动中学到一些技巧，唱词可以写得有声有色。“我老婆今年五十一，都说我是个养鸡迷。别看整天去下地，还喂了几只老草鸡。宝贝疙瘩琉璃蛋，咯咯咯，哏哏哏，咯咯哏哏会说话，叫得我心里甜蜜蜜。说养鸡，道养鸡，三里五乡数第一，一年到头鸡子不落窝，鸡蛋大来成色齐。供销社同志来收购，进村先到俺家里。一竹篮，一簸箕，端出瓦缸满满哩。”“老汉我是个饲养员，喂着队里牛马驴。火龙牛，金马驹，铁打的骡子宝贝驴。咴咴咴，哞哞哞，咴咴哞哞像唱戏，一会儿听不到牲口叫，心头觉得空空的。”还有一些民歌的表现方法，如“这是咱家菊花青，青嘴青腿青毛羽，一天下个青鸡蛋，一个鸡蛋七钱七。这是咱家凤头黄，黄嘴黄腿黄毛羽，一天下个黄鸡蛋，一个鸡蛋八钱七。这是咱家大红袍，红嘴红腿红毛羽，一天下个红鸡蛋，一个鸡蛋九钱七……”

由于故事集中，主题鲜明，舞台调度容易，布景民间艺术化，两个年轻演员表演轻松活泼，喜剧气氛浓郁，彩排时已经引起轰动。只是矛盾冲突节节上升，车快难回头，老婆思想转变显得勉强，说服力不够。还是地委宣传部副部长李登坛出了个招儿，以毒攻毒。老头拿出盛饲料的马勺，叫老婆张包（衣襟），张大包，说把鸡轰过来偷偷摸摸地吃和明目张胆地拿，本质上还不是一样，都是吃了集体，肥了自己。中农有点自私，但是也会有思想底线，“老头子指东来说西，捅破窗纸我亮心里”。

邢台地区会演时，省文化厅闻讯，艺术处林岩、张特率省戏研室赶来看戏，正在邢台搞“四清”的总政话剧团团长、著名剧作家付铎一连看了三场，还把北京电影制片厂领导请来，准备拍电影。1966 年年初，河北省举行中小戏会演，开幕式上示范演出《轰鸡》。一次周恩来总理看后，说反映问题深刻。《轰鸡》一时被称作“北方《打铜锣》”，全国有 27 个省市上演。这年 4 月我回家过庙会，戏台上正上演豫剧《轰鸡》，台下的父老乡亲笑得前仰后合，但是他们还不知道剧本是他们身边这个大孩子写的，因为用的是笔名。

但是好景不长，一场“文化大革命”风暴刮得天昏地暗，刮得人晕头转向。那时我调到省文联不久，省委在马路对面的河北剧场批斗林铁，批河北的“三家村”，田间、梁斌、李满天，也把我的《轰鸡》捎上了。先当“中间人物”批，后来上纲到复辟资本主义，省戏校造反团印发一整张传单《刘子厚看〈轰鸡〉》。幸亏造反派还没深入调查，不知道我的家乡与刘子厚的家乡仅仅一公里之遥，我父亲还参加过他领导的冀南暴动。否则刘子厚头戴乌纱身穿红袍在保定大旗杆下游街示众，身后还会增加一个小花脸。也还幸亏我半年前调到省文联当专业作家，躲过一劫。如果还在邢台，我就会被当成出头鸟，“反动权威”，陷于灭顶之灾。而在省里我不过是小萝卜头，只能算作一个“修正主义苗子”，还可以加入革命群众的行列呢。

临西吕玉兰

1965年春夏之交，我临时从沙河县“四清”前线被召回，与省文联侯民泽先生一起去临西，为农民作家赵景江写典型材料。临西县新近划归河北邢台行署，还不通公路，需要绕道邯郸。临西县城在河西镇，跨过一座先锋桥就是山东临清县城。

站在桥上，望南来的大运河，悠悠河水讲述着临清昨日的辉煌。作为运河九大商埠之一，它地灵人杰，养育过许多文人武将，其中有明朝英烈王朝佐、大将左良玉、布衣诗人谢榛、清代名将孙维统、兴办义校的武训、民国抗日英雄张自忠、当代著名学者季羡林，著名诗人臧克家也是从这里走上诗坛的。临清还是《金瓶梅》故事的发源地，从58回到100回，有25处直接描写了临清风貌。

临清在抗日战争和解放战争时期归冀南行署，新中国成立后划入山东。1963年特大洪水后，由于河道管理原因，调整冀鲁边界。1964年国务院决定，河北的宁津、庆云划归山东；山东临清县运河以西新建临西县，归属河北。从区域面积上，临西占据了原临清县的绝大部分，是古临清的主要继承者。而现在的临清县，主要是原清平县的地面。区域沿革，不断变换着版图的形状。1928年直隶始改河北，省会一度设在北平，轮廓像个芭蕾舞演员，左臂是涞源、阜平，右手是唐山、秦皇岛，一只脚（清丰、南乐、濮阳、长垣）直踏黄河岸边，另一只脚缩回，武安、涉县则隶属河南。

这次边界调整，河北失去两个县、一个作家（《大刀记》的作者郭澄清），换来一个县、一个劳模。人们议论河北沾了光，吕玉兰的社会知名度要大得多。

完成任务，送走侯民泽，我专程去拜访吕玉兰。从张三寨公社介绍到东留善固大队，恰巧吕玉兰在家。红脸膛，白毛巾，花格褂子，一个时代青年的偶像。因为第一次接受河北作家的采访，玉兰十分热情和认真地把我让到她的家中，整整谈了一天。论年龄她比我还小半年，可是阅历和谈吐却显得比我成熟许多。

吕玉兰 1940 年 2 月 6 日出生，正是水深火热时，襁褓里就在日本鬼子扫荡中东躲西藏，受尽了苦难。五六岁上，父亲就拉巴她下地干活，给她讲述花木兰、穆桂英的故事。父亲是家族 20 多口人中唯一的男子汉，上数 12 代都是老实巴交的农民，指望她念好书，支撑门户，没想到她高小毕业就要回乡，“学习徐建春，建设新农村”。徐建春 1950 年高小毕业，回家当农民，1953 年成为山东省劳动模范。

1955 年正是全国农业合作化高潮，15 岁的吕玉兰，当年就成为全国最年轻的农业合作社社长。她带领 24 户农民生产劳动，教他们识字唱歌。几个月后她又当选高级农业合作社副社长兼副乡长。她的家乡是出了名的穷沙窝，几千亩沙荒地，种一葫芦打俩瓢。吕玉兰经过调查研究，认定只有植树造林，才能从根本上改变穷困面貌。于是组织几十名妇女，爬树上墙捋榆钱，一春攒了一大囤，种了 6 亩苗圃。冬天背上树苗，带着窝窝，顶风冒沙植树造林，4 年种活 11 万棵树，形成了一道 4 公里的林带。同时组织打井抗旱，打破“女人不下井”的风俗，第一个跳下井口。她当干部从不搞特殊，一次正在压绿肥，县里来人通知她参加人民委员会，没回家就上路，半道上鞋底掉了，索性光着脚丫子走到县城。1958年吕玉兰被评为县、地、省级劳动模范，1960年荣获全国“三八红旗手”称号。

整个上午，她和我都处于昂奋状态。中午，她连剥了3个咸鸡蛋给我吃，当时就算最高待遇了。下午，话题沉重起来。原来妇女劳模的成长并非一帆风顺，而是屡经大风大浪。村里的反对势力趁公社食堂下放、玉兰外出开会时，把村北的树林砍光了，一连弄死7头牛，到处写黑信，千方百计要整垮吕玉兰，阴谋诡计一刻也不曾停止。尤其是眼下正搞粗线条“四清”，县工作组长一屁股坐在对立面，对玉兰的工作百般刁难，黑云压城，正在计划夺权。我觉得问题严重，连夜赶回邢台，向地委领导汇报，撤出了工作组。

1966年1月15日《河北日报》头版头条发表了吕玉兰讲话《不管风吹浪打》，她的名字列河北省学习毛主席著作模范光荣榜28人之首，不久又当选省贫下中农协会副主席，全河北省掀起一个声势浩大的宣传和学习吕玉兰活动。省委除了派出众多新闻媒体外，还组织了庞大的文艺创作队伍，作家田间、李满天、张朴和我，快板书大王李润杰，作曲家肖云翔领队的天津歌舞团，河北省和天津市的著名画家，邢台地区作家和临西县文工团，共计七八十人。我们与农民同吃同住同劳动，深入实际采风座谈，不久就创作出版了理论文章《十个为什么》、报告文学《只争朝夕》，以及诗歌、曲艺、剧本、宣传画、连环画几十件。新华社以及《人民日报》《中国青年报》等各大报刊分别予以转载。吕玉兰，一个新时代的农村姑娘，很快成为全国家喻户晓的英雄模范人物。

怀念郭澄清

郭澄清的公子洪志，几经辗转找到我，说今年是他父亲九十诞辰，山东省在他的家乡宁津县建立纪念馆，希望河北作家写写文章，叙叙旧情。此事仿佛给了我当头一棒，澄清同志的籍贯和创作生涯多半在河北省，他是河北文坛的一员骁将、小说创作的一面旗帜，可恨我在作协主政多年，对这等资历的作家没有尽到相应的宣传义务，实属罪过。正好赶上作代会，我在会上认真做了检讨，当即有张峻、申伸、张逢春等人表态，要写纪念文章，他们当时年龄都在八十开外。

抗日战争、解放战争和新中国成立初期，中国文学艺术的高原在晋冀鲁豫和陕西，这里是火热的斗争前沿，集中了全国先进的文艺青年。河北省更突出一些，尤其是小说创作。以短篇小说为例，李满天的《白毛女人》、孙犁的《荷花淀》，还有赵树理的《小二黑结婚》，都是解放区文艺的经典之作。那时赵树理是太行区的干部，在武安、涉县工作了十几年。新中国成立初期的新秀是谷峪、刘真，还有刘绍棠，当时他的家乡通县属河北，他还在《河北文艺》当过实习生。接着是张庆田、浩然、郭澄清、张峻、申跃中、赵新等。加上省文联两位副主席李满天、康濯。康濯也是短篇小说高手，写过《我的两家房东》。省文联经常召开短篇小说座谈会，交流创作经验。1960年《河北文艺》推出了两个短篇小说专号，百花文艺出版社出版了河北短篇小说丛书，包括李满天的《力原》、郭澄清的《社迷》、张峻的《搭桥集》。茅盾先生考察了河北短篇小说创作后，在大连召开全国短篇小说会，赵树理、李满天、张庆田是会上的热门人物。

河北省长篇小说于1958年井喷式爆发，革命战争题材有《红旗谱》《播火记》《野火春风斗古城》《敌后武工队》《保定外围神八路》《烈火金刚》《战斗的青春》等，农村题材有李满天的《水向东流》、张庆田的《沧石路畔》等。此外，还有一支小说评论队伍，有冯健男、侯敏泽、金梅等人。创作、评论双轮驱动，比翼齐飞，把河北省的小说创作搞得热火朝天。郭澄清就是在这种氛围中成长起来的，他的短篇小说几乎全部是这个时期创作的，长篇小说也是从这时期开始酝酿的。

郭澄清长我10岁，1958年我初涉文坛时，他已经是一位成熟的青年作家了。那一年通县专区划归北京市，把刘绍棠、浩然也划走了，郭澄清的地位在河北突显出来。有几次省里开会碰在一起，远看他体魄健壮，衣着朴素，形象像个农民；近看他目光深邃，满脸沧桑，气质是基层干部。因为不是一个行当，加上我脸热嘴笨，不曾有过一次攀谈。大学毕业我选择就职于邢台县文化馆，常年跑基层，很自然地喜欢上了他的小说，《社迷》《高七》《马家店》《茶坊嫂》《春儿》《虎子》《老队长》都找来看了，人物鲜活，语言质朴，戏剧情节有赵树理的味道。1962年我看到《大公报》上的《黑掌柜》，想改成剧本，人物、场次都设计好了，因县剧团没有对路的演员，只好作罢。

那时省文联文而不联，艺术协会在文化厅，只有《河北文艺》编辑部、文艺理论研究室和专业作家。十位专业作家，九个“三八式”，一个“三十年代”，田间、梁斌、李满天还不到50岁，被认为年岁大了。周扬几次到天津都提到接班人的问题，省委特批了十个青年作家编制，郭澄清是主要人选之一，可惜1965年初他的家乡宁津县划归山东省了。这一年要召开全国青年业余文学创作积极分子大会，省文联派侯敏泽和我去临西县总结农民作家赵景江的典型材料。临西县也是新由山东划归河北，当地文化人说，“山东不吃亏，走了一个农业大县，来了一个文学强县，失去了一个劳动模范吕玉兰，得到了一个实力作家郭澄清”，可见郭澄清在人们心目中的地位。

1965 年年底，青创会在北京召开，我是河北代表，有个大会发言《在生活中学步》，郭澄清刚刚超过 35 岁，作为山东省特邀代表参加（同等待遇的还有李准、浩然、茹志鹃等人）。他也有个大会发言《为英雄人物唱赞歌》，同样是讲深入生活。我说的是身入，他讲的是心入，很明显高出一个层次。散会的时候，我忘记了腼腆，情不自禁地跑过去与他握手，感到他手劲很大，还能触到满手老茧。

进入 1966 年，由于众所周知的原因，大家都失去了自由，我也再没了郭澄清的消息。两年后我插队落户到临西，与山东临清隔一条卫运河，过了先锋桥就是临清。县文化馆有个姓朱的朋友，我托他到济南时，通过苗得雨、孔林等诗友打听一下郭澄清的情况。同是天涯沦落人，他们也多报喜不报忧，说他一度调到省里写剧本，住不惯高干楼，自己又把户口迁回了宁津县。

郭澄清回宁津，一是舍不得生活根基，二是舍不得老父亲。他是个远近闻名的大孝子，新中国成立初，苦日子刚熬到头，母亲却患了重病，他不惜倾家荡产，背着老人家到处求医问药，但还是没能保住老人性命。安葬时，他跳下墓坑，紧紧抱住棺椁不放，哭得死去活来。母亲死后，他还承担起赡养残疾四叔的义务，直到将其养老送终。参加工作后，他每月的工资、稿费，除留下伙食费外全部交给老父亲。每次外出回来，总要带回一些好吃的孝敬老人。乡亲们都知道，他媳妇两手攥空拳，一分钱的家都不当。老爷子手里啥时候也不缺钱，想怎么花就怎么花。老爷子一分钱也不乱花，要攒够两千块钱，给孙子娶媳妇。郭澄清的孝举，深深触动了我，后悔自己一不留神调进省里，发誓今后哪儿调也不去了，再不能远离老母亲。

十年没见郭澄清，终于见到了一部《大刀记》。记得当年初读时，像久别重逢，捧起来如握手、拥抱，迫不及待，一口气读完了五六万字，不仅还是那个郭澄清，而且提高了一大块，没让人白等。之后一页一页细嚼慢咽，慢慢品味。那感觉像第一次看《红旗谱》，好看、过瘾，十年没读到这样好的书了。史诗般的题材，讲述冀鲁平原、大运河人民的战斗历程，成功地塑造了梁永生等几个英雄人物形象：像朱老忠一样英勇无畏、侠肝义胆，又比朱老忠多了一些侠骨柔情；多了一些细腻的心理描写，有一种崇高的人性美；艺术上也是民族风格，中国气派，动人故事，传奇色彩。可以说是《红旗谱》的继承和发展。

一次我带着《大刀记》参加沧州地区创作座谈会，那里反响更为强烈。宁津县在河北曾属沧州地区，沧州人民更熟悉他，在那里早已是家喻户晓，洛阳纸贵，街头巷尾争说《大刀记》了。

隆尧地震

1966年春节刚过，作家访问团一行来到邢台东留善固，住在第二生产队贾俊刚家里。两间土坯西屋，李满天、张朴、李润杰和我睡北边土炕，田间的一张单人床靠南墙，他一向睡眠不好，还有个夜里吃东西的习惯，没什么好东西填补，晚饭剩半块窝头备用。3月8日凌晨5时，大家睡得正香，突然门窗一阵轰响，田间大声说："有狗。"李满天蜷身跳下炕来，说："地震了！"七七事变以来，先是炮火连天，后是"运动"不断，人们脚下的地球倒还相对平静，好多人对"地震"这个词已经生疏了。李满天是临洮人，幼年经历过甘肃大地震，死亡20多万人，所以比较敏感。

下午传来消息，果然发生了地震，震区在隆尧，距此 50 多公里。领导知道我是隆尧籍，家中只有母亲一人，催促我回去看看。连夜赶到邢台，上午正有地委报告灾情，地委副书记张双英在台上边讲边哭，泣不成声。从报告中得知震中在隆尧东北白家寨公社，我家在县城西南，灾情不太严重。母亲托邢台熟人转告我不必担心。会后组织救灾工作队，我就随车队出发了。

接近白家寨，公路桥梁多处震坏，田野上几条纵向裂缝突出地面，如嘴唇张开三四尺宽，中间黑沙淤积。公社同志说，刚开始地声隆隆，蓝光闪闪，裂缝张开一丈多宽，喷射黑水，有的猪羊牛马正在裂缝上，来不及叫唤一声就掉进裂缝，几秒钟又合上了。再向前，白家寨、马兰两个大队已经消失，变成一片瓦砾，梁柱门窗横躺竖卧，箱柜桌椅东倒西歪，除了一棵棵树木，没有挺立的物件了。每棵树上都挂着白幡和挽联，表示家家都有死伤。有些人家正在睡梦中，房梁轰然落架，砸在炕沿上，切下来一串头颅。劫后余生者惊魂未定，人人都有两只红红的眼睛，眼珠都不会转动，嘴巴也不会哭了。村里死一样寂静，连鸡鸣狗吠都听不到了。行动着的只有解放军匆匆的身影，只有急救帐篷上的红十字旗。

这一天，3 月 10 日中午，一架直升机降临白家寨，敬爱的周总理快步走下舷梯，一脸沉重。3 月 8 日隆尧地震惊动了中南海，当天就召开了紧急会议，商议救灾大计。3 月 9 日晚周总理乘直升机到隆尧县城，在县招待所会议室听取汇报。汇报当中，余震频频发生，头上木架吱吱作响。当地领导惊慌失措，一再劝说总理出去躲躲。周总理临危不惧，坐在邢台稳如泰山，示意会议继续进行。周总理一脸从容让大家慌乱的心镇定下来，使这个濒临震中的小城有了安全感。

周总理迈着沉重的脚步，走村串户，在废墟里穿行，慰问灾民，问寒问暖，最后来到会场。那里等候着白家寨、马兰两个大队的幸存者和附近公社的干部群众代表，大约上千人。说是会场，实际上是大队的打谷场。阳历三月，春寒料峭，北风呼呼地刮，空气里还飘着雪花。我们的总理为了不让群众喝风，自己转到会场南面，迎风而立，竭力提高嗓门：“同志们，乡亲们，你们受了灾，受损失很大，毛主席让我来看望你们。这次地震来得很突然，党中央和政府都很关心你们。”还说：“20年前打鬼子，那是和阶级敌人作斗争，这次是和地球底下的敌人作斗争。每个村庄、每个家庭都有很大损失，付出了代价，也取得了经验。”最后说：“我们是社会主义的中国，这个困难一定能战胜。要自力更生，奋发图强，发展生产，重建家园。”周总理的话春风般温暖了灾区群众的心。

3月8日白家寨、马兰地震为里氏6.8级，震源深度10公里，震中烈度9度强，8000人遇难。3月22日7.2级地震，震源深度9公里，震中烈度10度。由于层层重视，群众有了防震经验和措施，伤亡极小。4月1日，周总理百忙之中又来到巨鹿县何寨村、宁晋县东汪镇视察慰问。同时还视察了地震观测情况，与地震工作者亲切交谈，说：“这次地震损失很大，要记录下来，传给后代，再发生就会损失小。”

一方遇难，八方支援。各级政府闻风而动，河北成立了联合抗震救灾指挥部。解放军一马当先，出动两万名指战员日夜兼程，火速奔赴灾区，挖出废墟下的粮食，为社员搭防震棚，自己却风餐露宿。一万多名医疗队员和工作队员分赴各村救护伤员，组织群众生活，废寝忘食。大批药品和生活用品从全国各地运来。西藏同胞怀着对灾区人民的深情厚谊，不远万里，翻山越岭送来骏马240匹，一时传为佳话。灾区人民衣食无忧，情绪安定，积极恢复生产，重建家园。根据历史文献记载，这里地处地质断裂带，8级地震有5次之多。1068年和1820年两次地震，县志有如下记载：“坠城郭，坏庐舍，百姓暴露无食。人民流散，去如鸟兽，死于道路者为数不少，凄凄戚戚，昏昏蒙蒙无复人寰气象。”两相对比，感慨万千，由灾区人民口头创作，正在这里搞“四清”的作曲家劫夫谱写了一首歌：“天大地大不如党的恩情大，爹亲娘亲不如毛主席亲，千好万好不如社会主义好，河深海深不如阶级友爱深。”